EIN
FLÜSTERN
IM DUNKELN

WEITERE TITEL VON D.K. HOOD

IN DEUTSCHER SPRACHE

DETECTIVES-KANE-UND-ALTON-SERIE

Sie sagt kein Sterbenswort

Schenk mir Blumen

Niemand hört dich

Zeit zu sterben

Wo Engel sich fürchten

Ein Flüstern im Dunkeln

IN ENGLISCHER SPRACHE

DETECTIVES-KANE-UND-ALTON-SERIE

Don't Tell A Soul

Bring Me Flowers

Follow Me Home

The Crying Season

Where Angels Fear

Whisper in the Night

Break the Silence

Her Broken Wings

Her Shallow Grave

Promises in the Dark

Be Mine Forever

Cross My Heart

Fallen Angel

Lose Your Breath

D.K. HOOD

EIN FLÜSTERN IM DUNKELN

Übersetzt von
Johannes Schmid & Cyra Pfennings

bookouture

Die Originalausgabe erschien 2019 unter dem Titel
„Whisper in the Night"
bei Storyfire Ltd. trading als Bookouture.

Deutsche Erstausgabe herausgegeben von Bookouture, 2022
1. Auflage Dezember 2022

Ein Imprint von Storyfire Ltd.
Carmelite House
50 Victoria Embankment
London EC4Y 0DZ

www.bookouture.com

ISBN: 978-1-80314-923-3
eBook ISBN: 978-1-80314-922-6

Für meinen wundervollen Ehemann, der jeden Tag zu einem
neuen Abenteuer macht

PROLOG

»Daddy, da ist ein Mann in meinem Zimmer«, krächzte Lindy Rosen mit angsterstickter Stimme.

Das leise Glucksen aus der Dunkelheit jagte ihr einen Schauer über den Rücken. Die schattenartige Gestalt, die aussah wie der Sensenmann, schwebte langsam auf sie zu. Lindy hievte ihre bleischweren Beine aus dem Bett, stolperte über ihre Bettdecken und hastete zur Tür. Die unheimliche Figur am Fenster machte ihr Angst. Mit zitternden Fingern umklammerte sie den Türknauf und stieß die Tür auf. Sie stürzte in den dunklen Flur hinaus und schrie: »Daddy, hilf mir!«

Mit pochendem Herzen taumelte sie den Flur entlang und tastete nach dem Lichtschalter. »Daddy! Diesmal ist er wirklich hier, ich hab ihn gehört.« Verzweifelt fuchtelte sie mit den Armen. »Er lacht mich aus.«

»Beruhig dich, du weckst deine Schwestern«, beschwichtigte Josh Rosen sie, der aus dem elterlichen Schlafzimmer geschlichen war und angestrengt im Licht blinzelte. »Das war nur ein Alptraum, Lindy. Hier kommt keiner rein, sonst würde doch die Alarmanlage angehen.« Er legte seine Hand auf ihre

Schulter, geleitete sie in ihr Zimmer und schaltete das Licht an. »Sieh dich um! Schau, hier ist niemand, und vor deinem Fenster kann auch niemand stehen, das ist nämlich zu weit oben.« Er musterte noch einmal schnell den Raum und gähnte. »Wenn das so weitergeht, dann besorge ich dir einen Therapeuten. Diese ständig wiederkehrenden Träume sind doch nicht normal.«

Entsetzt darüber, dass er ihr nicht glauben wollte, umklammerte sie seinen Arm. »Diesmal war er da. Ich hab ihn gehört.«

»Als ich klein war, habe ich immer von Schlangen geträumt, die mich bei lebendigem Leibe verschlingen wollten, ich weiß also, wie echt sich solche Träume anfühlen können.« Ihr Vater rieb sich die Augen. »Jetzt ab ins Bett mit dir, ich knipse dann das Licht aus. Ich muss morgen früh raus.«

Zögerlich kletterte Lindy zurück ins Bett und spähte in der Erwartung, dass jeden Moment jemand wie von Zauberhand in ihrem Zimmer erscheinen könnte, in jeden Winkel des Raums. Schon in zwei Wochen stand ihr fünfzehnter Geburtstag an, und sie wollte von ihren Eltern wie eine Erwachsene behandelt werden. Dadurch, dass sie ihren Vater nun bereits die fünfte Nacht in Folge aus dem Schlaf gerissen hatte, machte sie sich aber gerade nicht besonders beliebt bei ihrer Familie. Sie seufzte. »Okay, tut mir leid, dass ich dich schon wieder geweckt habe. Nacht!«

»Nacht. Versuch an etwas Schönes zu denken. Das hilft«, sagte ihr Vater und zog im Hinausgehen die Tür zu.

Zurück in der Finsternis zog Lindy sich die Bettdecke bis unters Kinn und kniff die Augenlider fest zusammen. Sie versuchte krampfhaft, ihre Gedanken voll auf die Planung ihrer Geburtstagsparty zu konzentrieren. Während sie sich in die weichen Kissen ihres warmen Betts kuschelte, schlief sie langsam ein. *Alles nur ein dämlicher Traum.*

Ein Rascheln in unmittelbarer Nähe riss sie aus dem Schlaf. Als sie ein leises Glucksen vernahm, stellten sich ihr die

Nackenhaare auf. Zitternd vor Angst riss sie die Augen auf und spähte über ihre Decke zum Fenster, wo sich der Schatten des Mannes normalerweise abzeichnete. Mondlicht durchdrang die Vorhänge, fiel auf den Teppich und schließlich auf ihren Rucksack, der vor Schulbüchern überquoll. Das Zimmer war leer. Sie musste wohl wieder geträumt haben. Mit einem tiefen Seufzen schloss sie die Augen.

Da drückte sie mit einem Mal eine bleischwere Last tief in die Kissen. Sämtliche Luft wurde ihr aus der Lunge gepresst. Völlig gelähmt erblickte sie eine furchterregende Skimaske über sich. Gerade als sie zu einem Schrei ansetzen wollte, wurde ihr ein übelriechendes Tuch so fest über Mund und Nase gestülpt, dass ihr die Zähne schmerzten. Sie versuchte sich zu widersetzen, doch es gelang ihr nicht, ihn von sich zu stoßen. Ihr Mund füllte sich mit etwas Grauenvollem. Der sonderbare Geschmack belegte ihre Zunge und brannte in ihrer Lunge, während sie verzweifelt um nur ein klein wenig Sauerstoff rang.

Ihre Augen schmerzten von innen, und der gesichtslose Mann, der sie nach unten stemmte, schien zu zerfließen. Das Gelächter war verebbt, und der Mann begann das Schlaflied »Rock-a-bye Baby« zu summen. Während ihr Kopf im Takt ihrer pulsierenden Augen pochte, inhalierte sie nach Luft lechzend noch mehr von dem faulen Gestank. Sie versuchte ihn mit allerletzter Kraft von sich zu stoßen, doch ihre schweren Glieder versagten, sie fühlte sich wie in Watte gepackt. Plötzlich hatte sie das Gefühl, wegzudämmern, als würde der Schlaf sie rufen. Als sie die Augen aufriss, war der Mann schon zu einem unscharfen Schleier geworden. Der Raum verdunkelte sich allmählich. *Daddy, hilf mir.*

EINS

MONTAG

Kurz vor der Mittagspause stieg Sheriff Jenna Alton aus ihrem Streifenwagen und blickte in den wolkenlos-blauen Himmel hinauf. Von ihrem Standort aus konnte sie den riesigen, frisch abgetauten Kiefernwald sehen, der sich über viele Meilen in verschiedensten Grüntönen präsentierte. Hoch über den schwarzen Berggipfeln zog ein Adler anmutig seine Bahnen. Sie sog die klare, saubere Luft ein und lächelte. Das Leben als Sheriff in Black Rock Falls war schön, und sie bereute nicht, dass sie ihr Leben als DEA-Agent Avril Parker hinter sich gelassen hatte. Ihr altes Leben war zu einer unliebsamen Erinnerung verkommen, und ihre neue Identität war nahezu perfekt.

Ein großer schwarzer SUV in Zivil kam auf dem Parkplatz neben ihr zum Stehen. Sie warf ihrem Stellvertreter Deputy David Kane, einem untergetauchten Spezialagenten und Profiler, der genau wie sie ein neues Leben unter einem anderen Namen führte, einen flüchtigen Blick zu. Die da oben hatten sie beide sowie Kanes Controller ME Shane Wolfe in dasselbe Hinterwäldlerkaff gesteckt, damit sie aufeinander aufpassten. Umgeben von der malerischen Stadt, die sie zu lieben gelernt hatte, lehnte sich Jenna gegen ihren Wagen und strahlte. »Seit Weihnachten ist es so wunderbar ruhig, dass ich froh bin, hier gelandet zu sein.«

»Psst«, zischte ihr Kane über die Motorhaube seines Fahrzeugs hinweg zu und grinste. »Du forderst dein Schicksal heraus.« Er schmiss die Autotür zu und erklomm die Treppe zum Sheriff's Department.

Widerwillig stieß sich Jenna von ihrem Auto ab und folgte ihm hinein. Sie schenkte der Empfangsdame Magnolia (Maggie) Brewster ein Lächeln und wollte gerade in Richtung ihres Büros weitergehen, als Maggie sie mit einer Geste stoppte, um dann weiter in ihr Telefon zu sprechen. Sie lehnte sich gegen den Schalter. »Ist was, Maggie?«

»Ich verbinde Sie direkt mit dem Sheriff, Mr Rosen«, sagte Maggie, legte ihre Hand über die Sprechmuschel und wandte ihre sorgenvollen Augen Jenna zu. »Mr Rosens Tochter ist verschwunden.«

»Okay, stellen Sie mir den Anruf in mein Büro durch.« Jenna fuchtelte in Kanes Richtung, um seine Aufmerksamkeit zu gewinnen, und deutete auf ihr Büro. »Bring Rowley mit.«

Jenna hatte den jungen Jake Rowley gleich bei ihrer Ankunft in Black Rock Falls eingestellt. In den letzten Jahren hatte er sich als zuverlässig und kompetent erwiesen. Da sie keine eigene Familie hatte, wusste sie das enge Verhältnis zu ihm, Kane sowie Wolfe und seinen drei Töchtern sehr zu schätzen.

Als sie an ihrem Schreibtisch Platz genommen hatte, atmete sie einmal tief durch, öffnete ihr Notizbuch und suchte nach einem Kuli, der funktionierte. Dann erst nahm sie den Hörer ab und stellte auf Lautsprecher. »Mr Rosen, Sheriff Alton am Apparat.«

»Meine Tochter Lindy war heute Morgen nicht in ihrem Zimmer und unsere Haustür stand sperrangelweit offen. Wir haben alles abgesucht, können sie aber nirgendwo finden.«

»Wann genau war das?«

»*Um sieben Uhr*«, schluchzte er verzweifelt. »*Das ist meine Schuld; sie hat mich gestern Nacht geweckt und gesagt, dass jemand in ihrem Zimmer war. Ich habe ihr nicht geglaubt. Ich glaube, dass sie entführt worden ist.*«

Jenna machte sich Notizen. »Wie alt ist Ihre Tochter?«

»*Vierzehn.*«

Jenna beschlich eine allzu vertraute Befürchtung. Sie holte Luft und versuchte angestrengt, sich zu konzentrieren. Nichts war schlimmer als die Nachricht eines vermissten Kindes. »Um wie viel Uhr hat sie Sie geweckt und haben Sie schon in ihrem Zimmer nachgesehen?«

»*Natürlich habe ich das. Sie hat schon seit einer Woche immer wieder denselben Traum, doch da ist nie jemand. Ziemlich spät, gegen Mitternacht etwa, vermute ich, aber genau weiß ich es nicht.*«

»Könnte sie nicht auch bei einer ihrer Freundinnen sein?« Jenna tauschte einen Blick mit Kane. »Hatte sie vielleicht irgendeinen Grund wegzulaufen?«

»*Nein, sie hat keinerlei Grund abzuhauen. Schauen Sie, Sheriff, irgendjemand hat sie entführt. Wir haben alle abtelefoniert und die Ranch durchsucht, doch sie ist weder hier noch bei einer ihrer Freundinnen. Ich bin sicher, dass jemand sie gekidnappt hat. Ohne ihr Handy würde sie niemals das Haus verlassen. Das legt sie nie aus der Hand. Ihr Bett ist ein einziges Chaos, und eine Spur aus Bettdecken führt zur Tür, als hätte sie jemand aus dem Bett gezerrt. Sie hat nur ihren Pyjama an, all ihre Kleider sind hier. Gestern Nacht war es eiskalt, und ihre Freunde wohnen viele Meilen weit weg von hier.*« Er nahm einen tiefen Atemzug. »*Sie müssen mir glauben. Wir können nicht abwarten und hoffen, dass sie wieder aufkreuzt, Sie müssen jetzt etwas unternehmen.*«

Der Mann war verzweifelt und sprach sehr schnell, um seinen Standpunkt deutlich zu machen. Jennas Miene verfinsterte sich. »Okay, wir beginnen sofort mit der Suche. Wenn Sie mir ihre Kontaktdaten und eine Beschreibung von Lindy geben, dann leite ich sofort alles in die Wege. Was hatte sie an?«

»Einen hellrosa Pyjama mit weißen Kaninchen drauf.«

Jenna machte sich Notizen. »Wenn Sie mir ein aktuelles Foto von ihr mailen, stelle ich einen AMBER-Alarm und ein Such- und Rettungsteam auf die Beine. Fassen Sie nichts in ihrem Zimmer an. Wir kommen sofort vorbei, um zu überprüfen, ob wir irgendwelche Einbruchsspuren finden.« Sie gab ihm die E-Mail-Adresse des Sheriff's Departments und ihre Handynummer.

»Das Foto schicke ich Ihnen sofort.«

Sie legte auf und richtete das Wort an Rowley. »Sie übernehmen hier die Leitung, während ich mit Kane zum Wohnsitz der Rosens fahre. Schreiben Sie mit, ich sage Ihnen, was zu tun ist.«

»Schießen Sie los, Ma'am!« Rowley öffnete sein Notizbuch und zückte einen Kuli.

Jenna holte tief Luft, denn ihre Nerven lagen blank – bei der Suche nach einem vermissten Kind war Eile geboten. Falls Lindy, wie ihr Vater vermutete, wirklich in ihrem Haus gekidnappt worden war, dann galt es nun, keine Zeit zu verlieren. »Wir haben es jetzt mit einem vermissten Mädchen zu tun, das wahrscheinlich Opfer eines Verbrechens ist. Lösen Sie einen AMBER-Alarm aus, schreiben Sie das Kind zur Fahndung aus und schicken Sie eine Pressemitteilung raus. Setzen Sie sich mit dem SAR-Dienst in Verbindung – die können mehr Fläche absuchen. Tragen Sie Lindy Rosen ins Melderegister vermisster Personen des National Crime Information Center ein. Sobald diese Story von der Presse aufgegriffen wird, werden die Freiwilligen in Scharen kommen. Holen Sie sich Webber mit ins Boot, der kann Sie bei der Organisation einer gezielten Suche im Umkreis von zwei Meilen um das Haus der Familie unterstützen. Ein paar Förster helfen bestimmt auch mit.« Sie wartete, bis er alles aufgeschrieben hatte. »Irgendwelche Fragen?«

»Nö«, erwiderte Rowley, stand auf und eilte aus dem Raum.

Während sie innerlich Prioritätenlisten erstellte, nahm Jenna das Telefon zur Hand. »Maggie, rufen Sie die Sheriff's Departments von Blackwater und Louan an und informieren Sie die, dass wir Unterstützung bei einem Kindervermisstenfall benötigen – wir brauchen im Norden und im Süden Straßensperren auf dem Highway. Rowley weiß alles Weitere.«

Ein vermisstes Kind erforderte sämtliche Ressourcen, die sie zusammentrommeln konnte. Sie fuhr sich mit der Hand durchs Haar und ging im Kopf ihre To-do-Liste durch. Die ersten vierundzwanzig Stunden waren entscheidend. Sie rief Wolfe an, um alles zu erklären. »Wenn es sich um eine Entführung handelt, wie Mr Rosen glaubt, dann müssen wir das Telefon anzapfen, zumindest aber brauchen wir ein Telefon, mit dem wir Anrufe aufzeichnen können und irgendjemanden, der bei den Eltern bleibt. Ich brauche Webber und werde ein paar Deputys aus Blackwater hinzuziehen.«

»Ich kümmere mich um alles, was Sie für die Telefonanzapfung brauchen. Schicken Sie mir die Koordinaten, dann treffen wir uns bei den Rosens zur Spurensicherung.« Sie konnte hören, wie Wolfe Dinge in eine Tasche schmiss. *»Sagen Sie den Eltern, dass sie nichts anfassen sollen.«*

»Schon passiert«, erwiderte Jenna und kaute nervös auf ihrer Unterlippe herum. »Ich hol Walters dazu, der soll die Telefonanzapfung übernehmen.« Ihr freundlicher Deputy in Halbpension war dafür eine gute Wahl. Er konnte bei der Familie bleiben und eingehende Anrufe überwachen. Außerdem konnte er festhalten, wer wann das Haus verließ und betrat. »Wir fahren jetzt los.« Sie legte auf und sah Kane an. »Erinnere mich daran, mein Schicksal nie wieder herauszufordern.«

. . .

Unterwegs zur Rosen-Ranch erhielt Jenna ein Update von
Rowley. In der kurzen Zeit, die seit ihrem Aufbruch vom
Sheriff's Department verstrichen war, waren durch die Bericht-
erstattung des Lokalsenders zu dem vermissten Mädchen
Unmengen von Freiwilligen in die Stadt gekommen, um bei der
Suche zu helfen.

Während sie in die eindrucksvolle Zufahrt zu dem Haus im
Ranch-Stil rollten, nahm Jenna die Szenerie in Augenschein.
Das Haus war Teil von Glacial Heights, einer neuen, weiträu-
migen Wohnlage am Stadtrand kurz vor dem Stanton Forest.
Die von großzügigen Landschaftsgärten umgebenen Häuser
lagen weit voneinander entfernt. Die neue Bebauung auf dieser
Seite der Stadt war beliebt bei Familien, die neu nach Black
Rock Falls zogen. Mayor Petersham verdiente so gut an den
vielen Touristen, die wegen des berüchtigten Serienmörders
dieser Stadt kamen, dass er in seinem letzten Haushalt Verträge
für eine Skistation, einen Stromschnellenpark, Mountanbike-
pisten und einen Haufen neuer Wohnbauvorhaben angekündigt hatte.

Jenna streifte Kane mit einem Blick. »Es ist kaum zu glauben, wie weit sich die gehobene Wohngegend der Stadt inzwischen nach Norden ausgebreitet hat, und in welch kurzer Zeit.«
Sie schüttelte den Kopf. »Ich frage mich, ob die Rosens ein
Überwachungssystem haben.«

»Ich sehe hier weit und breit keine Überwachungskameras,
und das Tor steht offen.« Kane drosselte die Geschwindigkeit
und inspizierte das Anwesen. »Viel helfen würden die hier aber
ohnehin nicht. Der dichte Wald rings um das Haus bietet
perfekte Tarnung, ein Eindringling könnte das Grundstück
problemlos betreten und verlassen, ohne gesehen zu werden.«

Jenna spähte voraus. »Die Reifenspuren in der Auffahrt
überlagern sich. Die müssen in letzter Zeit viel Besuch gehabt

haben. Jeder einzelne Besucher ist ein potenzieller Verdächtiger.«

»Wenn die Haustür auf war und der Alarm deaktiviert, dann vermute ich, dass Lindy ihren Entführer vielleicht doch kannte«, mutmaßte Kane, brachte seinen SUV zum Stehen und sprang aus dem Wagen. Dann öffnete er die Kofferraumklappe und ließ seinen Bloodhound Duke von der Leine. »Vielleicht kann Duke sie aufspüren.«

Jenna tätschelte Dukes Kopf. »Da bin ich mir sicher.«

Als sie die lange Auffahrt entlangsah, erblickte sie einen weißen Lieferwagen, der durch das Tor gefahren kam. »Ah, gut, Wolfe ist da. Ich habe mir gedacht, zusätzliche Manpower kann nicht schaden, und Rowley meinte, dass er Atohi Blackhawk mitbringt.«

Jenna kannte Atohi Blackhawk schon länger. Der Indigene kam häufig aus dem Reservat, um Wolfe als Fährtenleser auszuhelfen, und verfügte über hervorragende Ortskenntnisse.

»Wie hat er es geschafft, ihn vom Reservat aus so schnell hierherzukarren?«, wunderte sich Kane.

»Pures Glück. Atohi ist just in dem Moment aufgetaucht, als Wolfe gerade auf dem Weg zu seinem Van war. Er hat per Autoradio von Lindy gehört und seine Hilfe angeboten.« Sie war gerade an der Eingangstreppe angekommen, als ein Mann aus der Tür stürmte. Er sah ausgezehrt aus.

»Mr Rosen?«, fragte sie und drückte anteilnehmend seinen Arm. Er nickte. »Wir sind hier, um bei der Suche nach Lindy zu helfen. Können wir vielleicht drinnen sprechen?«

»Haben Sie irgendwelche Neuigkeiten?«, fragte Mr Rosen und wandte sein kummervolles Gesicht den Autos in seiner Einfahrt zu.

Jenna stieg die Stufen hinauf und beließ dabei ihre tröstende Hand auf Mr Rosens Arm. »Noch nicht, aber wir sind da, um sie zu finden. Das ist Deputy Kane und das unser Gerichtsmediziner Shane Wolfe. Atohi Blackhawk hat angeboten, hier nach einer Spur zu suchen, die uns zu Lindy führen könnte.«

»Gerichtsmediziner?«, fragte Mr Rosen und schluckte. Sein Adamsapfel bewegte sich auf und ab. »Glauben Sie etwa, dass meine Lindy tot ist?«

»Es gibt keine Hinweise, die mich zu dieser Annahme veranlassen.« Wolfe trat einen Schritt vor und reichte ihm die Hand. »Ich bin hier, um kriminalistische Spuren zu sichern, die uns helfen können, Lindy zu finden, Mr Rosen. Wir arbeiten als First-Response-Team Hand in Hand.«

Jenna geleitete Mr Rosen durch die Tür. »Wir werden alles in unserer Macht Stehende tun, um Ihre Tochter zu finden, Mr Rosen. Das SAR-Team durchstreift das Gebiet, und wir haben die Presse eingeschaltet: Sobald irgendjemand Lindy zu Gesicht bekommt, werden wir es erfahren. Die Bürger von Black Rock Falls sind äußerst hilfsbereit und haben bereits eine Suchmannschaft zusammengestellt. Mein äußerst fähiger Deputy koordiniert von meinem Büro aus die Einsatzleitung«, versuchte sie Mr Rosen zu beschwichtigen. Sie richtete sich auf. »Können wir uns hier vielleicht irgendwo unterhalten, während sich meine Deputys in Lindys Zimmer umsehen?«

»Ja, ja natürlich«, sagte Mr Rosen und führte sie ins Haus. »Meine Frau und meine Töchter sind in der Küche.« Er wandte sich Kane und Wolfe zu. »Ihr Zimmer ist im ersten Stock, gleich die erste Tür rechts.«

Jenna folgte Mr Rosen durch einen Flur und fragte mit sanfter Stimme: »Wie viele Töchter haben Sie?«

»Drei: Lindy, April und June.« Mr Rosen zuckte mit der Achsel. »Eigentlich wollte ich Lindy Julia nennen – nach dem Monat Juli –, aber da hatte meine Frau was gegen. Sie wurde in der Schule von einer Julia schikaniert.«

Der Duft von frischem Kaffee drang aus der Küche, dazu gesellte sich der Gestank von verbranntem Toast. Drei Menschen saßen um den Tisch, alle mit feuchten Wangen und roten, tränenverschmierten Augen. Die zwei kleinen Mädchen wirkten verloren und verwirrt, und Mrs Rosen starrte ins Leere, wie in Schockstarre. »Soll ich Ihnen vielleicht einen Arzt rufen?«

»Nein, wir kommen klar.« Als Mr Rosen die Schulter seiner Frau drückte, schien sie Haltung anzunehmen.

Jenna setzte sich an den Küchentisch und stellte sich vor, dann richtete sie ihre Worte an die ganze Familie. »Mrs Rosen, Ihr Ehemann hat erwähnt, dass Lindy unter Alpträumen litt. Können Sie uns sagen, wann genau das angefangen hat?«

»Vor etwa einer Woche«, schluchzte Mrs Rosen und tupfte sich ihre Augen mit einem Taschentuch trocken. »Ist das relevant?«

Während sie sich vor ihrem geistigen Auge ausmalte, was Lindy in diesem Moment wohl widerfuhr, zwang sich Jenna dazu, ruhig und kontrolliert aufzutreten. Sie kramte Stift und Notizbuch hervor. Häufig beruhigte es Menschen, wenn sie glaubten, dass sie jedes einzelne Wort, das sie stammelten, mitschrieb. »Ja, insbesondere, weil sie Ihnen vor ihrem Verschwinden mehrmals erzählt hat, dass jemand in ihrem Zimmer gewesen sei.«

»Es war immer wieder der gleiche Traum«, sagte Mrs Rosen und starrte Jenna aus rot geränderten Augen an. »Sie hat meinen Ehemann aufgeweckt und felsenfest behauptet, dass sie einen Mann in ihrem Zimmer gesehen hätte. Zuerst sagte sie, der Mann habe durch ihr Fenster geschaut und sich dann im Schatten versteckt.«

»Natürlich habe ich den Raum durchsucht, und die ersten vier Male auch unter ihrem Bett nachgesehen«, erklärte Mr Rosen und rieb sich seine Handflächen heftig übers Gesicht, ganz so, als könnte er dadurch die Erinnerung auslöschen. »Das Fenster liegt zehn Fuß über dem Boden, da kommt keiner rauf, es sei denn, der Mann hat Flügel. Letzte Nacht aber habe ich nicht unters Bett geguckt. Ich habe das Licht angeknipst und mich kurz umgesehen, dann bin ich zurück ins Bett.« Er rieb sich die Augen. »Wir haben eine Alarmanlage. Niemand hätte unbemerkt eindringen können.«

»Wenn der Alarm angeht, geht die Außenbeleuchtung an, und für die unmittelbare Umgebung haben wir Überwachungskameras.« Mrs Rosen hob ihr tränenüberströmtes Gesicht. »Wo immer sie auch ist, sie kennt die Person, die sie entführt hat. Sie muss die Alarmanlage ausgeschaltet haben, bevor sie das Haus verlassen hat, und für einen Fremden hätte sie das niemals getan.« Sie tupfte sich wieder die feuchten Augen ab. »Ich habe alle Leute angerufen, die wir kennen, aber sie ist verschwunden.«

Jenna machte sich Notizen. Es wäre äußerst ungewöhnlich für ein Mädchen, mitten in der Nacht im Frühjahr barfuß im Pyjama durchzubrennen. »Hat sie einen Freund, der ein Auto hat?«

»Sie kennt ein paar Jungs aus der Schule, die Autos haben, aber soweit wir wissen, ist sie mit keinem von denen zusammen«, schniefte Mrs Rosen. »Ich habe mich bei ihren Freundinnen erkundigt. Wenn die nicht gerade äußerst verschwiegen sind, dann hat sie keinen Freund.«

»Okay, ich brauche eine Liste ihrer engsten Freundinnen samt Kontaktdaten«, sagte Jenna mit beruhigender Stimme und schob ihr das Notizbuch über den Tisch zu. »Vielleicht reden sie ja mit mir.«

Als Kane die Küche betrat, drehte sich Jenna auf ihrem Stuhl herum. »Hast du etwas für mich?«

»Es gibt Anzeichen eines Kampfes. Die Decken auf dem Bett sind aufgewühlt, als wären sie weggetreten und dann zur Tür geschleift worden. Das passiert ja normalerweise nicht einfach so, deshalb müssen wir annehmen, dass jemand im Innern des Hauses war und Lindy nach draußen gezogen hat.« Er schaute zu den Rosens. »Haben Sie gestern Nacht irgendetwas gehört?«

»Nein, gar nichts, wir haben uns sofort wieder schlafen gelegt.« Mrs Rosen schluchzte in ihre Hände. »O Gott, ich hatte gehofft, dass sie nur schlafgewandelt ist, jetzt aber bin ich mir sicher, dass jemand sie entführt haben muss.«

Mit zusammengezogenem Magen schaute Jenna zu Kane auf. »Es sieht jedenfalls ganz nach einer Entführung aus.«

»Ich habe Blackhawk eines von Lindys Kleidungsstücken gegeben, er ist mit Duke los, um nachzusehen, ob er eine Spur wittert«, sagte Kane und wandte sich dann an die Eltern. »Wann war Lindy das letzte Mal draußen?«

»Die Mädels haben schon eine ganze Weile lang nicht mehr draußen gespielt, es war zu kalt dafür«, sagte Mrs Rosen und wischte sich die Tränen weg. »Ich bringe sie nach der Schule immer zum Basketball, sie haben viel Bewegung.«

»Das ist gut – dadurch wird sie leichter zu finden sein.« Kane richtete sich auf. »Wir benötigen das Tagebuch Ihrer Tochter – für den Fall, dass die darin irgendjemanden Bestimmten erwähnt –, ihren Laptop und ihr Handy. Wolfe hat auf ihrem Bett ein paar Haare sichergestellt, doch es gibt keine Anzeichen dafür, dass jemand durchs Fenster eingestiegen ist. Die Schlösser an der Haustür sind intakt und zeigen keinerlei Einbruchsspuren, und wir haben auch keine Fußspuren draußen in den Gartenbeeten unter ihrem Fenster gefunden.«

Er rieb sich das Kinn. »Wenn ich das Bett nicht gesehen hätte, würde ich annehmen, dass Lindy die Haustür geöffnet hat und aus freien Stücken gegangen ist.«

Jenna nickte. »Ich frage mal bei ihren Freundinnen nach. Vielleicht haben die ja ein paar wertvolle Informationen für uns.«

»Sie würde niemals in ihrem Pyjama raus in die Dunkelheit gehen ohne ihr Handy, selbst wenn sie die Person kennen würde«, insistierte Mr Rosen und knallte dabei seine Faust auf den Tisch, sodass die leeren Tassen klirrten. Zornig sah er zu Jenna. »Denken Sie doch mal nach, Sheriff! Sie hatte

Alpträume von einem Mann in ihrem Zimmer. Glauben Sie
ernsthaft, ein verängstigtes Mädchen würde mitten in der
Nacht aus dem Haus rennen oder die Tür öffnen, um ihn
hineinzulassen?«, rief er aufgebracht. »Niemals. So etwas
würde sie niemals tun.«

»Nein, das glaube ich auch nicht. Tatsächlich stimme ich
Kane zu, aber ich befolge das Protokoll, Mr Rosen. Ich werde
ihre Freundinnen anrufen. Ich weiß, wie verstörend das für Sie
ist, aber seien Sie versichert: Wir tun alles, um Lindy zu
finden.« Jenna seufzte und nahm Lindys aufgelöste Eltern in
Augenschein. »Wir installieren ein Aufzeichnungsgerät für den
Fall, dass jemand mit einer Lösegeldforderung anruft.« Sie
tätschelte Mrs Rosen die Hand. »Ich lasse Ihnen Duke Walters
hier, er weiß was zu tun ist, falls irgendjemand anruft. Deputys
in Zivil werden später vorbeikommen, um ihn abzulösen. Sie
werden sich als Ärzte vorstellen – in Angelegenheiten wie
diesen ein Codewort für Polizei. Der Kidnapper soll ja nicht
wissen, dass wir hier sind. Bitte nehmen Sie keinen Kontakt mit
dem Entführer auf, falls jemand anruft – überlassen Sie das
alles den Deputys. Sorgen Sie bitte dafür, dass die Festnetzlei-
tung nicht belegt ist, damit wir alle eingehenden Anrufe überwachen können, und nutzen Sie ausschließlich ihre Handys. Es
ist unwahrscheinlich, dass der Entführer Ihre Handynummern
kennt.«

Jenna bemerkte, dass Wolfe in der Tür stand.

»Ich benötige DNA-Proben von Mr und Mrs Rosen, um sie
mit den Proben aus Lindys Zimmer abzugleichen, und Fingerabdrücke der ganzen Familie. Ist in den letzten paar Wochen
noch irgendjemand anderes in Lindys Zimmer gewesen?«
Wolfe stellte seine Tasche auf den Tisch und holte zwei DNA-
Kits hervor. Dann taxierten seine mitfühlenden grauen Augen
das Ehepaar.

»Ja, unser Handwerker Sean Packer, er ist heute da. Und
der Mann von der Sicherheitsfirma, Charlie Anderson, war

auch da.« Mr Rosens Hand zitterte, während er sich damit durchs Haar fuhr. »Sind Sie auf irgendetwas gestoßen?«

»Wir haben keinerlei Anzeichen für einen Einbruch gefunden, aber aufgrund der Kampfspuren im Bett müssen wir davon ausgehen, dass jemand sie entführt hat. Wie derjenige ins Haus gekommen ist, bleibt ein großes Rätsel.« Wolfe blickte zu den Rosens. »Könnte Lindy gestern Nacht Besuch auf ihrem Zimmer gehabt haben?«

»Und die Haustür hat sie dann sperrangelweit offen gelassen?«, entgegnete Mrs Rosen ungläubig. »Auf gar keinen Fall. Lindy fragt immer um Erlaubnis, wenn sie Freundinnen zum Übernachten einlädt, und wenn, dann kommen die sicher nicht mitten in der Nacht hier an.«

»Natürlich. Ich möchte Sie nicht verärgern, Mrs Rosen, aber wir müssen diese Fragen stellen.« Wolfe reichte Mrs Rosen sein Notizbuch. »Könnten Sie mir bitte eine Liste mit sämtlichen Reinigungsmitteln anfertigen, die in den letzten Tagen in Lindys Zimmer zum Einsatz gekommen sein könnten? Ich habe ihre Bettwäsche für weitere Untersuchungen im Labor eingepackt.«

»Reinigungsmittel?«, fragte Mrs Rosen verwirrt. »Beim Waschen, meinen Sie?«

»Alles, was Sie zum Putzen in ihrem Zimmer oder beim Waschen benutzt haben könnten.« Wolfe überreichte ihr sein Notizbuch, streifte sich ein frisches Paar Einmalhandschuhe über und öffnete ein DNA-Kit. »Mr Rosen, ich müsste dieses Wattestäbchen einmal bitte über die Innenseiten Ihrer Wangen tupfen.«

Nachdem Wolfe die DNA-Proben und die Fingerabdrücke der Familie genommen hatte, blickte Jenna in angespannte Gesichter.

»Wolfe ist äußerst gründlich. Wenn jemand in Lindys Zimmer gewesen ist, dann wird er auch Beweise dafür finden.«

»Hatten Sie in letzter Zeit noch andere Besucher, die wir

ausschließen müssen?« Wolfe inspizierte die Liste, die Mrs Rosen ihm überreicht hatte. »Irgendwelche anderen Handwerker, Familie oder Freunde?«

»Einige wenige seit unserem Umzug. Ich fertige Ihnen eine Liste an. Wir hatten einen Maler und einen Kammerjäger im Haus.« Mr Rosen starrte einen Augenblick ins Leere. »Und wir haben einen Gärtnerservice; den Green Thumb Landscaping Service. Die schicken jede Woche drei bis vier Leute vorbei.«

Jenna zeigte auf ihr Notizbuch. »Wenn Sie mir die Kontaktdaten geben, statten wir denen noch heute Morgen einen Besuch ab.«

»Im Flur steht der Handwerker und wartet. Ich kümmere mich um eine DNA-Probe und besorge mir seine Fingerabdrücke.« Wolfe schnappte sich seine Tasche und eilte aus der Küche.

»Arbeiten Sie mit einer Firma zusammen, die ihr Überwachungssystem kontrolliert?« Kane scharrte unruhig mit den Füßen. »Mir ist die Flutlichtanlage aufgefallen, und Sie erwähnten, dass die Überwachungskameras an Ihr Sicherheitssystem angeschlossen sind. Haben Sie eine Sicherungskopie von den Bändern der Kameras?«

»Nicht hier, nein, aber wir sind bei Silent Alarms unter Vertrag. Deren Büro liegt außerhalb von Black Rock Falls. Wenn der Alarm auslöst, rufen die uns an, um sich zu vergewissern, dass alles in Ordnung ist, und die Kameras schalten sich automatisch ein.« Mr Rosen sah niedergeschlagen aus. »Niemand hat den Alarm ausgelöst, sonst hätten sie mich ja angerufen. Auf die ist Verlass. Die Mädels haben ihn schon ein paarmal versehentlich ausgelöst, und da haben sie immer sofort drauf reagiert. Ich habe bereits dort angerufen und sie gebeten, die Aufnahmen von gestern Nacht zu überprüfen, doch da war nichts. Sie schicken noch mal jemanden vorbei, um sicherzustellen, dass niemand am Sicherheitssystem rumgepfuscht hat.«

»Sind Sie sicher, dass Sie gestern die Alarmanlage eingeschaltet haben?«, fragte Kane. »Das kann man ja schon mal vergessen.«

»Ich stand direkt neben ihm, als er sie aktiviert hat«, bekräftigte Mrs Rosen. »Und zwar kurz bevor ich gegen sechs Uhr den Tisch fürs Abendessen gedeckt habe.«

Jenna schaute zu den jungen Mädchen, die etwa fünf und acht Jahre alt sein mussten, und tauschte einen kurzen Blick mit Kane aus. Die beiden hatten die ganze Zeit geschwiegen. »Kennen Ihre Töchter den Code zum Entschärfen des Alarms?«

»Nein, nur Lindy«, antwortete Mr Rosen und ballte die Fäuste. »Diese ganze Fragerei. Sollten Sie nicht eigentlich längst unterwegs sein und nach meiner Tochter suchen?«

Jenna räusperte sich. »Ich weiß, dass Sie aufgebracht sind, Mr Rosen, aber wir haben die Suche sofort nach Ihrem Anruf in die Wege geleitet. Derzeit werden sämtliche Straßen durchkämmt, aber irgendjemand muss auch an den offensichtlichen Stellen suchen, und dazu benötigen wir so viele Informationen wie möglich.« Sie wartete, bis Mr Rosen seine Liste vollendet hatte, dann stand sie auf. »Falls sie auftaucht, nutzen Sie bitte Ihr Handy, um Ihre Freunde zu verständigen. Ich fahre jetzt und spreche mit den Leuten auf dieser Liste. Wir werden auf gar keinen Fall aufgeben. Ich gebe Ihnen mein Wort. Sobald wir irgendetwas hören, rufe ich Sie an.«

Als Jenna Kanes SUV erreicht hatte, bemerkte sie Blackhawk, der ihr zielstrebig mit Duke an seinen Fersen aus den Bäumen entgegenkam. Sie sah ihn voller Erwartung an. »Bitte sagen Sie mir, dass Sie etwas gefunden haben.«

»Duke hat ihre Fährte aufgenommen, vom Auto der Familie bis zurück zur Veranda«, antwortete Blackhawk mit finsterem Blick. »Ich vermute, dass sie aus dem Haus getragen worden ist.«

»Es gab kein gewaltsames Eindringen, wie also wurden der Alarm und die Bewegungsmelder deaktiviert?« Kane blickte auf

Duke herab. »Das ergibt keinen Sinn, irgendjemand hat die Tür von innen geöffnet.« Er nahm sich die Asservatentüte mit dem Paar Socken aus Lindys Wäschekorb, die Blackhawk ihm reichte. »Ich nehme Duke mit rein und arbeite mich zur Haustür vor.« Er pfiff nach dem Hund und ging zurück ins Haus.

»Eine frische Spur wäre Duke nicht entgangen.« Blackhawk drehte sich zu Jenna. »Haben die Leute hier heute morgen das Haus verlassen?« Seine intelligenten Augen musterten Jennas Gesicht. »Wenn nicht, dann ist jemand anders aus der Auffahrt gefahren und hat eine Schlammspur hinterlassen. Ich habe sie zurückverfolgt, das Auto wurde da hinter den Bäumen abgestellt. Ein Teil des Reifens ist durch den Schlamm gefahren. Derjenige hat in der Einfahrt gedreht, ist dann hinausgefahren und hat dabei einen Abdruck auf dem Asphalt hinterlassen. Er ist feucht, vermutlich ist er also innerhalb der letzten sechs Stunden entstanden.«

Jenna wartete, bis Wolfe die Beweismittel in seinem Van verstaut hatte, und erklärte ihm dann, was Blackhawk herausgefunden hatte. »So, ich lasse Sie jetzt Ihre Arbeit machen und statte Lindys Freundinnen einen Besuch ab. Sorry, aber ich habe Webber angewiesen, Rowley bei der Suche zu helfen.«

»Das passt schon. Emily ist gerade auf Familienbesuch – Spring Break –, sie kann mir also assistieren.« Wolfe runzelte die Stirn. »Wir müssen jetzt erst einmal Licht ins Dunkel bringen, und diese Reifenspur könnte dafür entscheidend sein. Ich halte Sie auf dem Laufenden.«

»Danke.« Jenna wollte gerade los, drehte sich dann aber noch einmal um. »Wie geht's Emily? Bestimmt schön, sie mal wieder zu Hause zu haben, jetzt wo sie aufs College geht.«

»Es ist nett, meine drei Töchter mal wieder unter einem Dach zu haben. Und sie studiert Forensik, was ihre Unterstützung im Labor unbezahlbar macht. Nächsten Herbst zieht sie wieder bei uns ein. Das Black Rock Falls College bietet jetzt

Vollzeitstudiengänge für Forensik und Jura an. Ihr Praktikum kann sie auch bei mir machen.« Er blickte an Jenna vorbei und deutete mit dem Kinn die Auffahrt hinab. »Wir kriegen Gesellschaft.«

Ein weißer Pick-up parkte hinter Wolfes Wagen. Ein stämmiger Mann in einem Arbeitsoverall stieg mit einem Werkzeugkoffer in der Hand aus dem Wagen. Jenna hob einen Arm, um ihn davon abzuhalten, zum Haus weiterzugehen. »Einen Moment bitte, es handelt sich hier um einen Tatort.«

»Ja, das sehe ich, Sheriff.« Als er ihr die Hand reichte, sah sie, dass seine intelligenten gelbbraunen Augen von Lachfalten umgeben waren. »Ich bin Charlie Anderson. Mein Boss schickt mich, ich soll ein paar Tests am Überwachungssystem durchführen.«

Jenna nickte. »Verstehe.« Sie drehte sich zu Wolfe um. »Ist das erforderlich oder wollen Sie das System selbst überprüfen?«

»Ich werde ihn begleiten und mir die Ergebnisse ansehen.« Wolfe runzelte die Stirn. »Womöglich ist es defekt. Wenn Lindy durch die Haustür gegangen ist, dann hätten die Bewegungsmelder die Flutlichter einschalten müssen.«

»Nicht unbedingt.« Anderson starrte zum Haus hinauf. »Das kommt ganz aufs Set-up an – manche schalten alle Sensoren aus, sobald das System heruntergefahren ist. Andere ziehen es vor, die Flutlichter und die Kameras über einen separaten Stromkreis zu betreiben, sodass man das Haus verlassen und betreten kann, ohne den Alarm auszulösen.« Er kramte in seiner Tasche und holte sein Smartphone hervor. Nachdem er eine gefühlte Ewigkeit darauf herumgetippt hatte, präsentierte er Jenna und Wolfe das Display. »Mr Rosen hat das ferngesteuerte Modell mit beiden Optionen. Ich erkläre es Ihnen.«

»Aber in einfachen Worten und in der Kurzfassung, wenn ich bitten darf, ich muss ein vermisstes Kind ausfindig machen«, seufzte Jenna ungeduldig.

»Klar.« Anderson räusperte sich. »Die Rosens haben eine

Fernbedienung in ihren Autos, mit der sie, wenn sie abends ankommen, die Alarmanlage ausschalten, die Flutlichter aber anschalten können. Sie können sie aber auch tagsüber ausschalten.« Sein Blick traf Jennas. »Mein Boss will, dass ich das System und die Außensensoren auf Fehler untersuche, also benötige ich Zugang.«

Jenna wandte sich Wolfe zu. »Kann er rein?«

»Ich habe alle potenziellen Zugangspunkte kontrolliert, der Außenbereich ist also kein Problem.« Wolfe richtete das Wort an Anderson. »Betreten Sie das Haus nicht ohne mich, und da Sie bereits im Innern des Hauses gearbeitet haben, benötige ich Ihre DNA und Ihre Fingerabdrücke, um Sie als Tatverdächtigen auszuschließen.«

»Klar, aber zunächst muss ich das System überprüfen. Für die ganze Chose brauche ich maximal 'ne halbe Stunde, dann mache ich mich wieder auf die Socken.« Anderson blickte zu Jenna. »Ist das okay, Sheriff?«

»Ich kümmere mich drum.« Wolfe zuckte mit der Achsel. »Die Reifenspur führt ins Nichts.« Er winkte den Mann zum Haus. »Lassen Sie uns reingehen.«

»Danke, Wolfe«, seufzte Jenna erleichtert.

Sie schaute zum Haus hinauf, als Kane mit Duke an der Seite in der Tür erschien. Kane gab Kommandos, und Duke lief zum Auto der Rosens, ging zurück ins Haus und setzte sich. Es war offensichtlich, dass Lindys Geruchsspur im Haus endete und sie das Haus nicht verlassen hatte. Jenna schaute zu Kane auf. »Du glaubst doch nicht, dass sie immer noch da drin ist, oder?«

»Nö.« Kane zog sich seine Wollmütze über die Ohren. »Wir haben das Haus von oben bis unten abgesucht. Einen Keller gibt es nicht, und ich habe sogar die Dachbodentreppe runtergezogen und selbst dort nachgesehen. Duke hat in ihrem Zimmer und im Flur angeschlagen. Dort muss der Geruch seiner Reaktion nach zu urteilen am stärksten gewesen sein;

und wie Blackhawk bereits sagte, hinter dem Auto hat er nichts gefunden, sonst hätte er angeschlagen.«

»Okay. Dann können wir hier nicht mehr viel ausrichten«, räumte Jenna ein. »Also Abmarsch.«

Sie gingen zurück zu Kanes Wagen. Jenna stieg ein und lehnte sich in ihren Sitz zurück. »Ein einziges Mysterium. Irgendwelche Ideen?«

»Wir haben keine Beweise für eine Entführung gefunden, aber mein Bauchgefühl sagt mir, dass sie nicht fortgelaufen ist.« Kane beschrieb mit der Hand einen Kreis um das Grundstück. »Nachts ist es hier sicher dunkel und unheimlich. Ich kann mir einfach kein Kind vorstellen, dass von einem Alptraum geschockt ist und hier mitten in der Nacht völlig allein umherirrt, ohne die Flutlichter einzuschalten.«

»Ich auch nicht.« Jenna lief ein kalter Schauer über den Rücken. Sie starrte in die Bäume, die das Haus umgaben, und seufzte laut auf. »Lindy, wo bist du nur?«

ZWEI

Als Lindy die faulig riechende Luft einatmete, packte sie das nackte Grauen. Gefangen in der Dunkelheit und unfähig zu atmen: Ihr schlimmster Alptraum war wahr geworden. Sie wollte den höllischen Schmerz im Innern ihrer pulsierenden Schläfen reiben, doch sie konnte sich keinen Zentimeter rühren. Ein kalter Windhauch streifte ihre Beine wie eine Efeuranke, und ihr stellten sich die Haare auf, doch die muffige Luft im Raum war nicht eiskalt. Die glatte Kante eines Holzstuhls drückte gegen die Unterseite ihrer Schenkel. Die engen Stricke um ihre Brust und ihre Knöchel schnitten ihr tief ins Fleisch. Ihre Arme umschlangen die Rückenlehne des Stuhls, deren rechtwinklige Ecken sich in ihre Oberarme gruben. Ein entsetzlicher Geschmack überzog ihre Zunge, und ein Gestank nach faulenden Tomaten ließ Wellen der Übelkeit durch ihren Magen rollen.

Nur mit Mühe konnte sie ihren Kopf oben halten. Ihre Augenlider fühlten sich bleischwer an. Sie dämmerte in einem Zustand zwischen Schlafen und Wachsein dahin. Wie lang war sie schon hier? Es schien, als wären bereits Tage vergangen. Sie war so durstig und musste pinkeln. *Ich muss aufwachen und fliehen.*

Sie zwang ihre Augen auf und spähte in die feuchtkalte Dunkelheit. Ein winziger Lichtstrahl, der wie ein Riss in einer Gardine aussah und vor tanzenden Staubpartikeln flimmerte, beleuchtete einen von Spinnweben bedeckten Balken. Sie klammerte sich an diesen winzigen Lichtschimmer und wand sich. Die Stricke rieben ihr die Haut wund, doch es gelang ihr beim bestem Willen nicht, die Fesseln auch nur ein klein wenig zu lockern. Von plötzlicher Panik gepackt schaukelte sie vor und zurück und keuchte in der fauligen, abgestandenen Luft. Der Stuhl knarzte, war aber so stabil, dass sie ihn weder umkippen noch brechen konnte. Tränen trübten ihren Blick und liefen ihre Wangen herab. Da vernahm sie ganz in der Nähe ein fremdartiges Geräusch. Ein Motor lief, und wenige Augenblicke später strömte ein Stoß verbrauchter, warmer Luft über sie hinweg. Über ihrem Kopf erwachte eine einzelne staubige Glühbirne jäh zum Leben, die an einem langen Kabel von der Decke hing.

Die Dunkelheit hatte sie erstickt, doch jetzt, da sich ihr der Raum im gedämpften Licht präsentierte, schlug ihr das Herz vor Angst bis zum Hals. Die Tür lag auf der gegenüberliegenden Seite des Raums, und es gab keine Möglichkeit, sie zu erreichen. Unter ihren Füßen war eine große Plastikplane ausgebreitet, genau wie die, die sie im Innern des Hauses gesehen hatte, als die Männer das Wohnzimmer ihrer Familie neu gestrichen hatten. Zu ihrer Rechten stand eine Reihe von Doppelstockbetten, die von einer dicken Staubschicht bedeckt waren, und zu ihrer Linken ein Tisch mit Stühlen. Stapel mit Decken lagen auf Regalen neben Einmachgläsern mit braunem Inhalt, der aussah wie die Präparate in den Glasvitrinen im Wissenschaftslabor der Schule. Spinnennetze voller Staub hingen wie Spitzengardinen von den Balken über ihrem Kopf, und aus den dunklen Ecken vernahm sie das Rascheln von Ungeziefer.

Dann hörte sie die Schritte.

DREI

Auf dem Weg zurück ins Büro ging Jenna noch einmal die Liste mit Lindys engen Freundinnen durch. Alle hatten bereits von ihrem Verschwinden gewusst und waren überraschend hilfsbereit gewesen, aber keiner von ihnen war jemand eingefallen, mit dem Lindy mitten in der Nacht durchgebrannt sein könnte. Jenna schaute zu Kane. »Das hat nichts gebracht. Lindy hatte keinen festen Freund, nicht mal einen nahen Bekannten, und auch keinen Schwarm, abgesehen von dem Ex-Footballspieler, der an der Schule arbeitet ... auf den aber laut ihrer besten Freundin alle Mädels stehen, und Lindy soll er wohl nie sonderlich viel Beachtung geschenkt haben.«

»Hmm«, brummte Kane und sah sie flüchtig an. »Vermutlich sollten wir trotzdem herausfinden, wer er ist, und ihm einen Besuch abstatten.«

Als sie im Büro ankamen, erblickten sie Deputy Rowley, der von einer großen Menschentraube umringt wurde. Er verteilte Karten der Umgebung rund um die Rosen-Ranch und händigte Suchtrupp-Sticker aus, die die Leuten an ihren Jacken befestigen sollten. Als er seine Einweisungen beendet hatte, trat sie an seine Seite. »Sieht ja ganz so aus, als hätten Sie hier alles bestens unter Kontrolle.«

»Ja, Search and Rescue sind mit einem Hubschrauber im Einsatz, und wir haben ein paar Förster losgeschickt, die Freiwilligengruppen in beiden Richtungen entlang der Grenzen des Stanton Forest suchen lassen. Webber durchkämmt derweil mit einer weiteren Gruppe Glacial Heights, Maggie überwacht die Telefone und Blackhawk ist auf dem Weg.« Er winkte einer Gruppe von Reportern zu. »Die machen eine Live-Übertragung und rufen die Leute dazu auf, anzurufen, falls sie Lindy sehen, in ihren Gärten nachzuschauen und freiwillig bei der Suche zu helfen.« Sein besorgter Blick taxierte Jennas Gesicht. »Bislang haben wir noch keine einzige Meldung von jemandem erhalten, der Lindy gesehen hat, noch nicht einmal die üblichen Scherzanrufe.«

»Das ist nicht gut.« Jenna ging noch einmal die Liste der Männer durch, die Mr Rosen ihr gegeben hatte – jeder von ihnen könnte ihn beim Aktivieren des Alarms gesehen haben. »Ich möchte diesen Fall schnell aufklären. Sie kümmern sich weiter um die Suchaktion und wir klappern sämtliche Handwerker ab, die in letzter Zeit auf der Ranch der Rosens gearbeitet haben. Die Background-Checks erledige ich unterwegs.« Sie seufzte. »Halten Sie mich via Handy auf dem Laufenden. Ich will nicht, dass Informationen über einen Funkscanner an die Presse gelangen.«

»Verstanden.« Rowley wandte sich wieder der Menschentraube zu.

Jenna schielte zu Kane. »Okay, mit wem fangen wir an?«

Im nächsten Moment kündigte ihr Handy den Eingang einer neuen Nachricht an. »Das könnte eine Spur sein.« Sie kehrte der Schlange aus Bürgern den Rücken und ging voran zu Kanes SUV, lehnte sich gegen die Beifahrertür und nahm ihr Handy. Verwirrt starrte sie auf die Nachricht, der ein kurzes Video angehängt war.

Haben Sie sich schon mal gefürchtet, Sheriff?
Das sollten Sie nämlich.
Ich bin die Spinne, und mir ist eine niedliche Fliege ins
Netz gegangen.
Nun beginnt das Spiel.
Ihnen bleiben sechs Stunden.
Ticktack, ticktack.

Jenna wurde von einer Welle widersprüchlicher Gefühle überrollt. Sie schluckte. »Soll das etwa ein makabrer Witz sein?«, fragte sie und hielt Kane das Display unter die Nase.

»Nein, das klingt für mich nach einer glasklaren Drohung«, stöhnte Kane.

Während Jenna auf ihr Handy starrte, klopfte ihr Herz wie wild in ihrer Brust. Sie hatte sechs Stunden Zeit, um Lindy zu finden. Doch was, wenn sie das Kind nicht rechtzeitig aufspüren würde? Wenn dieser Wahnsinnige hier irgendein verrücktes Spielchen mit ihr treiben wollte und sie verlor, musste Lindy dann mit ihrem Leben dafür bezahlen?

VIER

Jennas erste Amtshandlung bestand darin, einen Plan auszuklügeln, um Lindy zu finden. Weil sie den Anblick der Nachricht keine Sekunde länger ertragen konnte, reichte sie ihr Handy an Kane weiter.

»Da hängt noch was an. Schau mal nach, was er mitgeschickt hat«, sagte Kane und gab ihr das Handy zurück.

Mit einem unguten Gefühl im Bauch öffnete Jenna die Datei und schirmte den Bildschirm mit der Hand ab, um besser sehen zu können. Sie startete das Video und sah entsetzt auf ihr Display. »O mein Gott, es ist Lindy.«

Lindy saß in einem dunklen, schmuddeligen Raum und war an einen Stuhl gefesselt. Der Kopf des jungen Mädchens hing schlaff herab. Sie war mit Stricken gefesselt, doch Jenna registrierte eine sanfte Bewegung ihres Kopfes. »Ich glaube, sie ist am Leben. Irgendjemand hält sie gefangen. Verdammte Scheiße, das könnte wirklich überall sein.« Sie warf einen Blick auf ihre Uhr. Es war neun Uhr dreißig.

»Zeig mal her.« Kane schnappte sich das Handy und spielte das Video erneut ab. »Mist, unterdrückte Nummer, vermutlich ein Wegwerfhandy. Wolfe soll sich das mal ansehen, der kann das Video bestimmt vergrößern. Vielleicht findet er irgendein Detail im Hintergrund, das uns zum Kidnapper führt. Was zum Teufel meint er mit ›Ihnen bleiben sechs Stunden‹? Gibt er uns eine Deadline, bis zu der wir sie finden müssen?« Er gab Jenna das Handy zurück. »Und was, wenn wir es nicht tun?«

»Keine Ahnung, jedenfalls klingt das alles ziemlich beunruhigend. Ich spiele nicht gern Spielchen mit dem Leben eines Kindes.« Sie blickte auf das Fernsehteam. »Ich gebe jetzt ein Pressestatement ab, das nur der Entführer verstehen kann. Ich werde sagen, dass wir offen sind für Verhandlungen mit dem Ziel, Lindy sicher nach Hause zurückzubringen.«

»Ja, wenn wir in den Dialog treten, können wir herausfinden, mit was für einer Person wir es hier zu tun haben.« Kane begleitete sie zum Fernsehteam. »Vergiss nicht, immer wieder ihren Namen zu nennen. Für ihn ist sie nur eine Handelsware, ihr Leben bedeutet ihm nichts.«

Jenna erklärte den Reportern, was sie vorhatte, und gab ihr Statement live vor den Kameras ab. Dann entzog sie sich den hartnäckigen Fragen und schloss zu Kane auf. »Ich hoffe, die Botschaft ist angekommen.«

»Du warst spitze.« Kane ging voran zu seinem Auto.

»Das wissen wir erst, wenn er sich noch mal meldet. Los jetzt, wir müssen Wolfe das Video übermitteln, die Uhr tickt.« Mit pochendem Herzen zog Jenna die Beifahrertür auf. »Ich rufe ihn an. Ich gehe davon aus, dass er die nötige Technik immer noch bei sich zu Hause hat?«

»Soweit ich weiß, ja.« Kane nahm hinter dem Lenkrad Platz.

Jenna nickte. »Hast du noch Kleidung von Lindy hier, mit der Duke ihre Fährte aufnehmen kann?«

»Ja, in der Asservatentüte im Kofferraum.« Kane kraulte Duke am Kopf. »Er wird sie finden, wenn wir nahe genug an ihren Aufenthaltsort rankommen.«

In Jennas Brust machte sich Panik breit. Lindy konnte an

jedem x-beliebigen Ort in Black Rock Falls sein. Im Frühling
waren die Tagestemperaturen kalt bis frostig. Noch immer
lagen Schneefelder in den Wäldern und bedeckten die Berge.
An den Fensterscheiben bildeten sich allmorgendlich fein zise-
lierte Eisblumen. Der Kidnapper hatte Lindy schon seit
Stunden in seiner Gewalt. Sie war zwar lebendig, trug allerdings lediglich ihren Pyjama und drohte, da sie barfuß war, an
Unterkühlung zu sterben. »Fahr!«

»Soweit ich das sehen kann, hält der Entführer sie in einem
alten Keller oder Gebäude gefangen.« Kane ließ den Motor an
und bog auf die vielbefahrene Hauptstraße ein. »Frag die
Leute, die in letzter Zeit bei den Rosens ein- und ausgegangen
sind, ob sie irgendwelche alten Immobilien besitzen.«

»Es gibt Tausende Möglichkeiten hier in der Stadt und im
Wald. Erst rufe ich Wolfe und danach Maggie an. Ich werde sie
bitten, mir eine Liste anzufertigen von allen Orten, die infrage
kommen. Die klappern wir dann zuerst ab.« Jenna wartete
ungeduldig, bis Wolfe ihren Anruf entgegennahm, und brachte
ihn dann auf den neuesten Stand. »Wie lange brauchen Sie
dafür? Wir brauchen die Infos zu diesem Video am liebsten bis
vorgestern.«

»Ich beeile mich.«

Mit dem Kopf voller Gedanken wandte sich Jenna an Kane.
»Hilf mir auf die Sprünge, Kane. Mit einem solchen Verrückten
hatte ich bislang noch nie zu tun – wie können wir mit ihm
verhandeln, falls er sich nicht zurückmeldet?«

»Gar nicht. In seiner Nachricht hat er uns lediglich das
Zeitfenster gegeben, das uns bleibt, um Lindy zu finden. Du
hast ihm Verhandlungen angeboten, nun müssen wir wohl oder
übel abwarten, ob er darauf antwortet.« Ein Nerv zuckte auf
Kanes Wange. »Mein erster Impuls wäre, die Freiwilligen ebenfalls zu den alten Gebäuden zu schicken, aber wer weiß, ob das
eine so gute Idee wäre. Wir wissen ja nicht, was für eine
Nummer er hier abzieht.« Er kratzte sich mit einer Hand im

Nacken. »Noch ist Lindy am Leben, aber wenn ein Suchtrupp sein Versteck aufspürt, tickt er womöglich aus und bringt sie um. Eine echte Zwickmühle. Am besten sagst du den Teams, dass sie sich verdächtigen Orten nur mit äußerster Vorsicht nähern dürfen.«

Jennas Magen zog sich aus Angst um Lindys Sicherheit zusammen. Vor ihrem geistigen Auge sah sie die Filmsequenz mit dem armen Mädchen in Endlosschleife. »Mittlerweile muss der Kidnapper den SAR-Hubschrauber in der Luft ohnehin bemerkt haben, ich fürchte also, es ist etwas spät, sich darüber den Kopf zu zerbrechen. Ich schicke Rowley und Webber mit raus. So können sie in kürzestmöglicher Zeit mehr Gebäude durchforsten.«

»Sofern sie einen Platz zum Landen finden.« Kane nahm eine Abkürzung und beschleunigte. Er umfuhr die Innenstadt und steuerte auf Wolfes Haus zu. »Wir brauchen weitere Informationen, um den genauen Standort zu bestimmen. Es ist schon fast zwölf Uhr mittags. Ich hoffe, Wolfe findet etwas Verwertbares für uns.«

»Das würde uns das Leben leichter machen.« Jenna scrollte durch das Adressbuch ihres Handys. »Maggie soll die Liste mit den verdächtigen Immobilien direkt an die Suchtrupps weitergeben, sobald sie sie ermittelt hat — das spart Zeit —, dann rufe ich das FBI an und frage, ob die uns Verstärkung schicken können. Allerdings brauchen wir schon sehr viel Glück, damit die uns so kurzfristig einen ihrer Field Officers bereitstellen.« Sie tätigte die Anrufe, dann holte sie einmal tief Luft und rief Mr Rosen an. »Mr Rosen, Jenna Alton hier. Es tut mir leid, Ihnen mitzuteilen zu müssen, dass uns ein Video von Lindys Entführer erreicht hat. Sie ist am Leben und wir tun alles Menschenmögliche, um ihren Aufenthaltsort zu ermitteln.«

»*O mein Gott.*« Mr Rosen räusperte sich. »*Hat er irgendwelche Forderungen gestellt?*«

»Noch nicht.« Sie blickte zu Kane. »Ich rufe Sie wieder an,

sobald wir irgendetwas Neues wissen.« Sie legte auf. »Weißt du, das alles kommt mir auf seltsame Art und Weise bekannt vor. Ich habe mal an einem Fall mit einem Drogendealer gearbeitet. Der hat Bilder von sich selbst in einer Halloweenmaske verschickt, wie er Drogen vor Polizeiwachen, Schulen und Kirchen verkaufte. Es war, als wollte er, dass wir ihn fassen. Doch dann hörte das Ganze eines Tages unvermittelt auf. Wir sind ihm nie auf die Schliche gekommen.«

»Ein klassischer Narzisst. Er wollte die größtmögliche Aufmerksamkeit, also hat er sich auf ein Katz-und-Maus-Spiel mit den Cops eingelassen. Die ausführliche Berichterstattung hat seinem Ego sicherlich geschmeichelt.« Kane parkte vor Wolfes Haus. »Vermutlich hat er eine Überdosis von seinem Stoff konsumiert.«

Jenna seufzte. »Vielleicht. Oder er hat sich in irgendwas anderes reingesteigert.«

»Gut möglich.« Kane drehte sich zur Seite. »Ah, da ist Wolfe ja. Wenn sich in diesem Video irgendein Hinweis versteckt, dann findet er ihn.«

Jenna und Kane standen dicht um Wolfes Schreibtisch gedrängt und schauten ihm dabei zu, wie er den Film bearbeitete. Seine Ausrüstung kam direkt vom FBI, war topmodern und mit sämtlichem Schnickschnack ausgestattet. Gespannt lauschte Jenna Wolfes Ausführungen.

»Es gibt nicht viel zu sehen. Die Kamera steht auf einem Stativ, das nach unten gerichtet ist, um einen möglichst kleinen Ausschnitt zu zeigen. Weil es nur eine schummrige Lichtquelle gibt, ist der Hintergrund so verpixelt.« Wolfe zoomte auf den Boden. »Da sind Plastikplanen auf dem Boden, und der Stuhl ist ein einfacher Holzstuhl mit gerader Lehne, wie man ihn in so gut wie jedem Haushalt finden kann. Er ist relativ alt, vielleicht zwanzig Jahre oder noch älter.«

Jenna studierte Lindy. »Können Sie erkennen, ob sie verletzt ist?«

»Es gibt keine sichtbaren Blutspuren auf ihrer Kleidung, und ihr Gesicht scheint unversehrt zu sein. So wie es aussieht, sind ihre Lippen nicht blau angelaufen. Die Fesselspuren an Fußknöcheln und Armen deuten darauf hin, dass die Seile um sie herum sehr eng sind, doch an den Stellen, an denen ihre Arme freiliegen, ist keine Gänsehaut zu erkennen.« Wolfe schaute Jenna an. »Also suchen wir nach einem bewohnten Haus oder einem, das eine Heizung hat.«

»Können Sie den Hintergrundton isolieren?« Kane lehnte sich vor. »Ich meine, Maschinenlärm gehört zu haben.«

Wenige Augenblicke später ertönte das Brummen eines Motors aus den Lautsprechern. Jenna lauschte konzentriert. »Ein Generator?«

»Ich glaube nicht.« Wolfe zog eine Augenbraue hoch. »Eher eine Klimaanlage, die zum Heizen des Kellers und zum Luftaustausch dient. Ein häufiger genutzter Ort also.«

»Vielleicht auch nicht.« Kane deutete auf den Bildschirm. »Schauen Sie sich die Sprossen auf der Unterseite des Stuhls an. Wenn vor Kurzem jemand auf diesem Stuhl gesessen hätte, wäre er wohl kaum so verstaubt.« Er blickte zu Jenna. »Die meisten Kinder würden ihre Füße auf den Sprossen abstellen, was mich zu der Annahme bringt, dass Lindy bewusstlos war, als er sie in diesen Stuhl gesetzt und gefesselt hat.«

Jenna kramte ihr Handy hervor und rief Rowley an. Aufgrund des Hubschrauberlärms konnte sie ihn kaum verstehen. »Wir vermuten, dass das Gebäude, zu dem der Keller gehört, bewohnt ist.«

»Ich kann Sie nur ganz schlecht verstehen, Ma'am.«

»Ich schreibe Ihnen.« Jenna tippte die Nachricht ein und wartete auf Rowleys Antwort. Als seine Mitteilung eintraf, blickte sie zu Kane. »Sie führen eine Rasterfahndung nördlich des Stanton Forest durch und arbeiten sich von dort bis zum

Grundstück der Familie Rosen vor. Die Förster kontrollieren die Waldhütten gen Norden und zwei berittene Ranger reiten gen Süden. Blackhawk ist mit einem Trupp gen Westen unterwegs.« Sie scrollte durch die Datei, die Maggie ihr zuvor geschickt hatte. »Wir schwärmen gen Süden Richtung Grasslands aus, ich habe eine Liste.«

»Verstanden.« Kane erhob sich. »Auf geht's Duke, jetzt beweis uns mal, was für einen guten Riecher du hast.«

Jenna stand auf und richtete das Wort an Wolfe. »Ich lasse Sie jetzt weiterarbeiten. Wenn Sie auch nur den winzigsten Hinweis entdecken, rufen Sie mich an.«

»Aber sicher doch, Jenna. Ich werde auch Ihr Handy weiter überwachen, auch wenn ich kaum glaube, dass er dasselbe Wegwerfhandy zweimal benutzt. Ihn anhand der Nachrichten ausfindig zu machen, wird unmöglich sein, aber ich werde es versuchen«, bot Wolfe an. »Ich schlage vor, Sie machen einen Aufruf in den Medien, in dem Sie alle Leute mit älteren Häusern und Rübenkellern bitten, sich zu melden. Und dann sagen Sie, dass Sie Deputys rausschicken, um jedes einzelne davon zu kontrollieren.« Er zuckte mit der Achsel. »So können Sie gleich eine riesige Anzahl an Häusern ausschließen – der Entführer würde ja niemals von seinem Versteck aus anrufen.«

Wolfes Besonnenheit erwies sich mal wieder als echter Trumpf. »Natürlich, das erledige ich sofort.« Jenna machte ihren Aufruf und klärte ihr Team über die neue Lage auf, dann eilte sie zu Kanes SUV. »Bestimmt werden gleich schon die ersten Leute anrufen«, mutmaßte sie und stieg in den Wagen. Sie schaute auf ihre Uhr. Es war fast zwei. »Wir fahren Richtung Süden und warten, bis uns Maggie die aktualisierte Liste schickt.«

»Roger, wo genau soll's denn hingehen?« Kane startete den Motor und runzelte die Stirn. »Sieht ganz so aus, als ob Emily gern mit dir sprechen würde.«

Jenna ließ ihr Fenster runter und lächelte Wolfes ältester Tochter zu, die ihnen entgegenlief. »Willst du mich sprechen?«

»Jepp.« Emily reichte ihr eine Thermoskanne und eine braune Papiertüte. »Truthahnsandwiches und Kaffee. Bestimmt haben Sie seit dem Frühstück nichts mehr gegessen, genau wie Dad.«

Jenna nahm gern an. Kanes Magen grummelte schon seit einer geschlagenen Stunde. »Vielen lieben Dank! Wir sehen uns später.«

»Danke, Emily«, sagte Kane lächelnd. »Vergiss nicht, deinen Dad zu füttern.«

»Als ob.« Emily winkte ihnen zum Abschied und verschwand im Haus.

Jennas Handy meldete sich mit einer Nachricht von Maggie. »Es ist noch nicht die Liste mit den möglichen Häusern, aber der Postbote hat sich mit einer Spur bei der Hotline gemeldet. Ihm ist ein Pick-up an der Goldmine Road aufgefallen, der heute Nacht gegen zwei Uhr in Richtung der alten Ziegelfabrik unterwegs war. Offenbar steht da ein altes Fabrikantenhaus. Es war an einen Einsiedler vermietet, der vor drei Monaten verstorben ist, und hat bestimmt einen Rübenkeller.« Sie gab die Koordinaten ins Navigationssystem ein. »Also, fahren wir los.«

FÜNF

Während er sich die Live-Berichterstattung über die Entführung von Lindy Rosen anschaute, genehmigte er sich einen tiefen Schluck aus der Bierflasche, die er sich soeben aufgemacht hatte. Als er von der Bitte des Sheriffs um Verhandlungen hörte, grinste er. »Hä? So dämlich bin ich auch wieder nicht. Die Idee ist doch, dass ihr mich findet. Ticktack, Sheriff, ticktack.«

Die Cops rannten wie kopflose Hühner in alle Richtungen ohne irgendeinen Plan, wo er das Mädchen versteckt hatte. Sie hatten keinerlei Anhaltspunkte, keine Beschreibung seines Trucks, keine Fingerabdrücke, nada, niente. Und warum? Weil er ein Meister der Täuschung war. Es war sein Talent, sich in eine Gemeinde einfügen zu können, ohne dass irgendjemand seinen Geheimnissen auf die Schliche kam, die ihn so besonders machten – wie ein Oberbösewicht in einem Comicheft.

Es gefiel ihm, sich anzupassen, ein normaler Bürger zu sein – das machte das Spiel der Täuschung so viel reizvoller, und das Schönste daran war, dass er dabei den Sheriff zum Narren halten konnte. Ihr das Video von der gefesselten Lindy zu schicken, war nur Teil seines Plans, sie und ihre Deputys auszutricksen. Er hatte sie dabei beobachtet, wie sie durch die Stadt stolziert waren, als wären sie überlegen, dabei war er der Überlegene. Nicht viele Menschen waren so intelligent wie er, der der Polizei immer einen Schritt voraus war. Das war nicht seine erste Entführung. Das Ganze war immer ein Kinderspiel gewesen, jetzt wollte er einen draufsetzen. Er suchte nach einer Herausforderung, einem Extrakick, um den Nervenkitzel zu erhöhen, und da Sheriff Alton seit ihrem Amtsantritt bei der Verfolgung von anderen sogenannten Serienkillern einen Erfolg nach dem anderen für sich hatte verbuchen können, konnte sie ihm vielleicht das bieten, wonach er sich sehnte. Eine Entführung und einen Mord, das konnte jeder. Er aber hatte inzwischen siebenundzwanzig Kerben in seinem Gürtel und wollte diese Zahl bis zum Sommer auf mindestens dreißig erhöhen.

Er nippte an seinem Bier und spielte das Video von Lindy erneut ab. Als sie aufgewacht war, hatte er die Angst in ihren Augen registriert. Die Art und Weise, wie ihre Unterlippe zitterte, hatte ihn verzückt. Sie waren alle verschieden – manche heulten und flehten, andere spuckten und schrieen ihn an. Wieder andere waren still, als hätten sie sich ihrem Schicksal gefügt. Er verzog das Gesicht. Die passiven Frauen bereiteten ihm nur wenig Vergnügen, er zog die Widerspenstigen vor. Verflixt noch mal, Lindy war richtig entsetzt gewesen, ihn in ihrem Zimmer zu sehen, und die Verängstigten versprachen immer einen unterhaltsamen Kampf.

Die Erregung ließ die Schmetterlinge in seinem Bauch flattern. Die Vorarbeit zu dieser Entführung war aufregend gewesen, in ein Haus zu spazieren und sich seine Trophäe zu schnappen war göttlich – doch das Töten ... Er stöhnte in Ekstase, nahm einen tiefen Atemzug und ließ die Luft mit einem leisen Pfiff entweichen. Das Töten würde er richtig auskosten.

SECHS

Als Kane die Auffahrt zum Highway nahm, war der Stanton Forest von düsteren Wolken überschattet. Er spähte auf sein GPS-System und schaltete Blaulicht und Sirene an. Solange sie nicht in unmittelbarer Umgebung der Goldmine Road waren, musste er Gas geben. Er genoss das Aufheulen des Motors, als er das Gaspedal durchdrückte. Der starke Motor übertrug seine Kraft auf die vier Reifen, die über den Asphalt glitten und den Wagen erst auf hundertdreißig und schließlich auf hundertsechzig Stundenkilometer beschleunigten.

Kurz nachdem sie den Stanton Forest hinter sich gelassen hatten, breitete sich vor ihnen eine unendliche Weite aus üppigen, grünen Wiesenflächen aus. Auf dieser Seite der Stadt würde sich das Gras gelb färben, da hier kein Vieh weidete. Weil das Flachland von unzähligen alten Minenschächten übersät war, war es schlicht zu riskant, hier Tiere grasen zu lassen. Die Industrie hatte sich durchgesetzt, und Industrieanlagen sprossen wie Pilze aus dem Boden. Kane schaute zu Jenna. Sie sah aus wie immer, wirkte aber ungewöhnlich ruhig. »Alles okay?«

»Glaub schon.« Jenna rutschte auf ihrem Sitz umher. »Es ist nur ... dieser Fall beschwört alte Erinnerungen herauf, die ich lieber vergessen würde.« Sie räusperte sich. »Ich weiß ja selbst, wie es sich anfühlt, auf begrenztem Raum gefangen zu sein, gefesselt und darauf gefasst, von einem Verrückten umgebracht zu werden.«

Zwei Männer, denen sie vertraut hatte, hatten versucht sie zu vergewaltigen und umzubringen. Kane wusste von dieser entsetzlichen Erfahrung und auch von der PTBS, die sie davongetragen hatte. Er drückte ihre Hand. »Ja, aber wir waren rechtzeitig da, um dich zu retten, und eine Deadline gab es damals auch keine. Du tust alles, was du kannst, um Lindy zu finden.«

»Ich habe Angst, dass wir sie nicht rechtzeitig finden.« Jenna stieß einen tiefen Seufzer aus. »Ich habe das Gefühl, wir werden an der Nase herumgeführt.«

Kane schaltete die Sirene aus, ließ das blau-rote Rundumlicht aber weiter leuchten, um andere Verkehrsteilnehmer zu warnen. »Das ist möglich. Der Typ tickt anders als die meisten Kidnapper. Er hat keine Forderungen gestellt.«

»Wie viele Kidnapper-Kategorien gibt es?«, fragte Jenna und sah ihn unvermittelt an. »Und in welche davon gehört er?«

Er zog gerade an einem Sattelzug vorbei, als das GPS ankündigte, dass die Goldmine Road sich vier Meilen voraus auf der rechten Seite befand. »Es gibt so viele unterschiedliche Typen, die lassen sich nicht in Kategorien unterteilen. Die meisten, die seinem Muster entsprechen, wollen irgendetwas – normalerweise Geld –, wozu sonst das Video?«

»Aber wenn er kein Geld will, was dann?«

Kane schaute sie an. »Keine Ahnung. Kontakt mit der Polizei ist normalerweise das Allerletzte, was die wollen, deshalb können wir meiner Meinung nach ausschließen, dass es jemand ist, der auf einen Kindersexsklaven oder einen schnellen Mord aus ist. Er hat zwar keine Forderungen gestellt, aber aus irgendeinem Grund hat er uns kontaktiert.« Er seufzte. »Falls er innerhalb des Zeitlimits keine Forderungen stellt, müssen wir um die Ecke denken.« Er warf ihr einen Blick zu. »Vielleicht nutzt er die Entführung, um an dich heranzukommen.«

»Ich kann mich nicht erinnern, in letzter Zeit jemanden vor den Kopf gestoßen zu haben.« Jenna zog die Mundwinkel nach unten. »Andererseits ist allein die Tatsache, dass ich Sheriff bin, für manche vermutlich schon Grund genug.« Sie richtete sich auf und sah ihn entschlossen an. »Okay, wir schleichen rein, ich weise die anderen Teams an, das auch zu tun.« Sie rief Maggie an und bat sie, ihre neuen Befehle an alle weiterzugeben. Als sie aufgelegt hatte, blickte sie Kane an. »Spiel nicht den Helden. In den Grasslands gelten die gleichen Gesetze wie in den Bergen – es ist unglaublich, wie viele Menschen schon ihr Leben verloren haben, weil sie unangemeldet irgendein Grundstück betreten haben.«

Kane lächelte sie an. »Mit dir an meiner Seite kann mir das nicht passieren.«

Er bremste ab, bog um die Kurve und schaltete das Licht aus. Das Navigationssystem informierte sie, dass die Zieladresse knapp fünfhundert Meter entfernt auf der linken Seite lag. Kane rollte nur mehr in Schrittgeschwindigkeit voran. Auf der Suche nach verräterischen Anzeichen von Bewohnung spähte er durch eine Reihe aus Bäumen, doch es drang kein Rauch aus dem Schornstein und das Unkraut wucherte bis auf die Veranda hinauf. Während sie sich dem Tor näherten, sah er Jenna an. »Es sieht verlassen aus, das wäre ein perfektes Versteck.«

»Ja, aber einen Truck habe ich nicht gesehen.« Jenna schnappte sich das Funkmikrofon und gab ihre Position durch. »Sehen wir uns mal um.«

Kane überprüfte die unmittelbare Umgebung, suchte nach

Reifenspuren oder Spuren im Gebüsch, entdeckte aber nichts Auffälliges. Er rollte entlang der baumbestandenen Seite der Einfahrt im Schatten der Bäume. Hinter einer Baumgruppe, die etwa zwanzig Meter vom Haupthaus entfernt lag, hielt er plötzlich an und drehte sich zu Jenna. »Es könnte auch einen weiteren Weg hierher geben, die Gegend ist voller Schotterstraßen. Und sein Auto könnte er in der Scheune versteckt haben.«

»Ja, mir sind beim Herfahren vom Highway aus ein paar Wege in diese Richtung aufgefallen.« Sie sprang aus dem Wagen und zog ihre Waffe. »Als Erstes sehen wir nach, ob in der Scheune ein Auto steht. Natürlich kann er sie hier auch einfach zurückgelassen und sich selbst wo auch immer verkrochen haben.«

»Bestimmt verfolgt er die Suche im Fernsehen mit.« Kane verzog das Gesicht. »Dass die Medien jeden einzelnen unserer Schritte übertragen, hilft natürlich nicht gerade.« Mit Duke dicht an seinen Fersen folgte er ihr.

»Jetzt sperr deine Lauscher auf.« Jenna machte unter einer hohen Kiefer halt. »Auf dem Video war doch das Brummen eines Motors zu hören.«

»Bei dem Wind ist es schwer, überhaupt irgendwas zu hören.« Kane schloss zu ihr auf und zog seine Glock aus dem Halfter. Gemeinsam schlichen sie im Schutz der Bäume näher heran. Einige Meter vor ihrem Ziel hielten sie an und lauschten. Eine frische Brise wehte ihnen ins Gesicht, fegte durch das hohe Gras und brachte den einzigartigen Geruch der Wildnis mit sich. Die Luft war erfüllt vom Duft nach Kiefernholz und Wildblumen und ließ keinerlei Rückschlüsse auf menschliche Bewohner zu. Hoch oben am Himmel zog ein Steinadler seine Bahnen. Er stürzte sich jäh hinab, um sich irgendein Kleintier am Boden zu schnappen, dann stieg er wieder empor. Kein Motorengeräusch unterbrach die Stille.

»Ich höre nichts.« Jenna sah Kane forschend an. »Du?«

»Nö.« Er zuckte die Schulter. »Das muss nichts heißen. Die Klimaanlage könnte ausgeschaltet sein, allerdings bin ich mir gar nicht sicher, ob es hier überhaupt Strom gibt. Das Haus muss über hundert Jahre alt sein.« Er blickte zur Straße zurück. »Da sind zwar Hochspannungsleitungen, aber die laufen nicht bis hierher.«

»Hier in der Gegend gibt es Industrieanlagen und Töpfereien. Ich glaube, dass die hier schon seit langer Zeit Elektrizität haben.« Jenna schlüpfte in den Schatten der Bäume. »Ich habe gehört, die wollen in den Grasslands Windparks errichten. Ein lukratives Investment für dieses Land, das als Weidefläche nichts taugt.« Sie hielt an und strich sich eine rabenschwarze Haarsträhne hinters Ohr. »Da ist die Scheune. Wenn wir hinten um sie herumgehen, können wir sie als Deckung benutzen.«

»Roger.« Kane folgte dicht hinter ihr.

Er bewunderte, wie Jenna die Führungsrolle übernahm und sich in Gefahrenzonen vorwagte. Dabei hätte sie guten Grund gehabt, ihn vorzuschicken, schließlich war sie in der Vergangenheit bereits mehrfach selbst zur Zielscheibe geisteskranker Verwirrter geworden. Er musste zugeben, dass er bereit dazu war, sich für sie zu opfern. Nachdem sie dem Tod denkbar knapp entronnen war, hatte sie bewiesen, dass sie genauso dachte, was seine Sicherheit anbelangte. Lang gezogene Schatten erstreckten sich von den Bäumen bis zur Scheune. Ohne einen Laut von sich zu geben, rannte Jenna über die offene Fläche. Sie presste ihren Rücken gegen die Scheunenwand und winkte ihn zu sich heran. Er taxierte das Haus und versteckte sich im Gebüsch, um einen besseren Blick zu bekommen. Obwohl die Veranda von Dunkelheit umgeben war, konnte er eine Bewegung an der Haustür ausmachen.

Jede Muskelfaser seines Körpers war gespannt, als er Jenna mit erhobener Hand zu verstehen gab, dass er etwas gesehen hatte. Sie hielt sich an die Vorschriften und versteckte sich im

Schatten. Er nahm sein Fernglas zur Hand und inspizierte das Haus und die Veranda. Die Tür war leicht angelehnt und bewegte sich etwas, bevor sie zufiel. Niemand erschien am Fenster, kein Geräusch drang aus dem Innern des Hauses. Er wartete einen Moment, dann holte er tief Luft und sprintete zu Jenna.

»Was hast du gesehen?« Jennas Augen, die zu ihm aufschauten, sahen im schwachen Licht riesig aus.

Er sprach mit gesenkter Stimme, die an ein Flüstern grenzte. »Die Vordertür ist ein paar Zentimeter aufgegangen, und dann ging sie plötzlich zu. Ich habe nichts anderes gesehen, kein Gesicht am Fenster, nichts. Es könnte der Wind gewesen sein.«

»Ich hoffe ja, dass es hier nicht spukt, aber seit ich in Black Rock Falls lebe, weiß ich, dass alles möglich ist.« Jenna schauderte. »Mit Lebenden und Toten kann ich umgehen, aber Geister sind eine ganz andere Hausnummer.«

»So, so, Geister, ja? Wenn es die geben würde, dann würden sie garantiert mich jagen.« Kane holte die Asservatentüte aus seiner Tasche hervor. »Mal sehen, ob Duke hier Witterung aufnimmt.« Er rief den Bloodhound zu sich heran und drückte ihm Lindys Socken an die Nase. »Such!«

Nachdem Duke herumgeschnüffelt hatte, kam er zurück und setzte sich vor Kanes Füße. Dieser schaute Jenna an und schüttelte den Kopf. »Nichts. Sie war nicht hier.«

»Vielleicht hat der Kidnapper sie von seinem Auto aus ins Haus getragen.« Jenna blickte in Dukes Hundeaugen. »Oder Duke hat Angst vor Gespenstern.« Sie tätschelte den Kopf des Hundes. »Glaub mir. Ich habe auch keine Lust in dieses gruselige Haus zu gehen.«

Diese Seite von Jenna kannte Kane bislang noch gar nicht, und er hätte gern mit ihr über ihre Ängste gesprochen, doch die drängende Suche nach Lindy ließ dafür keine Zeit. »Da ist ein Nebeneingang, direkt geradeaus.« Er schaute auf seine

Uhr. »Noch drei Stunden bis zur Deadline, wir sollten uns beeilen.«

Jenna nickte knapp und bewegte sich zügig und fast geräuschlos weiter die Scheunenwand entlang. Er folgte dicht dahinter und lauschte konzentriert nach Geräuschen aus dem Innern, konnte aber nichts hören. Als sie die Tür erreicht hatten, gingen sie zu je beiden Seiten in die Hocke. »Schau mal, ob sie aufgeht. Ich decke dich.«

»Roger.« Jenna drehte den Türknauf, und die alte Holztür ging laut knarzend auf – laut genug, um die gesamte Nachbarschaft aufzuwecken. »Scheiße.«

Kane lugte um die Tür herum. Der Boden im Innern lag unter einer dicken Staubschicht begraben. Ratten jagten vom Licht aufgeschreckt umher und verschwanden in dunklen Löchern. Abgesehen von einem heruntergekommenen Sattel, der über einer Stalltür hing, war alles leer. Hier war schon lange kein Mensch mehr gewesen. »Ich schätze mal, hier gibt es nur die Ratten und uns.« Er stand auf und steckte seine Waffe ins Holster zurück.

»Und einen Rübenkeller gibt es hier auch nicht.« Jenna stand auf spähte hinein. »Wir machen eine kurze Aufklärung im Haus. Vielleicht gibt es einen in der Speisekammer.« Sie zeigte auf die Scheunentore. »Ich glaube, wir kommen auch da durch zum Haus.«

Kane überkam eine düstere Vorahnung. Auf sein Bauchgefühl konnte er sich immer verlassen, und auf die Veranda zu gehen, nachdem die Tür sich vorhin noch bewegt hatte, war ein potenzielles Himmelfahrtskommando. Er berührte Jennas Arm. »Nicht so schnell. Das könnte eine Falle sein. Ich glaube, dass es sicherer ist, hintenrum zu gehen.« Er drehte sich zu Duke. »Sitz!«

»Klar.« Jenna ging wieder zur Tür hinaus und sprintete dann entlang der Scheune. Sie hielt an, schaute zurück zu ihm, deutete auf ihr Ohr und legte dann einen Finger auf ihre Lippen.

Kane wechselte sofort in den Kampfmodus. Er zog seine Waffe, schloss zu ihr auf und checkte kurz die Umgebung. Er starrte in ihr blasses Gesicht und lauschte. Ferne Klänge von Musik ertönten im Wind, und jedes einzelne Haar seines Körpers stand aufrecht.

SIEBEN

Als sie um die Ecke des alten Farmhauses linste, lief es Jenna eiskalt den Rücken hinunter. Die Witterung hatte schon vor langer Zeit die Farbe von dem alten Blockhaus abgetragen, und die verbliebenen Holzschindeln waren von dichtem Moos bedeckt. Vogelnester und Sprösslinge junger Pflanzen füllten die Dachrinnen, als versuchte die Natur, sich das alte Haus zurückzuerobern. Die Fenster waren größtenteils von Fensterläden versperrt, doch als sie sich an der Scheunenwand entlang weiter vorangetastet hatten, kam die Rückseite des Hauses zum Vorschein. Ein Fenster stand offen, dessen zerschlissene Spitzenvorhänge im Wind flatterten. Der Wind trug sehr leise Musik an ihr Ohr. Jenna drückte ihren Rücken gegen die Wand und drehte sich zu Kane. »Das offene Fenster. Da muss die Musik herkommen.«

»Vielleicht versucht sich hier auch jemand das Grundstück zu ersitzen, Stichwort Squatter's Rights.« Kane hob eine Augenbraue. »Allerdings sieht es nicht gerade danach aus, als ob hier jemand die fälligen Renovierungsarbeiten durchführen würde. Aber als Versteck für Lindy würde dieses Grundstück allemal taugen.« Er spähte zum Haus. »Irgendetwas ist hier faul.«

»Ich weiß, was du meinst, dieses Haus ist irgendwie unheimlich.« Ihre Blicke trafen sich. »Wenn es nicht um Lindy ginge, würde ich einen großen Bogen darum machen.«

Hin- und hergerissen zwischen dem Drang, gegen die Tür zu hämmern, und dem Wissen, dass sie besser Vorsicht walten ließen, entschied sich Jenna für den Mittelweg. Sie wich ein paar Schritte von der Scheune zurück und zielte mit ihrer Glock auf die Hintertür. »Sheriff's Department. Kommen Sie raus oder wir kommen rein!«

Sie warteten.

Nichts.

Jenna wiederholte ihre Aufforderung – diesmal lauter –, doch aus dem Haus drang weiterhin nur die Musik. Sie schaute fragend zu Kane. »Was meinst du?«

»Ich kann keinen Stolperdraht sehen.« Kane schwenkte das Fernglas hin und her. »Feuer ein paar Schuss auf den unteren Teil der Treppe. Wenn es eine Druckplatte gibt, dann muss die dort irgendwo liegen.«

Jenna zielte und feuerte viermal in den Fußboden, wodurch eine große Staubwolke aufgewirbelt wurde. Das Echo des Schusshalls wurde von den Gebäuden reflektiert und verriet ihre Anwesenheit. Der Wind wirbelte den Staub zu tanzenden Spiralen auf. Nach einem dritten, abermals erfolglosen Ruf bewegte sie sich langsam über den offenen Grund bis zur Hintertreppe. Die vertrockneten Überreste der Kletterrose, die sich um den Handlauf geschlungen hatte, verfingen sich in Jennas Kleidung, während sie einen Fuß nach dem anderen vorsichtig auf die verrottenden Stufen setzte. Die gespenstische Musik strapazierte ihr Nervenkostüm derart, dass sie sich zwingen musste, ihre Ängste zu überwinden, um bis zur Veranda vorzudringen. Dort angekommen, winkte sie Kane heran. Nachdem sie sich zu je beiden Seiten der Tür positioniert hatten, ergriff und drehte Jenna mit wild pochendem Herz den Türknauf. Die Tür öffnete sich mit einem rostigen Knarzen. Sie wartete einen Atemzug, bevor sie um die Ecke spähte. Erleichtert, dass hier niemand eine Schrotflinte zur Abwehr potenzieller Eindringlinge angebracht hatte, taxierte sie den kleinen Vorraum. Ihr Blick wanderte von einem mit verkrustetem Dreck verschmierten Waschbecken zu einer alten Petroleumlampe, die an einem rostigen Nagel hing. Spinnweben füllten jede Ecke des kleinen Raums, doch eine weitere Tür versperrte den Blick in die Küche. »Sheriff's Department.«

Nichts, keine knarzenden Dielen, nur der trällernde, kratzige Klang einer alten Melodie, die ihr seltsam vertraut vorkam, und das Flattern der Vorhänge im Fensterrahmen. Obwohl es Kane gelang, eine professionelle Fassade aufrechtzuerhalten, blitzten seine Augen warnend auf. Das Herz schlug ihr bis zum Hals. »Lass uns nachsehen.«

Jenna nahm einen tiefen Atemzug und griff nach dem Türknauf. Er drehte sich, doch die Tür bewegte sich nicht. Sie warf sich mit voller Wucht mit der Schulter dagegen. »Sie klemmt.«

»Lass mich es mal versuchen.« Kane trat in den kleinen Raum, umklammerte den Knauf und stemmte sich mit der Schulter gegen die Tür. Sie quietschte und sprang wenige Zentimeter auf. »Vermutlich ist sie irgendwie blockiert.«

»Ich schau mal durchs Fenster rein.« Jenna drehte sich um, steckte ihre Waffe ins Holster und sprintete zu dem offenen Fenster. »Komm schon, wir haben nicht ewig Zeit.«

»Räuberleiter.« Kane trat das Gebüsch unter dem Fenster platt und bückte sich. »Steig auf meine Schultern.«

Jenna stützte sich mit den Händen an der rauen Holzwand ab und spähte hinein. »Da hat jemand einen Stuhl unter den Türgriff geklemmt.« Sie riss das Fenster komplett auf und hielt sich am verwitterten Rahmen fest. »Kannst du mich hochschieben?«

»Klar.« Kanes Handflächen glitten unter ihre Füße. »Drei, zwei, eins.«

Nachdem sie oben angekommen war, schlüpfte Jenna durch das Fenster, krabbelte über ein verdrecktes Fensterbrett und hüpfte auf den Boden. Während sie den Stuhl entfernte und die Tür öffnete, polterte Kane die Treppe hinauf. Die Musik verebbte und erklang Sekunden später aufs Neue. Sie zog ihre Waffe. »Sheriff's Department, kommen Sie raus! Ich weiß, dass Sie da drin sind.«

Doch nichts als der kratzige Klang der Musik ertönte. Sie blickte zu Kane. »Lass uns alle Räume absuchen. Ich habe das Gefühl, hier will uns jemand zum Narren halten.«

»Roger.« Kane folgte ihr durch den Raum. Gemeinsam überprüften sie die Speisekammer. »Hier ist jedenfalls kein Eingang zu einem Rübenkeller zu sehen.«

Sie kontrollierten die beiden Schlafzimmer und fanden nichts als alte Möbel, die von einer dicken Schicht aus Staub und Rattendreck bedeckt waren.

Jenna huschte durch den Gang ins Wohnzimmer – und blieb wie angewurzelt stehen. Ihre Nackenhaare stellten sich auf und sie blinzelte ungläubig. »S-sag mir, dass ich das nicht s-sehe.« Entsetzt deutete sie mit ihrer Glock auf einen Schaukel- stuhl, der vor- und zurückächzte. Auf einem Tisch daneben spielte ein altes elektrisches Grammofon eine Schallplatte ab.

»Ich sehe es auch.« Als Kane zu ihr aufgeschlossen hatte, hörte der Stuhl auf zu schaukeln. Als er zur anderen Seite ging, nahm der Stuhl wieder seine quietschende Bewegung auf. »Okay.« Er ging wieder auf die andere Seite. »Der Durchzug aus dem Küchenfenster versetzt den Stuhl in Bewegung. Der Flur wirkt wie ein Windkanal.«

Jenna schluckte. »Aber wieso ist der Plattenspieler an? Es gibt doch keinen Strom in diesem Haus.«

»Ich sehe mal nach.« Kanes Stiefel polterten über die nackten Dielen, als er den Raum durchquerte und die Verkabe- lung überprüfte. »Da ist ein Akku mit einem Kabel, das da oben durch die Decke verläuft. Ich schätze mal, dass oben auf dem

Dach irgendwo eine kleine Solaranlage installiert ist. Der Plattenspieler ist auf Repeat eingestellt, deshalb spielt er immer weiter.« Er grinste verhalten. »Also keine Geister.«

Jenna versuchte, ihren rasenden Pulsschlag zu ignorieren, lief zur Vordertür und riss sie auf. »Das war eine komplette Zeitverschwendung. Lindy war nie hier. Das werde ich gleich melden. Schnapp dir Duke, wir fahren.« Sie blickte auf ihre Armbanduhr. »Nur noch zweieinhalb Stunden bis zur Deadline, und wir haben rein gar nix.«

Die Sonne näherte sich dem Horizont, und die Verheißung einer kalten Nacht wehte Jenna entgegen, als sie aus einer weiteren alten Scheune trat und sich den Staub aus den Klamotten klopfte. Die Suchtrupps hatten die Häuser auf allen möglichen Grundstücken durchkämmt. Sämtliche Farmbesitzer hatten den Behörden Zugang zu ihren Grundstücken gestattet, obwohl sie gar keinen Durchsuchungsbefehl hatten, was ermutigend und beunruhigend zugleich war. Wenn Lindys Kidnapper ein Versteck jenseits ihres Radars hatte, dann würde er sich locker und ungezwungen verhalten, da er sich sicher sein konnte, dass sie ihn nicht entdecken konnten. Das Beängstigende war, dass keiner der Suchtrupps irgendeine Spur von Lindy gefunden hatte. Die Sorge um das junge Mädchen trieb Jenna an, ohne Pause weiterzuarbeiten. Sie richtete sich auf und schleppte ihre müden Beine zurück zu Kanes SUV. Er war gerade dabei, Duke etwas Wasser zu geben, als sie sich gegen die Motorhaube lehnte und das Gesicht verzog. »Wir haben jetzt vier Orte in diesem Teil der Stadt durchsucht, und das Suchteam hat seine Suche darauf ausgeweitet, so viele bekannte Gebäude wie möglich zu durchforsten. Es ist wie die Suche nach der berühmten Nadel im Heuhaufen.«

Weil ihr Handy eine neue Nachricht anzeigte, spähte sie

auf das Display. Als sie die Nachricht öffnete, packte sie ein Schauder des Entsetzens.

Zu spät.

ACHT

Bestürzt und verwirrt zugleich starrte Jenna wie gebannt auf ihr Handy. »Da steht, wir wären zu spät«, sagte sie und schaute zu Kane auf. »Dabei bleibt uns doch noch eine Stunde?«

Ihr Handy piepte erneut, diesmal war es ein Bild. Mit zitternden Händen zeigte sie Kane das Foto der kreidebleichen Lindy, die auf einer moosbewachsenen Holzbank vor einem heruntergekommenen Gebäude saß. »O Gott, das ist Lindy.« Sie übergab Kane ihr Handy und rieb sich mit beiden Händen das Gesicht. »Und noch immer wissen wir nicht, wo sie steckt.«

»Moment, das kenne ich doch«, sagte Kane, während er das Foto genau inspizierte. »Da bin ich mal mit Rowley dran vorbeigefahren. Das muss das alte Schulhaus ganz in der Nähe von der Triple Z Bar sein.«

»Ich rufe Rowley an, er soll mit dem Hubschrauber dorthin fliegen.« Jenna rannte um die Motorhaube herum und schwang sich auf den Beifahrersitz. »Wenn wir Glück haben, dann lebt sie noch.«

»Das glaube ich nicht.« Kane vergrößerte das Bild und schüttelte den Kopf. »Da ist irgendetwas um ihren Hals gebunden und ihre Lippen sind blau angelaufen«, sagte er mit trauriger Miene. Er setzte sich hinters Lenkrad und gab ihr das Handy zurück. »Es ist zu spät, Jenna, und wenn du ihr einen letzten Rest an Würde bewahren möchtest, ruf Wolfe an und sag ihm, dass er uns dort inkognito treffen soll. Wenn der Hubschrauber in die Richtung fliegt, werden die Medien bereits an Ort und Stelle sein, bevor wir überhaupt da sind, und wir müssen so viele Beweismittel wie möglich sicherstellen.«

Während sie die verlorene Gestalt anblickte, die da auf der von Flechten überwucherten Bank saß, fühlte Jenna alle Kraft aus ihrem Körper entweichen. Es war ihr nicht gelungen, Lindy rechtzeitig zu finden. Kane hatte recht – das Mädchen hatte etwas Würde verdient. Sie versuchte, die Worte an dem dicken Kloß in ihrem Hals vorbeizubekommen und dabei nicht vor Kummer zu schreien. »Okay, ich rufe ihn an. Wir besorgen uns die Koordinaten. Fahr los, ich kümmere mich um den Standort.« Sie stöhnte auf, da er offensichtlich nicht willens war, loszufahren. »Worauf wartest du? Sie ist ganz allein da draußen, vielleicht nagen schon die Krähen an ihr.«

»Jenna.« Kane zog sie an seine breite Brust und strich ihr durchs Haar. »Das ist nicht deine Schuld. Wir haben alles Menschenmögliche getan, um sie zu finden.«

Jenna konnte ihr Schluchzen nicht unterdrücken und atmete dabei Kanes wohltuenden Duft nach Wald und Natur ein. Kane gelang es immer, ihr geschundenes Nervenkostüm zu beruhigen. Sie hielt ihre Tränen zurück, setzte sich auf und gewann ihre Fassung zurück. Erschöpft zu sein, war keine Entschuldigung dafür, zusammenzubrechen. Jetzt galt es, diesen Scheißkerl zu schnappen und zur Rechenschaft zu ziehen. Die brutale Realität der Situation traf sie mit voller Wucht. Der Entführer spielte ein Spiel mit ihr, und diesmal hatte er gewonnen. Sie blickte zu Kane. »Er wird es wieder tun, richtig?«

»Ja, das wird er.« Kane löste seinen Arm von ihrer Schulter

und ließ den Motor an. »Aber das nächste Mal werden wir vorbereitet sein.«

Während Kane auf die Straße zum alten Schulhaus abbog, spähte er zu Jenna. Es gab nicht viele Verbrechen, die Jenna derart nahegingen, doch sie hatte ihr Mitleid ausgeschaltet und war wieder in ihren professionellen, fast roboterhaften Arbeitsmodus zurückgekehrt. Ihre Befehle waren knapp und auf den Punkt. Sie hatte Rowley angewiesen, ihnen den Medienrummel vom Leib zu halten, indem er den Hubschrauber am anderen Ende der Stadt an irgendeinem alten Haus ihrer Liste landen und erst einmal dort bleiben sollte. Wolfe hatte sich auf Nebenstraßen aus der Stadt gestohlen und sollte in wenigen Momenten am Tatort eintreffen. Sie hatten sich darauf verständigt, das Funksprechgerät zu meiden, da die Medien und viele andere Leute Funkscanner besaßen. Als Jennas Handy klingelte, sah Kane sie direkt an. »Wolfe?«

»Jepp.« Jenna stellte ihr Handy auf Lautsprecher. »Wolfe, was haben Sie für mich?«

»Ich bin am Tatort. Ich habe das Opfer auf Lebenszeichen untersucht und Fotos vom Tatort geschossen. Ich würde mich gern im Gebäude umsehen, aber da ich nur mit Emily hier bin, dachte ich, es wäre besser, auf Verstärkung zu warten. Was ist Ihre geschätzte ETE?«

Kane blickte auf das GPS-Gerät. »Fünf Minuten, vielleicht auch weniger.« Er drückte das Gaspedal durch, und das Auto beschleunigte. »Der Täter steht auf Spielchen. Gehen Sie deshalb bitte kein Risiko ein und warten Sie am Auto.«

»Wie nah sind Sie am Gebäude dran?«, fragte Jenna und warf Kane einen besorgten Blick zu.

»Im Moment befinden wir uns auf der Straße vor dem Haus. Ich bin vorbeigefahren, um die Gegend nach einem Fahrzeug abzusuchen.« Wolfe räusperte sich. *»Es ist ein baufälliges*

Gebäude, keine Autos hier.« Er atmete tief durch. »*Ich kann Sie schon hören.*«

»Roger.« Jenna biss sich auf die Unterlippe. »Bleiben Sie in Alarmbereitschaft, wir wissen nicht, mit was für einem Verrückten wir es hier zu tun haben.« Sie legte auf und blickte zu Kane. »Ist das die nächste Phase seines Spiels?«

Kane raste weiter und erblickte bald schon den weißen Van des Gerichtsmediziners neben den Überresten einer alten Scheune. Er erkannte die kleine Silhouette von Lindy auf einer Bank, die in einiger Entfernung von einem alten roten Backsteingebäude stand, von dessen Dachstuhl nur noch die Reste erhalten waren. »Möglich. Kranke Menschen können viele Facetten von Wahnsinn zeigen. Die passen nicht alle in eine Schublade.« Kane fuhr hinter die alte Scheune und stellte seinen SUV neben Wolfes Van ab. »Eines ist sicher: Wer sich nach so viel Aufmerksamkeit sehnt, hat so etwas schon mal gemacht.«

»Dieses Haus stand auf Rowleys Liste.« Jenna sprang aus dem Wagen und nahm ihr Smartphone zur Hand, um ihn anzurufen. Sie erzählte von ihrer Entdeckung. »Habt ihr euch das alte Schulgebäude an der Schotterstraße etwa eine Meile hinter der Triple Z Bar gar nicht angesehen?«

Kane stieg ebenfalls aus und öffnete die Hintertür, um Duke ins Freie zu entlassen. Aufgrund des Hubschrauberlärms konnte er Rowley durch den Lautsprecher von Jennas Handy kaum verstehen.

»*Doch, Ma'am, das war der erste Ort, den wir kontrolliert haben, und da war alles sauber.*«

»Roger.« Jenna blickte zu Kane. »Ich will nicht, dass die Medien davon erfahren. Ziehen Sie die Suchtrupps aus dem Stanton Forest ab und verlegen Sie die Teams nach Westen. Halten Sie sie fern von uns. Wir müssen die Eltern verständigen, bevor die Medien Wind davon bekommen, dass wir Lindys Leiche gefunden haben.«

»*Ich kümmere mich drum, Ma'am.*«

»Danke.« Jenna legte auf und ging zu Wolfe hinüber. »Wolfe, was haben Sie für mich?«

Kane untersuchte den Tatort und stellte fest, dass dem Täter keine der typischen Fehler eines Mörders im Rausch unterlaufen waren. Es waren keine Reifenspuren zu sehen, doch möglicherweise hatten der Mörder oder Rowleys Suchmannschaft die frischen Gräser und Sträucher der Umgebung in Mitleidenschaft gezogen. Duke blieb ihm dicht an den Fersen, hielt regelmäßig an, winselte und lief im Kreis umher. Irgendetwas stimmte hier nicht, so viel war sicher. »Was hast du, Junge?«

Er scannte die Umgebung, nahm jeden Schatten wahr, konnte aber keine Bewegung erkennen. Dukes geschärfte Sinne hatten irgendetwas gewittert, und diese Warnung nahm er ernst. Er eilte zu Jenna. »Sei vorsichtig! Duke hat etwas Seltsames registriert.«

»Okay.« Es gelang ihr, professionell zu wirken, doch es lag ein Ausdruck von tiefer Traurigkeit in Jennas Augen, als sie ihn ansah. »Du hattest recht, Wolfe glaubt, dass der Kidnapper sie stranguliert hat.«

»Ich hasse es, richtig zu liegen, wenn es das Leid eines Kindes betrifft.« Kane blickte hinab auf den leblosen Körper der noch so jungen Lindy Rosen, die ihr ganzes Leben vor sich gehabt hatte und nun an einer alten Bank lehnte wie ein Müllsack.

Er verdrängte seine aufkeimende Wut. Es war ein Instinkt, der tief in seinem Unterbewusstsein schlummerte, die Bestien, die Kindern etwas antaten, zu jagen und zu töten. Er schluckte. Als er zu Wolfe blickte, kam ihm das Credo seines Freundes in den Sinn – die Geschichte des Todes der Opfer zu erfahren, sie immer als Menschen zu betrachten und ihre Mörder zur Rechenschaft zu ziehen. »Hat sie gelitten?«

»Ich fürchte, ja. Langsamer Erstickungstod.« Wolfe sah ihm

unumwunden in die Augen. »Die Ligaturen um ihren Hals sowie die punktförmigen Blutungen – sogenannte Petechien – auf der Haut und der Bindehaut beider Augen, wobei letztere unspezifisch sind, geleiten mich zu dieser Annahme. Die genaue Todesursache kann ich Ihnen mitteilen, sobald ich eine Autopsie durchgeführt habe.«

»Wenigstens hat er ihr keine Schnittwunden verpasst.« Jenna wischte sich mit der Handrückseite über den Mund. »Ich kann keine Anzeichen eines Kampfes erkennen.«

»Augenscheinlich nicht.« Wolfe hob Lindys Hände an und untersuchte sie, dann stülpte Emily Plastiktüten über beide Hände. »Ihre Nägel sind nicht abgebrochen, die Spuren auf ihren Handgelenken sind konsistent mit dem Bild, das er uns geschickt hat, und sie weist keinerlei Abwehrverletzungen auf. In vierundzwanzig Stunden, wenn ich Kehlkopf und Zungenbein untersucht habe, werde ich definitiv mehr wissen. Wenn ich eine Strangulation nachweisen kann, dann gehe ich davon aus, dass sie von hinten erfolgt ist, sodass sie keine Chance hatte, sich zu wehren.« Er seufzte. »Der Todeszeitpunkt ist nicht eindeutig. Wir unterstellen ihm ja, dass er sie innerhalb der letzten Stunde getötet hat, aber von ihrer Körpertemperatur ausgehend vermute ich eher, dass sie bereits vor sechs Stunden gestorben ist.«

»Ich muss ihre Eltern verständigen.« Jenna seufzte. »Wie lange brauchen Sie, um sie für die Eltern aufzubereiten?«

»Ich mache sie vorzeigbar, sodass sie sie heute Abend sehen können. Ich werde die Eltern bitten, sie formal zu identifizieren, danach warte ich noch einen Tag, bis weitere potenzielle Male auf ihrer Haut zum Vorschein treten.« Wolfe sah sie lange an. »Ich habe mir die unmittelbare Umgebung angeschaut, um zu überprüfen, ob ich irgendwelche Hinweise finde, aber das Gebiet ist zu sauber, als dass er sie hier getötet haben könnte.«

»Was meinen Sie, warum steht diese Bank hier so weit weg

von dem Schulhaus?« Jenna starrte auf den Boden. »Hat der Mörder sie bewegt?«

»Sie wurde nicht bewegt.« Wolfe ging in die Hocke und spähte unter die Bank. »Die steht hier schon seit langer Zeit.«

Kane starrte auf die alte Holzbank. »Es wäre naheliegend, die Bank unter dem Baum zu platzieren.«

»Offenbar stand neben der Scheune ein einräumiges Schulgebäude. Ich habe im Internet darüber gelesen, es ist mehr als hundert Jahre alt.« Jenna blickte ihn an. »Jetzt wird es als der Ort in die Geschichte eingehen, an dem wir Lindys Leiche gefunden haben.«

»Das ist noch unser kleinstes Problem. Wir müssen jetzt herausfinden, wo er sie versteckt gehalten hat, bevor er sie hierhergebracht hat.« Wolfe runzelte die Stirn. »Sind Sie sicher, dass er dafür nicht das bestehende Schulgebäude genutzt hat?«

»Rowley meinte, sie hätten hier heute morgen alles abgesucht.« Jenna starrte auf das alte Gebäude. »Wenn Sie mit dem Todeszeitpunkt recht haben, dann hat der Mörder sie wahrscheinlich hierhergebracht, bevor er das Video geschickt hat.« Sie zuckte die Schultern. »Wir sehen noch mal nach. Können wir Ihnen hier draußen noch behilflich sein?«

»Kane, wenn Sie mir helfen, ihren Körper in den Leichensack auf der Bahre zu packen, dann bringen wir sie ins Labor.« Wolfe runzelte die Stirn. »Ich würde sie gern so schnell wie möglich auf Eis legen.«

»Keine Frage.« Kane verdrängte seine Wut darüber, einen so jungen Menschen in einem Plastikbeutel entsorgen zu müssen wie einen alten Pizzakarton, zog sich Einmalhandschuhe über und machte sich an die Arbeit.

Nachdem sie den Körper gemeinsam in den Van verfrachtet hatten, kam Kane zurück zu Jenna und Emily. Wolfes Tochter sah Jenna mit einem entschlossenen Gesichtsausdruck an. »Kanntest du Lindy?«

»Nein, aber ich möchte unbedingt herausfinden, was ihr

zugestoßen ist.« Emily deutete mit dem Kinn in Richtung des alten Schulhauses. »Halten Sie es für möglich, dass der Mörder sie dort drin für längere Zeit festgehalten hat?«

»Nein, nicht hier. Das ist Teil des dämlichen Spiels, das der Mörder mit uns spielen möchte.« Angewidert schüttelte sie den Kopf. »Rowley hat das Gebäude heute Morgen mit Webber durchsucht. Wenn da auch nur ein Staubkorn am falschen Ort gewesen wäre, hätte er es gemeldet.«

»Sie schauen noch mal nach, Jenna, oder?« Emily erhob sich. »Wir können es jetzt noch mal durchsuchen.«

»Ich werde mich mit Kane darin umsehen, und wenn ich etwas finde, melde ich mich bei Wolfe.« Jenna drückte tröstend den Arm des Mädchens. »Diesen Teil der Arbeit darfst du ruhig uns überlassen, Emily. Hilf lieber deinem Dad.«

»Na gut«, sagte Emily und stapfte in Richtung des weißen Vans davon.

»Ich schätze, wir sollten mal einen Blick in das alte Schulhaus werfen.« Jenna stieß einen müden Seufzer aus. »Obwohl ich nicht glaube, dass uns dieser Scheißkerl auch nur den winzigsten Hinweis hinterlassen hat.« Sie schaute zu Kane auf. »Bringen wir es hinter uns, dann können wir uns auf die Jagd nach Verdächtigen begeben.«

»Warte einen Augenblick.« Ein eiskalter Schauer lief Kane wie zur Warnung die Wirbelsäule hinab. »Duke verhält sich merkwürdig. Er wittert irgendetwas.«

»Er war jetzt den ganzen Tag auf der Jagd nach Lindys Fährte. Vielleicht will er dir einfach nur sagen, dass er sie gefunden hat und er jetzt gern nach Hause möchte.« Jenna lief los und joggte durch das hohe Gras auf das Gebäude zu. »Kommst du?«

Kane hetzte hinterher und überflog die Umgebung. Völlig unvermittelt fing Duke an zu jaulen, drehte sich um, rannte zurück zum Auto und krabbelte darunter. Verwirrt sah Kane ihm nach und blickte dann zurück zu Jenna. Zu seinem

Entsetzen funkelte keine drei Meter vor der offenen Eingangstür des Gebäudes ein Lichtstrahl der Nachmittagssonne auf einem Stolperdraht. Mit rasendem Herzen sprintete er auf Jenna zu. Sie war weniger als zehn Meter von ihrem sicheren Tod entfernt. »Halt, das ist eine Falle!«

NEUN

Sie haben sie also noch nicht gefunden. Vor Aufregung rannen ihm Schweißperlen zwischen den Schulterblättern hinab. In seiner Aufregung fiel es ihm schwer, stillzusitzen und mitzuverfolgen, wie sich sein Traum von Anerkennung im Fernsehen erfüllte. Anfangs weigerte sich sein Gehirn, die spannungsgeladene Geschichte des Nachrichtensprechers zu glauben, doch als er verstand, dass der Mann da über ihn sprach, fing sein Herz an so schnell zu pochen, dass er tief durchatmen musste. Er lachte in die Dunkelheit hinein. Die Medien hatten ihm sogar schon einen Namen gegeben – sie hatten ihn Schattenmann getauft. Jetzt klang er wie eine Figur aus einem Comicheft. Verdammt, vielleicht würden sie ja sogar einen Comic über ihn machen. Die dramatische Art und Weise, mit der der Nachrichtensprecher die vergeblichen Bemühungen der Horden von Menschen beschrieben hatte, die den gesamten Wald durchsuchten, brachte ihn dazu, erneut lauthals zu lachen. Hatte Fräulein Sheriff wirklich geglaubt, er würde sich ihren Befehlen aufgrund von ihrer Bla-Bla-Bla-Rede fügen? Sie musste unter Wahnvorstellungen leiden, wenn sie ihn für einen der üblichen Mörder hielt, die sich sonst so in Black Rock Falls herumtrieben.

Er war einzigartig, einmalig, und wenn er mit dem Morden in dieser Stadt fertig war, dann würde er weiterziehen und irgendwo neu anfangen – und wieder eine neue Identität annehmen. Er war stolz auf seine Vielseitigkeit, denn seine nicht vorhersehbare Vorgehensweise war das größte Ass in seinem Ärmel. Die meisten Profiler waren auf einem Egotrip unterwegs und glaubten ernsthaft, dass sie ihm auf die Schliche kommen konnten, doch in Wirklichkeit war der ganze Bullshit, den diese sogenannten Experten über ihn verbreiteten, absoluter Schwachsinn.

Das Spiel mit Sheriff Alton hatte sein Abenteuer auf ein ganz neues Level gebracht. Sie war der erste weibliche Sheriff, mit dem er das Vergnügen hatte, und wenn sie so schlau war, wie die Leute zu glauben schienen, dann hätte sie ihm wenigstens eine anständige Herausforderung bieten können. Leider war sie nicht schnell genug gewesen, sein großzügig bemessenes Zeitfenster einzuhalten. Jetzt würde er herausfinden, ob sie den Ausweg aus seinem neuesten Labyrinth finden würde. Wenn sie es diesmal herausschaffte, dann brauchte er Geduld, um den ultimativen Hauptpreis abzustauben. Das Warten würde ihren Tod noch um einiges süßer machen. Bald würde sein Etappensieg überall in den Nachrichten verkündet werden, und die nächste unterhaltsame Runde dieses Spiels hatte er bereits vorausgeplant.

Es war der Nervenkitzel, junge Teenagerinnen dabei zu beobachten, wie sie über den Gehsteig schlenderten, miteinander quatschten, mit gesenkten Köpfen auf ihre Smartphones stierten, der ihn zum Handeln brachte. Die jüngsten Morde in Black Roll Falls hatten ihnen nicht die geringste Vorsicht eingeflößt, stattdessen spazierten sie weiter völlig unbekümmert durch die Welt. Er rieb sich die Hände, denn es juckte ihm in den Fingern, eines dieser Mädels von der Straße oder aus den ach-so-sicheren Häusern ihrer Familien zu stibitzen. Er hatte so viele Ideen entwickelt, um die Cops zu verwirren, und es gab so viele Mädels in dieser Stadt, da konnte er sich ruhig Zeit lassen, um sich genau die Richtige auszusuchen. Sie waren ja dermaßen leichte Beute – doch für den Moment konnte er erst einmal ausgiebig seinen neu gewonnenen Ruhm in den Nachrichten auskosten. *Und danach geht das Spiel in die nächste Runde, Sheriff Alton.*

ZEHN

Kane war dafür ausgebildet, sich kopfüber in die Gefahrenzone zu stürzen. Es war ihm in Fleisch und Blut übergegangen, seinen Körper aufs Spiel zu setzen, doch seine übliche furchtlose Ruhe ließ ihn diesmal im Stich. Jenna befand sich in Lebensgefahr. Sie drehte sich mit einem verdutzten Gesichtsausdruck zu ihm um, und die Sekunden vergingen auf einmal wie in Zeitlupe. Aus vollem Lauf hechtete er auf sie zu, erreichte sie in dem Moment, als ihr Fuß den Stolperdraht touchierte, und stürzte mit ihr kopfüber eine kleine Böschung hinunter. Seine Füße hatten den Boden noch nicht wieder erreicht, als ein Feuerblitz aus weißem Licht die Wiese erhellte und die erschütternde Kraft einer ohrenbetäubenden Explosion die beiden in einem Sog aus heißer Luft mitriss und über das Gras wirbelte wie Herbstlaub.

Kane schlang seine Arme um Jenna, während sie auf einer Hitzewolke durch die Äste eines Baumes geschleudert und schließlich zu Boden geschmettert wurden. Beim Aufprall schoss ein Schmerzreiz jäh durch seine linke Schulter, und er schob sich über den rauen Untergrund auf den Rücken. Er hatte sie aus den Armen verloren, als sie auf das hohe Gras geprallt und dann weitergerollt waren. Der Sturz hatte sämtlichen Sauerstoff aus seiner Lunge gedrückt, und er japste nach Luft. Geschosse aus verbogenem Metall, Ziegeln und Holz rieselten auf ihn herab. Desorientiert durch die Wolken aus Staub streckte er die Hand aus wie ein Blinder, der den Boden absucht, während ihm die Trümmer wie Hagel auf den Rücken prasselten. »Jenna, Jenna!«

Ein massiver Block aus zerbrochenen Ziegeln schlug nur wenige Zentimeter von seinem Kopf entfernt ein. Als er ihren Stiefel im Gras erblickte, packte ihn die nackte Panik um ihr Leben. Mit klingelnden Ohren robbte er zu ihr. Sie lag ausgestreckt da, mit dem Gesicht zur Seite, bleich wie ein Gespenst. Er kroch über ihren reglosen Körper, um sie vor den Projektilen zu schützen, die ihnen um die Ohren flogen. Sie bewegte sich nicht – nicht einmal das leiseste Flattern ihrer Augenlider war zu erkennen. *Bitte, lieber Gott, bitte nicht.* Er spuckte den Staub aus seinem Mund und beugte sich nah zu ihrem Ohr herab. »Jenna, kannst du mich hören?«

Nichts.

Eine weitere Explosion erschütterte den Untergrund und färbte den Himmel erneut scharlachrot. Dann schlug ihnen eine Hitzewelle mit einem ohrenbetäubenden Getöse entgegen. Seine Nasenlöcher füllten sich mit dem Geruch nach verbrannten Haaren. Riesige Brocken aus Zement und Holz regneten auf sie herab und bohrten sich in den Boden wie ein heißes Messer in Butter. Er vergrub schützend seinen Kopf in den Armen, als ein riesiger Zementblock, auf dem die Überreste eingemeißelter Buchstaben zu erkennen waren, einige Zentimeter neben seinem Gesicht einschlug. Holzsplitter stachen in das Erdreich um ihn herum und zerfetzten seine Jeans. Dann legte sich eine Decke aus dunkelgrauem Rauch über sie, die über die Wiese zu kriechen schien, auf und ab wie eine Schlange. Eine unheimliche Stille trat ein – abgesehen von dem lauten Klirren in seinen Ohren. Es war, als ob die Zeit stehen geblieben wäre.

Als er sicher war, dass der Trümmerregen verklungen war, hustete er, drückte sich auf die Knie und wischte sich die tränenden Augen mit dem Ärmel trocken. Er blickte zu Jenna hinab. Sie lag regungslos im Gras, ihr Kopf war immer noch zur Seite gedreht und ihr Gesicht war von Kratzern und Prellungen übersät. *Bitte, Gott, mach, dass sie am Leben ist.* Er ließ zwei Finger unter ihren Kragen gleiten, suchte nach einem Puls und seufzte vor Erleichterung auf, als er einen starken Herzschlag registrierte. Er wischte ihr mit seinem Hemd das Gesicht ab und entfernte Äste und Laub aus ihrem versengten Haar. Ihre Augen zuckten, und sie versuchte, ihn von sich zu stoßen. Aus Sorge um eine Wirbelsäulenverletzung beugte er sich dicht an ihr Ohr hinab. »Es gab eine Explosion, bleib still liegen und lass mich dich durchchecken.«

Er sah, wie sich ihre Lippen bewegten und ihre Augen öffneten, doch aufgrund des Klirrens in seinem Kopf konnte er nicht verstehen, was sie sagte. Er schüttelte den Kopf, und Jenna wies auf ihre Ohren und formte mit den Lippen die Worte: »Ich kann dich nicht hören. Alles okay bei mir.«

Erleichtert nickte er. »Ich glaube, bei mir auch.« Dann zeigte er auf seine Beine und schreckte zurück.

Jenna bedeutete ihm mit ihrer erhobenen, dreckverschmierten Hand zu warten, dann robbte sie an seine Seite und riss ungläubig die Augen auf. Sie schüttelte den Kopf. »Du bist nicht okay.« Sie drückte ihn auf die Seite. »Splitter.«

Kane blinzelte sie an. Sie schrie ihn an, doch er konnte sie immer noch kaum verstehen. Er erhob die Stimme. »Halb so wild«, rief er.

»Beweg dich nicht.« Jenna drückte ihm heftig gegen die Schulter. »Ich rufe Hilfe.« Sie zog ihr Handy aus der Tasche. »Ich schicke Wolfe eine Nachricht. Ich kann überhaupt nichts hören.« Sie stand taumelnd auf und sah sich um. »Ringsum steht alles in Flammen. Wolfe soll die Feuerwehr rufen.«

Kane zerrte an ihrer Jeans, um ihre Aufmerksamkeit zu gewinnen. »Sag ihm, er soll auch ein Bombenentschärfungskommando herschicken.«

»Okay.« Sie setzte sich neben ihn und schickte die Nachricht ab. Schmutz überzog ihr Gesicht wie Tarnfarbe und die Explosion hatte ihr Haar stellenweise hellbraun versengt. Die langen Kratzer, die sich über eine ihrer Wangen zogen, ähnelten roten Schnurrhaaren. Sie sah ihn an. »Ist dein Kopf okay?«

Als er seinen Kopf nach Verletzungen abtastete und dabei nur einige Kratzer registrierte, war er froh, dass er eine dicke Wollmütze trug. »Ja, mir geht's gut.« Er überprüfte seine Waffe und sein Handy. »Das Handy hat ebenfalls überlebt. Diese neuen Panzerhüllen sind wirklich Gold wert.«

»Was?« Jenna deutete auf ihre Ohren. »Ich kann dich immer noch nicht hören. Du musst wohl schreien.«

Im nächsten Moment kam Duke durch das von Ruß und Staub bedeckte Gras galoppiert. Der Hund stürzte sich auf Kane und lief dann bellend im Kreis umher. Kurz darauf drang auch Wolfe durch das hohe Gras zu ihnen. Mit aschfahlem Gesicht taxierte er die beiden so aufmerksam wie ein Adler. Kane schaute zu ihm auf und berührte seine Ohren. »Wir können nichts hören. Geht es Emily gut?«

Wolfe nickte ihm kurz zu und stellte dann seine Tasche im Gras ab. Er zog sein Handy hervor, um einen Anruf zu tätigen, dann schrieb er eine Nachricht und präsentierte sie den beiden.

Ich habe bei der Feuerwehr angerufen und ihnen gesagt, dass hier eine Bombe explodiert ist. Die Buschbrände können sie löschen, aber sie müssen abwarten, bis das Bombenentschärfungskommando aus Helena da ist. Ein Hubschrauber ist auf dem Weg. Da Jenna die Medien noch aus der Sache raus-

halten möchte, tun sie so, als sei das Ganze nur ein Trainings-
einsatz. Sie sind nicht mehr in Gefahr, bleiben Sie also bitte
still liegen und lassen Sie mich Sie untersuchen.

Kane nickte und bemerkte, wie ihm von der Bewegung ganz anders wurde. »In Ordnung, aber Jenna zuerst.«

Wolfe ging in die Knie, um Jennas Augen und Ohren zu untersuchen, dann wandte er sich Kane zu und wiederholte das Prozedere. Anscheinend hatten sie keine bleibenden Verletzungen erlitten, aber Kane musste seinen Stolz überwinden und Wolfe gestatten, seine Jeans aufzuschneiden, um die Splitter herauszuziehen. Er hatte schon häufig Verletzungen im Einsatz erlitten, aber von Jenna dabei die Hand gedrückt zu bekommen und umsorgt zu werden, war für ihn eine neue Erfahrung. Als Wolfe fertig war, war sein Hörvermögen bis auf das seltsame Klirren wiederhergestellt.

»Hier.« Wolfe zog eine Rettungsdecke aus Aluminiumfolie aus seinem Rucksack. »Wickeln Sie die um sich, ich helfe Ihnen zurück zur Straße. Tun Sie mir den Gefallen, und legen Sie sich auf eine Bahre in meinem Van.«

Kane schüttelte den Kopf. Sich neben Lindys Leiche zu legen, stand für ihn nicht zur Debatte. »Danke, es geht mir gut.«

»Vielleicht nicht mehr ganz so gut, wenn die örtliche Betäubung nachlässt, aber die Penicillinspritze wird möglichen Infektionen vorbeugen.« Wolfe schüttelte den Kopf. »Gut, dass ich immer einen Erste-Hilfe-Koffer dabeihabe, wo Sie sich doch andauernd verletzen.«

»Ich habe auch einen in meinem Auto.« Kane holte tief Luft und blickte zu Wolfe. »Hat mein SUV überlebt?«

»Jepp.« Emily kam durch die Bäume auf sie zu, und Duke lief ihr aufgeregt entgegen. »Abgesehen von einer dicken Staubschicht, glaube ich, dass er unversehrt geblieben ist. Die alte Scheune hat ihn vor Schlimmerem bewahrt.«

Kane seufzte erleichtert auf. »Danke, du lieber Gott.«

»Duke hat uns zu Ihnen geführt. Wir sind zurückgekehrt, als wir die Explosion gehört haben. Duke war völlig aufgelöst, lief wild im Kreis umher und bellte. Also sind wir ihm hinterhergelaufen.« Sie stellte ihren Rucksack auf dem Boden ab. »Dad bestand darauf, dass ich dort hinten warte, für den Fall, dass er Sie hier in Einzelteilen hätte auflesen müssen, aber dann konnte ich hören, wie Sie sich angeschrien haben.«

»Duke hat versucht, uns zu warnen.« Kane pfiff nach seinem Vierbeiner. »Komm her, guter Junge.«

Duke kam angerannt und jaulte fröhlich. Kane streichelte dem Hund die Ohren. »Ich bin so froh, dass es dir gut geht.« Er berührte Jennas Arm. »Kannst du mich wieder hören, Jenna?«

»Gerade so.« Jenna nippte an der Wasserflasche, die Wolfe ihr gereicht hatte. »Wir müssen uns waschen und Lindys Eltern verständigen, bevor die Presse Wind davon bekommt, was hier passiert ist.«

»Sie gehen nirgendwo anders hin als in die Notaufnahme. Ich werde mit ihnen sprechen und eine Pressemitteilung schreiben. Wir sagen, dass wir Lindys Leiche gefunden haben, aber die Todesursache noch nicht ermittelt haben.« Wolfes Miene war ernst. »Ich gehe davon aus, dass Sie die Tatsache, dass sie ermordet wurde, der Presse am liebsten ein paar Tage lang vorenthalten wollen?«

»Ja, das wäre großartig, Wolfe, danke.« Jenna stemmte sich zurück auf ihre Hände. »Mir geht's gut, ich brauche keine Sanitäter.«

»Ich muss leider darauf bestehen, dass Sie in die Notaufnahme fahren. Sie könnten eine Gehirnerschütterung erlitten haben, und Kane sollte dringend seine Schulter röntgen lassen. In diesem Zustand sind Sie niemandem eine Hilfe.« Wolfe tätschelte Jennas Arm. »Überlassen Sie das alles mir, ich organisiere die Leichenschau für die Eltern und rufe Sie später an.«

»Ich kann Ihnen gar nicht genug danken, Wolfe.« Jenna drehte sich zu Kane. »Unser Täter ist also nicht nur ein mordender Scheißkerl – wir haben es hier auch noch mit einem Verrückten zu tun, der Sprengfallen baut.« Sie drückte seine Hand. »Danke, dass du mir das Leben gerettet hast.«

Kane drückte zurück. »Ich glaube, wir sollten Duke mehr Beachtung schenken. Dass er sich mit unkonventionellen Sprengvorrichtungen auskennt, ist mir zwar neu, aber vielleicht hat er den Geruch des C4 erschnüffelt. Ich gehe davon aus, dass der Mörder diesen Sprengstofftyp benutzt hat.«

»Hast du schon ein Profil für ihn erstellt?« Jenna gestattete Emily, etwas Desinfektionsmittel auf die feuerroten Kratzer in ihrem Gesicht zu geben.

Kane nickte und rieb sich die Schulter. »Wir können froh sein, noch am Leben zu sein, aber dieser Mörder hat einen großen Fehler gemacht. Bevor er die Bombe gelegt hat, ist es mir schwergefallen, ein Täterprofil für ihn zu erstellen, aber jetzt nicht mehr. Dieser Typ ist ein Psychopath mit einer ausgeprägten narzisstischen Störung. Er hat Spaß am Töten und ist bislang damit durchgekommen. Das Problem ist, dass er berühmt werden möchte und nach Anerkennung lechzt.« Er stand auf und zuckte angesichts des Schmerzes in seinen Beinen zusammen. »Also erstens, er kommt nicht von hier, und zweitens, wir suchen nach einem weißen Mann zwischen dreißig und vierzig Jahren, der schon viele Jobs hatte und sich dabei einiges an Wissen angeeignet hat.« Er reichte Jenna die Hand und half ihr auf die Beine. »Er wird sich vermutlich irgendwo unsichtbar versteckt halten, weil er ein Katz-und-Maus-Spiel mit uns spielen möchte.«

»Ist das so?« Jenna warf ihm einen entschlossenen Blick zu. »Nun, ich vermute mal, dass er es bislang nur mit Hinterwäldlerkaff-Sheriffs zu tun hatte.« Ihr spöttisches Grinsen kühlte blitzschnell ab. »Jetzt aber hat er sich mit meinem Team angelegt, und ich habe nicht die Absicht, ihn gewinnen zu lassen«, fauchte sie. »Es wird mir ein Vergnügen sein, ihn zur Strecke zu bringen.«

ELF

DIENSTAG

Angeschlagen schleppte sich Jenna zu Aunt Betty's Café. Obwohl sie sich einige der versengten Strähnen abgeschnitten und geduscht hatte, schien sich der Gestank der Explosion in ihrer Nase festgesetzt zu haben. Eine Kehrmaschine fuhr die Main Street hinab, und die Arbeiter der Stadtverwaltung wuselten durch die Straßen, um das Chaos zu beseitigen, das die vielen Menschen und Pressevertreter, die an der Suche nach Lindy beteiligt gewesen waren, hinterlassen hatten. Die Resonanz war überwältigend gewesen. Die Black Rock Falls Women's Association hatte die Teams im Anschluss mit Essen und heißen Getränken versorgt. Die Suche hatte die Vorbereitungen für das Frühlingsfest am Wochenende darauf verzögert, doch Jenna war sich sicher, dass die Wimpel und Werbetafeln noch vor Ende des Tages aufgehängt sein würden. *Das Leben geht weiter.*

Jenna humpelte zum Tresen und gab erst einmal eine große Bestellung bei Susie Hartwig auf. Für zehn Uhr hatte sie ein Meeting in ihrem Büro einberufen. Mordermittlungen erforderten eine Menge lästiger Routinearbeiten, und aufgrund der damit einhergehenden Überstunden hatte sie es sich zur

Gewohnheit gemacht, Essen für ihre Deputys bereitzustellen. Sie lehnte sich lässig gegen die Wand und registrierte die neugierigen Blicke der anderen Kunden. Die Explosion hatte ihrem Gesicht ganz schön zugesetzt. Tatsächlich hätte man meinen können, sie hätte soeben einen Kampf verloren. Ob die Leute wohl Kane schon zu Gesicht bekommen hatten? Falls ja, dann mussten sie annehmen, dass sie beide in eine Schlägerei verwickelt worden waren.

Die Zeit unmittelbar nach der Explosion war noch immer ein wirres Durcheinander in ihrem Kopf: Sie konnte sich daran erinnern, dass sie zu Kanes SUV gelaufen war und sich dann übergeben hatte, woraufhin Emily die beiden in die Notaufnahme gefahren hatte. Nach wenigen Stunden war sie wieder draußen gewesen, doch aufgrund seiner alten Kopfverletzung hatten die Ärzte darauf bestanden, Kane die Nacht über dazubehalten. Als sie dort heute morgen um sechs Uhr mit seiner sauberen Uniform aufgeschlagen war, stellte sich heraus, dass er sich die halbe Nacht mit Hintergrundprüfungen zu möglichen Tatverdächtigen um die Ohren geschlagen hatte, die sie bei ihrem Meeting besprechen würden.

Sie spähte aus dem Fenster des Cafés auf den Parkplatz, auf dem Kane sein blitzsauberes Auto abgestellt hatte. Es war kaum zu glauben, dass es sich um ein und denselben Wagen handelte wie das verstaubte Fahrzeug, das sie nach der Explosion vorgefunden hatten. Nachdem sie die beiden im Krankenhaus abgesetzt hatte, war Emily damit nach Hause gefahren, um ihn und Duke gemeinsam mit ihren Schwestern Julie und Anna wieder auf Vordermann zu bringen. Sie hätte am liebsten ein Foto von Kanes Gesichtsausdruck gemacht, als er aus der Notaufnahme kam und von seinem Biest und einem äußerst adrett gestriegelten Duke erwartetet wurde.

Sie nahm Susie die Tüten aus der Hand, huschte durch die Tür und lief zum SUV. »Heute wird es richtig viel Getratsche geben in der Stadt.« Sie reichte Kane das Essen und schwang sich auf den Beifahrersitz. »Das hättest du sehen sollen, die haben mich angeschaut, als wäre ich ein Zombie oder so.«

»Dabei steht Halloween noch nicht mal kurz vor der Tür.« Kane grinste sie an. »Dann ist ja gut, dass ich hier gewartet habe.« Er ließ den Motor an. »Wolfe hat angerufen. Er kommt auch zum Meeting. Ich habe die Fallakte an alle geschickt, damit wir auf dem gleichen Stand sind.«

»Wolfe ist eine Maschine«, seufzte Jenna. »Während wir gestern Abend in der Notaufnahme lagen, hat er Lindys Eltern informiert, die Leichenschau organisiert und durchgeführt und eine Pressekonferenz gegeben.«

»Wolfe halt.« Kanes Mundwinkel zuckte. »Er hat mir schon in so vielen Situationen den Arsch gerettet, und in nicht wenigen davon hatte ich genau eine Überlebenschance. Und diese Chance hat er genutzt. Er war schon immer einer, auf den ich mich verlassen konnte, wenn alles den Bach runter geht.«

»Ja, ihr zwei habt schon ein besondere Bindung. Ihr seid wie Brüder.« Jenna lehnte sich in ihren Sitz zurück. »Ich habe auch Agent Josh Martin gebeten teilzunehmen. Er ist gestern vom FBI Child Abduction Rapid Deployment Team zu uns gestoßen, er hat Rowley ausgeholfen. Wir können uns glücklich schätzen, ihn bekommen zu haben – die Abteilung wird eigentlich nur dann aktiv, wenn das entführte Kind jünger als zwölf Jahre ist. Er kann uns einen Überblick über ähnliche Fälle in unserem Bundesstaat geben.«

»Den *kenne* ich.« Kane überlegte. »Ich habe in meinem vorigen Leben an einem Fall mit ihm gearbeitet, bevor er dem CARD beigetreten ist.«

»Wird er dich erkennen?«, fragte Jenna besorgt.

»Nee. Ich erkenne mich doch selbst nicht wieder.« Kane parkte seinen Wagen auf seinem designierten Parkplatz vor dem Sheriff's Department. »Und Wolfe hat er nie kennengelernt ... Josh könnte allerdings meine Stimme wiedererkennen.«

»Auch an mir haben sie viel verändert«, sagte sie und

blickte ihn an. »Mir gefällt mein neuer Look, bis auf eine Ausnahme: Ich bin eigentlich blond. Ich habe einige Narben um meine Augen herum, aber ich wusste gar nicht, dass sie dich plastischen Eingriffen unterzogen haben. Was haben sie gemacht?«

»Hmm«, grunzte Kane, sah sie prüfend an und ignorierte ihre Frage. »Blond ... echt?« Er schnappte sich die Taschen vom Rücksitz und reichte sie ihr. »Ich schnappe mir Duke, wir sehen uns drinnen.«

Vermutlich waren die wenigen Dinge, die Kane ihr von seinem alten Leben erzählt hatte, alles, was er ihr je erzählen würde. Sie sprang aus dem SUV und machte sich auf in ihr Büro. »Morgen, Magnolia.« Sie lächelte die Empfangsdame an und bemerkte Julie, Wolfes Tochter im Teenageralter, die sie schüchtern anschaute. »Wolltest du mit mir sprechen, Julie?«

»Das will sie ganz sicher.« Maggie strahlte sie an. »Dieses Mädel hat den gesamten gestrigen Tag über die Telefone besetzt. Ohne sie hätte ich das niemals geschafft.«

Kane lief mit Duke im Schlepptau hinter ihr vorbei. Sie blickte zu Julie. »Das was sehr nett von dir.«

»Es war superspannend«, lächelte Julie. »Ich wollte fragen, ob ich hier im Sheriff's Department ein Praktikum machen kann.«

Jenna lächelte. »Ja, wenn dein Dad damit einverstanden ist, würden wir uns freuen, dich bei uns zu haben. Bring mir einfach den notwendigen Papierkram zum Unterschreiben vorbei.« Sie blickte zu Kane. »Ich brauche etwas Zeit, um alle unsere Tatverdächtigen ans Whiteboard zu schreiben. Ich weiß nicht genau, wann Agent Martin ankommt.«

»Ich setze Kaffee auf und kümmere mich darum, dass alle auf dem Laufenden sind.« Kanes steifer Gang verriet ihr, dass ihm die Wunden von den Splittern höllische Schmerzen bereiten mussten.

ZWÖLF

Nachdem sie sämtliche Informationen auf dem Whiteboard erfasst hatte, ächzte Jenna und reckte sich, um den Schmerz in ihrem Rücken loszuwerden. Ihr Körper war von so vielen blauen Flecken überzogen, dass sie aussah wie eine Statue aus blauem Marmor. Sie musste unbedingt daran denken, Kane noch einmal für den Whirlpool zu danken, den er letztes Jahr in ihrem Homegym installiert hatte. Als sie gerade eine weitere Anmerkung am Whiteboard notiert hatte, stand er mit zwei Kannen voller frisch gebrühtem Kaffee in der Tür zu ihrem Büro. Rowley folgte dicht dahinter mit Milch und Zucker, und Walters bildete die Nachhut mit den Tassen. »Sind Wolfe und Agent Martin schon da?«

»Sie warten draußen, Ma'am.« Rowley stellte das Tablett mit Milch und Zucker auf den Tisch neben die Tassen und die Unmengen von Essen, die Jenna in Aunt Betty's Café erstanden hatte. »Ich hole sie rein.« Er eilte zur Tür.

Als die Männer den Raum betraten, begrüßte Jenna Agent Martin mit einem Lächeln. »Schön, Sie zu sehen. Danke, dass Sie gekommen sind.« Sie schenkte sich eine Tasse Kaffee ein und wartete, bis die Männer ihre Plätze eingenommen hatten.

Da sie darauf bedacht war, ihre Deputys so schnell wie möglich loszuschicken, um die Tatverdächtigen zu befragen, blieb sie vor dem Whiteboard stehen. »Alle mal herhören, bitte. Ich habe hier eine Liste mit den Personen von besonderem polizeilichen Interesse, die wir bislang ausmachen konnten. Unsere bisherigen Nachforschungen legen nahe, dass all diese Männer in den Wochen vor ihrem Tod Kontakt zu Lindy Rosen hatten.« Sie zeigte auf das Whiteboard. »Paul Kittredge, achtunddreißig, ist einer von zehn Männern, die für den Green Thumb Landscaping Service arbeiten. Was ihn so interessant macht, ist, dass er vor Lindys Verschwinden eine ganze Woche lang in der Nähe des Hauses gegärtnert hat. Außerdem hat eine Hintergrundüberprüfung ergeben, dass er sich in einem Fall, in dem es um den sexuellen Missbrauch eines Kindes in seiner Obhut ging, schuldig bekannt hat. Er saß ein paar Monate in Haft. Aufgrund des Geständnisses verhängte der Richter dann einen Strafaufschub von sechs Jahren, doch nach Ablauf dieser sechs Jahre änderte er sein Bekenntnis zu nicht schuldig, woraufhin der Richter das Verfahren einstellte.«

»Das ist ja die seltsamste Geschichte, die ich je gehört habe«, meinte Wolfe und rieb sich das Kinn. »Der hat sich also schuldig bekannt und läuft jetzt frei rum?«

»Die Gesetze von Montana sind komplex.« Agent Martins Mundwinkel formten ein Lächeln. »Das Ganze war zweifelsohne Teil eines Deals, oder besser gesagt einer Verständigung im Strafverfahren, und für einen solchen Fall sieht das Gesetz die Möglichkeit vor, ein Geständnis zu widerrufen.«

Jenna tippte ihren Kugelschreiber auf den Tisch. »Haben wir irgendwelche Infos zu den anderen Männern, die bei Green Thumb angestellt sind?«

»Der Inhaber hat mir eine Liste aller männlichen Mitarbeiter ausgehändigt, die auf der Rosen-Ranch tätig waren. Die Firma hat das gesamte Grundstück vor dem Winter über einen Zeitraum von etwa drei Monaten hinweg landschaftlich gestaltet. Auch andere Gärtner haben dort in derselben Woche gearbeitet wie Kittredge, aber er ist als einziger von ihnen vorbestraft.« Kane streckte die Hand nach einer Tüte voller Sandwiches aus. »Anscheinend war Lindy von Tatverdächtigen umzingelt.«

Jenna nippte an ihrem Kaffee. »Ja, aber fürs Erste beschränken wir uns auf diese Liste.« Sie wies auf das nächste Profil. »Der ortsansässige Handwerker Sean Packer, fünfunddreißig. Dieser Mann hatte über einen Zeitraum von vier Wochen Zugang zum Haus und erledigt dort noch immer ein paar kleinere Jobs. Seine Hintergrundprüfung ergab, dass er unehrenhaft aus der Army entlassen wurde.« Sie blickte zu Kane. »Was kannst du mir noch über ihn sagen, Kane?«

»Er ist verheiratet, kennt sich dank seines Militärdienstes mit Sprengstoff aus und hatte mehr als genug Zeit, um sich mit Lindy anzufreunden und den Sicherheitscode herauszufinden.« Kane lehnte sich mit seinen breiten Schultern in den Stuhl zurück und brachte ihn zum Ächzen. »Er passt zum Profil, eigentlich passt jeder auf dieser Liste in irgendeiner Weise auf das Profil.«

»Weiter geht's.« Jenna sah zu Wolfe hinab. »Sie haben sich mit Charlie Anderson unterhalten, dem Techniker, der das Sicherheitssystem überprüft hat. Auch er ist einer der Männer von Mr Rosens Liste, die am Haus gearbeitet haben. Was ist Ihr Eindruck?«

»Ich konnte keinen echten Eindruck gewinnen. Ich habe ihm nur über die Schulter geguckt, als er das System getestet hat. Seinen Job macht er jedenfalls gut.« Wolfes Gesichtsausdruck ließ keine weiteren Rückschlüsse zu. »Mich würde interessieren, ob Sie ihm irgendetwas nachweisen können, denn er gibt derzeit immer samstags Kunstkurse in der Gemeindehalle.« Er traf Jennas Blick. »Julie geht da immer mit ein paar Schulfreundinnen hin, aber es ist ein gemischter Kurs, an dem auch Erwachsene teilnehmen können. Ich hätte gedacht, um mit

Jugendlichen zusammenzuarbeiten, müsste man bestimmte Hintergrundprüfungen durchlaufen.«

»Das musste er auch, und ich habe ebenso wenig Vorstrafen bei ihm gefunden.« Kane nahm einen Schluck aus seiner Tasse. »Er ist durch seine Arbeit in und um das Haus der Rosens auf meinem Radar gelandet. Er ist einer von acht Technikern, die für die Sicherheitsfirma arbeiten, also kennt er das System in- und auswendig. Ich gehe davon aus, dass Rosen ihn erwähnt hat, weil er freien Zugang zum Haus und vermutlich Kontakt zu den Töchtern hatte.« Er seufzte. »Er hat eine abwechslungsreiche Karriere hinter sich. Ich weiß, dass er freiwillig Kurse an der Malschule der Gemeinde gibt, aber vor ein paar Jahren war er auch schon mal im Bergbau in Colorado tätig, was den Verdacht zulässt, dass er sich mit Sprengstoff auskennen könnte.« Er zuckte mit der Achsel. »Jedenfalls ist das Anlass genug, ihn auf unsere Liste zu packen.«

»Wenn ich hier kurz einhaken dürfte?«, fragte Josh Martin und hob fragend eine Augenbraue. »Setzen Sie nicht voraus, dass der Verdächtige Praxiswissen im Umgang mit Sprengstoff besitzen muss. Heutzutage kann sich jeder das nötige Wissen problemlos im Internet anlesen.«

Diese Bemerkung entfachte eine lebhafte Diskussion über das Für und Wider des Internets unter den Männern im Raum. Jenna räusperte sich erregt. »Können wir bitte weitermachen? Ich würde die Männer gern heute noch befragen. Einer von ihnen plant womöglich schon die nächste Entführung.«

Sie raufte sich das Haar. »Die nächsten beiden Namen auf meiner Liste stammen von unserer Verbrechens-Hotline, und obwohl Kane bislang noch nichts zu den beiden ausgegraben hat, glaube ich, dass wir sie als mögliche Tatverdächtige einstufen sollten. Noah McLeod, vierzig, ist einer der Hausmeister an Lindys Highschool. Die Frau, die sich bei uns gemeldet hat, hat dort eine Weile lang gearbeitet und dabei den Eindruck gewonnen, dass er sich etwas zu gut mit den Schüle-

rinnen versteht. Eine ähnliche anonyme Anzeige gilt dem Platzwart Mason Lancaster, der mit achtundzwanzig Jahren der
jüngste unter den potenziellen Tatverdächtigen ist.« Sie nahm
hinter ihrem Schreibtisch Platz. »Hat noch jemand andere
sachdienliche Hinweise?«

Im Raum blieb es still.

»Gut.« Jenna setzte sich und blickte zu Wolfe. »Wann
können wir mit den Ergebnissen von Lindy Rosens Obduktion
rechnen?«

»Bis fünf Uhr sollte ich fertig sein, denke ich. Ich schicke
Ihnen den Bericht per E-Mail zu.« Wolfe kniff die Augen
zusammen. »Oder brauchen Sie Webber? Falls ja, brauche ich
einen anderen Deputy vor Ort für die Obduktion.«

Jenna blickte zu Deputy Webber. Seit er an Wolfes Seite
arbeitete, hatte sie ihn als Deputy so gut wie verloren. »Nein,
das passt schon. Die Obduktion ist entscheidend, wir kümmern
uns um die Befragungen.« Sie blickte auf ihre Notizen. »Rowley, Sie kümmern sich mit Walters um McLeod und Lancaster.
Sie arbeiten beide an der Highschool. Ich fahre mit Kane raus
zur Rosen-Ranch, um mit Kittredge und Packer zu sprechen.
Danach machen wir Anderson über seine Arbeitsstelle
ausfindig und sprechen auch mit ihm.« Sie blickte zu Agent
Martin. »Haben Sie irgendeine Präferenz?«

»Ich wäre gern bei der Obduktion dabei.« Martin sah Wolfe
an. »Die Obduktion liefert sämtliche Beweise. Ich muss
anschließend wieder zurück zur Basis, aber ich kann wieder-
kommen, falls Sie meine Hilfe benötigen.«

Jenna nickte. »Danke, ich weiß Ihre Hilfe wirklich zu schätzen.« Sie schaute zu ihren Deputys. »So, Sie haben jetzt alle
Informationen, die Sie benötigen. Dann wollen wir mal
loslegen.«

DREIZEHN

Erleichtert, dass Josh Martin ihn nicht erkannt hatte, füllte Kane zwei Becher mit Kaffee, schnappte sich eine Papiertüte mit Sandwiches von Jennas Schreibtisch und klemmte sie sich unter den Arm. Er musterte ihre zerschrammte Erscheinung. Seit der Explosion hatte sie sich nicht einmal beklagt, obwohl offensichtlich war, dass ihr die erlittenen Verletzungen mehr Schmerzen bereiteten, als sie je zugeben würde. »Soll ich fahren?«

»Nee, du setzt dich lieber mal auf den Beifahrersitz und schonst deinen wunden Hintern«, scherzte Jenna, zog sich eine Mütze über das versengte Haar und ließ die Arme in ihre Jacke gleiten. »Wir nehmen meinen Streifenwagen, schließlich befragen wir die Männer ja ganz offiziell an ihrem Arbeitsplatz.« Sie sah ihn besorgt an. »Hat der Arzt dir irgendein Schmerzmittel mitgegeben? Diese Stichwunden müssen doch höllisch wehtun.«

Kane lachte und ließ seinen Finger sanft über die Kratzer auf ihrer Wange gleiten. »Dito. Du siehst aus, als hättest du dich unten an der Triple Z Bar geprügelt.« Er seufzte. »Dass ich auf dir gelandet bin, hat vermutlich auch nicht gerade geholfen, was?«

»Du hast mich vor der Druckwelle und den Splittern abgeschirmt.« Jenna lehnte sich an ihn. »Ich habe nur ein paar Beulen und Schrammen davongetragen, aber dich hat die volle Ladung herabstürzender Trümmer erwischt. Als ich gesehen habe, wie dieser Ziegel einen Zentimeter an deinem Kopf vorbeigerauscht ist ... da ist mir ganz anders geworden.« Sie schüttelte langsam den Kopf. »Ich verzichte erst einmal auf Medikamente. Ich brauche alle meine Sinne, um diesen verdammten Mordfall aufzuklären. Können wir los?«

Kane reichte ihr die Coffee-to-go-Becher in einem Papphalter. »Ja, ich packe uns noch eine Thermoskanne Kaffee ein. Sollen wir noch diese Chocolate Chip Cookies mitnehmen?«

»Klaro.« Jenna griff nach den Keksen. »Wenn es deinen Magen vom Knurren abhält«, feixte sie.

Kane grinste zurück, pfiff nach Duke und stapfte aus dem Büro.

»Andersons Arbeitsstelle ist ziemlich weit weg von der Rosen-Ranch, da fahren wir später hin.« Kane steckte sein Handy in die Tasche und tippte die Koordinaten in das GPS-System von Jennas Streifenwagen ein. »Silent Alarms ist eine Full-Service-Firma.«

Jenna bog in die Stanton Road ab und beschleunigte. »Soweit ich weiß, sind die in das alte Bankgebäude am Stadtrand umgezogen. Vielleicht brauchten sie den zusätzlichen Sicherheitsschutz, um ihr Business rund um die Uhr zu betreiben.«

»Ja, sie bieten ein Spitzensystem mit Rund-um-die-Uhr-Bewachung – wenn man genug dafür hinlegt.« Kane lehnte sich in seinen Sitz zurück und gähnte. »Das ist kein Unternehmen, das ich empfehlen würde.«

»Warum das?«

Kane rieb sich das Kinn. »Die haben zu viele Sicherheits-stufen. Es gibt zum Beispiel ein Servicepaket, das einen Notfallknopf umfasst. Das heißt, anstelle die 911 anzurufen, wenn man um sein Leben fürchtet, muss man sich als Hausbe-sitzer darauf verlassen, dass der Sicherheitswachmann einen beschützt.« Er räusperte sich. »Manche der Optionen, wie etwa die Bewegungsmelder und Lichter, sind ja gut. Auch das Ausspeichern von Überwachungskameramaterial in die Cloud ist vielleicht gut gemeint, aber ich finde, die Überwachung der Innenräume sollte ausschließlich Eltern vorbehalten sein, in dem Sinne, dass sie die Kameras selbst installieren und über ihr Handy überwachen können. Dafür eine Firma zu beauftragen, die sämtliche Daten sammelt, fände ich leicht beunruhigend.«

»Verstehe ich nicht.« Jenna bog in die Straße zur Rosen-Ranch ein. »Wenn ich ein Baby zu Hause hätte, könnte ich nicht rund um die Uhr darauf aufpassen, also würde ich mich doch darüber freuen, dass jemand anderes für mich ein Auge darauf hat.«

»Wenn ich ein Baby zu Hause hätte, dann wäre ich selbst dort, um mich darum zu kümmern«, schnaubte Kane und grinste sie dann an. »Ich wäre wirklich gern Hausmann. Den ganzen Tag rumsitzen, Football schauen und ab und an mal Windeln wechseln. Wie schwer kann das sein?«

»Das würdest du keinen Tag lang durchhalten.« Jennas Augen blitzten ihn an. »Du warst schon fix und fertig, als du nur für ein paar Stunden auf Wolfes Mädels aufpassen muss-test, und ein Baby ist ein Vollzeitjob. Glaub mir, der Tag hat nicht genug Stunden, um das alles auf die Reihe zu kriegen.«

Kane erhob kapitulierend die Hände und grinste. »Okay, okay, ich glaube dir ja«, räumte er verschmitzt ein. »Ich würde mir trotzdem lieber den Arsch abarbeiten, als mir eine Nanny für mein Kind zu holen. Ich war ein Soldatenkind, und mein

Vater hatte nie viel Zeit für mich, als ich klein war. Später wurden wir beste Freunde, aber da war es schon zu spät.«

»Ah, das erklärt alles.« Jenna fuhr zur Rosen-Ranch ab und rollte über die Zufahrt auf das Haus zu. »Hat Mrs Rosen gesagt, wo Kittredge und Packer heute arbeiten?«

Da kam Kane das unangenehme Gespräch wieder in den Sinn. Mit einer aufgelösten Frau zu sprechen, die die Beerdigung ihrer Tochter plante, war nicht einfach gewesen, doch immerhin war sie ruhig geblieben, als er ihr erzählt hatte, dass sie den Hinweisen zu Lindys Mörder nachgehen mussten. Mr Rosen war unerreichbar. Er hatte nach der Identifikation seiner Tochter in der Leichenhalle vor Wut fast einen Schlaganfall erlitten, sodass der ortsansässige Arzt ihn sedieren musste. »Ja, Packer ist im Haus tätig und Kittredge arbeitet irgendwo auf dem Grundstück. Heute sind vier Gärtner vor Ort.«

»Wir sollten einen großen Bogen um die Rosens machen«, sagte Jenna und blieb neben einem Pick-up stehen, der vor dem Haus abgestellt war. »Sorg dafür, dass die Befragung der relevanten Personen weit weg von sämtlichen Familienmitgliedern stattfindet.«

Kane stieg aus dem Wagen. »Na klar.« Er öffnete die Hecktür, ließ Duke herausspringen und schloss zu Jenna auf. »Dann wollen wir mal sehen, ob Duke anschlägt, wenn wir mit den Männern sprechen. Der Asservatenbeutel mit Lindys Pyjamaoberteil liegt im Kofferraum deines Autos, daran lassen wir ihn schnüffeln, bevor wir mit denen reden.«

»Ob das Duke nicht verwirrt?«, fragte sich Jenna. »Woher soll er wissen, welcher Spur er folgen soll, wenn das Kleidungsstück unterschiedliche Gerüche aufweist?«

Kane zuckte mit der Achsel, da er nicht wusste, wie der Geruchssinn eines Hundes funktionierte. »Ich habe keine Ahnung, aber ich dachte, einen Versuch ist es wert. Im Moment haben wir rein gar nichts. Wolfe konnte nicht ein einziges fremdes Haar auf Lindys Kleidung sicherstellen.«

»Okay, dann müssen wir uns wohl auf die gute alte Polizeiarbeit verlassen, um den Mörder zu finden. Ich befrage Packer, du achtest bitte auf seine Körpersprache und schaust, was du so aus ihm herausholen kannst.« Jenna ging in Richtung Treppe, dann drehte sie sich um. »Warte hier, ich bitte Packer, auf ein Wort zu uns rauszukommen.«

Kane eilte zu Jennas Streifenwagen und öffnete die Hecktür. Außer Sichtweite der Haustür ließ er Duke an der Kleidung schnüffeln. »Such!«

Duke lief ein paar Schritte in alle Himmelsrichtungen, dann kam er zurück und setzte sich. Kane tätschelte ihm den Kopf. »Behalte diesen Geruch im Hinterkopf, wenn wir mit diesen Männern sprechen.« Er lehnte sich gegen Jennas Auto und beobachtete die Haustür.

Mrs Rosen sah aufgelöst aus, hatte gerötete Augen und war kreidebleich. Jennas Erscheinen schien sie zu entsetzen, doch nachdem Jenna ihr eine Erklärung angeboten hatte, machte sie einen Schritt zur Seite und ließ sie herein. Wenige Augenblicke später trat Jenna mit einem Mann aus dem Haus. Kane schnappte sich Notizbuch und Kuli und erwartete die beiden am Streifenwagen. Packer war ein mittelgroßer Mann mit hellbraunem Haar und muskulöser Statur. Er trug einen erstaunlich sauberen Overall und einen Werkzeuggürtel um die Hüfte. Er hatte ein recht gewöhnliches, ziemlich unscheinbares Äußeres und keinerlei auffällige Merkmale, Narben oder Tätowierungen.

»Mr Packer, das ist Deputy Kane. Sie sind nicht dazu verpflichtet, mit uns zu sprechen, aber wir befragen jeden, der vor der Entführung Kontakt zu Lindy hatte.« Jenna sprach leise, aber eindringlich. »Wir wollen uns ein Bild davon machen, wer hier in den letzten Wochen so ein- und ausgegangen ist.«

»Klar, versteh ich, aber dauert das lange?« Packer spähte auf seine Armbanduhr. »Normalerweise mach ich um die Zeit immer Pause ... Ich muss nämlich noch in die Stadt.«

»Wir werden Sie nicht lange aufhalten.« Sie hob ihr Kinn. »Wie lange arbeiten Sie schon für die Rosens?«

»Ich arbeite schon seit 'ner ganzen Weile hier«, antwortete Packer und rieb sich die Nasenspitze. »Mrs Rosen will die meisten Einbauten und Armaturen ausgetauscht haben. Also tausch ich Türknäufe und Küchenschränke aus, so Zeug halt.«

»Haben Sie dabei Kontakt zu den Kindern?«, fragte Jenna und neigte ihren Kopf. »Mrs Rosen meinte, Sie hätten vor einer Woche Regale in Lindys Zimmer aufgehängt.«

»Ja, ich hab schon mit denen geredet.« Packer kniff die Augen zusammen. »Sie leben ja in diesem Haus – es ist schwer nich mit ihnen zu reden, sie rennen alle paar Minuten an mir vorbei.«

»Hat Lindy vor ihrem Verschwinden Ihnen gegenüber irgendwas von einem festen Freund oder ihren Alpträumen erzählt?«

»Von den Alpträumen weiß ich. Darüber haben sie andauernd gesprochen.« Packer rieb sich das Kinn. »Deshalb wollte Lindy auch die Regale in ihrem Zimmer. Ihr Vater wollte noch einen zweiten Schrank reinstellen, aber sie hatte Angst, dass sich dadrin jemand verstecken könnte.«

»Wann haben Sie Lindy zum letzten Mal gesehen?«, fragte Jenna und lehnte sich mit verschränkten Armen gegen ihr Auto.

»Am Tag bevor sie verschwunden is'. Ich hab nich mit ihr gesprochen, ich war mit dem Schlafzimmer der Eltern beschäftigt.« Packer runzelte sie Stirn. »Schreckliche Sache, das, was mit ihr passiert is'.«

»Ach, ja?« Jenna richtete sich auf und ging einen Schritt auf ihn zu. »Wir wissen gar nicht genau, was ihr zugestoßen ist. Wissen *Sie*, was Lindy zugestoßen ist?«

»Ich weiß, dass sie entführt und ermordet worden is'«, sagte

Packer und wich einen Schritt zurück. »Die Nachrichten sind voll davon, und ich hab gehört, wie die Familie drüber geredet hat.«

»Wo waren Sie in der Nacht ihres Verschwindens?«, fragte Jenna und sah ihm in die Augen.

»Zu Hause. Wo sonst?« Sorge machte sich in Packers Gesicht breit. »Ich brauch doch jetzt nich etwa 'nen Anwalt, oder?«

»Es handelt sich nur um Routinefragen, Mr Packer.« Jenna schaute ihn von der Seite an. »Die gleichen Fragen, die wir allen stellen. Ich habe nicht vor, Sie zu verhaften. Kann irgendjemand nachweisen, dass Sie zu Hause waren?«

»Meine Frau Aileen.«

»Ich werde auf jeden Fall mit ihr sprechen.« Jenna blickte zu Kane. »Ist Ihnen jemand aufgefallen, der vor Lindys Verschwinden im Haus war? Irgendjemand, den wir nicht auf dem Schirm haben? Vom Gärtnerservice wissen wir, aber haben Sie vielleicht sonst noch jemanden gesehen?«

»Jepp, die Sicherheitsfirma war mit zig Leuten vor Ort.« Packer zuckte mit der Achsel. »Die ganzen Sicherheitsvorkehrungen waren für die Katz, stimmt's?«

Kane notierte sich den Namen von Packers Ehefrau. Er war nicht davon überzeugt, dass er die Wahrheit sagte. Die Körpersprache des Mannes, die abwehrende Art, mit der er seine Arme verschränkte und seinen Mund bedeckte, als hätte er etwas zu verbergen, gab Anlass zur Sorge. Als Jenna ihn ansah, richtete er sich auf.

»Hast du noch irgendwelche Fragen an Mr Packer?«

»Ja, das habe ich.« Kane räusperte sich und richtete seine Aufmerksamkeit wieder auf Packer. »Sie haben eine Zeit lang in der Army gedient. Wurden Sie dort auch in der Handhabung von Sprengstoffen ausgebildet, und falls ja, was hat diese Ausbildung umfasst?«

»Sprengstoffe?« Packer schüttelte den Kopf. »Nee, von

Sprengstoffen hab ich keine Ahnung. Ich bin Handwerker, ein Alleskönner vielleicht, aber Dinge in die Luft zu jagen, gehört nich dazu.«

»Okay.« Kane pfiff nach Duke und Jenna rief den Hund an ihre Seite.

»Danke für Ihre Hilfe, Mr Packer. Das ist Duke, er kommt aus dem Tierheim.«

»Schön, dich kennenzulernen, Duke.« Packer bot dem Hund seinen Fingerknöchel an.

Kane sah gespannt zu, wie Duke an der Hand des Mannes schnüffelte, im Kreis umherging und sich anschließend auf den manikürten Rasen plumpsen ließ. Er hatte gehofft, dass Duke ihm ein positives Ergebnis liefern würde, doch abschreiben wollte er diesen Mann noch nicht. Der Mörder hatte keine belastbaren DNA-Spuren hinterlassen, doch es war gut möglich, dass er bei Lindys Entführung Overall und Handschuhe getragen hatte. Die meisten Menschen wurden nervös, wenn sie von der Polizei befragt wurden, das hatte ihn seine langjährige Berufserfahrung gelehrt. Doch bis zu dem Zeitpunkt, als Jenna ihn zu seinem Alibi befragte, hatte Packer so getan, als würde man ihn nach seinem Lieblingsrestaurant und nicht zu einem brutalen Mordfall befragen. Entscheidender aber war, dass er ihn einer Lüge überführt hatte. Seine Hintergrundinformationen zu Mr Packer belegten nämlich eindeutig, dass er Erfahrungen im Umgang mit Sprengstoffen aufzuweisen hatte.

VIERZEHN

Zum Spring Break waren die Straßen voller Menschen, die das wärmere Frühlingswetter genossen. Die Stadt hatte eine Vielzahl an Attraktionen im Park organisiert. Er schaute auf und erblickte einen einsamen Ballon, der vom Wind fortgetragen wurde. An den Städten im Westen gefielen ihm besonders die Festivals. Jedes einzelne davon bot eine bunte Mischung an Versuchungen, und Black Rock Falls bildete da keine Ausnahme. Kinder aller Altersgruppen, die gerade Schulferien hatten, schwärmten in die ganze Stadt aus, um Zuckerwatte zu kaufen oder an einem Eis zu schlecken, das sie beim Straßenhändler um die Ecke erstanden hatten. Als er sich unter sie mischte, während sie von einem Laden zum anderen flitzten oder anhielten, um sich an einem der vielen Verkaufsstände am Straßenrand etwas zu kaufen, fühlte er sich wieder wie ein Kind im Süßwarenladen. Eine so große Auswahl, und alle so verwundbar. Normalerweise suchte er sich eines aus, folgte ihm und versuchte vielleicht noch, nahe genug heranzukommen, um an seinem Haarschopf riechen und eine belanglose Unterhaltung mithören zu können. Nicht jedoch heute. Heute hatte er etwas viel Wichtigeres vor.

Er betrat Aunt Betty's Café, doch anstatt sich etwas zu essen mitzunehmen und zurück zur Arbeit zu eilen, setzte er sich an einen Fensterplatz und blickte auf seine Armbanduhr. Ihm blieb eine halbe Stunde, bis ihn irgendjemand vermissen würde, und unbemerkt herumzuschleichen, war eine seiner Spezialitäten. Er bestellte sein Essen und lehnte sich zurück in den Holzstuhl, aus dem er eine Gruppe junger Teenagerinnen bewundern konnte, die kichernd vorbeiliefen, sich gegenseitig anrempelten, Selfies machten und herumalberten. Er hob sich die Menükarte vors Gesicht, um sein Lächeln zu verstecken. Da war sie, seine Auserwählte. Ihr langer, blasser Hals war perfekt zum Erwürgen. Er unterdrückte ein Stöhnen, während er sich vorstellte, welche Spuren er hinterlassen würde.

Irgendetwas war befriedigend an der Art und Weise, wie sie ihn ansahen, wenn er sie erstickte. Er genoss ihre entsetzten Gesichtsausdrücke so sehr. Doch anstatt sie direkt zu töten, straffte er das Seil eng genug, um sie ohnmächtig zu machen. Wenn sie wieder zu sich kamen, allein und verängstigt in der Dunkelheit, dann waren sie schon fast dankbar, ihn wiederzusehen. Er ergötzte sich an den dunkelroten Striemen auf ihrem makellosen Fleisch, die von seinen Fesselspuren herrührten – das Beste aber war, dass ihre Stimmen dann ganz heiser wurden. Er wartete immer geduldig ab, bis ihr Jammern verklungen war und sie anfingen, mit ihm zu verhandeln.

Am Ende tötete er sie nur, um sie zum Schweigen zu bringen.

FÜNFZEHN

Deputy Jake Rowley wartete an seinen Streifenwagen gelehnt auf den alte Duke Walters, der noch in Aunt Betty's Café war. Er wäre am liebsten sofort los, aber Walters weigerte sich loszufahren, ohne vorher etwas zu Mittag gegessen zu haben. Während seiner Wartezeit ging er ein letztes Mal seine Notizen durch. Er hatte großen Respekt vor dem halbpensionierten Deputy, und als der Sheriff ihn in eine höhere Position versetzt hatte, war ihm das surreal vorgekommen. Walters war schon lange Deputy in Black Roll Falls und hatte in dieser Zeit mindestens vier Sheriffs kommen und gehen sehen.

Eine kühler Windstoß blies in seine offene Jacke und ließ sie wild um ihn schlagen. In der Erwartung dort aufziehender Regen- oder vielleicht sogar Schneewolken blickte er gen Himmel – doch der Himmel war blau, von der Stadt über die grünen Spitzen der Kiefern im Stanton Forest bis zu den schneebedeckten Berggipfeln dahinter. Er zog sich die Jacke zu und streifte sich eine Wollmütze über die Ohren. Der Frühling war da, doch das kalte Wetter würde noch eine Weile lang vorhalten.

Walters winkte ihm freundlich zu und schob seinen

Cowboyhut über seinen grauen Haarschopf, bevor er sich seinen Weg zum Streifenwagen durch die Menschen auf dem Gehsteig bahnte. Rowley öffnete die Fahrertür und setzte sich hinters Steuer. Er war stolz auf seinen neuen Streifenwagen und zuckte deshalb kurz zusammen, als Walters Tüten voller Essen neben den zwei Kaffeebechern in der Mittelkonsole ablud. »Ich bin mir sicher, dass wir unterwegs irgendwo anhalten können, falls du Hunger hast.«

»In Anbetracht der riesigen Ladung an Essen, die der Sheriff uns hingestellt hat, erwartet sie vermutlich von uns, dass wir ohne Pause durchziehen, aber dafür bin ich inzwischen zu alt.« Walters legte seinen Sicherheitsgurt an. »Diese Art von Mörder tötet nicht nur einmal. Ich kenne solche Typen; der ist nicht auf Lösegeld aus, der hat Spaß an dem, was er tut.«

»Kane glaubt das auch.« Rowley ließ den Motor an und legte den Rückwärtsgang ein. »Wir fahren jetzt direkt zum Schulwartbüro der Highschool und fragen den Schulwart, ob er uns genau sagen kann, wo McLeod und Lancaster heute arbeiten.«

»Ich glaub nicht, dass die den ganzen Tag arbeiten.« Walters zuckte mit der Achsel. »Normalerweise immer früh-morgens und spätnachmittags, aber vielleicht sieht es anders aus, wenn die Kids Ferien haben.«

Rowley rollte langsam durch den Verkehr und vorbei an zahlreichen unachtsamen Fußgängern, dann bog er von der Hauptstraße auf die Stanton Road ab. Highschool und College lagen Luftlinie nur eine Meile voneinander entfernt gegenüber des Stanton Forest. Keine zehn Minuten später fuhr er durch das Tor der Highschool. Er stellte seinen Wagen auf einem so gut wie verwaisten Parkplatz ab, der für die Lehrer reserviert war. Als er seine Fahrertür öffnete, schlug ihm eine frostige Böe ins Gesicht. Die frische, saubere Luft duftete nach Kiefern und dem tauenden Schnee mit einem Hauch von Holzfeuer. Er atmete tief ein. Wenn er etwas an Black Rock Falls liebte, dann waren es die Landschaften. Egal wo man auch stand, in jeder Richtung entfalteten sich großartige Aussichten. Er wartete auf Walters und ging zum Schulwartbüro voran. »Es hat sich nichts verändert, seit ich hier auf der Schule war.«

»Das ist ja auch noch gar nicht so lange her«, scherzte Walters. »Bei mir ist das eine Ewigkeit her, und ich bin auf eine Schule am anderen Ende der Stadt gegangen – sie wurde vor zehn Jahren abgerissen, jetzt steht da die Feuerwache.«

Es war schon seltsam, wie der Geruch eines Ortes Erinnerungen wachrufen konnte. Die Schule besaß ihren ganz eigenen charakteristischen Geruch, eine Mischung aus Putzmitteln und alten Socken. Am Hausmeisterbüro angekommen, klopfte Rowley an der Tür. Eine tiefe Stimme bat ihn einzutreten. Er drehte den Türknauf und lugte um die Tür herum. Ein Mann Mitte fünfzig erhob sich mit einem beunruhigten Gesichtsausdruck.

»Gibt es ein Problem, Deputy?«

Rowley hob beschwichtigend die Hand. »Nein, alles bestens. Wir gehen ein paar Spuren in einem Kriminalfall auf den Grund. Können Sie mir sagen, ob Mason Lancaster und Noah McLeod heute Dienst haben?«

»Ja, die sind da und sollten inzwischen vom Mittagessen zurück sein.« Der Mann stapelte Unterlagen auf seinem Schreibtisch. »Haben sie irgendwas verbrochen?«

Rowley nahm das aufgeregte Gebaren des Mannes zur Kenntnis und lächelte. Zweifellos führte der Schulwart irgendetwas im Schilde, doch ihm blieb jetzt keine Zeit, um herauszufinden, was. »Nö, nur ein paar Routinefragen. Nichts, worüber Sie sich Sorgen machen müssten.« Er wandte sich dem Lageplan der Schule zu, der an einer der Wände hing. »Können Sie mir zeigen, wo wir die beiden finden?«

»Natürlich.« Der Schulwart setzte sich an seinen Schreibtisch und tippte in die Tasten seines Computers. »McLeod wachst den Boden des Basketballfeldes und Lancaster verlegt

mit seinen Leuten einen neuen Rasen auf dem Footballfeld.«
Er sprang auf. »Soll ich Sie zu ihnen führen?«

»Ich kenne mich hier aus.« Rowley wies auf den Lageplan.
»Hier sieht es noch ziemlich genauso aus wie zu meinen Zeiten.
Danke, dass Sie sich Zeit für uns genommen haben.« Mit
Walters dicht hinter sich verließ er das Büro.

Als sie ihn antrafen, war McLeod gerade damit beschäftigt,
das Basketballfeld mit einer Poliermaschine zu bearbeiten. Er
arbeitete allein, hatte Ohrenstöpsel in den Ohren und
schwenkte die lärmende Maschine von einer Seite zur anderen.
Rowley stellte sich vor ihm auf und wedelte mit den Händen,
um seine Aufmerksamkeit zu gewinnen. Sämtliche Farbe wich
aus McLeods Gesicht, der sie mit weit aufgerissenen Augen
anstarrte und seine Ohrstöpsel herauszog.

»Noah McLeod?«

»Jupp.« Er stoppte die Maschine und blickte vom einen
Deputy zum anderen. »Verdammt, jetzt hat sie mir doch
tatsächlich die Cops auf den Hals gehetzt, was?«

Interessant. Rowley warf Walters einen vielsagenden Blick
zu. »Warum erklären Sie uns nicht, was vorgefallen ist?«

»Sie macht mir schon seit Wochen schöne Augen, wissen
Sie, wartet nach der Schule auf mich, um mit mir zu reden.«
McLeods Wangen flammten auf. »Sie hat mich letzten Samstagabend auf eine Party eingeladen, wir haben uns geküsst, das
war alles, und dann hat sie es sich anders überlegt. Ich habe
sofort von ihr abgelassen. Ich würde ihr niemals wehtun, ich
liebe sie.«

»Liebe sie?« Rowley nahm sein Notizbuch hervor und blätterte darin. »Wie schreibt sich ihr Name? Ich habe vergessen,
mir ihren Namen buchstabieren zu lassen.«

»Jocelyn S-M-Y-T-H-E.« McLeod sah betreten zu Boden.
»Das wird mich meinen Job kosten.«

»Bedauerlicherweise genießen Sie den Ruf, sich ein klein
wenig zu gut mit den Schülerinnen zu verstehen. Für einen

Mann von vierzig Jahren ist es strafbar, mit einem minderjährigen Mädchen rumzumachen, und erzählen Sie mir nicht, dass sie das nicht wussten. Das wussten sie verdammt genau.« Rowley baute seine gesamten ein Meter neunzig vor ihm auf und schaute auf den kleiner gewachsenen Mann hinab. »Es war nur eine Frage der Zeit, bis irgendjemand Anzeige erstatten würde.« Er wartete einen Augenblick, um McLeods Reaktion zu beobachten. »Samstagabend waren Sie also auf der Party, was aber haben Sie denn am Sonntagabend so getrieben?«

»Ich bin zu Hause geblieben, habe ein bisschen was getrunken und ferngesehen.« McLeod räusperte sich. »Sie wollen jetzt sicher wissen, ob das jemand bestätigen kann, stimmt's? Kann aber keiner. Meine Frau hat mich vor mehr als einem Jahr verlassen und die Kinder mitgenommen. Ich lebe allein.«

Walters trat einen Schritt vor und fuhr ihn mit wutentbrannten Augen an. »Sie kennen Lindy Rosen, nehme ich an?«

»Jupp, sie gehört zu der Traube, die immer bei Mason abhängt.« McLeod schnaubte. »Sie interessiert sich nicht für mich, sie steht mehr so auf den Ex-Footballer-Typ, und Mason war ein echter Star vor seiner Knieverletzung.« Er schmunzelte boshaft. »Muss schön sein, er zu sein.«

Rowley wurde unbehaglich zumute. Er blickte direkt in die Augen eines typischen Pädophilen und fragte sich, wie viele junge Leben der Mann wohl schon zerstört hatte. Sie alle »liebten« Kinder und nutzten das als Entschuldigung. Er schluckte all die Entrüstung, die in ihm aufkam, herunter und strafte McLeod mit seinem besten »Leg dich bloß nicht mit mir an«-Gesichtsausdruck ab. »Ich werde mit dem Sheriff sprechen, aber wenn Sie wollen, dass sie glimpflich mit Ihnen umgeht, dann rate ich Ihnen, die Stadt nicht zu verlassen. Falls Sie das doch tun, wird Ihnen Sheriff Alton schneller das FBI auf den Hals hetzen, als Sie gucken können.«

Er widersetzte sich dem Drang, diesem widerlichen Scheißkerl auf die Schnauze zu hauen, machte auf der Ferse kehrt und verließ das Gebäude. Als er Walters hinter sich keuchen hörte, verlangsamte er sein Tempo.

»Sei nicht zu nett zu ihm.« Walters zerrte an seinem Arm. »Bei diesem Arschloch wird der Sheriff noch mal nachfassen wollen.«

Rowley starrte ihn ungläubig an. »Zu nett zu ihm sein? Scheiße, Mann, ich habe gesehen, was Monster wie der Kindern antun können. Ich musste mich wirklich zurückhalten, um ihn nicht mit meinen bloßen Händen in der Luft zu zerreißen.« Er atmete tief durch. »Wenn das stimmt, was er über Mason Lancaster gesagt hat, dann gibt es wohl gleich zwei potenzielle Mordverdächtige, die an dieser Schule mit Kindern zusammenarbeiten.«

SECHZEHN

Mit den Händen voller Tüten von Aunt Betty's Café machte Julie Wolfe sich auf den Weg zurück zum Sheriff's Department. An ihrem ersten Tag als Praktikantin an der Seite von Magnolia Brewster schwirrte ihr nur so der Kopf vor lauter Gedanken. Sie mochte sie. Maggies Südstaatencharme und ihre großen braunen Augen weckten viele schöne Erinnerungen an die Haushälterin, die in Texas bei ihrer Familie gelebt hatte. Es war ihr schwer gefallen, den einzigen Ort zu verlassen, an dem sie sich jemals wirklich zu Hause gefühlt hatte, um in Black Rock Falls neu anzufangen. Wenigstens war der Umzug eine willkommene Ablenkung von der stetigen Erinnerung an das Dahinsiechen ihrer Mutter gewesen. Die Krankheit hatte sie von der aktiven Mom, die gern Basketball mit ihnen spielte, zu einem Schatten ihrer selbst gemacht. Ihr Vater hatte die Marines verlassen und war zu Hause geblieben, da er nicht wollte, dass irgendjemand anders sie pflegte. Sie erinnerte sich an die Furcht in seinen Augen und daran, wie er immer positiv geblieben war und ihre Mutter zum Kämpfen angetrieben hatte. Obwohl er sie jede einzelne medizinische Behandlung ausprobieren ließ, die er nur ausfindig machen konnte, hatte es am Ende alles nichts mehr genützt. Sie unterdrückte ihre Tränen und versuchte sich auf das zu konzentrieren, was sie mit Maggie vorhin besprochen hatte.

Ein Mann hatte Lindy Rosen aus ihrem Haus entführt und sie genau hier in Black Roll Falls umgebracht. Sie erinnerte sich daran, dass Lindy, wie so viele Mädchen auf ihrer Schule, unter Alpträumen gelitten hatte. Da Julie nicht Teil der angesagten Clique war, hatte sie bislang nur ein paar wenige Storys aufgeschnappt. Vorhin aber, während sie in Aunt Betty's Café auf ihre Bestellung hatte warten müssen, hatte sie interessiert eine Unterhaltung an einem nahegelegenen Tisch belauscht. Sie war zurück ins Sheriff's Department gelaufen, hatte ihre Tüten im Kühlschrank der kleinen Küche verstaut, sich zwei Sandwichpakete und Getränke für Maggie und sich selbst geschnappt und war damit zurück zum Frontschalter gegangen.

Im Büro war es ruhig, und abgesehen vom Telefondienst, gab es für sie nicht viel zu tun. Sie reichte Maggie ihr Mittagessen und nahm neben ihr Platz. »Ich habe gehört, wie ein paar Mädchen von meiner Schule bei Aunt Betty's darüber gesprochen haben, was mit Lindy passiert ist. Ich dachte, das könnte vielleicht wichtig sein.«

»Na, dann raus mit der Sprache, mein Kind.« Maggie sah sie mit liebenswürdigen Augen an. »Erzähl!«

Julie wurde verlegen. Sie hasste es, Tratsch zu verbreiten, doch möglicherweise konnte sie so ein anderes Mädchen vor Unheil bewahren. Als sie Maggies aufmunterndes Lächeln sah, schluckte sie, überlegte es sich dann aber anders und schüttelte den Kopf. »Ach, egal, wahrscheinlich ist es eh unwichtig.«

»So, jetzt hör mir mal zu.« Maggie drehte sich in ihrem Stuhl und starrte sie direkt an. »Das hier ist eine Polizeiwache. Wir versuchen hier, Verbrechen zu verhindern, wie jenes, das der jungen Lindy Rosen widerfahren ist. Wenn Leute hier nicht anrufen würden, um uns zu erzählen, was sie gesehen oder gehört haben, dann könnten wir den Laden auch gleich dichtmachen.« Sie tätschelte Julies Hand. »Sieh dich um, außer uns zwei Mädels ist hier kein Mensch, und ich werde deine Informationen, abgesehen von den Leuten, die dir nahestehen und denen du vertraust, keiner Menschenseele weitererzählen, darauf kannst du Gift nehmen.«

Maggies Worte leuchteten ihr ein. Julie nippte an ihrem Getränk, um ihren plötzlich trocken gewordenen Hals zu befeuchten, und blickte sie an. »Es geht um diese Alpträume. Ich weiß, dass Lindy fast jede Nacht unter ihnen litt, aber sie war nicht das einzige Mädchen auf der Schule mit diesem Problem.« Sie platzierte ihren Ellbogen auf dem Tisch und stützte ihre Wange mit einer Hand. »Die haben so gut wie alle.« Sie runzelte die Stirn. »Gut ... vielleicht nicht *alle,* aber bevor der Mann Lindy entführt hat, haben ein paar Mädchen erzählt, sie hätten nachts einen Mann in ihrem Zimmer gesehen.«

»Okay, und was hast du in Aunt Betty's Café mitbekommen?« Maggie beugte sich erwartungsvoll nach vorn.

»Sie hatten alle unterschiedliche Träume, aber in allen kam ein Mann vor, der in ihrem Zimmer war.« Julie versuchte das Gehörte aufzudröseln. »Kurz überlegen. Eines der Mädchen meinte, dass Lindy Alpträume von einem Mann hatte, der sich im Schatten versteckt. Sie war sich sicher, dass er da war, doch immer, wenn sie aufwachte und ihr Vater das Licht anknipste, war er verschwunden.«

»Diese Information war gestern in den Abendnachrichten, was also haben sie noch erzählt?« Maggie entfernte die Plastikfolie von ihrem Lunchpaket und knabberte an einem Schinkensandwich.

»Sie haben alle erzählt, dass sie Menschen in ihren Zimmern gesehen hätten.« Julie versuchte sich die Gesichter der Mädchen in Erinnerung zu rufen und sich an die Details zu erinnern. »Mandy, also Amanda Braxton, meinte, dass sie auch oft träumt, aber immer aufwacht und dann ihre tote Oma am Ende ihres Betts stehen sieht, die sie anschaut und ihr manchmal Kinderlieder vorsummt. Sie sagte, das wäre ihr schon ein paarmal passiert. Beim letzten Mal hätte sie sich selbst gezwickt, um zu überprüfen, ob sie wach war – und das war sie.«

»Ihre *tote* Oma?« Maggies braune Augen weiteten sich. »Hat sonst noch jemand etwas Seltsames gesehen?«

»Ja, es ging dann noch um fiese Träume, aber da haben sie alle durcheinandergequasselt. Die anderen haben wohl von dem Mann aus den Nachrichten, dem Schattenmann, geträumt.« Julie richtete sich auf. »Eine von ihnen hat erzählt, dass so gut wie alle in ihrer Klasse – ich denke mal, sie meinte damit die Mädchen – ihn auf ihrem Zimmer gesehen hätten, wo er sich dann immer auf einmal in Luft auflöst.«

»Ich könnte mir vorstellen, dass die Mädels auf deiner Schule über eine sehr lebhafte Fantasie verfügen, aber ich werde das sicherheitshalber an den Sheriff weitergeben.« Maggie machte sich einige Notizen in ein Buch auf dem Schalter und lächelte ihr zu. »Mach dir mal keinen Kopf darüber, dass die Mädels herausfinden könnten, dass du sie beim Sheriff verpetzt haben könntest. Sie bekommt den ganzen Tag lang Geheimnisse zu hören und bewahrt sie alle hier oben auf.« Maggie tippte sich gegen den Kopf. »Jetzt iss dein Essen, wir haben einiges zu tun. Ich zeige dir, wie man Material inventarisiert.«

SIEBZEHN

Jenna schaute auf ihre Armbanduhr, notierte sich etwas in ihrem Notizbuch und stieg in ihren Streifenwagen. »Lass uns erst mal etwas essen und besprechen, was du zu Mr Packer herausgefunden hast, dann machen wir uns auf die Suche nach Paul Kittredge. Laut Mrs Rosen fahren die zum Mittagessen immer in die Stadt, aber wenn er inzwischen wieder zurück ist, dann wird er irgendwo auf der Ranch sein und mit den anderen Gärtnern arbeiten.«

»Alles klar.« Er öffnete einen Kaffeebecher und nippte daran. »Der Kaffee ist noch heiß.«

Jenna lugte in die Lunchtüte, zog ihren Cream Cheese Bagel hervor und seufzte. Seit Lindy Rosens Verschwinden hatte sie einige Mahlzeiten ausgelassen, und seit dem Fund des ermordeten Mädchens war es mit ihrem Appetit steil bergab gegangen. »Also, Kane, was hast du für mich?«

»Er ist gleich aus mehreren Gründen tatverdächtig – er war in Lindys Nähe und genoss das Vertrauen der Familie, und er hat wahrscheinlich irgendeine Art von Freundschaft zu den Mädels aufgebaut. Das könnte alles ganz unschuldig sein, vielleicht aber auch ein ganz bewusster Versuch, sich ihr Vertrauen

zu erschleichen. Er wirkt ziemlich entspannt, was eher ungewöhnlich ist, allerdings ist mir ein ähnliches Verhalten schon
bei Kriminellen untergekommen, die sicher waren, dass es
keine Beweise gab, die sie eines Verbrechens überführen könnten. Falls Wolfe Spuren seiner DNA in Lindys Zimmer findet,
muss das leider gar nichts bedeuten. Er hat ja zugegeben, dort
bis vor Kurzem gearbeitet zu haben. Was mich beschäftigt ist,
dass er gelogen hat, was seine Sprengstoffkenntnisse angeht.«
Kane trank einen Schluck Kaffee. »Warum sollte er lügen,
wenn er nichts zu verbergen hat?« Er biss in sein Sandwich und
kaute. »Niemand außerhalb unseres Teams kennt die Verbindung zwischen der Explosion am alten Schulgelände und dem
Fundort von Lindys Leiche.« Er runzelte die Stirn. »Schon das
allein macht ihn für mich verdächtig. Wenn man dazu noch die
anderen Dinge nimmt, die wir über ihn wissen, macht ihn das
zu einem dringenden Tatverdächtigen.«

Jenna dachte noch einen Moment lang über seine Worte
nach, dann seufzte sie. »Wie kann ein Mörder zum Tatort
zurückkehren und so tun, als sei nichts passiert? Packer ist
heute morgen am Haus angekommen und hat dort mir nichts,
dir nichts seine Arbeit wiederaufgenommen. Andererseits
wissen wir ja aus Erfahrung, dass es gute Schauspieler gibt. Er
wäre ja schließlich nicht der erste Mörder, der sich völlig
normal verhält, nachdem er gerade ein abscheuliches Verbrechen begangen hat, hab ich recht?«

»Bei einem Affekttäter wäre das anders. Die sind üblicherweise reumütig, zittrig und mitgenommen von ihrer Tat und
können den Anblick der Leiche ihres Opfers nicht ertragen,
aber psychopathisches Verhalten folgt einem bestimmten
Muster, sobald es einmal ausgelöst worden ist.« Kane blickte ihr
in die Augen. »Es ist sinnlos zu versuchen, die Psyche eines
solchen Menschen mit unseren rationalen Maßstäben zu erklären, solche Typen lassen sich nicht einfach in irgendeine
Schublade stecken.«

Jenna nagte zaghaft an ihrem Bagel. »Ja, normalerweise sind sie das genaue Gegenteil von den fiesen alten Männern, vor denen uns unsere Mütter immer gewarnt haben.«

»Das Problem ist, dass viele dieser Menschen andere psychische Erkrankungen und widersprüchliche Verhaltensmuster aufweisen, sodass wir nie wissen, was genau sie triggert oder was in ihren Köpfen abgeht.« Kane zuckte mit der Schulter. »Jeder x-beliebige Mensch, den du auf der Straße triffst, könnte ein Psychopath sein, es gibt keinen bestimmten Typ. Das Einzige, das sie vereint, ist ihr fehlender Sinn für Empathie und Reue, und auch Schuldgefühle kennen sie nicht. Deshalb macht es emotional nichts mit ihnen, die Konsequenzen ihrer Tat mitzuerleben, allerdings kann es ihre Freude am Töten steigern, wenn sie andere Leute über das Verbrechen sprechen hören.«

»Warum also spielt er dieses Spielchen mit uns?« Jenna fuhr herum und sah ihm direkt in die Augen. »Welches kranke Vergnügen bereitet es ihm, uns herumzuscheuchen?«

»Aus zwei Gründen, vermute ich.« Kane ließ seinen Blick aus dem Fenster und dann zurück zu Jenna schweifen. »Er ist schon unzählige Male mit dem gleichen Verbrechen davongekommen. Er hat den Drang zu töten, aber er braucht den zusätzlichen Nervenkitzel, gejagt zu werden. Also gibt er uns einen Hinweis, um dann rechtzeitig abzuhauen, bevor wir sein Opfer aufspüren.« Er nahm sich noch ein Sandwich und wedelte damit in ihre Richtung. »Oder aber er wünscht es sich insgeheim, gefasst zu werden. Womöglich ist er es leid, davonzulaufen.«

»Du hast wohl vergessen, dass er versucht hat, uns umzubringen«, warf Jenna schnaubend ein.

»Ich nehme an, dass er austesten wollte, ob wir über Kampffähigkeiten verfügen, aber eines ist sicher: Das jetzt gerade ist die Ruhe vor dem Sturm. Der plant bereits seinen nächsten Mord.«

Jenna sah zu dem Truck mit der Aufschrift GREEN THUMB LANDSCAPING SERVICE, der an ihnen vorbeirumpelte und in die geschwungene Auffahrt fuhr. Sie stellte ihren Kaffeebecher in die Mittelkonsole und startete den Motor ihres Streifenwagens. »Ich schätze, Paul Kittredge sitzt in diesem Truck.«

Sie fuhr mit gebührendem Abstand hinterher. Der Truck kam neben einer Palette Rollrasen zum Stehen, und vier Männer stiegen aus. Als Jenna und Kane ankamen, hatten die Männer bereits begonnen, den Rollrasen zu verlegen, pausierten nun aber und schauten alle in ihre Richtung. Jenna stieg aus, schlug die Tür zu und ging über einen kleinen Pfad auf sie zu. Kanes Stiefel knirschten hinter ihr über den Schotter, und sie registrierte, wie die Männer abwechselnd zu ihr und Kane blickten. Keiner von ihnen schien sich über ihren Besuch sonderlich zu freuen. Sie ging selbstbewusst auf die Gruppe zu. »Wir suchen nach Paul Kittredge.«

»Das bin ich, Ma'am.« Ein Mann mit dünnem schwarzem Haar, das unter einem Cowboyhut herunterhing, drehte sich zu ihr und lächelte.

Jenna rümpfte die Nase, als ihr seine Ausdünstungen, die nach ungewaschenem Mann und Dünger rochen, entgegenwaberten. Kittredge war knapp einen Meter achtzig groß, hatte eine schroffe, falkenartige Erscheinung und stechende, bernsteinfarbene Augen. Seine verdreckte Kleidung klebte an ihm, und seine nackten, schweißnassen Armen glänzten und waren voller Erde. Sie schenkte ihm ein schmallippiges Lächeln und geleitete ihn außer Hörreichweite der anderen Männer, die sich wieder ihrer Arbeit widmeten, als könnten sie sich so prüfenden Blicken entziehen. »Ich bin Sheriff Alton, und das hier ist Deputy Kane. Wie Sie vermutlich wissen, ist Lindy Rosen gestern tot aufgefunden worden. Wir klappern jetzt jede einzelne Person ab, die in den letzten Wochen Kontakt zu ihr hatte.« Sie zog ihr Notizbuch hervor und spähte auf ihre

Anmerkungen. »Soviel ich weiß, sind Sie der Leiter des Landschaftsbauprojekts der Familie Rosen?«

»Jupp, ich bin der Landschaftsgärtner, die anderen Jungs hier sind Gelegenheitsarbeiter.«

»Hat einer von denen auch letzte Woche mit Ihnen zusammengearbeitet?«, fragte Jenna und spähte zu den Arbeitern hinüber. »Sind die legal beschäftigt?«

»Was geht es mich an, wen mein Boss so einstellt.« Kittredge zuckte mit der Schulter. »Ich bekomme, wen auch immer mein Boss mir schickt, je nachdem, was für ein Job gerade ansteht.« Er blickte zu den Männern. »Nee, ich glaube nicht, dass einer von denen auch letzte Woche schon hier war. Sie können sie ja selbst fragen – sofern Sie Spanisch sprechen.«

»Sie sprechen Spanisch, nehme ich an?«

»Genug, um sie auf Trab zu halten.« Kittredge blickte zum Haus der Familie. »Schlimm, das mit Lindy, sie war ein nettes Mädel.«

Jenna bemerkte, wie sich einer seiner Mundwinkel kurz zu einem Beinahe-Lächeln verzog. Ihr kam die Galle hoch. Um diese Reaktion zu deuten, musste sie keine Expertin für Körpersprache sein. Ein kalter Schauer überkam sie, und Duke verhielt sich sonderbar. Der Hund umkreiste Kittredge, winselte und setzte sich dann vor Kanes Füßen ab. Das war zwar kein klarer Hinweis auf das Wiedererkennen einer Geruchsspur, aber genug, um Kanes Aufmerksamkeit zu erregen. Als er sich räusperte, nickte sie ihm ganz leicht zu. Auch Kane würde einige Fragen an Kittredge stellen wollen, daran bestand kein Zweifel.

»Wann haben Sie Lindy zum letzten Mal gesehen?« Kane hakte einen Daumen im Gürtel seiner Jeans ein und nahm eine lässige Haltung ein. Jeder außer Jenna hätte gemeint, dass er gelangweilt aussah.

»Spät am Samstag.« Kittredge zog sich einen seiner Gartenhandschuhe aus und kratzte die Stoppeln auf seiner Wange.

»Sie wollte eine Kletterrose für ihre Mom an dem Rankgerüst unter dem Schlafzimmer ihrer Eltern pflanzen. Ich habe das Loch für sie gegraben, und die Mädels haben mir beim Einpflanzen geholfen.«

»Arbeiten Sie samstags immer?«, hakte Kane interessiert nach. »Ihr Boss hat mir nämlich erzählt, dass Sie immer nur von montags bis freitags hier arbeiten, da die Familie am Wochenende Wert auf Privatsphäre legt.«

»So ist es auch, aber Mrs Rosen wollte, dass der Vorgarten bepflanzt wird, und da wir Freitag nicht fertig geworden sind, waren wir am Samstag noch mal da. Ich habe dann noch den Mädels geholfen.« Kittredge bemaß Kane mit einem kalten Blick. »Wenn Kinder Sie bitten würden, Ihnen dabei zu helfen, eine Überraschung für ihre Mom vorzubereiten, würden Sie da etwa Nein sagen?«

»Sie sollten sich gar nicht erst in der Nähe von Kindern aufhalten dürfen, insbesondere mit Vorstrafen wegen Kindesmissbrauchs.« Kane sprach nur noch in Flüsterlautstärke, und seine lässige Miene hatte sich innerhalb von Sekundenbruchteilen in einen vernichtenden, todernsten Blick verwandelt. »Sie sollten einen großen Bogen um sie machen.«

»Also, diese Anklage wurde fallen gelassen, und das bedeutet wiederum, Deputy Kane, dass Sie, indem Sie in der Öffentlichkeit in Hörweite meiner Arbeiter darüber sprechen, meine Grundrechte verletzen. Die gute Sheriffin hier ist meine Zeugin, dass Sie mein Ansehen beschädigt haben.«

»Nicht wenn Sie selbst auf schuldig plädiert haben und auf der Liste der Sexualstraftäter des Bundesstaats aufgeführt sind.« Kane trat einen Schritt auf ihn zu. »Sie haben wohl vergessen, das Ihrem Boss zu sagen, was?«

»Die Anklage wurde fallen gelassen«, insistierte Kittredge mit geballten Fäusten. »Mein Boss weiß davon, und ich habe seitdem keine Gesetze gebrochen. Es ist mir nicht verboten, in der Nähe von Kindern zu arbeiten – Sie können gern die Gerichtsakten lesen.«

»O ja, ich kann mir vorstellen, wie Sie unter dem Radar geflogen sind.« Kanes Miene war bedrohlich. »Ihr Problem ist nur, dass Sie jetzt schlagartig auf meinen Radar geraten sind.«

Um die Situation zu entschärfen, tauschte Jenna einen bedeutungsschweren Blick mit Kane aus und wandte dann ihre Aufmerksamkeit wieder Kittredge zu. »Um wie viel Uhr haben Sie Lindy am Samstag zum letzten Mal gesehen?«

»Gegen vier Uhr etwa.« Kittredge zog seinen Hut ab und strich sich seine schmierigen Haare glatt. »Die sind reingegangen, und ich bin nach Hause gefahren. Montag erst habe ich erfahren, dass sie verschwunden ist.«

Jenna blickte tief in die kalten Augen des Mannes. »Können Sie mir sagen, was Sie Samstagnacht zwischen zehn Uhr abends und sieben Uhr morgens gemacht haben?«

»Das Wochenende habe ich im Triple Z verbracht, am Montagmorgen bin ich dann im Bett irgendeiner Frau aufgewacht. Ihren Namen weiß ich nicht mehr.« Kittredge grinste Jenna selbstzufrieden an. »Fragen Sie rum. Ich bin sicher, sie wird sich an mich erinnern.«

Da sie vor Wut über seine Arroganz schäumte, konzentrierte Jenna sich einen Moment lang auf ihre Notizen, um sich zu beruhigen, bevor sie wieder zu ihm aufsehen konnte. »Wissen Sie noch, wie diese Frau ausgesehen hat?«

»Nö.« Kittredge schob seinen Hut auf die Rückseite seines Kopfes. »Am Wochenende trinke ich ganz gern mal einen, da leidet mein Erinnerungsvermögen dann etwas.«

»Ich verstehe.« Jenna wollte sich seinem Gestank entziehen, doch sie blieb standhaft. »Das heißt ja, dass jeder Gast im Triple Z für Sie bürgen kann?« Sie blickte zurück zu Kane. »Wir fahren da jetzt hin und sprechen mit dem Besitzer. Bestimmt wird er sich daran erinnern, Ihnen fürs Wochenende ein Zimmer vermietet zu haben.«

»Mit Sicherheit, ich wohne dort.« Kittredge schenkte ihr ein müdes Lächeln. »Ich bin sozusagen ein Dauergast. Fragen Sie den alten Bob, der wird Ihnen erzählen, dass ich das ganze Wochenende über auf meinem Stammplatz an der Bar gehockt habe.«

Wenig überzeugt machte Jenna einen Eintrag in ihr Notizbuch und sah ihn ein letztes Mal an. »Das wäre vorerst alles, Mr Kittredge. Danke für Ihre Kooperation.« Sie wartete nicht auf seine Antwort, sondern lief schnurstracks zu ihrem Wagen zurück.

»Hast du gesehen, wie Duke auf ihn reagiert hat? Der ist so was von tatverdächtig.« Kane verzog das Gesicht. »Was für ein Wichser. Fahren wir gleich im Triple Z vorbei oder wollen wir uns erst Charlie Anderson zur Brust nehmen?«

Jenna zog die Tür ihres Streifenwagens auf. »Erst das Triple Z, das ist ja nicht weit von hier, also wäre Kittredge Sonntagnacht ganz in der Nähe gewesen. Da Anderson ganz am anderen Ende der Stadt arbeitet, macht der bestimmt schon Feierabend, bevor wir dort eintreffen. Wir können ja auf dem Rückweg bei ihm vorbeischauen.« Sie wartete, bis Kane Duke im Kofferraum verladen hatte, bevor sie den Motor startete. »Ich habe nicht das Gefühl, dass Kittredge uns die Wahrheit erzählt, und wenn er im Triple Z wohnt, dann war er auch nicht weit vom alten Schulgebäude entfernt. Ich schicke Rowley und Walters dort vorbei, um diese mysteriöse Bettpartnerin ausfindig zu machen. Ich will jetzt erst mal zurück ins Büro, um zu erfahren, was die Kollegen zu den anderen beiden Verdächtigen herausgefunden haben.«

ACHTZEHN

»Ich muss mich in zehn Minuten mit meiner Mom vor der Bibliothek treffen«, sagte Amanda Braxton und verdrehte beim Blick auf die Nachricht auf ihrem Handy die Augen. Dann schaute sie ihre beste Freundin Lucy an und zuckte mit der Schulter. »Ich frage mich, was wirklich mit Lindy passiert ist.«

»In den Nachrichten heute morgen hieß es, dass sie abends aus dem Haus gelaufen ist und dann tot aufgefunden wurde.« Lucy schleckte sich Zuckerreste von den Fingern. »Die haben nicht gesagt, wo sie gefunden wurde, so als wäre das ein Geheimnis oder so was. Eigentlich müssten die doch jedem erzählen, was mit ihr passiert ist.«

Amanda nippte am Strohhalm ihres Milchshakes, bis es am Glasboden gurgelte. »Sie hat jedem erzählt, dass sie einen Mann in ihrem Zimmer gesehen hat.« Sie schob den leeren Becher von sich weg. »Vielleicht hat sie das gar nicht geträumt. Ich weiß, dass ich den Geist meiner Oma am Fuß meines Bettes gesehen habe. Das ist in den letzten paar Nächten immer wieder passiert, ich bin ganz sicher, dass ich das nicht geträumt habe.«

»Wenn ich einen toten Menschen am Fuß meines Bettes

sehen würde, dann würde ich glauben, dass ich verrückt geworden bin – ich würde hundertpro aus meinem Zimmer rennen und Hilfe holen.« Lucys Augen wurden vor Angst ganz groß. »Meinst du, Lindy hat auch geglaubt, dass der Mann in ihrem Zimmer ein Geist war?«

Amanda checkte die Uhrzeit auf ihrem Handy. »Ich weiß nicht. In ihrem Alptraum ist ein Mann aufgetaucht, der sich in den dunklen Ecken ihres Zimmers versteckt hat. Er war in der Ecke beim Fenster, aber jedes Mal, wenn sie ihren Dad geholt hat, dann war da niemand. Ich glaube, es könnte ein Geist gewesen sein.«

»Aber erzähl mal, wie der Geist von deiner Oma ausschaut. So voll gruslig mit herabhängenden Hautfetzen wie ein Zombie?«

»Nee. Sie sieht aus wie auf dem Foto von ihr bei uns im Wohnzimmer – das kennst du doch, sie hat da so ein rosa Kleid an.« Amanda seufzte. »Sie sieht hübsch aus, nicht so wie später im Krankenhaus ...«

»Sagt die dann was zu dir?«

»Nee, sie steht einfach nur da, schaut mich an und lächelt.« Amanda seufzte wieder. »Sie hat mir immer wunderschöne Märchen erzählt, von Feen, die im Mondschein in ihren Feenkreisen tanzen.«

»Bitte was?« Lucy prustete vor Lachen fast ihr Getränk über den Tisch. »Bestimmt hat sie dir auch erzählt, dass es die Zahnfee wirklich gibt?«

»Ja, und als ich sechs Jahre alt war, hab ich ihr das auch geglaubt, jetzt allerdings nicht mehr.« Amanda beugte sich vor und senkte die Stimme. »Lindy hat mir erzählt, dass sie auch das Gefühl hatte, dass jemand sie beobachtet.«

»Wie gruselig.« Lucy erschauderte theatralisch. »Wo? In ihrem Zimmer?«

»Ja, und manchmal hat sie auf dem Heimweg von der Schule Schritte hinter sich gehört, aber immer wenn sie sich umgedreht hat, dann war da niemand.« Amanda blickte hinter sich und ließ ihre Aufmerksamkeit dann wieder Lucy zukommen. »Als ob jemand ihr von der Bushaltestelle gefolgt wäre oder sich in ihrer Einfahrt in den Büschen versteckt hätte. Du weißt ja, die ist so lang wie unsere, und es dauert eine ganze Weile, bis man vom Highway aus am Haus angekommen ist.«

»Hat sie irgendjemanden gesehen?«

»Nee.« Amanda stand auf. »Ich muss jetzt los. Meine Mutter wird sauer, wenn ich sie warten lasse.« Sie schnappte sich ihr Handy und die Tüte mit den Sachen von Aunt Betty's Café. »Bist du dir sicher, dass deine Mom dich nicht bei mir übernachten lässt? Bestimmt krieg ich meinen Bruder dazu überredet, dass er uns morgens zum Reiten mitnimmt.«

»Ja, da bin ich mir sicher. Und ich hab eh keine Lust drauf, den Geist von deiner Oma zu sehen.«

Verärgert über ihre beste Freundin schüttelte Amanda den Kopf.

»Na, dann, wir sprechen später.«

»Ja, wir müssen noch den Frühlingsball planen. Gehst du mit Matt?«

»Wenn Mom es mir erlaubt. Er ist nett. Wir wollen am Wochenende vielleicht zusammen angeln gehen.«

»Angeln, so, so! Du meinst wohl nacktbaden«, kicherte Lucy albern. »Grüß Luke von mir!«

»Mach ich.« Amanda verließ das Café und starrte, während sie die Main Street entlangging, auf jeden kleinen Schatten. Lindy war nicht die Einzige gewesen, die das Gefühl hatte, beobachtet zu werden. Das war auch ihr passiert, und während sie daran zurückdachte, stellten sich ihr die Nackenhaare auf. Als sie letzte Woche vom Highway aus zu ihrem Haus gelaufen war, hatte sie ein Knistern im Gebüsch vernommen. Zunächst hatte sie gedacht, ein Bär könnte sich auf ihre Ranch verirrt haben, weshalb sie die Dose mit dem Bärenspray hervorgezogen hatte, die sie in ihrer Handtasche aufbewahrte.

Allerdings verströmten Bären einen unverwechselbaren Gestank, und den hätte sie erkannt. Sie sah sich überall um, doch sie konnte keine Bärenspuren entdecken, weder Kot noch Kratzer an den Bäumen. Die einzigen Tiere, die sie zu Gesicht bekam, waren ein paar Eichhörnchen, die von Baum zu Baum sprangen. Und doch wurde sie das Gefühl nicht los, dass sich da irgendwer in den Bäumen versteckt hielt und sie beobachtete.

Sie drängte sich an einer Gruppe Jungs vorbei, die vor einem Computergeschäft herumhingen, und freute sich, dass heute so viel los war in der Stadt und sie nicht allein gehen musste. Wenn das, was sie gehört hatte, stimmte, dann war Lindy verrückt gewesen, einem Fremden mitten in der Nacht die Haustür aufzumachen. Sie hätte ihren Eltern davon erzählen sollen, dass sie geahnt hatte, dass ihr jemand nach der Schule folgte.

Ihre Mom erwartete sie in ihrem roten SUV vor der Bibliothek. Amanda stieg ein und lächelte sie an. »Ich habe dir Cookies mitgebracht.«

»Danke.« Ihre Mutter startete den Motor. »Wenn ich gewusst hätte, dass du in Aunt Betty's Café bist, dann hätte ich dich auch direkt da auflesen können.«

Amanda riss entsetzt den Mund auf. »Vor all meinen Freunden? Dann denken die doch, dass ich ohne meine Mami nirgendwo hingehe.«

»Ach so, ich verstehe.« Ihre Mutter warf ihr einen wissenden Blick zu. »Ob du's glaubst oder nicht, ich war auch mal in deinem Alter.«

»Du weißt doch von Lindy, dem Mädchen, das gestorben ist?« Amanda entschied sich dazu, in den sauren Apfel zu beißen und ihrer Mutter von ihren Sorgen zu berichten. »Sie hat mir erzählt, dass sie Alpträume von einem Mann hatte, der in ihrem Zimmer war. Sie dachte, dass jemand ihr nach der Schule in ihrer Zufahrt gefolgt ist. Ich träume von Oma und ich hatte dieses Gefühl auch in unserer Zufahrt. Ich sehe mich um, aber dann ist da niemand.«

»Du hast gerade eine blühende Fantasie, bedingt durch das, was Lindy dir erzählt hat, bevor sie verschwunden ist.« Ihre Mutter lächelte sie gutmütig an. »Und von deiner Oma zu träumen, die über deinen Schlaf wacht, das ist doch kein Alptraum. Ich habe so ein Gefühl auch oft, wenn ich in den baumreichen Abschnitten unserer Ranch bin. Der Wind in den Bäumen und die Tiere erzeugen seltsame Geräusche ... und dann diese lang gezogenen Schatten der Bäume. Das kann schon tagsüber ganz schön gruselig sein.« Sie lächelte sie an. »Mach dir keinen Kopf, du bist ganz normal.«

Amanda seufzte erleichtert auf. *Normal*, damit konnte sie leben.

NEUNZEHN

Während Rowley in Richtung Footballfeld voranging, fiel sein Blick auf einen großen athletischen Mann, der unter den anderen Arbeitern, die gerade Kunstrasen verlegten, herausstach. Der Beschreibung des Hausmeisters nach zu urteilen, musste das Mason Lancaster sein. Er schritt auf ihn zu, Walters dicht hinter ihm, und musterte den Mann. Er war unbestreitbar gut aussehend mit seinen gebräunten, muskelbepackten Armen, doch die vielen Jahre der Arbeit im Freien hatten die Haut um seine Augen herum runzelig werden lassen. Als sie näher kamen, machte Lancaster ein besorgtes Gesicht und entfernte sich einige Schritte von den anderen Männern.

Rowley zog sein Notizbuch hervor und blickte ihn mit neutraler Miene an.

»Mason Lancaster?«

»Ja, wie kann ich Ihnen weiterhelfen?« Lancaster deutete mit einer behandschuhten Hand auf die anderen Männer. »Wir haben hier gerade viel zu tun.«

»Wird nicht lange dauern.« Rowley führte ihn außer Hörweite der neugierigen Männer. »Ich muss Ihnen einige Routinefragen stellen.«

»In Bezug auf was?« Lancaster zog ein Bandana hervor, wischte sich damit den Schweiß aus dem Gesicht und nahm seinen Hut ab, um die kalte Brise zu spüren, die von den Bergen herüberwehte.

Rowley schwirrten all die Ratschläge, die Kane ihm in Bezug auf Körpersprache und -haltung gegeben hatte, im Kopf herum. Sorgfältig inspizierte er den Mann, der da vor ihm stand. Lancaster wirkte jetzt entspannt, doch bei ihrer Ankunft war sein Gesichtsausdruck noch ein anderer gewesen. »Wir untersuchen den Fall Lindy Rosen und sprechen mit sämtlichen Personen, die in den Tagen vor ihrem Tod Kontakt zu ihr hatten.«

»Lindy, ja, die kannte ich.« Lancaster sah ihn direkt an und hob die Schultern. »So gut wie ich die anderen Schülerinnen kenne, die das ganze Schuljahr über an mir kleben wie die Fliegen.« Er schüttelte den Kopf. »Schrecklich, dass sie auf diese Weise ermordet wurde, das hübsche kleine Ding.«

Ermordet? Rowley lief es eiskalt den Rücken runter. Blickte er da etwa in die Augen eines Mörders? »Äh, die Todesursache steht eigentlich noch aus. Können *Sie* mir sagen, was ihr zugestoßen ist?«

»Ich? Zur Hölle, nein.« Lancaster setzte sich seinen Hut auf. »Wenn ein Mädchen verschwindet und dann tot aufgefunden wird, dann geht man doch davon aus, dass sie ermordet wurde, oder nicht?«

Rowley richtete sich auf. »Nö, ich würde die Ergebnisse der Obduktion abwarten. Sie könnte genauso gut schlafgewandelt und über einen Holzklotz gestolpert sein.« Er beäugte ihn genau. »Wann haben Sie Lindy letztmalig gesehen?«

»Hmm, weiß nicht genau, ein paar Mädels sind in der Mittagspause vor Ferienanfang bei mir gewesen, um sich zu verabschieden.« Lancaster starrte in die Ferne und lächelte in sich hinein. »Die Jungs nennen sie immer meinen Fanclub.«

»Ach ja? Kommen manche auch allein?« Rowley räusperte sich. »Hatten Sie schon mal ein Date mit einer von ihnen?«

»Ach was, das sind doch Kinder«, schnaubte Lancaster. »Seit meiner Knieverletzung ist das so. Frauen in meinem Alter sind skeptisch, weil sie glauben, dass ich nicht mehr das große Geld machen kann, aber die Kinder sehen mich als Promi und Footballstar.«

»Das mag schon sein.« Rowley hob die Brauen. »Sind Ihnen irgendwelche Fremden hier oder rund um die Schule aufgefallen?«

»Es ist ein einziges Kommen und Gehen hier.« Lancaster sah zu den anderen Männern, die rumstanden und sie angafften. »Brauchen Sie noch lange?«

»Nein, aber ein paar Fragen habe ich noch.« Rowley machte sich einige Notizen. »Haben Sie ein Alibi für Sonntagabend?«

»Sonntag? Ja, da war ich bei Angela Pike, einer meiner Freundinnen. Sie ist Lehrerin hier. Sie wohnt in der Pine Road Nummer sieben.«

Die Pine Road war eine Parallelstraße der Stanton Road und lag etwa eine Meile von der Rosen-Ranch entfernt. Das Zeitfenster, in dem Lancaster sich im Haus seiner Freundin aufgehalten hatte, war entscheidend. Rowley notierte sich Name und Adresse, dann richtete er seine Aufmerksamkeit wieder auf Lancaster. »Von wann bis wann waren Sie dort?«

»Wir haben im Cattleman's Hotel zu Abend gegessen und sind dort gegen neun Uhr aufgebrochen, glaube ich.« Lancasters Stirn legte sich in Falten. »Ich habe bei ihr übernachtet, musste aber früh raus, um mich für die Arbeit fertig zu machen. Sie müsste gerade zu Hause sein, falls Sie vorhaben, meine Geschichte zu überprüfen.«

Rowley klappte sein Notizbuch zu. »Okay, das wäre erst mal alles. Danke für Ihre Kooperation.« Er drehte sich um und verabschiedete sich mit Walters Richtung Parkplatz.

»Dann müssen wir wohl bei Angela Pike vorbeifahren und herausfinden, was sie zu sagen hat«, sagte Walters mit finsterem Blick. »Er hat sich zum Zeitpunkt von Lindys Verschwinden in ihrer unmittelbaren Nähe aufgehalten.«

Rowley marschierte zurück zu seinem Streifenwagen. »Ja, er erfüllt einige der Kriterien: Er war vor Ort plus er kannte Lindy. Sie hätte ihm vermutlich vertraut. Dann sehen wir doch mal nach, ob Miss Pike zu Hause ist.« Er zog die Fahrertür auf, setzte sich hinters Lenkrad und schnappte sich das Funkmikro. »Ich rufe durch und sage dem Sheriff, wohin wir unterwegs sind.«

Er hörte interessiert zu, als ihm der Sheriff von der Kittredge-Befragung berichtete. »Er erinnert sich nicht an ihren Namen? Was ein widerlicher Typ.«

»Wie weit sind Sie von der Triple Z Bar entfernt?«

»Nicht weit. Wir könnten da vorbeischauen und danach erst zu Angela Pike in der Pine Road fahren.«

»Ja, dann müssen Sie das morgen früh nicht mehr erledigen. Und ich schicke Ihnen die Adresse von Sean Packer. Sprechen Sie mit seiner Frau und besorgen Sie sich eine schriftliche Aussage von ihr, in der sie bestätigt, dass ihr Ehemann Sonntagabend zu Hause war. Er wohnt etwas zentraler, sodass Sie da auf dem Rückweg zur Wache vorbeifahren könnten.«

»Roger.« Rowley hängte auf und drehte sich zu Walters. »Sieht ganz so aus, als würden wir jetzt erst mal zur Triple Z Bar fahren, um eine mysteriöse umtriebige Frau ausfindig zu machen.« Er kratzte sich am Nacken und starrte nachdenklich ins Nichts. »Ich kann mir keine Frau vorstellen, die freiwillig solche Informationen preisgeben würde. Hast du vielleicht eine Idee?«

»Ja, und zwar, die Befragung dir zu überlassen.« Walters stieß einen Lacher aus. »O Mann, das wird ein Spaß!«

ZWANZIG

Jenna erlebte mal wieder einen jener Tage, die sich hinzogen wie Kaugummi und die nur mit Unmengen von Koffein zu überstehen waren. Besorgt betrachtete sie die dampfende Tasse Kaffee auf ihrem Schreibtisch. Sie war sowohl geistig als auch körperlich erschöpft, und seit der Explosion fühlte sie sich, als wäre sie von einem Lastwagen überfahren worden. Ob sie heute Nacht wohl würde schlafen können? An Tagen wie diesen fragte sie sich, wieso sie sich überhaupt dafür entschieden hatte, Polizeibeamtin zu werden. Dann schaute sie zu den Tatortfotos von Lindy Rosen auf und fühlte sich augenblicklich schlecht. Die Augen des Mädchens flehten um Hilfe. Sie nahm einen großen Schluck Kaffee. »Ich werde deinen Mörder zur Rechenschaft ziehen, Lindy, koste es, was es wolle.«

Sie schnappte sich ihr Handy und rief Wolfe an. Er hatte ihr den Obduktionsbericht bis fünf Uhr versprochen und ließ sie niemals hängen. »Wann kann ich mit Ihrem Bericht zu Lindy Rosen rechnen?«

»*Wenn Sie morgen früh reinschauen, kann ich Ihnen einen vorläufigen Bericht geben.*«

Jenna trommelte mit den Fingernägeln auf den Schreibtisch. »Das dauert länger als gewöhnlich. Gab es Probleme?«

»*Es gab ein paar Komplikationen*«, seufzte Wolfe. Auch er klang müde. »*Erst einmal waren die Rosens gegen eine Obduktion. Ich musste ihnen erklären, dass das in Mordfällen in meinem Ermessen liegt und ich dafür nicht auf ihre Erlaubnis angewiesen bin. Der Gedanke, dass nach ihrem Tod jemand an ihrem Kind rumpfuscht, war für sie wohl zu schwer zu ertragen.*«

»Ein Kind zu verlieren, ist so ziemlich das Schlimmste, was man sich vorstellen kann.« Jenna blickte erneut auf das Foto von Lindy. »Ich bin sicher, Sie haben ihnen das Prozedere erläutert?«

»*Das habe ich, und Emily war dabei eine große Hilfe. Sie hat sich mit Mrs Rosen erst einmal hingesetzt, ihr etwas zu trinken gebracht und erklärt, dass sie während der ganzen Prozedur an Lindys Seite bleiben würde. Das hat das Ganze etwas leichter für sie gemacht.*« Wolfe räusperte sich. »*Die Obduktion ist aber nicht der Grund dafür, wieso ich noch damit warte, meine Ergebnisse zu melden – ja, es war Mord, aber das wissen Sie ja bereits. Ich will meine Deutungen noch einmal prüfen und sicherstellen, dass der Großteil der forensischen Tests abgeschlossen ist, bevor ich mir ein Urteil erlaube.*«

Jenna runzelte die Stirn. »Das ist ungewöhnlich, was ist das Problem?«

»*Der Sterbezeitpunkt.*« Wolfe klang verwirrt. »*Die Fakten sind schlicht nicht mit unserer Rekonstruktion des zeitlichen Ablaufs dessen, was ihr widerfahren ist, zu vereinen. Ich gehe das alles noch mal durch und erkläre es Ihnen morgen früh ausführlich. Im Moment kann ich mir wirklich überhaupt keinen Reim darauf machen.*«

»Okay, wir kommen gegen neun Uhr vorbei, schaffen Sie das?«

»*Sicher, dann sehen wir uns morgen.*«

Jenna legte auf und lehnte sich zurück in ihren Bürostuhl. Normalerweise bestimmte Wolfe den Todeszeitpunkt durch Messen der Körpertemperatur, also war etwas anderes passiert, was ihn dazu veranlasste, seinen Ergebnissen zu misstrauen. Das Klopfen an der Tür riss sie aus ihren Grübeleien. »Ja, komm rein.«

»Rowley und Walters sind zurück«, meldete Kane und wies mit einem Daumen hinter sich. »Sollen sie reinkommen und ihren Bericht gleich hier erstatten?«

Jenna warf einen Blick auf die Wanduhr. Es war nach fünf. »Ja, es ist schon spät und wir müssen ja noch mit Anderson sprechen. Der Tag war lang, und ich bin fix und fertig.«

»Soll ich uns was vom Chinesen bestellen, für halb sieben vielleicht? Das können wir dann auf dem Heimweg abholen.« Kane rieb sich in einer unbewussten Bewegung den Bauch. »Dann müssen wir uns keine Gedanken mehr ums Abendessen machen.«

»Ja, ich habe keinen Lust zu kochen und bin zu erschöpft, um zu essen, aber Chinesisch wäre mal wieder ganz nett zur Abwechslung.« Jenna lächelte ihn an. »Dann komm gleich wieder. Ich warte auf dich.«

»Roger«, gab Kane zurück und eilte zur Tür.

Wenige Augenblicke später standen Rowley und Walters in ihrer Bürotür. »Setzen Sie sich, Kane müsste jeden Moment da sein. Ich habe die Daten aller Befragungen unserer potenziellen Verdächtigen zu den Dateien hinzugefügt. Laden Sie dort bitte auch Ihre Informationen hoch, bevor Sie heute Abend nach Hause gehen. Rowley, Sie übernehmen gleich morgen früh die Leitung, ich nehme zusammen mit Kane am Obduktionsbericht teil.«

»Bevor wir loslegen: Es hat sich etwas ergeben, das Ihre Aufmerksamkeit erfordert.« Rowley zog seine Notizen hervor. »Das Ganze kam raus, als wir mit Noah McLeod gesprochen haben. Er hat zugegeben, dass er etwas mit einer der Schülerinnen hatte.« Rowley führte genau aus, was passiert war.

Jenna hörte verblüfft zu. »McLeod dachte also, dass Sie wegen einer Anzeige gegen ihn gekommen wären?«

»So sieht's aus. Der hat sich fast in die Hose gemacht, als er uns gesehen hat«, gluckste Walters. »Ich glaube nicht, dass der die Stadt in nächster Zeit verlassen wird – Rowley hat ihn nämlich in Angst und Schrecken versetzt.«

Jenna runzelte die Stirn. »Inwiefern?«

»Ich habe ihm erzählt, Sie würden ihm das FBI auf den Hals hetzen, sollte er die Stadt verlassen«, sagte Rowley und lächelte.

»Hab ich was verpasst?« Kane kam mit Duke im Schlepptau in den Raum, schloss die Tür hinter sich und setzte sich.

Jenna brachte ihn kurz auf den neuesten Stand, dann blickte sie zu Rowley. »Knüpfen Sie sich den gleich morgen früh zum Verhör hier vor. Walters, Sie besuchen die Eltern von Jocelyn Smythe, erklären ihnen die Situation, sprechen falls möglich mit dem Mädel. Nehmen Sie ihre Aussage auf, dann leite ich sie direkt an den District Attorney weiter. Vermutlich wird er Anklage gegen ihn erheben.«

»Wo war McLeod, als Lindy Rosen verschwunden ist?«, fragte Kane an Rowley gerichtet. »Vielleicht ist er unser Mann.«

»Es gibt niemanden, der ihm ein Alibi für Sonntagnacht beschaffen kann. Er lebt allein, meinte, er sei daheim gewesen und hätte ferngesehen.« Rowley blätterte durch seine Notizen. »Er hat zugegeben, dass er Lindy Rosen kannte, meinte aber, sie wäre verrückt nach Mason Lancaster gewesen, dem Ex-Footballer.«

Jenna nickte. »Dann müssen wir ihn auch dazu befragen, wenn Sie ihn herbringen. Fragen Sie ihn, was am Sonntag im Fernsehen lief, er sollte sich ja daran erinnern können, was er angeschaut hat.«

»Jawohl, Ma'am.« Rowley machte sich ein paar Notizen.

Die gemeinsame Besprechung der Befragungen endete mit Rowleys Gespräch mit Mason Lancaster. Jenna lehne sich auf ihrem Schreibtisch vor. »Hat seine Freundin diese Story bestätigt?«

»Ja und nein.« Rowley sah von seinen Notizen auf. »Sie meinte, soweit sie sich erinnern kann, hat sie ihn gegen elf Uhr abends zum letzten Mal gesehen. Bald darauf ist sie eingeschlafen, und als sie kurz aufgewacht ist, war er schon weg. Das war gegen kurz nach eins. An die Uhrzeit konnte sie sich erinnern, da er normalerweise erst gegen sechs Uhr aufbricht, wenn er arbeiten muss. Ich habe sie dann gefragt, ob er sie heute angerufen hat. Daraufhin meinte sie, ihre Mutter wäre gerade erst gefahren, und während ihrer Besuche würde sie ihr Handy immer ausschalten. Wenn er also angerufen hat, dann hat er keine Nachricht hinterlassen.« Er runzelte die Stirn. »Wir sind dann auch noch im Cattleman's Hotel vorbeigefahren. Die haben ihre Kreditkartenabrechnungen eingesehen und konnten belegen, dass er gegen neun Uhr für das Abendessen bezahlt hat – zumindest dieser Teil der Story stimmt.«

»Er hat sich also in der Gegend aufgehalten, kennt Lindy und hat ihre Zuneigung zu ihm erwähnt. Er glaubt, er hat ein Alibi. Ich frage mich, ob er versucht hat, seine Freundin anzurufen, damit sie seine Geschichte untermauert. Falls ja, dann wette ich, dass er nicht damit gerechnet hat, dass das Handy seiner Freundin ausgeschaltet war, als er anrief.« Jenna stand auf, ging zum Whiteboard und ergänzte dort Mason Lancasters Namen. »Ich glaube, wir haben einen weiteren Tatverdächtigen.« Dann wandte sie sich wieder Rowley zu. »Konnten Sie die mysteriöse Frau in der Triple Z Bar ausfindig machen?«

»Nee, aber wir haben dort Bob angetroffen. Der meinte, dass Kittredge jeden Abend in die Bar kommt und dort regelmäßig Frauen abschleppt. Er kann sich nicht an die Frau oder diese bestimmte Nacht erinnern, er meinte, die Tage würden alle verschwimmen.«

»Okay.« Jenna schrieb sich die Namen der vier befragten Männer auf und machte sich zu jedem Eintrag Notizen. »Ich vermute, dass einer dieser Männer unser Mörder ist.«

Lancaster (Platzwart an der Highschool): Zum Zeitpunkt von Lindy Rosens Verschwinden in der Umgebung, hat kein Alibi.

Kittredge (Green Thumb Landscaping Service, arbeitet bei den Rosens): Wohnt in der Triple Z Bar, kennt Lindy, hat bislang kein Alibi. Sexualstraftäter.

Sean Packer (als Handwerker bei den Rosens tätig): Hatte Kontakt zu Lindy, hat gelogen, was seine Sprengstoffkenntnisse angeht.

Noah McLeod (Hausmeister an der Highschool): Hatte ebenfalls Kontakt zu Lindy, bekennender Sexualstraftäter.

Jenna sah zu ihren Deputys auf. »Es gibt noch eine weitere Zielperson, die ich besuchen und vernehmen werde, sobald wir hier fertig sind. Charlie Anderson. Er arbeitet als Techniker für eine Firma namens Silent Alarms. Er hat das Sicherheitssystem der Familie Rosen eingerichtet. Er hatte also Zugang zum Haus und Kontakt zu der Familie, darum müssen wir ihn genauer unter die Lupe nehmen.«

»Meinte Kane nicht, dass der eine weiße Weste hätte?« Rowley schaute in seine Notizen. »Der hat doch sicher eine Hintergrundüberprüfung durchlaufen, wenn er für eine Sicherheitsfirma arbeitet?«

Jenna sah ihn eindringlich an. »Oh, Sie wären überrascht, wie viele Mörder keine Vorstrafen haben. Deshalb wird über die Hälfte von ihnen auch niemals gefasst. Jeder, der mit Lindy Kontakt hatte, ist eine Zielperson, bis seine Unschuld bewiesen ist. Diese fünf Männer sind die Spitze des Eisbergs. Ich möchte,

dass Sie auf dem Heimweg noch mal in der Triple Z Bar vorbeischauen, um herauszufinden, ob sich irgendjemand daran erinnert, Kittredge dort am Sonntagabend gesehen zu haben, und
um die Frau ausfindig zu machen, mit der er die Nacht
verbracht hat.« Erschöpft holte sie tief Luft. »Gleich morgen
früh brauche ich Hintergrundüberprüfungen von jedem, der in
den letzten vier Wochen auf der Rosen-Ranch gearbeitet hat.
Dazu müssen Sie sich mit dem Green Thumb Landscaping
Service und mit Silent Alarms in Verbindung setzen, denn die
haben in diesem Zeitraum bestimmt einige Leute dort
eingesetzt.«

»Ja, Ma'am.« Rowley machte sich Notizen.

Jenna ließ sich in ihren Bürostuhl zurücksinken und
scheuchte sie mit der Hand weg. »Okay, und wenn Sie fertig
sind, dann fahren Sie nach Hause und schlafen eine Runde.«

EINUNDZWANZIG

Kane wartete, bis Jenna in ihre Jacke geschlüpft war. Sie sah blass aus, und ihre Augen wirkten riesig in ihrem schmalen Gesicht. Da er wusste, wie schleichend sich eine Gehirnerschütterung bemerkbar machen konnte, trat er einen Schritt auf sie zu und umfasste ihr Kinn mit einer Hand. »Bist du in Ordnung?«

»Fragt der Mann mit den Splittern im Hintern und den Bänderrissen in der Schulter«, entgegnete Jenna und lächelte ihn an. »Du sahst auch schon mal besser aus. Hast du Schmerzen?«

Kane lächelte sie an und strich sanft über die roten Wunden auf ihrer Wange. »Mir tut alles weh, aber wir können uns glücklich schätzen, die Explosion mit den paar Schrammen überlebt zu haben.« Fachmännisch inspizierte er ihre Verletzungen. »Die sind nur oberflächlich, das gibt keine Narben.«

»Das ist gut.« Sie blickte zu ihm auf. »Lass uns diese Befragung hinter uns bringen, dann gibt's was Leckeres zu essen vor der Glotze, und danach wartet der Whirlpool.« Sie seufzte. »Bis wir diesen Mordfall aufgeklärt haben, werden wir rund um die Uhr arbeiten müssen. Deshalb sollte ich mich wohl besser für ein paar Stunden ausruhen, solange ich die Möglichkeit dazu habe.«

»Ja, eine gute Mütze Schlaf hilft.« Kane zog widerwillig seine Hand zurück. Der Whirlpool wäre auch seine Wahl gewesen. Als er sich zur Tür drehte, berührte sie seinen Arm. Er sah ihr in die Augen. »Ich schnappe mir auch schnell meine Jacke.«

»Willst du heute Abend vielleicht doch bei mir übernachten?«, fragte Jenna und streifte sich ihre Strickmütze über den Kopf. »Mein Sofa ist viel bequemer als deins, und wir könnten vor dem Fernseher essen.« Sie zeigte auf Duke. »Der da darf auch mitkommen.«

Kane stieß einen lang gezogen Seufzer aus und lächelte. »Ja, gern.«

Anderson lebte drei Meilen von der Rosen-Ranch entfernt in einem Haus, das gleich an den Stanton Forest grenzte. In der Einfahrt stand derselbe weiße Pick-up, den sie schon bei den Rosens gesehen hatten. Kane stellte seinen SUV direkt dahinter ab und stieg aus. Er lehnte sich zur Rückbank nach hinten und kraulte seinem Hund die Ohren. »Du bleibst hier, Duke, wir sind nicht lange weg.«

Dann liefen er und Jenna gemeinsam zur Haustür. Anderson öffnete und starre sie entgeistert an.

»Was ist denn mit Ihnen passiert?«, fragte er und sah sie abwechselnd an. »Hatten Sie einen Autounfall?«

»So was Ähnliches«, entgegnete Jenna und lächelte. »Haben Sie etwas Zeit, um mit uns zu sprechen? Wir sprechen mit jedem, der Kontakt zu Lindy Rosen hatte, bevor sie verschwunden ist.«

»Sicher, aber wollen Sie nicht reinkommen? Hier wird's langsam kalt.« Anderson trat einen Schritt zur Seite und zog die Tür weit auf. Er hatte noch seinen Arbeitsoverall an. »Ich bin eben erst heimgekommen, aber im Wohnzimmer habe ich schon ein kleines Feuerchen gemacht.« Er winkte sie durch eine Tür.

Kane musterte das Haus. Es wirkte bewohnt, doch den alten Polstermöbeln und dem muffigen Lavendelgeruch nach hätte man meinen können, dass er hier mit seiner Oma lebte. Er blickte den Flur entlang in eine Siebziger-Jahre-Küche in gedeckten Grün- und Brauntönen. An den Wänden hingen unzählige Kunstgemälde, die Orte und Landschaften zeigten, die er nicht kannte. Der Mann hatte ein Faible für Kunst. Er trat einen Schritt heran, um die Studie einer Waldlichtung zu begutachten – realistisch und akkurat, bis hin zu den Wildblumen und den Schmetterlingen.

Bei seiner Schnellprüfung des Hauses hatte er keine Hinweise auf eine Alarmanlage gefunden. Das Haus schien nicht mit einem Mann vereinbar, der in der Hightechbranche arbeitete. »Leben Sie schon lange hier?«

»Nö, das Haus habe ich letzten Sommer von einer entfernten Cousine geerbt. Damals war ich noch unten in Colorado im Bergbau tätig.« Anderson zuckte mit den Achseln. »Als ich rausgefunden habe, dass sie mir das Haus vererbt hat, habe ich mich dazu entschieden, hierherzuziehen. Ich hatte die nötigen Qualifikationen, um eine Stelle als Techniker bei der Sicherheitsfirma anzunehmen und mir einen Wochenendjob bei der Stadtverwaltung zu besorgen. Einmal in der Woche gebe ich Malkurse für die Gemeinde. Der Job bei der Sicherheitsfirma ist nicht so hart wie die Schichtarbeit in den Minen, und ganz gut bezahlt ist er noch dazu.«

»Stammen die Gemälde von Ihnen?« Jenna ließ den Blick über die gerahmten Landschaften schweifen. »Die sind wirklich gut. Verkaufen Sie die?«

»Nein, das sind Ansichten von Orten, an denen ich gewesen bin, Andenken, die ich behalten möchte.« Anderson rückte den Rahmen eines Gemäldes zurecht, dann blickte er zu Jenna.

»Nun, Sie haben Lindy Rosen erwähnt. Gibt es bereits Tatverdächtige?«

»Tatverdächtige?« Jenna runzelte die Stirn. Sie blickte kurz zu Kane und schüttelte dann den Kopf. »Wir haben ihre Todesursache noch nicht geklärt. Sie könnte schlafgewandelt und an Unterkühlung gestorben sein.«

»Ich kann mir nicht vorstellen, wie sie aus dem Haus gelaufen sein kann, ohne den Alarm auszulösen oder von einer Überwachungskamera erfasst zu werden.« Anderson kratzte sich am Kinn. »Ich war Teil des Teams, das dieses System installiert hat. Man benötigt einen Code, um es zu deaktivieren, und ich kann mir kaum vorstellen, dass sie in schlafwandelndem Zustand dazu fähig gewesen wäre.«

Kane achtete ganz genau auf die Reaktionen des Mannes. Seine Körpersprache wirkte nach außen hin ruhig, aber die Tatsache, dass er sich nach Tatverdächtigen erkundigte, war ein Alarmsignal. Er zuckte mit der Schulter. »Nicht unbedingt. Es soll Fälle geben, in denen Leute im Schlaf sechs Türschlösser aufgeschlossen haben. Wenn Lindy den Code auswendig kannte, dann könnte sie ihn im Schlaf benutzt haben. Deshalb schließen wir nicht aus, dass sie schlafgewandelt sein könnte.«

»Ich verstehe, wie weit ist sie denn gekommen?«, fragte Anderson an Jenna gerichtet. »Im Fernsehen hieß es, Sie würden in ganz Black Rock Falls nach ihr suchen. Wenn sie einfach nur zur Tür rausgelaufen sein soll, dann kann sie doch gar nicht so weit gekommen sein, richtig?«

»Das ist ein ganz normaler Vorgang. Wir wussten ja nicht, was ihr zugestoßen ist, also haben wir alle Möglichkeiten in Betracht gezogen.« Jenna hatte ihn bewusst ignoriert und ihr professionelles Pokerface aufgesetzt. Sie hatte seine Fragerei satt und drehte den Spieß um. »Wann haben Sie Lindy zum letzten Mal gesehen?«

»Als ich die Flutlichter installiert habe«, antwortete Anderson und lehnte sich lässig gegen den Türrahmen. »Das ist

ein paar Wochen her, glaube ich. Ich kann in meinem Arbeits-
kalender nachsehen, dann könnte ich Ihnen die genauen
Termine nennen, zu denen ich dort war.«

»Die haben wir schon von Ihrem Arbeitgeber bekommen.«
Jenna hob den Blick. »Haben Sie sich mit Lindy unterhalten?«

»Das habe ich.« Anderson starrte für einige Augenblicke ins
Leere, als müsse er nachdenken. »Sie hat mich gefragt, wieso
ich direkt unterhalb ihres Zimmerfensters ein Flutlicht installiert habe.«

»Und warum haben Sie das?« Jenna zog ihr Notizbuch
hervor und kritzelte einige Anmerkungen hinein. »Es musste sie
doch stören, wenn mitten in der Nacht der Sensor aktiviert
wurde und das Licht in ihr Zimmer hineinstrahlte?«

»Vermutlich schon, aber das basierte auf dem Entwurf, den
Mr Rosen abgesegnet hatte«, entgegnete Anderson entschuldigend. »Die Lichter sind unter sämtlichen Schlafzimmerfens-
tern angebracht. Unter Lindys Zimmer steht ein Rankgerüst.
Vielleicht hatte ihr Vater Angst, dass da irgendjemand hoch-
klettern könnte, um ins Haus einzubrechen.«

Als Kane Lindys Zimmer untersucht hatte, waren ihm die
Alarmanlagen aufgefallen, die in ihren Zimmerfenstern installiert waren. Für einen Einbrecher war es so gut wie unmöglich
in das Haus einzusteigen, ohne den Alarm oder die Überwachungskameras zu aktivieren. »Sie glauben also nicht, dass
jemand in das Haus eingebrochen sein könnte und sie entführt
hat?«

»Wenn das System scharf gestellt war, auf keinen Fall.«
Anderson scharrte nervös mit den Füßen. »Ich habe sie überprüft und alles hat einwandfrei funktioniert. Der Gerichtsmediziner hat mir über die Schulter geschaut und Fragen gestellt.
Vielleicht sollten Sie mit ihm sprechen.«

»Ihrer Meinung als Profi nach war das System also
entweder nicht aktiv oder aber Lindy hat es abgeschaltet und ist
anschließend aus der Haustür spaziert?« Jenna machte sich

weitere Notizen und sah auf. »Erklären Sie mir mal, was passiert, wenn jemand das Grundstück betritt und der Alarm auslöst.«

»Die Bewegungsmelder würden gleichzeitig die Überwachungskameras und die Flutlichter aktivieren und im Wohnzimmer und im Schlafzimmer der Eltern würde ein stiller Alarm anspringen. Das ist ein blinkendes Licht.« Anderson räusperte sich. »In der Zentrale wird Alarm ausgelöst. Die dortigen Techniker sichten das Filmmaterial und ergreifen die entsprechenden Maßnahmen. Als Erstes rufen Sie den Hausbesitzer an, für den Fall, dass der Alarm versehentlich ausgelöst hat. Wenn das nicht der Fall ist und wir sehen, dass jemand herumschleicht oder versucht einzubrechen, dann rufen wir die 911.«

»Wo waren Sie von Sonntagabend bis Montagmorgen?« Jenna warf einen Blick auf ihre Notizen. »Zwischen Mitternacht und sieben Uhr morgens?«

»Bei der Arbeit. Sonntags und mittwochs arbeite ich Nachtschicht, von null Uhr bis sechs Uhr morgens, im Anschluss habe ich noch Rufbereitschaft für Notfälle bis um zwölf, manchmal auch kürzer. Montags und donnerstags geben sie die Schichten meist den anderen Jungs. Das ist ein fairer Wechsel, keiner von ihnen hat Lust, jede Nacht zu arbeiten.«

»Okay, eine Frage noch, bevor wir uns vom Acker machen.« Jenna klappte ihr Notizbuch zu und ließ es zusammen mit ihrem Kuli in ihre Jackentasche gleiten. »Hat Lindy an einem Ihrer Malkurse teilgenommen?«

»Ja, für ein paar Wochen.« Anderson zögerte. »Es ist ein Kurs der Gemeinde, an dem jeder teilnehmen kann, solange es ausreichend Plätze gibt. Es gibt einen festen Stamm aus Leuten, die immer da sind, und dann sind da immer noch ein paar verschiedene Leute, die kommen und gehen.«

»War sie zu irgendjemandem vielleicht besonders freundlich? Ist Ihnen da irgendjemand aufgefallen?« Jenna tauschte einen Blick mit Kane aus.

Kane kniff die Augen zusammen. »Die Frage ist, ob es irgendwelche Typen in ihrer Nähe gab, irgendjemand, der versucht haben könnte, sie aus dem Haus zu locken?«

»Ich habe während der Kurse alle Hände voll zu tun, da achte ich nicht drauf, was die außerhalb ihrer Kunst so anstellen.« Anderson lief zur Haustür. »Wenn das dann alles wäre ... Ich hatte einen langen Tag und habe immer noch meinen Overall an.«

Kane wartete ab, ob Jenna noch weitere Fragen hatte, und folgte ihr dann durch die Tür nach draußen. »Danke für Ihre Zeit.«

Er holte sie auf dem Weg zum Auto ein. »Ich weiß nicht so recht, was ich von ihm halten soll. Es gibt zwei Dinge, die mich beschäftigen. Erstens, dass er sich nach Tatverdächtigen erkundigt hat, obwohl wir die Todesursache noch nicht veröffentlicht haben, und zweitens sein Kommentar zu unseren Verletzungen. Die meisten Fremden stellen keine persönlichen Fragen, wenn sie es mit Polizeibeamten zu tun haben. Auf mich wirkte er irgendwie etwas zu freundlich. Was meinst du?«

»Mir scheint, dass jeder, mit dem wir gesprochen haben, ein möglicher Verdächtiger ist. Doch wir haben nur Indizien – keiner von ihnen besitzt ein Motiv.« Sie stieg in den SUV.

Kane setzte sich hinter Steuer und ließ den Motor an. »Nur wenn du den Mord als Affekttat begreifen willst. Psychopathen hingegen brauchen kein Motiv, um zu töten. Klar, es mag einen Auslöser geben, der eine Mordserie in Gang setzt, aber ich habe zunehmend das Gefühl, dass dieser Mord sorgfältig geplant worden ist.« Er fuhr zurück in Richtung Stadt. »Ich glaube nicht eine Minute lang, dass Lindy einfach nur aus dem Haus gelatscht ist und dort zufällig ihrem Mörder begegnet ist.«

»Also betrachten wir den Fall aus dem falschen Blickwinkel?«, fragte Jenna und sah ihn an. »Lindy kannte ihren

Mörder.« Sie schnaubte angewidert. »Wir haben es schon mit genug Pädophilen zu tun gehabt, um zu wissen, wie sie Kinder entführen. Ich nehme an, dass einer der Männer von unserer Liste sie aus dem Haus geholt hat und das Ganze nur ein Zug in seiner tödlichen Schachpartie gegen uns war.«

Kane nickte zustimmend. »Ja, einmal hat er uns bereits fast Schachmatt gesetzt, aber das Spiel ist noch nicht zu Ende. Ich gehe davon aus, dass er das Brett nur neu aufbaut.«

ZWEIUNDZWANZIG

MITTWOCH

Amanda Braxton lag in ihrem Bett und betrachtete den Vollmond, der in ihr Zimmer hereinschien. Er erinnerte sie an die wunderbaren Märchen ihrer Großmutter von Feen, die im Mondschein tanzten. Ihre Freundin Lucy hatte gelacht, als sie ihr davon erzählt hatte, aber das war Amanda egal. Sie glaubte an Feen, aber das würde ihr Geheimnis bleiben, ein Geheimnis zwischen Oma und ihr. Sie schlief schnell ein, denn sie hatte keine Angst davor, den Geist ihrer Oma zu sehen – Oma hatte ihr versprochen, auf sie aufzupassen, und wenn sie dafür am Fuße ihres Bettes stehen wollte, dann hatte sie nichts dagegen einzuwenden.

Vom vertrauten Klang ihrer Spieluhr aufgeweckt schielte sie auf den Wecker auf ihrem Nachttisch. Es war zwei Uhr nachts. Das Mondlicht schien inzwischen zwar nicht länger auf den Boden – der Mond war über den Himmel gewandert und musste nun über dem Dach stehen –, doch sie konnte sehr gut sehen. Sie rollte sich herum, um ihre Spieluhr anzuschauen. Die Spieluhr stand zusammengeklappt auf ihrem Nachttisch, doch das Klimpern der Melodie umhüllte sie dennoch. Sie setzte sich auf, um herauszufinden, woher die Musik kam, dann glitt sie aus dem Bett und lief zum Fenster.

Sie erschauderte und rang nach Luft, als sie ihre Oma in den Bäumen gegenüber ihres Hauses stehen sah. Sie trug ihr rosa Kleid und die Strickjacke, genau wie auf dem Foto, und zu ihren Füßen konnte sie Feen erkennen. War das nur ein Traum oder war ihre Oma wirklich vorbeigekommen, um ihr zu zeigen, dass ihre Feenmärchen wahr waren? Sie zwickte sich heftig in den Arm, und es schmerzte. *Ich bin wach.* Ohne zu zögern, zog sie sich ihren Morgenmantel über, schlüpfte in ihre Hausschuhe, schnappte sich den Hausschlüssel, lief aus ihrem Zimmer und zog die Tür hinter sich zu.

Amanda hatte sich den Sicherheitscode für die Haustür eingeprägt, und ihr Vater hatte ihr gezeigt, wie man die Lichtfühler tagsüber deaktivieren und das System an- und ausschalten konnte, falls Besuch kam. Wenn sie die Lichter und die Überwachungskameras ausschaltete, würde sich der Hausalarm fünf Minuten nachdem sie das Haus verlassen hatte zurücksetzen. Sie konnte ihren Hausschlüssel benutzen, um wieder reinzukommen, und solange sie den Code eingab und alles zurücksetzte, würde kein Mensch je erfahren, dass sie das Haus verlassen hatte, um ihre Oma zu besuchen.

Sie sah durch das Glasfenster der Haustür, dass ihre Oma geduldig auf sie wartete. Sie tippte den Code ein, schaltete die Lichter und die Überwachungskameras ab, öffnete die Tür und spähte ins Mondlicht hinaus. Plötzlich aber war Oma nirgendwo mehr zu sehen. Enttäuscht trat sie auf die Veranda hinaus, zog die Tür hinter sich zu und suchte überall in den Bäumen. »Oma, wo bist du?«, rief sie mit gesenkter Stimme.

Eine Bewegung erregte ihre Aufmerksamkeit. Sie schoss die Treppe hinab und steuerte auf das Waldstück zu. Das Gestrüpp riss an ihrem Morgenmantel, und es fühlte sich an, als wären die niedrigen Äste darauf aus, sie an den Haaren zu packen. Als hinter ihr eine Gestalt aus der Dunkelheit trat, atmete sie erleichtert auf und drehte sich um. »Oma?«

Da krachte plötzlich irgendetwas mit solcher Wut in sie hinein, dass ihr die Luft aus der Lunge schoss. Amanda taumelte über den unebenen Boden und versuchte, sich auf den Beinen zu halten. Im nächsten Moment stülpte sich ein großes stinkendes Tuch über ihr Gesicht und bedeckte Mund und Nase, dann umschloss sie ein Arm wie eine Schraubzwinge und zerdrückte ihr die Rippen. Sie konnte nicht atmen. Panisch wirbelte sie herum und trat zu allen Seiten, doch das Tuch auf ihrem Gesicht ging nicht weg, sodass sie den eigenartigen Geruch inhalieren musste. Ihr Magen drehte sich, und ihre Glieder wurden schwach und nutzlos. Eine sonderbare Schläfrigkeit überkam sie. Sie versuchte, ihre Augen geöffnet zu halten, kämpfte verzweifelt, um nicht einzuschlafen, doch der Wald um sie herum schien zu zerfließen. Eine Stimme, leise und heiser, drang nahe an ihr Ohr heran. Ein warmer Atemhauch touchierte ihre Wange.

»Nein, meine Kleine, ich bin's, der böse Wolf.«

DREIUNDZWANZIG

Mit schwerem Herzen stieg Jenna aus Kanes Wagen und machte sich auf den Weg zum Büro des Gerichtsmediziners. Nichts war schlimmer, als der Autopsie eines jungen Mädchens beizuwohnen. Immerhin würde Wolfe ihr die grauenvollen Einzelheiten ersparen und sich auf eine Kurzfassung seiner Erkenntnisse beschränken. Da mit Wolfe und Webber zwei Teilzeit-Deputys dabei waren, erfüllte sie die rechtliche Anforderung, einen Beamten als Zeugen bei der Obduktion dabeizuhaben. Sie verschaffte sich mit ihrer Karte Zugang zur Leichenhalle und nahm bei einem Blick über die Schulter Kanes angespanntes Gesicht wahr. »Das ist wirklich der schlimmste Teil unserer Arbeit.«

»In der Tat. Nicht wirklich etwas, worauf man sich freut.« Kane ging durch die Tür. »Ich habe mich die ganze Nacht lang gefragt, was Wolfe herausgefunden hat. Er wirkte irgendwie verwirrt, und das sieht ihm mal so gar nicht ähnlich.«

Als Jenna der vertraute Geruch in die Nase stieg, den nur eine Leichenhalle verströmt, rümpfte sie angewidert die Nase. Sie stieß die Doppeltüren zum Untersuchungssaal auf, wo eisige Luft auf sie wartete. Sie lächelte Wolfe an, der neben Webber und seiner Tochter Emily saß und mit ihnen über seine Untersuchungsergebnisse plauderte, als ginge es um den Sonntagabendkrimi. »Morgen. Was haben Sie für mich?«

»Ich fürchte, mehr als ich mir gewünscht habe.« Wolfe richtete sich auf und wies Webber an, die Leiche von Lindy Rosen aufzudecken. »Wie gesagt, die Körpertemperatur, die ich am Tatort gemessen habe, stimmt nicht mit unserer Rekonstruktion des zeitlichen Ablaufs dessen, was Lindy widerfahren ist, überein. Seit Durchführung der Obduktion stellt sich mir die Reihenfolge der Ereignisse komplett anders dar.«

Fasziniert blickte Jenna auf Lindys Leiche hinab. Ihre Haut war totenbleich. Neben dem üblichen Y-förmigen Schnitt über die Brust hatte Wolfe einige Einschnitte rund um ihren Hals vorgenommen. Sie hatte sich auf diesen Besuch vorbereitet und verdrängte die Stimme in ihr, die um dieses Mädchen trauerte, um der abgeklärten, professionellen Jenna die Oberhand zu lassen. Sie musste Lindy durch Wolfes Augen sehen und diese Informationen nutzen, um ihren Mörder zu fassen. »Okay. Was also ist so ungewöhnlich an diesem Fall?«

»Der vielleicht wichtigste Befund ist, dass Lindy maximal eine Stunde nachdem ihre Eltern ihr Verschwinden bemerkt haben verstorben sein muss.« Wolfe nahm sich das iPad, das Emily ihm reichte, und präsentierte Jenna den Bildschirminhalt. »Ihre Körpertemperatur, die ich am Tatort gemessen habe, war zu niedrig, als dass ihr Tod in den ein bis zwei Stunden, bevor wir sie aufgefunden haben, eingetreten sein kann. Als ich sie dann in den Van lud, fiel mir auf, dass die Leichenstarre nicht mit dem angenommenen Todeszeitpunkt übereinstimmte.«

»Ihrer Ansicht nach hat er sie also entführt, gefilmt und ermordet, bevor er Jenna das Video geschickt hat?« Kane runzelte die Stirn. »Wann genau ist sie denn Ihrer Meinung nach verstorben?«

»Mindestens sechs Stunden, bevor wir sie gefunden haben. Wahrscheinlich hat er sie innerhalb von drei Stunden nach ihrer Entführung getötet.« Wolfe streifte sich Einmalhandschuhe über und drehte Lindys Leiche auf die Seite. »Sehen Sie diese augenscheinlichen Prellungen auf Gesäß, Schulterblättern und Unterarmen? Das sind keine Prellungen. Das passiert, wenn eine Leiche über mehrere Stunden hinweg in der gleichen Position liegt und Blut das Gewebe durchdringt. Dieses Phänomen setzt nach etwa zwei Stunden ganz gemächlich ein, doch in Hinblick auf die dunkle Farbe der Totenflecken muss Lindy nach Eintritt ihres Todes schätzungsweise sechs Stunden auf dem Rücken gelegen haben.«

»Sonntag gegen Mitternacht wurde sie zum letzten Mal gesehen, und wir haben sie am Montagnachmittag um fünf Uhr dreißig gefunden.« Jenna zog ihr Handy hervor und ging die Dateien durch. »Was für ein kranker Scheißkerl, spielt sein Spielchen mit mir, obwohl er sie längst ermordet hat.« Sie schaute zu Wolfe auf. »Todesursache?«

»Erstickung bedingt durch Erwürgen. Sämtliche Hinweise dafür sind vorhanden.« Wolfe blickte sie an. »Er hat sie von hinten mit dem Seil erwürgt, das wir bei der Leiche gefunden haben. Ich habe keine Hinweise auf einen sexuellen Übergriff gefunden.«

»Und Sie konnten keinerlei Spurenmaterial sicherstellen?« Kane starrte ungläubig auf Wolfes iPad. »Das ist für sich genommen ja schon ungewöhnlich.«

»Keine DNA-Spuren, aber Lindy hat eine Geschichte zu erzählen. Die Umstände, die zu ihrem Tod geführt haben, sind einigermaßen klar.« Wolfe bedeckte den Rumpfbereich und wies auf die kleinen roten Flecken auf Lindys Wange. »Sie hat einen Handabdruck auf dem Gesicht und die Innenseiten ihrer Nasenlöcher sind entzündet, als hätte sie irgendetwas inhaliert. Ich warte noch auf eine Bestätigung durch die Ergebnisse der Bluttests, aber ich nehme an, dass er Diethylether oder Chloroform verwendet hat, um sie zu überwältigen, möglicherweise gemischt mit einer anderen Droge, vielleicht Kokain.« Er legte seine Hand über die Male, um die Position des Handabdrucks zu veranschaulichen. »Ich glaube, dass er zu dem Zeitpunkt rittlings auf ihr saß. Wenn man sich diese Stelle hier ansieht, wo ihre Zähne ihre Unterlippe durchbohrt haben, dann ist davon auszugehen, dass er dabei einen erheblichen Kraftaufwand betrieben hat.«

»Gibt es noch andere Kratzer oder Abwehrverletzungen?« Kane ging zum Ende der Bahre und inspizierte Lindys Füße. »Ihre Füße sind schmutzig. Warum hat sie das Haus verlassen, ohne Hausschuhe anzuziehen?«

»Das bereitet auch mir Kopfzerbrechen. Sie hat keine Kratzer oder Verletzungen, die darauf hindeuten, dass sie weggelaufen ist, gejagt wurde und dann überwältigt worden ist. Keine Abwehrverletzungen oder DNA-Spuren unter ihren Fingernägeln, nichts. Der Dreck an ihren Füßen könnte vom Boden unter der Bank vor dem alten Schulhaus stammen. Ich habe einen Abstrich ins Labor geschickt, nehme aber an, dass wir die Region mit dem Ergebnis nur grob eingrenzen können.«

Die Szene ging Jenna nicht aus dem Kopf. Sie hob ihr Kinn und starrte Wolfe an. »Wenn der Killer in ihrem Zimmer war, dann sind wir auf der völlig falschen Fährte. Irgendwie hat er es ins Haus und in ihr Zimmer geschafft, sie aufs Bett gedrückt und sie dann mit Chloroform oder etwas Ähnlichem bewusstlos gemacht, um sie aus dem Haus zu schleifen.«

»Wie ist er denn reingekommen?« Kane zog das Laken wieder zurück über Lindys Füße. »Mr Rosen hat den Alarm gegen sechs Uhr aktiviert, und wenn er sich vorher ins Haus geschlichen und versteckt haben soll, dann hätte er den Code kennen müssen, um den Alarm zu deaktivieren, als er gegangen ist.«

Jenna schüttelte den Kopf. »Mir ist das doch auch schon

mal passiert, weißt du noch? Mir ist mal jemand nach drinnen gefolgt, hat sich im Schrank versteckt und mich dabei beobachtet, wie ich meinen Code eingebe. Ich war allein, aber bei den Rosens gibt es drei Mädels, die durchs Haus wuseln – es wäre nicht leicht für ihn gewesen, unbemerkt hineinzugelangen.«

»Wahrscheinlich kannte er die Grundrisse des Hauses.« Webber stand jetzt neben Jenna. »Und konnte sich so ein sicheres Versteck suchen, um abzuwarten, bis die Familie ins Bett gegangen war.«

Jenna sah zu Kane. »Damit wären nur noch die Männer tatverdächtig, die in den letzten Wochen Zugang zum Haus hatten.«

»Nicht unbedingt.« Emilys Finger glitten flink über die Tastatur ihres Computers. »Die Ranches dieses neuen Bauprojekts wurden alle von derselben Baufirma gebaut. Mir sind die Baupläne im Schaufenster des Immobilienmaklers aufgefallen, und die sind allesamt auch online abrufbar.« Sie zeigte auf den Bildschirm. »Schauen Sie, die verwenden dafür Häuser, die vor Ort bereits gebaut wurden, und jedes davon hat einen Grundriss.«

Jenna seufzte ernüchtert. »Verdammt, und ich dachte, wir hätten die Tatverdächtigenliste bereits halbiert.« Sie wandte sich wieder Wolfe zu. »Haben Sie irgendwas Nützliches auf ihrem Laptop oder ihrem Handy gefunden?«

»Nein, nichts Außergewöhnliches«, seufzte Wolfe. »Ihr Tagebuch enthielt nichts von wirklichem Interesse. Außer vielleicht, dass sie in einen Jungen von ihrer Schule verknallt war und gehofft hat, dass er sie zum Frühlingsball ausführen würde.«

»Okay, lassen Sie mir bitte sobald wie möglich den fertigen Obduktionsbericht zukommen.« Jenna streifte sich ihre Handschuhe ab und beförderte sie in die Mülltonne. »Wir fahren jetzt zurück ins Büro. Rowley klappert gerade einige Leute ab, um Alibis zu überprüfen. Ich bin gespannt, was er dabei rausfindet.« Sie räusperte sich. »Die Rosens werden wissen wollen, wann Sie mit Lindys Untersuchung fertig sind.«

»Ich kann die Leiche heute noch nicht freigeben. Ich werde Lindys Eltern anrufen und es ihnen erklären.« Wolfe nickte Webber zu, der daraufhin die Bahre wegrollte, und blickte dann wieder zu Jenna. »Das ist ein ungewöhnlicher Fall. Warum hat er sie umgebracht? Ich kann mir einfach kein Mordmotiv vorstellen. In den meisten Entführungsfällen sind die Motive entweder finanzieller oder sexueller Natur. Lindy ist durch Erwürgen ums Leben gekommen, doch ihr Mörder folgt keinem mir bislang bekannten Muster. Sein erster Mord kann das nicht gewesen, dafür ist das alles zu sauber, ein Ersttäter hätte definitiv Spuren hinterlassen. Meines Erachtens hat dieser Mann bereits zuvor getötet, und zwar häufig.«

»O ja.« Kane blickte der Bahre hinterher. »Dieser Mörder ist gut organisiert, plant jeden Zug im Voraus und zieht aus irgendeinem unerklärlichen Grund auch Jenna in diesen Wahnsinn mit rein. Als wollte er irgendein Spielchen mit ihr treiben, als hätte er es darauf abgesehen, erwischt zu werden.«

Jenna fuhr sich mit beiden Händen durchs Haar. Was fanden Mörder nur immer wieder an ihr? Es war nicht das erste Mal, dass ein Mörder sie auf dem Kieker hatte. »Warum ich? Wenn er gefasst werden will, warum stellt er sich dann nicht selbst und gesteht?«

»Du repräsentierst das Gesetz, und sich selbst zu stellen, käme einer Bankrotterklärung gleich – er sehnt sich nach Aufmerksamkeit.« Kane blickte sie an. »Ich sehe die Sache genau wie Wolfe. Wir haben es hier möglicherweise mit einem Mörder zu tun, der bereits zuvor getötet hat und damit schon so häufig davongekommen ist, dass ihm langweilig ist. Er möchte mit seinen Morden prahlen und als der sadistische Schattenmann gefürchtet sein, also benutzt er dich, um traurige Berühmtheit zu erlangen. Lindy wäre dann ein Kollateralschaden, um unsere Aufmerksamkeit zu erregen. Im Knast wäre er zu einem Helden geworden, wenn er uns mit der Bombe aus dem Weg geräumt hätte. Er weiß, dass sein Blutrausch nicht ewig andauern wird, deshalb will er mit wehenden Fahnen untergehen.«

VIERUNDZWANZIG

Jenna streckte ihr Gesicht in die kalte Brise hinaus und atmete den angenehmen Duft nach Kiefernholz und Holzfeuer ein, der in der Luft lag. Es fühlte sich gut an, draußen an der frischen Luft zu sein. Sie lehnte sich an Kanes SUV und sog die Schönheit des grünen Waldes und der schneebedeckten Berge in sich auf, um den grauenvollen Anblick von Lindy Rosens Leiche zu verdrängen. Wer hatte sie in ihren Tod gelockt, und wie zum Teufel sollte sie nur den Mörder ausfindig machen? Sie war in eine Sackgasse geraten. Ja, sie hatte ein paar verdächtige Männer auf ihrer Liste, doch keiner von ihnen war verdächtig genug für ein Verhör, geschweige denn eine vorläufige Festnahme.

Als ihr Handy in ihrer Tasche vibrierte, bekam sie es unvermittelt mit der Angst zu tun. Sie starrte auf das Display und seufzte erleichtert auf, als sie Maggies Namen sah. »Morgen, Maggie, was gibt's?«

»'N weiteres Mädel wird vermisst. Amanda Braxton, fünfzehn Jahre alt, wohnt kaum eine Meile entfernt von der Rosen-Ranch.«

Jenna wurde schwer ums Herz. »Schicken Sie mir alle

weiteren Infos und die Adresse zu, wir fahren direkt dorthin. Sagen Sie Rowley, dass er gleich Search and Rescue einschalten soll, die sollen sich bereithalten.« Sie legte auf und blickte zu Kane. »Wir haben noch keinen brauchbaren Tatverdächtigen für den Mord an Lindy, und der Schattenmann hat vielleicht schon sein nächstes Opfer gefunden.«

»Die nächste Entführung?« Kane stieg in den Wagen und lehnte sich nach hinten, um den Kopf seines Hundes zu kraulen. »Wo diesmal?« Er startete den Motor.

Jenna tippte die von Maggie kurz darauf übermittelten Koordinaten in das GPS-System ein. »Etwa eine Meile von hier. Amanda Braxton, fünfzehn, lebt mit ihrer Mutter und ihrem älteren Bruder zusammen. Wurde gestern Abend gegen neun Uhr letztmalig gesehen. Ihre Mutter dachte, dass sie ausschläft, und hat darum gegen neun Uhr heute Morgen ihren Bruder zu ihr hochgeschickt, um sie zu wecken, doch ihr Zimmer war leer.«

»Wenn das der Schattenmann war, dann eskaliert das Ganze schneller, als ich dachte.« Kane sah auf den GPS-Bildschirm, dann wendete er den Wagen und machte sich auf den Weg zur Stanton Road. »Unser großes Problem ist, dass er uns bei seinem Spielchen im Hinterkopf hat. Von den Obduktionsbefunden wissen wir, dass Lindy Rosen tot war, bevor er dir das Video von ihr im Keller geschickt hat. Wir hatten nie eine Chance, sie lebendig zu finden, das Ganze war ein abgekartetes Spiel.«

Jenna verzog angewidert das Gesicht. »Was also führt er im Schilde?«

»Da bin ich mir nicht sicher. Vielleicht geht ihm einer dabei ab, uns bei dem Versuch zu beobachten, ein Leben zu retten, wo er doch weiß, dass das Opfer längst tot ist.« Kane zuckte mit der Schulter. »Oder er lässt sich viel Zeit, um den Schlussakt zu inszenieren.«

Während sie seine Schlussfolgerungen sacken ließ, beobachtete Jenna das Schauspiel der Sonne, deren Licht durch den Wald gefiltert in Bändern auf Kane strahlte und seine Bewegungen wie in einem flimmernden alten Schwarz-Weiß-Film abgehackt und zusammenhangslos erschienen ließ. Der Anblick war irgendwie surreal, und Jenna musste einige Male blinzeln, um nicht abzuschweifen. »Aha, aber welche Bedeutung haben die Morde für ihn? Dieser Typ legt nicht die Art von Brutalität an den Tag, die man vom Modus Operandi eines Psychopathen erwarten würde. Es gab keine Vergewaltigung, und Lindy wurde sauber und fachmännisch erwürgt.« Sie blickte in den Wald. Tausende grüne Kiefern rauschten am Fenster vorbei, durchmischt mit den bunten kleinen Farbtupfern der unzähligen Wildblumen. Sie blickte erneut zu Kane. »Wenn Amanda sein zweites Opfer ist und er die gleiche Nummer noch mal abzieht, dann hab ich meine ganz eigene Theorie über ihn.«

»Okay.« Kanes Mundwinkel fingen an zu zucken. »Warum gefällt mir nicht, worauf das hinausläuft?«

Tief in ihre eigenen Gedanken versunken, runzelte Jenna die Stirn, als sie seinen besorgten Gesichtsausdruck bemerkte. »Ich bin mir ziemlich sicher, dass du zu demselben Schluss gekommen bist, Kane, das steht dir ins Gesicht geschrieben.« Sie räusperte sich. Ihr leerer Blick verriet es nicht, doch die Vorstellung, erneut zum Ziel eines geistesgestörten Verrückten geworden zu sein, jagte ihr eine Heidenangst ein. »Er tötet nur, um meine Aufmerksamkeit zu gewinnen, um mich in sein abartiges Spiel hineinzuziehen. Frauen in Führungspositionen triggern ihn, und er will sie unterwerfen. Wenn er sie einmal dazu gebracht hat, seinen Befehlen zu gehorchen, dann plant er, sie auf grauenvolle Weise zu töten. Deshalb hat er auch die Sprengfalle gebaut – er wollte ein Massaker anrichten und war mit Sicherheit irgendwo in der Nähe, um seinen blutigen Triumph zu dokumentieren.«

»Hoffentlich nicht.« Kane drosselte die Geschwindigkeit,

bog links ab und fuhr wenige Meter weiter durch ein schmiede-
eisernes Tor in eine lange Zufahrtsstraße.

Glacial Heights galt nicht zu Unrecht als einer der
schönsten Vororte von Black Rock Falls. Der Bau des neuen
Krankenhausflügels und die Erweiterung des College-Campus
hatten Reichtum in das kleine Städtchen gebracht. Hochspezia-
lisierte Fachkräfte waren gekommen und hatten spektakuläre
Häuser im Norden der Stadt gebaut. Im Süden, wo Bauland im
Überfluss vorhanden und günstig zu haben war, blühten Industrieanlagen auf, die hier alles von Schwermaschinen bis hin zu
Stacheldraht produzierten.

Jenna bewunderte das Grundstück. Die Besitzer hatten die
Hälfte davon in seinem natürlichen Zustand belassen. Riesige
Kiefern säumten die lange Zufahrtsstraße, die sich durch ein
Waldstück schlängelte und schließlich zu einem gepflegten
Landschaftspark hin öffnete, der das Ranchhaus umgab. Früh-
lingsblumen schossen in einer bunten Farbenpracht aus den
Blumenbeeten, und eine gelbe Rose kletterte an einem Spalier
neben der Veranda empor. Die Braxtons hatten anscheinend
keine Kosten und Mühen gescheut, um ihr Traumhaus zu
verwirklichen.

Sie schaute zu Kane. »Im Moment fühle ich mich, als hätte
ich eine Zielscheibe auf dem Rücken.«

»Dann werde ich dafür sorgen, dass du nie allein bist,
Jenna, bis wir diesen Kerl geschnappt haben. Du solltest wohl
deine kugelsichere Weste anziehen, solange wir auf Streife
sind«, sagte Kane und sah sie dabei eindringlich an. »Allerdings
begreife ich nicht wirklich, was für ein Motiv er haben sollte,
ausgerechnet dich ins Visier zu nehmen. Es gibt doch noch
viele andere weibliche Autoritätsfiguren in der Stadt. Ich habe
Menschen gesehen, die aus Rache bis zum Äußersten gehen,
aber bei jedem Fall, den du in Black Rock Falls gelöst hast, ist
der Täter am Ende entweder ums Leben gekommen oder in
den Knast gewandert.« Er zuckte mit der Schulter. »Es sei

denn, er hat ein Problem mit Frauen in sämtlichen Führungspositionen – aber wenn dem so ist, wieso sollte er dann eine Teenagerin töten, um dich zu ködern? Er hätte in den letzten paar Wochen tausendfach die Möglichkeit gehabt, dich zu erschießen, sei es auf der Ranch oder auf der Main Street.« Er schüttelte den Kopf. »Es ist und bleibt ein einziges großes Rätsel, und zwar in vielerlei Hinsicht. Wie zum Beispiel hat er Lindy aus dem Haus gelockt?«

»Ich wünschte, das wüsste ich.« Jenna verschränkte ihre Arme vor der Brust. Dieses Mal würde sie auf ihr Bauchgefühl hören und sich ihre Sicht der Dinge nicht von Kane verdrehen lassen. »Denk mal nach, Kane. Wenn er mich einfach nur erschießen würde, dann wäre es doch kein Spiel, oder? Ich meine, für jemanden, der für den Nervenkitzel lebt, starke Frauen zu dominieren, wäre das doch zu plump. Er will mich richtig zerlegen. Er will ein Zeichen setzen, um der Welt zu zeigen, was für ein harter Hund er ist oder so.« Sie zuckte mit der Achsel. »Sollte Amandas Fall den gleichen Tathergang nahelegen, dann wirst du meiner Theorie zum Schattenmann zustimmen, oder?«

»Glaub bloß nicht, dass ich deine Schlussfolgerungen für unplausibel halte, Jenna, denn das ist nicht der Fall.« Kane sah sie besorgt an. »Ich dachte, wir diskutieren einfach nur verschiedene Theorien.«

Jenna nickte erleichtert. »Klar, na sicher. Es ist gut, Fälle aus unterschiedlichen Blickwinkeln zu betrachten, sonst würden wir ja nie einen Fall lösen.«

»Jepp, manchmal müssen wir über den Tellerrand hinausschauen. Verbrechen sind wie Menschen, manche scheinen sich zu ähneln, aber in Wahrheit unterscheiden sie sich voneinander.« Kane seufzte und brachte seinen SUV vor dem Haus zum Stehen. »Wenn eines sicher ist, dann, dass der Mörder im Fall Lindy Rosen keinem typischen Verhaltensmuster gefolgt ist. Es gibt zu viele Variablen, als dass wir den Schattenmann einer bestimmten Kategorie zuordnen könnten. Wir brauchen mehr Beweise.«

»Stimmt, aber ich möchte nicht herausfinden, dass er noch mehr Mädchen erwürgt hat, nur um der Welt etwas zu beweisen.« Jenna griff nach dem Türöffner. »Hoffen wir, dass wir es hier nur mit einer kleinen Ausreißerin zu tun haben.«

Eine Frau rannte durch die Haustür und die Treppe hinunter auf sie zu. Sie hatte ihr dunkles Haar zurückgebunden, trug Sweatshirt und Blue Jeans und musste Ende dreißig sein. Jenna stieg aus und lief ihr entgegen. »Mrs Braxton?«

»Grundgütiger, meine Mandy ist weg.« Tränen rannen ihre Wangen hinab. »Ich habe alle Menschen angerufen, die ich kenne, aber niemand hat sie gesehen. Ihr Handy liegt auf ihrem Nachttisch, und ihr Kleiderschrank ist komplett, sie muss aufgestanden und in Pyjama, Morgenmantel und Hausschuhen aus dem Haus gerannt sein.«

Jenna tauschte einen Blick mit Kane aus. Ohne ihm einen Befehl geben zu müssen, trat er in Aktion. Er ging ein paar Meter und zückte sein Handy, um Wolfe anzurufen. In Bälde würden der Gerichtsmediziner, Webber und hoffentlich auch Atohi Blackhawk am Tatort eintreffen. Sie berührte Mrs Braxtons Arm. »Können wir vielleicht reingehen?«

»Sicher, die Frau vom Notruf meinte, ich soll nichts in ihrem Zimmer anfassen, aber ich habe schon ihren Schrank durchsucht und alle Schubladen aufgezogen, um nachzusehen, ob sie irgendwelche Kleidung mitgenommen hat.« Mrs Braxton führte Jenna hinein. »Sie müssen wissen, dass wir gestern Abend einen Streit hatten. Mandy wollte zum Frühlingsball gehen mit einem Jungen, der in der Stadt arbeitet, aber er ist neunzehn, und ich habe ihr Hausarrest erteilt, weil sie darauf bestanden hat, ihn zu treffen.« Sie leitete den Weg ins Wohnzimmer, stellte sich vor den offenen Kamin und rang die Hände. »Ich dachte, sie will mit ihm abhauen.«

»Nein, Ma, ich hab dir doch gesagt, Matt ist nicht so, der ist ein anständiger Kerl.« Ein junger Mann betrat den Raum. Er war hochgewachsen und gut aussehend, hatte dunkles Haar und dunkle Augen. Jenna schätzte ihn auf etwa siebzehn Jahre. »Er ist ein bisschen älter als ich, aber wir sind befreundet, und sie wäre nicht allein mit ihm gewesen. Du reagierst mal wieder völlig über, typisch.«

Jenna blitzte ihn an. »... und du bist?«

»Ich bin Amandas Bruder Luke.« Luke wandte sich seiner Mutter zu. »Mom behandelt sie noch immer wie ein Baby und nennt sie Mandy.«

»Wie lautet Matts Nachname?« Jenna zückte Notizbuch und Kugelschreiber. »Haben Sie ihn kontaktiert, um herauszufinden, ob Amanda bei ihm ist?«

»Als ob«, schnaubte Luke verächtlich. »Sein Name ist Matthew Miller, er ist Mechaniker in Miller's Garage in der Stadt, seinem Alten gehört die Tankstelle.« Er zuckte mit der Achsel. »Matt hat dem Doppeldate nur zugestimmt, weil er mir damit einen Gefallen tun wollte. Meine Freundin ist die beste Freundin von Amanda, und die beiden haben darauf bestanden, zusammen zu diesem Ball zu gehen. Mom macht ein Riesending draus. Es geht um einen einzigen läppischen Ball, und ich wäre ja die ganze Nacht dabei. Matt hatte noch nicht einmal vor, sie nach Hause zu fahren.«

Jenna notierte sich Matthew Millers Namen und schaute bestürzt zwischen Mutter und Sohn hin und her. »Kannst du mir den Namen deiner Freundin nennen? Hast du sie schon wegen Amanda kontaktiert?«

»Klar, ihr Name ist Lucy Mackintosh, sie habe ich gleich als Erste angerufen, aber sie hat sie seit ihrer Verabredung bei Aunt Betty's gestern nicht mehr gesehen.« Matt kratzte sich an der Wange. »Lucy meinte, sie hätten sich abends noch auf dem Smartphone hin- und hergeschrieben und dass meine Schwester nichts davon gesagt hätte, dass sie abhauen wollte oder so. Amanda hat Lucy erzählt, dass sie ins Bett geht.«

»Aber sie ist weg.« Mrs Braxton brach in Tränen aus und umklammerte Jennas Arm. »Sie müssen Mandy finden.«

Jenna geleitete sie zum Sofa und musste sich beherrschen, ihren Arm nicht wegzuziehen, als sich Mrs Braxtons Nägel in ihre Jacke krallten. »Wir werden umgehend Suchtrupps losschicken, um nach ihr zu suchen.« Sie nahm neben der verzweifelten Frau Platz. »Deputy Kane setzt bereits alle Hebel in Bewegung, und wir werden hier sehr bald Verstärkung bekommen.«

»Ma'am.« Kane kam in den Raum gelaufen. »Das Team ist auf dem Weg, ETE fünfzehn Minuten. Ich habe Walters gesagt, dass er den McLeod-Fall fürs Erste ruhen lassen und sofort herkommen soll. Er bringt die Aufzeichnungsgeräte mit.«

Jenna blickte zu ihm auf. »Roger. Kannst du dich in Amandas Zimmer umsehen? Luke zeigt dir bestimmt gern den Weg.« Sie blickte zu Luke hinüber. Der junge Mann machte sich bereit und führte Kane in den Flur hinaus.

Jenna räusperte sich. Sie hasste diesen Teil ihres Jobs, denn die Familie eines vermissten Kindes zu befragen und ihr heikle Fragen stellen zu müssen, erschien wie ein Eingriff in ihre Trauer. Sie nahm einen tiefen Atemzug, den notwendigen Fragenkatalog kannte sie inzwischen auswendig. Die Liste der Fragen für die ersten vierundzwanzig Stunden hatte sich so tief in ihr Gedächtnis eingebrannt, dass sie fast zu einem Mantra geworden war. Bislang hatte sie immer gehofft, nie zweimal in einer Woche auf sie angewiesen zu sein. Vierundzwanzig Stunden, das war die kritische Zeitspanne, um eine vermisste Person – insbesondere ein Kind – lebend zu finden. Tatsächlich überlebten nur fünfundzwanzig Prozent aller entführten Kinder die ersten drei Stunden, und fünfundsiebzig Prozent derjenigen, die so lange überlebten, starben innerhalb von vierundzwanzig Stunden durch die Hand ihres Entführers. Nach dieser Zeitspanne schwanden die Chancen darauf, ein Kind lebendig zu finden, beträchtlich, und nach zweiundsiebzig Stunden waren die Chancen nur noch marginal. Wäre Amanda jünger als zwölf Jahre alt, dann wäre jetzt bereits ein FBI-Team auf dem Weg, weil Teenager aber dazu neigten, nach einem Streit wegzulaufen, betrachtete das FBI ihr Verschwinden als Zuständigkeit der lokalen Behörden.

»Wann haben Sie Amanda letztmals gesehen?«

»Gestern Abend gegen neun Uhr«, schluchzte Mrs Braxton und tupfte sich mit einem zusammengeknüllten Taschentuch die Augen trocken. »Ich habe ihr gesagt, dass sie endlich ihr Handy weglegen und schlafen soll.«

Jenna lief ein Schauer über den Rücken. Amanda wurde jetzt seit zwölf Stunden vermisst. *Sie könnte bereits tot sein.* Sie notierte sich die Zeit. »Wir würden gern ihr Handy checken, um zu prüfen, wen sie angerufen hat, wenn Sie nichts dagegen haben.«

»Ja, ich habe es hier. Es hat keine Sperre.« Mrs Braxton zog ein Smartphone mit einer rosa Hülle aus ihrer Tasche und reichte es Jenna. »Sie legt es sonst nie aus der Hand. Warum hat sie es hier gelassen?«

»Das kann ich zum jetzigen Zeitpunkt nicht genau sagen.« Jenna ging zunächst die Textnachrichten und anschließend die Liste der ein- und ausgegangenen Anrufe durch. Nach dem Anruf ihrer Freundin Lucy hatte Amanda niemand mehr kontaktiert, und sie fand auch keine Nachrichten oder Anrufe von Matthew Miller vor. Sie steckte das Handy ein und wandte ihre Aufmerksamkeit wieder Mrs Braxton zu. »Wann haben Sie ihr Verschwinden bemerkt?«

»Um neun Uhr heute Morgen. Ich habe Luke hochge-schickt, um sie zu wecken.« Mrs Braxton stieß einen kleinen Schluchzer aus. »Ich bin hoch in ihr Zimmer gerannt und habe ihr Bett befühlt, um nachzuschauen, ob es noch warm war, aber es war kalt. Wir haben überall nach ihr gesucht, und dann bin ich wieder rein und habe ihre Freundinnen angerufen. Da keine von ihnen sie gesehen hatte, habe ich die 911 angerufen.«

»Sie haben alles richtig gemacht«, beschwichtigte Jenna die Frau und tätschelte ihr den Arm. »Können Sie sich daran erinnern, was sie anhatte, als Sie Amanda zum letzten Mal gesehen haben?«

»Ja, einen gelben Pyjama mit kleinen weißen Rosen drauf, und ihr Morgenmantel ist rosa und hat einen Spitzenbesatz um den Kragen sowie hellrosa Knöpfe und Taschen.« Mrs Braxton starrte ins Leere, dann holte sie zitternd Luft. »Ihre Hausschuhe sind rosa und pelzig, mit festen Sohlen.«

»Haben Sie ein aktuelles Foto von ihr?« Jenna machte sich rasch ein paar Notizen. Sie benötigte so viele Informationen wie sie in der Kürze der Zeit bekommen konnte, um eine Pressemitteilung veröffentlichen und eine Suchmannschaft zusammenstellen zu können, die sich auf die Suche nach Amanda machen konnte.

»Ja, auf dem Kaminsims.« Mrs Braxton zeigte auf das Bild eines hübschen Mädchens mit langem, wallendem blondem Haar, Sommersprossen und einer Stupsnase.

Jenna stand auf und fotografierte das Foto mit der Kamera ihres Smartphones. »Danke. Ich werde ein Pressestatement zu Amanda abgeben. Die Bürger rufen häufig mit hilfreichen Informationen an.« Sie erzählte von der Einrichtung eines Kommandopostens in der Stadt und von den Deputys, die in Zivilkleidung und -fahrzeugen anrücken würden, um sämtliche Anrufe zu überwachen. Einen Moment lang dachte sie nach, doch sie musste die Frage stellen: »Hat Amanda in letzter Zeit über Alpträume geklagt?«

»Nein, sie träumt von ihrer Oma, die am Fußende ihres Bettes steht. Sie glaubt, dass sie über sie wacht.« Mrs Braxton schossen Tränen in die Augen. »Falls ja, dann macht sie ja keinen besonders guten Job, oder?«

In diesem Moment kam Kane zurück in den Raum. »Haben Sie irgendetwas in Amandas Zimmer angefasst, Mrs Braxton?

Irgendetwas vom Fußboden aufgehoben oder vielleicht das Zimmer aufgeräumt?«

»Ich habe den Schrank geöffnet und die Schubladen aufgezogen, um nachzusehen, ob irgendetwas fehlt, aber es ist noch alles da.« Mrs Braxton blinzelte zu Kane auf. »Haben Sie irgendetwas gefunden?«

»Nein.« Kane sah sie entschuldigend an und drehte sich zu Jenna. »Keine Hinweise auf einen Kampf.«

»Okay.« Jenna blickte wieder zu Mrs Braxton. »Haben Sie ein Sicherheitssystem im Haus?«

»Ja, das haben wir.« Mrs Braxton schüttelte den Kopf. »Das macht das Ganze ja so sonderbar. Heute morgen war es nämlich aktiv. Wenn irgendjemand versucht hat, meine Tochter zu entführen, dann glaube ich kaum, dass ihr Entführer das System zurückgesetzt hätte, um den Alarm zu aktivieren. Darum glaube ich ja, dass sie sich mit diesem Miller trifft.«

»Ich habe ihn angerufen, Mom.« Luke stand vor dem Kaminfeuer. »Er hat sie nicht gesehen und meinte, er würde sich niemals mitten in der Nacht mit einer Fünfzehnjährigen treffen, er ist ja nicht verrückt.«

»Welche Firma haben Sie mit der Installation Ihres Alarmsystems beauftragt?« Kanes Stirn legte sich in Falten.

»Silent Alarms.« Mrs Braxton zuckte mit der Schulter. »Sämtliche Häuser in dieser Gegend werden von dieser Firma betreut. Die hat der Makler uns empfohlen, als wir das Haus gekauft haben.«

Jenna hob skeptisch eine Augenbraue. »Wer ist sonst noch im oder am Haus gewesen?«

»Lassen Sie mich kurz nachdenken.« Mrs Braxton sah plötzlich verwirrt aus. »Der Green Thumb Landscaping Service und Mr Packer, der kommt immer vorbei, wenn es hier irgendwas zu reparieren gibt. Die sind alle wirklich professionell und zuverlässig. Auch die Mitglieder meiner Quiltgruppe sprechen nur in den höchsten Tönen von ihnen.«

In Hinblick auf diese Häufung von Zufällen überkam Jenna eine unheimliche Vorahnung. »Hatten diese Männer in den letzen paar Wochen Kontakt zu Amanda?«

»Ja, bestimmt, davon gehe ich aus«, schniefte Mrs Braxton. »Der Gärtnerservice kommt einmal die Woche vorbei, da werden die sich schon mal über den Weg gelaufen sein. Mr Packer war letztens da, um das Küchenfenster zu reparieren. Das war seit dem Winter irgendwie verklemmt.«

»Und Silent Alarms?« Kane sah sie forschend an. »Hatten Sie Techniker vor Ort, die mit Amanda gesprochen haben?«

»Das weiß ich nicht genau. Ich schätze, sie müssen sie mal angetroffen haben, aber sie haben ja draußen gearbeitet. Ich habe hier Flutlichter und Überwachungskameras montieren lassen. Die hatten da letzten Monat so ein Angebot.« Mrs Braxton richtete ihre rot umränderten Augen auf Jenna. »Als ich Mandys Verschwinden bemerkt habe, habe ich sofort den Notfallknopf gedrückt und wenige Sekunden später riefen die hier an. Der Mann war sehr freundlich und meinte, die Überwachungskameras seien nachts nicht ausgelöst worden und dass keine Eindringlinge auf unser Grundstück gelangt seien.«

Das alles kam einem Déjà-vu gleich. Jenna konnte nicht fassen, was Mrs Braxton da sagte. Zwei ihrer Hauptverdächtigen hatten Kontakt zu Amanda gehabt, und beide Mädchen hatten sich aus einem sicheren, kameraüberwachten Umfeld gestohlen, als wären sie unsichtbar. So was mochte ja einmal möglich sein, aber zweimal in Folge? Das konnte kein Zufall mehr sein. Ein kalter Schauer lief ihr als grauenvolle Warnung über den Rücken, und sie zwang sich dazu, ruhig und kontrolliert zu bleiben, obwohl sie innerlich tobte. Wenn jetzt noch eine Nachricht von einer unbekannten Nummer eintreffen würde, dann konnte sie für gar nichts mehr garantieren. Sie sammelte sich. »Es war richtig, die Sicherheitsfirma einzuschalten. Könnten Sie mir eine Liste mit sämtlichen Personen anfertigen, von denen Sie wissen, dass Amanda sie in letzter Zeit getroffen hat? Nicht nur von Freundinnen, sondern von jedem, der Ihnen in den Sinn kommt. Und ich brauche eine Auflistung von sämtlichen Orten, an denen sie in den letzten Wochen gewesen ist.« Sie reichte Mrs Braxton ihr Notizbuch.

»Klar, Luke wird mir dabei helfen.« Mrs Braxton setzte sich auf. »Ich werde alles tun, um Mandy zu finden.«

»Wolfe und Walters sind da«, vermeldete Kane, drehte sich um und eilte aus der Haustür.

Jenna erhob sich. »Shane Wolfe ist unser Gerichtsmediziner und Kriminaltechnikexperte. Er und sein Assistent Deputy Webber benötigen Zugang zu Amandas Zimmer und zu ihrem Laptop.« Als die beiden das Zimmer betraten, drehte sie sich zu ihnen. »Deputy Walters wird hierbleiben und ihr Festnetztelefon anzapfen, für den Fall, dass hier irgendjemand wegen Amanda anruft.«

»Glauben Sie etwa, dass jemand sie entführt hat?« Mrs Braxton blickte sie entsetzt an.

Jenna drückte tröstend ihren Arm. »Wir schließen nichts aus, Mrs Braxton.«

Nachdem sie Wolfe auf den neuesten Stand gebracht und eine große Asservatentüte aus ihrem Kit gezogen hatte, drehte sie sich wieder zu Mrs Braxton. »Ich gehe jetzt mit Deputy Kane und Atohi Blackhawk los, um das Gelände nach Spuren von Amanda abzusuchen. Wir haben auch einen Fährtenhund dabei. Haben Sie vielleicht irgendein Kleidungsstück von ihr, das sie in letzter Zeit getragen hat, das wir ihm geben könnten, damit er ihren Geruch aufnehmen kann?«

»Ja, eine Jeans von ihr, die im Wäschekorb liegt. Ich hole sie eben.« Mrs Braxton taumelte auf wackligen Beinen in Richtung Tür.

Jenna folgte ihr in die Wäschekammer und reichte ihr die Asservatentüte. »Wären Sie so nett, die hier reinzupacken, bitte?« Jenna nahm die Tüte mit der Jeans entgegen. »Vielen

Dank.« Sie blickte zu Luke, der sich im Flur herumdrückte. »Vielleicht könntest du deiner Mom eine Tasse Kaffee kochen, was meinst du?«

Mit der Tüte unter dem Arm machte sich Jenna auf den Weg nach draußen, um sich mit den anderen zu besprechen. Sie blickte zu Kane. »Ich fürchte, der Schattenmann hat erneut zugeschlagen.«

FÜNFUNDZWANZIG

Der betörende Duft der Blumen rund um die Veranda vermochte das schreckliche Gefühl in Jennas Bauch nicht zu beseitigen, dass es bereits zu spät war, um Amanda zu retten. Während sie an Kanes Seite die Stufen hinabstieg, raschelte eine kalte Böe durch die Bäume, drang in ihre Kleider und verpasste ihr eine Gänsehaut. Der blaue Himmel, der sie zuvor noch begrüßt hatte, war einer düsteren, grauen Suppe gewichen, und über den Bergen braute sich ein Gewitter zusammen. Sie fröstelte, zog den Reißverschluss ihrer Jacke zu und überquerte die Einfahrt, um Blackhawk zu begrüßen. »Danke, dass Sie wieder zu uns rausgefahren sind, Atohi. Ich weiß Ihre Expertise im Fährtenlesen sehr zu schätzen.«

»Ich bin immer da, wenn Sie mich brauchen, Jenna.« Blackhawk deutete mit dem Daumen über seine Schulter nach hinten auf Duke. Der Hund streckte seinen Kopf aus dem Fenster des SUVs, winselte und bellte missmutig. »Dabei haben Sie doch eigentlich Ihre eigene Spürnase dabei.«

»Jepp, aber wir werden im Moment nicht so richtig schlau aus ihm. Ich gehe ihn holen.« Kane eilte zu seinem Wagen, um sich Duke zu schnappen. Kurz darauf kehrte er mit dem Hund und dem Spurensicherungskoffer zurück.

»Das liegt daran, dass Sie ihm nicht richtig zuhören, Dave.« Blackhawk schüttelte den Kopf. »Hunde sind nicht so kompliziert wie Menschen.« Er drehte sich zu Jenna. »Wolfe meinte, es gäbe einen weiteren Teenager, der nachts einfach aus dem Haus gelaufen ist. Genau wie beim letzten Mal?«

Jenna nickte und starrte in das dicht bewachsene Waldstück, das an die Einfahrt grenzte. »Ich bin mir nicht sicher, aber allem Anschein nach hat dieses Mädel abgeschlossen, bevor sie gegangen ist. Ich kann mir nicht vorstellen, dass ein Entführer sich die Zeit nehmen würde, den Alarm zurückzusetzen – aber hey, wir sind hier in Black Rock Falls, und hier ist alles möglich.« Sie drehte sich zu Kane. »Bereit?«

»Aber sicher. Öffne die Tüte und lass Duke daran schnüffeln.« Kane führte den Hund an Jennas Seite.

Jenna sah zu Atohi hinüber. »Wenn das wieder der Schattenmann war, dann hat er sie verschnürt und in sein Auto gepackt. Wir haben keinerlei Beweise dafür gefunden, dass er Lindy draußen verfolgt hat – wir haben tatsächlich gar nichts gefunden.« Jenna bückte sich und öffnete die Asservatentüte mit Amandas Jeans, damit Duke seine Nase hineinstecken konnte.

»Such.« Kane löste Duke von der Leine. »Such, Duke. Finde das Mädchen. So ist fein.«

Mit der Nase dicht über dem Boden rannte der Hund einige Augenblicke lang im Kreis. Dann spurtete er plötzlich einen Pfad entlang, der in den Wald hineinführte. Jenna starrte ihm ungläubig nach. »Ich kann mir nicht vorstellen, dass ein junges Mädchen hier freiwillig raus in die stockfinstere Nacht wandern würde. Da sieht's doch schon tagsüber gruselig aus.«

Während Duke den schmalen Pfad entlangtrabte, stieben Vögel unter missmutigem Gekreische von den Zweigen in den Himmel auf. Jenna trat zur Seite, sodass Kane und Atohi vor ihr gehen konnten – sie wussten Dukes Winseln und Verhalten weitaus besser zu deuten als sie, und auf diese Weise konnte sie auf alles achten, was den beiden Männern entging.

Die Sträucher und Ranken, die den Pfad überwuchert hatten, ließen darauf schließen, dass er nicht häufig genutzt wurde. Büsche und tiefhängende Kiefernzweige schienen nach Jennas Kleidung zu greifen. Amanda musste sich hier heute Nacht schrecklich gegruselt haben, als würde sie wie von Geisterhand in einen dunklen Abgrund gezogen. Jenna beschleunigte ihren Schritt. Vor ihr blickte Kane hastig von links nach rechts und scannte die Gegend in sämtlichen Himmelsrichtungen. Atohi folgte dicht hinter Duke, sein Augenmerk aber galt nicht dem Hund, sondern dem Erdboden. Jenna bewegte sich vorsichtig über den unebenen Pfad, überwand hervorstehende Baumwurzeln und hielt abrupt an, als Atohi eine Hand hochhielt.

»Ich habe was.« Er blieb stehen und schaute über seine Schulter. »Hier.« Atohi wies auf einen rosa Faden, der sich in den unteren Ästen einer Douglasie verfangen hatte. »Sehen Sie? Und da auf der Blasenspiere sind Haarsträhnen.« Er deutete auf einen Strauch unter einem Baum. »Soll ich Duke weiter folgen, Jenna?«

»Sicher.« Jenna streifte sich Handschuhe über und fotografierte alles mit ihrer Smartphonekamera, bevor sie die Beweisstücke auflas. Sie wartete, bis Kane die Stellen mit kleinen Fähnchen markiert hatte. »Was könnte einen Teenager wohl mitten in der Nacht hier hinauslocken?«

»Sag du's mir! Es sieht so aus, als hätte sie sich durchs Gebüsch geschlagen. Vielleicht ist sie irgendjemandem gefolgt? Allerdings gibt es keine Hinweise darauf, dass hier noch jemand langgelaufen ist.« Nachdem Kane seine Fähnchen platziert hatte, erhob er sich. »Hast du ihre Mutter gefragt, ob eine Taschenlampe aus dem Haus verschwunden ist?«

Jenna schüttelte ihren Kopf. »Nein, aber das hole ich gleich nach.«

Als sie Dukes lautes Bellen vernahmen, fuhren beide herum und starrten in die Ferne, doch aufgrund der Windungen des Pfads waren Atohi und Duke außer Sichtweite. Die verschlungenen, dunklen Äste, die den Weg säumten, beschworen in Verbindung mit dem Donnergrollen über ihren Köpfen eine Horrorfilmatmosphäre herauf. Das Grauen legte sich bleiern über Jennas Herz, und sie schluckte schwer. Erinnerungen an Mordopfer, die in Wäldern gefunden worden waren, schossen ihr durch den Kopf. Verängstigt umklammerte sie Kanes Unterarm. »Duke hat etwas gefunden. Ich hoffe, es ist keine Leiche.«

»Ach was.« Kane schnappte sich die Tüte und ging den schummerigen Pfad entlang. »Eine Leiche hätte er inzwischen gewittert, zumindest, wenn sie nicht zerstückelt und in Mülltüten verfrachtet wurde.«

Jenna seufzte schwer. »Gut, da fällt mir doch wirklich ein Stein vom Herzen.«

Sie waren etwa fünfzehn Meter tiefer in den stetig dunkler werdenden Wald gegangen, als Duke plötzlich zurückkehrte und sich zu Kanes Füßen absetzte. Jenna sah Kane bestürzt an. »Was hat das zu bedeuten?«

»Die Fährte muss da vorn wohl erkaltet sein.« Kane kraulte Duke am Nacken. »Mach Platz!« Er schaute zu Jenna. »Sie muss bis hierher gekommen sein. Und dann ist sie verschwunden.«

Jenna unterdrückte ein Lachen. »Als Nächstes willst du mir wohl weismachen, dass sie von Aliens entführt worden ist?«

»Stopp!« Atohi trat aus der Dunkelheit. »Sie brauchen Ihre Taschenlampen. Der Trail führt in wenigen Metern auf eine Lichtung hinaus. Ich habe Hinweise auf einen Kampf und einen unvollständigen Stiefelabdruck im Dreck gefunden.

Wolfe sollte da schnell einen Blick drauf werfen, ich rieche Regen.«

Jenna machte ihre Taschenlampe vom Gürtel ab. »Alles klar, zeigen Sie uns erst mal, was Sie gefunden haben. Keine Sorge, wir werden Fotos machen und einen Gipsabdruck der Stiefelspur nehmen, bevor es anfängt zu regnen.« Sie schaltete die Taschenlampe an und folgte Atohi auf die kleine Lichtung hinaus.

»Der Boden hier ist aufgewühlt, und Staub wurde aufgewirbelt.« Atohi deutete auf eine kleine Stelle, auf der hohes Gras wuchs. »Sieht aus, als hätte jemand am Gras gerupft, während er gelangweilt auf ihre Ankunft gewartet hat.«

Jenna blickte zu Boden. »Schade, dass er nicht darauf rumgekaut und es ausgespuckt hat, dann hätten wir jetzt seine DNA.«

»Auch die Zweige hier drüben sind zerbrochen worden.« Kane ließ den Schein seiner Taschenlampe über die Bäume hinweg und dann hinunter auf den Boden streifen.« Hier ist es zu felsig für Fußabdrücke.« Er seufzte. »Da, weitere Haare an den Zweigen. Sie hat sich ordentlich zur Wehr gesetzt.«

»Okay, Foto machen, markieren, eintüten.« Jenna drehte sich zu Atohi. »Zeigen Sie mir den Abdruck, dann mache ich einen Gipsabdruck davon.«

»Ich vermute, dass er sie bewusstlos gemacht und dann in sein Auto verfrachtet hat.« Kane markierte und fotografierte jedes einzelne Beweisstück, zwickte dann mit einer Pinzette die Fasern von den Zweigen, tütete alles ein und beschriftete die verschiedenen Asservate. »Deshalb hat Duke an dieser Stelle auch ihre Fährte verloren.«

»Das ergibt Sinn.« Jenna machte Fotos von dem Abdruck. Es war definitiv der Absatz eines Stiefels, mit einer markanten, kreisrunden Aussparung in der Mitte. »Endlich, ein kleines Fitzelchen eines Beweises. Durchsucht sämtliche Bäume und

Sträucher, auch der Entführer muss mit seinen Klamotten und Haaren irgendwo hängen geblieben sein.«

»Roger.« Kane reichte ihr das Gipsabdruckset aus seinem Koffer und machte sich akribisch daran, jeden Quadratzentimeter des Gebiets auf weitere Spuren zu durchsuchen.

Jenna hatte gerade die Gipsabformungen genommen, als die ersten dicken Regentropfen auf die Zweige und auf den Waldboden tropften. Das geringe Restlicht war verschwunden, sodass sie sich nun in völliger Dunkelheit befanden. Sie waren vom Geruch nach Regen und feuchter Vegetation umgeben. Ein greller Blitz zerriss den Himmel und hüllte sie alle für einen Sekundenbruchteil in helles Licht, dann erzitterte der Boden heftig unter ihren Stiefeln, als sei er wütend darüber, dass ihnen jemand gegen ihren Willen ein weiteres Mädchen entrissen hatte.

Der Himmel riss auf, und der Regen prasselte in Strömen durch die Bäume hindurch auf sie nieder. Bald schon bildeten sich kleine Rinnsale zu ihren Füßen. Eichhörnchen huschten über den Boden und kletterten die Bäume hinauf, um Schutz zu finden. Der Himmel wechselte mit jedem Blitz zwischen Tag und Nacht. Jenna zog sich die Kapuze ihrer Jacke über und sammelte die Beweisbeutel ein. Sie hasste Gewitter und wollte so schnell wie möglich raus aus dem Wald. »Hier können wir nicht mehr viel ausrichten. Gehen wir zurück zum Haus, mal sehen, ob Wolfe irgendetwas herausgefunden hat.«

»Roger.« Kane winkte Atohi zu. »Kommen Sie?«

»Ja, ärgerlich mit dem Regen, der spült die Beweise fort.« Atohi folgte ihnen. »Hauptsache, Sie konnten die Gipsabformung des Schuhabdrucks nehmen, Jenna.«

»Ja, der sieht ungewöhnlich aus mit diesem Kreis im Absatz.« Jenna linste in die Tüte in ihrer Hand. »Anhand dieser Markierung sollte sich die Marke eigentlich feststellen lassen. Womöglich ist das endlich unser ersehnter Durchbruch.« Sie bog auf den Serpentinenweg ab und starrte auf die Stelle, an der sie Duke zurückgelassen hatten. »Jetzt ist Duke weg.«

»Der versteckt sich unter meinem Auto.« Kane lächelte ihr zu. »Bis zum ersten Donnergrollen ist er gehorsam, aber dann ist es vorbei. Er schlottert vor Angst. Manchmal frage ich mich, was ihm in der Vergangenheit widerfahren sein muss, dass er so eine Angst bekommt.«

»Ah, das kann ich Ihnen verraten. Sie wissen ja, dass wir Duke im Reservat aufgezogen haben. Er wurde als Welpe in einem Unwetter weggespült.« Atohi zuckte mit der Schulter. »Mein Cousin wäre fast ertrunken, als er ihn vor den Wasserfällen gerettet hat.« Er spähte zu Kane. »Hunde haben ein ausgezeichnetes Gedächtnis, aber dafür wird er niemals von Ihrer Seite weichen, wenn Sie mal verletzt sein sollten, und Schüsse machen ihm nichts.«

»Schön zu hören – also, dass er mich nicht im Stich lässt, wenn ich mal verletzt sein sollte, meine ich natürlich«, antwortete Kane. »Natürlich nicht, dass er fast ertrunken wäre. Kein Wunder, dass er die Badewanne hasst wie die Pest.«

»Die meisten Hunde hassen es, gewaschen zu werden«, lachte Atohi. »Jenna, soll ich die Beweisbeutel in Wolfes Van packen?«

Der Wind heulte und der Regen prasselte derart heftig auf sie nieder, dass Jenna ihn kaum verstehen konnte. Sie drehte sich zu ihm um und reichte ihm die Tüten. »Ja, danke.«

»Ich warte im Van, wir müssen ja nicht alle rein und Mrs Braxtons Haus versauen.« Atohi joggte aus dem Wald und direkt in das Unwetter hinein.

Jenna flitzte im strömenden Regen zur Veranda hinüber, wo Mrs Braxton wartete und sie in den Vorraum führte, um ihnen ein paar Handtücher zu reichen. »Wir glauben, dass Amanda in den Wald gelaufen ist, um dort jemanden zu treffen. Mein Deputy hat sie bereits zur Fahndung ausgeschrieben. Sobald ich zurück in der Stadt bin, werde ich mit der Presse sprechen.«

Sie wappnete sich für den nun folgenden Teil dieses Gesprächs. »Wir haben Hinweise auf einen Kampf im Wald gefunden und vermuten zum jetzigen Zeitpunkt, dass Amanda entführt worden ist.«

»Grundgütiger, nein!« Mrs Braxton glitt an der Wand hinter sich hinab. »Wer könnte sie denn entführt haben?«

Jenna runzelte die Stirn. »Das versuchen wir rauszufinden. Sind Sie schon fertig mit Ihrer Liste? Sobald wir ihre Bewegungen nachvollzogen und mit ihren Freundinnen gesprochen haben, finden wir vielleicht einen Anhaltspunkt dafür, wer sie entführt haben könnte. In der Zwischenzeit werden wir jede verfügbare Person auf die Suche nach ihr schicken.«

»Hier ist die Liste.« Luke kam aus dem Flur und schob Jenna den Notizblock zu. »Ich habe auch noch alle Leute aufgeschrieben, die mir sonst noch eingefallen sind. Lucy ist ihre beste Freundin, und sie hängt oft mit ihr ab. Dann gibt es da noch diesen Jungen von der Schule, Peter English, der sie zu einem Date gedrängt hat. Das ist echt eskaliert, der hat sie richtig gestalkt, deshalb habe ich ihn vor ein paar Wochen mal zur Rede gestellt und gewarnt. Seitdem hat er sie nicht mehr belästigt.«

Während sie in Gedanken die Möglichkeit eines jüngeren Tatverdächtigen durchspielte, spähte Jenna auf die Liste. »Okay, wir klappern jetzt diese ganzen Leute ab und hören uns an, was die zu sagen haben. In der Zwischenzeit lasse ich Ihnen einen Deputy hier, der das Telefon überwacht, falls irgendjemand mit einer Lösegeldforderung anrufen sollte. Ich kümmere mich darum, dass ein paar Deputys in Zivil aus Blackwater hierherkommen, da ich mein komplettes Team auf die Suche nach Ihrer Tochter angesetzt habe. Deputy Walters wird Sie auf dem Laufenden halten.«

Sie drückte Mrs Braxton den Arm. »Sie können sich darauf verlassen, dass ich alles in meiner Macht stehende tun werde, um Ihre Amanda zu finden.«

»Danke.« Mrs Braxton gab sich der Umarmung Ihres Sohns hin. »Ich muss mich jetzt erst mal etwas hinlegen.«

»Gute Idee. Wir melden uns, sobald es irgendetwas Neues gibt.« Jenna sah ihr zu, wie sie die Treppenstufen nach oben stieg, und drehte sich um, als Wolfe dicht gefolgt von Webber den Flur hinunterkam. »Irgendwas gefunden?«

»Nein.« Wolfe wedelte mit ein paar Beweisbeuteln. »Ich habe einige Fasern aufgesammelt und ihren Laptop eingepackt. Und ich werde etwas Zeit brauchen, um einige Tests durchzuführen und ihre Mediendateien zu scannen.«

»Wir haben einen Teilfußabdruck, Haare und Textilfasern.« Jenna winkte mit der Hand in Richtung der Haustür. »Atohi hat sie in Ihren Van gepackt.«

»Okay.« Wolfe deutete mit dem Kinn auf Webber. »Falls Sie Webber brauchen, kann Emily mir aushelfen. Rowley muss den Kommandoposten besetzt halten. Die Suche nach Hinweisen bleibt also einzig und allein Kane und Ihnen vorbehalten.«

Jenna nickte. »Ja, danke, Webber wäre eine große Hilfe.«

»Es gibt Hinweise auf einen Kampf.« Kane trat näher heran und sprach mit gesenkter Stimme. »Wir haben Fotos vom Tatort geschossen.«

»Gut, lassen Sie sie mir so schnell wie möglich zukommen.« Wolfe fuhr sich mir den Fingern über die blonden Stoppeln seines Kinns. »Ich habe DNA-Proben von der Familie genommen und glaube, dass ich das Rätsel um den Alarm-Reset gelöst habe.« Er lief zur Haustür. »Schauen Sie mal.« Er zeigte auf die Kontrollanzeige neben der Tür. »Die Überwachungskameras und die Lichter laufen über einen anderen Stromkreis und werden manuell abgeschaltet. Normalerweise würden die Lichter angehen, wenn sich irgendjemand dem Haus nähert, aber der Alarm wird erst zwei Minuten nachdem jemand die Türen oder Fenster öffnet aktiviert. Das gibt den Hausbesitzern Zeit, nach drinnen zu gehen und den korrekten Code einzugeben. Das gilt auch, wenn sie das Haus verlassen, nur beträgt die Verzögerung dann fünf Minuten. Amanda hatte einen eigenen Schlüssel, und da der nicht im Haus ist, müssen wir davon ausgehen, dass sie die Flutlichter und die Überwachungskameras deaktiviert hat, weil sie nicht wollte, dass jemand erfährt, dass sie sich hinausgeschlichen hat, und dass sie den Alarm zurückgesetzt hat, als sie das Haus verlassen hat, weil sie vorhatte, zurückzukehren.«

Jenna nickte. »Es sieht also ganz danach aus, als hätte sie ihren Entführer gekannt?«

»Ja«, sagte Wolfe schmallippig. »Genauso ist es.«

»Ich hoffe, dass dieses sinnlose Spiel damit ein Ende hat.« Jenna stemmte sich ihre zu Fäusten geballten Hände in die Hüften und verzog das Gesicht. »Ich habe es satt, dass mir jedes Mal das Herz in die Hose rutscht, wenn ich eine Nachricht auf meinem Handy empfange.«

SECHSUNDZWANZIG

Wie schnell die lokalen Medien Wind von einer Geschichte bekamen, verblüffte Kane immer wieder aufs Neue. Als er mit seinem SUV auf die Main Street einbog, warteten gegenüber des Sheriff's Departments sowohl der Übertragungswagen des Live-TV-Nachrichtensenders als auch unzählige Menschen, die sich auf dem Bürgersteig tummelten und wie die Aasgeier auf die neuesten Informationshäppchen warteten. Er hielt am Gehsteig vor Aunt Betty's Café an und drehte sich zu Jenna. »Brauchst du noch ein paar Minuten, bevor du dich den Medien stellst?«

»Was hast du gesagt?« Jenna blickte ihn an, als wären ihr die Menschenmenge und der ganze Trubel gar nicht aufgefallen. Sie war die gesamte Fahrt über von ihrem Smartphone absorbiert gewesen und hatte ihr Team auf die nächste Phase der Ermittlungen vorbereitet.

Kane deutete mit seinem Kinn auf das andere Ende der Straße. »Ein unheimlicher Medienrummel da unten. Ich schlage vor, wir schleichen uns ins Aunt Betty's und feilen dort an einem Statement – es sei denn, du hast Lust zu improvisieren?«

»Nein, ich muss mir gut überlegen, was ich sage, sonst drehen sie mir das Wort im Munde herum. Frisch machen sollte ich mich auch noch ein bisschen. Ob Susie wohl einen Kamm für mich hat?« Sie spähte aus dem Fenster. »Die Luft ist rein, komm.« Sie schlüpfte aus dem Fahrzeug und hastete ins Café.

Kane folgte dicht dahinter. Duke schnarchte auf dem Rücksitz und konnte bis zu ihrer Rückkehr problemlos im Auto bleiben. Er lief zum Tresen und freute sich, dort Susie Hartwig zu erblicken, die gerade noch einen Kunden bediente. »Das Übliche für den Sheriff und für mich ein Turkey-Sandwich, bitte.« Er lächelte ihr freundlich zu. »Der Sheriff muss gleich vor die Medien treten, und wir waren eben stundenlang im Wald, um ein vermisstes Mädchen zu suchen. Hätten Sie vielleicht einen Kamm für sie?«

»Keine Bange. Ich werde sie im Handumdrehen wieder flott machen.« Susie drehte sich um, gab die Bestellung in die Küche weiter und kam um den Tresen gehuscht. »Ich gehe mal zu ihr. Das Essen kommt sofort.« Dann eilte sie in Jennas Richtung davon.

Noch bevor er den Tisch ebenfalls erreicht hatte, waren Jenna und Susie schon auf der Damentoilette verschwunden. Das Essen kam, und Kane starrte auf den Gang. Als Jenna an den Tisch zurückkehrte, hatte er sein Sandwich aufgegessen und seine zweite Tasse Kaffee bereits zur Hälfte ausgetrunken. Er nahm seine Chefin anerkennend in Augenschein. Sie hatte schöne Haut und griff nur selten auf Make-up zurück. Wenn er sie zum Dinner ausführte, beschränkte sie sich meist auf einen feinen Lidstrich und dezentes Parfüm. Susie hatte die blauen Flecken um ihre Augen herum gekonnt kaschiert. Die Schrammen waren zwar noch immer zu sehen, doch er bezweifelte, dass sie jemandem auffallen würden. Ihre Haare glänzten wie die Schwingen eines anmutigen Raben, und ihre Augen hatten sich in zwei hypnotisierende Sterne aus stahlblauem

Licht verwandelt – sie sah schlicht atemberaubend aus, und es verschlug ihm regelrecht die Sprache. Er musste sich zwingen, wegzuschauen und sich natürlich zu verhalten.

»O Shit, sehe ich so schlimm aus?« Jenna errötete. »Ich habe ihr gesagt, dass sie es mit dem Make-up nicht übertreiben soll. Das Licht im Badezimmer war so schwach, dass ich nicht richtig sehen konnte. Ich habe gehofft, ich sehe okay aus.«

Kane schob den Teller mit dem Cream Cheese Bagel auf ihre Tischseite. »Du siehst fantastisch aus. Keine blauen Flecken mehr zu erkennen. Jetzt iss, und dann schreiben wir unser Statement«, sagte er und zückte Notizblock und Kuli.

Sie antwortete nicht, doch als er den Blick von seinen Notizen erhob, schenkte sie ihm ein warmes Lächeln. Das kam unerwartet nach diesem erschütternden Morgen und den entsetzlichen Tagen zuvor. »Okay, was also wollen wir der Presse sagen?«

»Das ist das Netteste, was du je zu mir gesagt hast«, gestand Jenna und studierte aufmerksam sein Gesicht. »Du hast also *doch* einen weichen Kern unter deiner harten Schale aus Machogehabe.«

Kane schmunzelte. Es war schön zu sehen, dass er sie zum Lachen gebracht hatte. »Ich bin ein Schmusekätzchen, aber sag Duke ja nichts davon, der will sonst nichts mehr mit mir zu tun haben«, witzelte Kane und streckte die Hand nach seiner Kaffeetasse aus.

»Klar, das bleibt unser kleines Geheimnis.« Jenna nahm einen Bissen von ihrem Bagel und seufzte. »Nun denn, zurück an die Arbeit. Wir werden uns kurz halten und keine Fragen beantworten. Wie wär's, wenn ich einfach nur erwähne, dass wir nach einem vermissten Mädchen suchen, ihre Beschreibung und ihr Foto durchgebe und dann die Leute dazu auffordere anzurufen, falls sie Amanda gesehen haben?«

Kane machte sich einige Notizen. »Ja, aber wir wissen ja,

dass sie entführt worden ist, und sie suchen zu lassen ist vermutlich reine Zeitverschwendung. Zumindest, wenn es wieder derselbe Täter ist – dann hält er sie sicherlich irgendwo versteckt. Wenn du den Vermisstenstatus beibehältst, dann wird das Gebiet von Suchtrupps durchkämmt. Ich fürchte nur, dass sie in eine weitere Sprengfalle tappen könnten.« Er tippte mit dem Kuli auf den Tisch. »Vielleicht solltest du das Statement umformulieren und die Leute freundlich bitten, nach Amanda Ausschau zu halten, die möglicherweise in Begleitung eines Mannes in oder in der Nähe von Black Rock Falls unterwegs ist? Vielleicht können wir ja auch diesmal Freiwillige für die Telefonhotline anfordern, wie letztes Mal?«

»Ja, ich werde eine Einsatzleitstelle im Büro einrichten, und Maggie soll so viele Leute wie möglich ranholen, um die Anrufe entgegenzunehmen. Ich überlasse Rowley das Kommando, dann können wir beiden die Verdächtigen abklappern. Der erste Name auf meiner Liste lautet Matthew Miller.« Sie schob sich das letzte Stück Bagel in den Mund und spülte es mit einem Schluck Kaffee hinunter. »Gehen wir's an.«

Als sie am Sheriff's Department ankamen, war Kanes Wagen in Sekundenbruchteilen von einer großen Menschentraube umlagert. Erst als er seine Sirene einige Male aufheulen ließ, wich die Mehrzahl der Leute erschrocken zurück. Er stellte den Wagen auf seinem Parkplatz ab und blickte zu Jenna. »Warte hier. Ich mache dir gleich die Tür auf und versuche dir diese ganzen Vollidioten vom Hals zu halten.«

»Ach, die werden mir schon nicht auf die Pelle rücken.« Doch als Jenna sich umdrehte, um die Tür zu öffnen, trat die Meute aus Reportern geschlossenen einen Schritt nach vorn. »Okay, gebongt!«

Kane lief einmal um die Motorhaube herum, funkelte die

vielen gespannten Gesichter genervt an und wartete, bis Jenna aus dem Wagen gestiegen war. Er erhob seine Stimme und strafte die Reporterschar mit seinem finstersten Macht-euch-bloß-vom-Acker-Blick. »Wenn Sie eine Stellungnahme wünschen, dann treten Sie bitte einen Schritt zurück, ansonsten wird Sheriff Alton nämlich reingehen.«

Die Menschentraube verstummte augenblicklich. Eine attraktive blonde Frau in Maßoutfit, Stilettos und einer dicken Schicht Make-up trat vor, gefolgt von einem Mann, der eine Kamera auf der Schulter trug.

»Joanne Daly von *Live Now News*.« Sie schenkte Jenna ein Lächeln. »Sheriff Alton, gibt es wieder einen Killer in Black Rock Falls?«

»Zum Fall Lindy Rosen habe ich bereits ein Statement abgegeben. Ich bin hier, weil ich über Amanda Braxton sprechen möchte.« Jenna sprach laut und deutlich. »Amanda hat ihr Zuhause heute Morgen irgendwann nach Mitternacht verlassen und wurde zuletzt in Begleitung eines unbekannten Mannes gesehen. Falls irgendjemand Amanda gesehen hat ...« Jenna präsentierte den Reportern das Foto des Mädchens. »... dann bitte ich Sie, unsere Verbrechens-Hotline anzurufen. Sobald mehr Informationen vorliegen, werde ich eine weitere Erklärung abgeben.«

Es folgte ein Schwall aus Fragen, und die Presseleute stürzten auf sie zu, um ihnen ihre Diktiergeräte und Smartphones unter die Nase zu halten. Doch Jennas Gesicht war wie versteinert.

»Ich habe aktuell keine weiteren Antworten für Sie.« Sie schaute zu Kane hinauf. »Ich bin hier fertig.«

Kane nickte. »Ich schnapp mir Duke.« Er öffnete die Heckklappe, entließ den Hund ins Freie und trat an Jennas Seite. Er fuchtelte mit einer Hand, um die aufdringliche Reporterschar zu verscheuchen. »Treten Sie zur Seite, ansonsten verhafte ich Sie wegen Störung einer Amtshandlung.«

Nachdem die Leute den Weg endlich freigemacht hatten, hetzten die beiden ins Sheriff's Department.

»Sieh an, sieh an.« Maggie empfing sie hinterm Frontschalter mit einem breiten Grinsen. »Scheint ganz so, als hätten wir hier ein paar echte Promis in unserer Mitte. Heißt das, dass ich demnächst mit einer Gehaltserhöhung rechnen darf?«

»Ich finde, die hätten wir uns alle verdient, schließlich hat sich die Bevölkerungszahl von Black Rock Falls verdoppelt, seitdem ich hier als Sheriff angefangen habe.« Jenna ließ eine Hand über die Empfangstresen gleiten. »Ist über die Fahndung schon irgendwas reingekommen?«

»Fehlanzeige, und Search and Rescue hat auch nichts, aber ich bin auf etwas gestoßen, das sachdienlich für den Fall Lindy Rosen sein könnte.« Maggie drehte sich zu Julie Wolfe um, die neben ihr saß. »Julie wird Ihnen erzählen, was bei ihr auf der Schule gerade los ist.«

»Okay, Julie, komm in mein Büro. Kane, schnapp dir Rowley, der wird auch dabei sein wollen.« Jenna marschierte in ihr Büro.

Kane blickte besorgt zu Julie. »Ist dir auf der Schule irgendetwas zugestoßen?«

»Nicht mir.« Julies Gesicht wurde feuerrot. »Ich hab da nur was mitbekommen.« Sie lächelte verlegen und folgte Jenna in ihr Büro.

»Oookay.« Kane blickte den beiden kurz hinterher, dann stieß er einen Pfiff aus, um Rowleys Aufmerksamkeit zu gewinnen, und deutete auf Jennas Büro.

»Was ist passiert?« Rowley kam an seine Seite geeilt.

Kane zuckte mit den Schultern. »Genaueres weiß ich nicht, es geht um irgendetwas, das Julie in der Schule mitbekommen hat. Brauchst du Hilfe beim Einrichten der Einsatzleitstelle für den Braxton-Fall?«

»Nee, ich habe die Deputys aus Blackwater in Wechselschichten im Haus der Familie eingeteilt, und alle Anrufe der

Hotline werden hierher weitergeleitet. Maggie hat ein Team zusammengetrommelt, die Leute sollten eigentlich gleich da sein.«

Kane hörte interessiert zu, als Julie Jenna von den vielen Mädels auf ihrer Schule erzählte, die nachts Alpträume von Männern in ihren Zimmern hatten. Nachdem Julie das Büro wieder verlassen hatte, lehnte er sich zurück in seinen Stuhl. »Kannst du dir da irgendeinen Reim drauf machen?«

»Ich weiß nicht so recht«, seufzte Jenna und lehnte sich ebenfalls zurück. »Eine Massenhysterie, vielleicht?«

Kane kratzte sich im Nacken. »Möglich, insbesondere, zumal in allen von Julie genannten Fällen die Eltern im Anschluss die Zimmer der Mädchen durchsucht und keinerlei Spuren oder Hinweise gefunden haben. Nur, dass sie nicht entführt wurden.«

»Bis auf Lindy Rosen«, warf Rowley mit ernster Miene ein. »Sie hat jemanden in ihrem Zimmer gesehen, und anschließend wurde sie entführt und ermordet.«

»Ich würde mir mehr Sorgen machen, wenn Amanda ebenfalls einen Mann in ihrem Zimmer gesehen hätte«, seufzte Jenna. »Dass sie nach deren Tod ihre Oma gesehen hat, halte ich für nichts Außergewöhnliches. Ich habe meine verstorbenen Verwandten überall gesehen, auf der Straße, vor den Läden. Ich dachte, das sei Teil des Trauerprozesses.«

»Also, ich habe noch nie einen meiner toten Verwandten an meinem Bett stehen sehen«, meinte Rowley entsetzt. »Da habe ich auch kein Verlangen nach, ehrlich gesagt.«

Kane räusperte sich. »Ob Massenhysterie oder, wie in Amandas Fall vielleicht, Wunschdenken – nicht die Tatsache, dass die Opfer zwei verschiedene Erscheinungen gesehen haben, vereint diese beiden Fälle miteinander. Was sie verbindet, ist die Tatsache, dass beide Mädchen ohne ersichtlichen Grund einem Fremden die Tür geöffnet haben und dann aus den Häusern verschwunden sind.«

»Es muss noch eine weitere Verbindung geben. Wir müssen jetzt mit allen Leuten in ihrem Freundeskreis sprechen, plus dem Jungen, den Luke erwähnt hat. Wenn er sie gestalkt hat, dann müsste es ihm ja aufgefallen sein, wenn sich noch jemand anderes in ihrer Nähe rumgetrieben hat.« Jenna griff zum Telefon. »Maggie, könnten Sie mir Julie noch mal reinschicken, bitte?« Sie wartete, bis das Mädchen zurückkam. »Die Mädels aus der Clique, die du erwähnt hast, zu der auch Lindy gehört hat – bist du auch mit denen befreundet?«

»Jepp, schon irgendwie, aber die hängen immer nur bei den Sportprolls rum und reden ständig nur über Mason. Ich geh lieber in die Bibliothek als verschwitzten Gärtnern hinterherzulaufen.« Julie rümpfte die Nase. »Die scheinen alle ein Faible für Männer zu haben, die an der Schule arbeiten– also nicht die alten.« Sie kicherte. »Ich sag mal so: eher für die, die so um die zwanzig oder vielleicht dreißig sind.«

»Amanda auch?« Jenna lächelte sie an. »Stand sie auf Mason Lancaster?«

»Ihn und jeden anderen Mann, der frei rumläuft.« Julie wurde krebsrot. »Oh, und *bitte*, sagen Sie Dad nicht, dass ich Ihnen das erzählt habe, sonst wird er wollen, dass ich mir neue Freundinnen suche, und es hat ewig gedauert, bis ich an dieser Schule Anschluss gefunden habe.«

Kane drehte sich zu ihr. »Wir müssen ihm ja nicht verraten, dass wir diese Information von dir haben, aber vielleicht solltest du ihm erzählen, was du weißt. Eine solche Information weiterzugeben, ist immer eine gute Sache. Diese Mädels bewegen sich auf dünnem Eis, insofern wäre es eine erwachsene Entscheidung, dir andere Freunde zu suchen.« Er lächelte ihr zu. »Ich war auch Soldatenkind und kann mir vorstellen, was du gerade durchmachst, aber du bist ja jetzt schon eine Weile hier, da wird es dir schon gelingen, deinen Freundeskreis zu erweitern.«

»Na ja, Sara ist auch in der Clique, und die ist mir ähnlicher. Die liebt Kunst, genau wie ich, und wir besuchen

gemeinsam den Malkurs im Gemeindezentrum«, lächelte Julie.
»Andere Mädels von der Schule gehen da auch hin. Ich werde
versuchen, die besser kennenzulernen.«

»Das hört sich doch mal nach einem Plan an.« Jenna nickte.
»Meinst du, du könntest Maggie eine Liste aller Mädels anfertigen, die bei den Arbeitern der Schule abhängen, und diejenigen unterstreichen, die Alpträume von Männern in ihrem
Zimmer hatten? Das wäre uns wirklich eine große Hilfe. Wir
würden gern herausfinden, ob es irgendjemanden gibt, der
diesen Mädels nachstellt, und brauchen dafür einen
Anhaltspunkt.«

»Sicher.« Julie steuerte auf die Tür zu und drehte sich noch
einmal zu Jenna um. »Ich fange sofort an mit der Liste.«

»Großartig.« Jenna nickte ihr zu. »Und sag Maggie, sie soll
bitte ihre Adressen raussuchen und sie mir so schnell wie
möglich zuschicken.«

Kane wartete, bis Julie die Tür hinter sich geschlossen hatte.
»Jetzt sind es also schon zwei Mädels, die hinter Mason
Lancaster her waren. Ich fürchte, wir müssen ihm noch mal
einen Besuch abstatten.«

»Erst sprechen wir aber mit Miller, und dann mit Peter
English. Die sind in der Stadt. Falls Kittredge auf einer der
Ranches in Glacial Heights arbeitet, überprüfen wir, wo er sich
letzte Nacht aufgehalten hat, dann fahren wir zur Schule und
knöpfen uns Lancaster vor. Ich will heute Nachmittag so viel
erledigen wie ermöglich.« Jennas Handy klingelte. »Ja, stellen
Sie ihn durch.« Sie stellte ihr Handy auf Lautsprecher.
»Mr Wilts, Sheriff Alton am Apparat. Was genau haben Sie
gesehen?«

*Ich wohne in der Nähe von Glacial Heights, unweit der
Braxton-Ranch. Mein Haus liegt in der Kurve vor der Stanton
Road. Ich war gegen ein Uhr heute Nacht mit meinem Hund
draußen, als ein großer Pick-up aus der Dunkelheit auftauchte.
Plötzlich gingen die Frontscheinwerfer an, ich wäre fast erblin-*

det, als der Truck um die Ecke schoss. Der ist davongerast, als wäre ihm der Leibhaftige höchstpersönlich auf den Fersen.«

»Haben Sie sich das Kennzeichen notiert?« Jenna zückte ihren Kuli und zog ihr Notizbuch heran.

»Leider nicht«, seufzte Mr Wilts. »Ich hatte nur noch Sternchen vor den Augen, ich konnte rein gar nichts erkennen, aber ich bin mir sicher, dass es ein Pick-up gewesen ist, ein Chevy Silverado oder was Vergleichbares. Die Farbe war in der Dunkelheit schwer zu erkennen, aber auf der Tür war irgendeine Beschriftung auszumachen.«

»Okay, vielen Dank für Ihre Hilfe, Mr Wilts. Wenn Ihnen noch irgendetwas anderes einfällt oder Sie das Fahrzeug erneut sehen, rufen Sie uns an.« Sie legte auf und blickte Kane in die Augen. »Jetzt müssen wir nur noch den Verdächtigen mit dem entsprechenden Fahrzeug finden.« Sie sprang auf. »Haben Sie hier so weit alles im Griff, Rowley?«

»Klar, Ma'am.« Rowley erhob sich. »In dem Moment, in dem hier irgendwas Sachdienliches eintrudelt, melde ich mich.« Er verließ das Zimmer.

Kane erhob sich. »Weißt du, was ich nicht verstehe?«

»Was denn?« Jenna schlüpfte in ihre Kevlarweste und zog sich eine Jacke darüber.

»Ich bin mir sicher, dass es derselbe Täter ist, aber bislang hat er dir keine erneute Frist gesetzt. Warum ändert er plötzlich seine Spielregeln?« Kane kratzte sich an der Wange. »Sein Verhalten in diesem Stadium ist unlogisch.«

»Ja, und?« Jenna starrte ihn mit ungläubiger Miene an. »Seit wann verhält ein Psychopath sich denn bitte logisch?«

Kane zog den Reißverschluss seiner Jacke zu und zuckte mit der Achsel. »Nicht nach *unseren* Maßstäben, aber nach seinen. In seinem Kopf ist alles, was er tut, absolut logisch. Er muss sich einen Schlachtplan zurechtgelegt haben. Warum also sollte er den ändern, wenn er beim ersten Mal so hervorragend funktioniert hat? Er hätte uns fast erwischt, Jenna.«

»Ja, aber er weiß nicht, mit wem er es zu tun hat, richtig? Das bedeutet, dass er von jetzt an nach meinen Regeln spielt. Und ich spiele auf Sieg.« Jenna ging zur Tür voran.

SIEBENUNDZWANZIG

Es war so kalt, dass Amandas Knochen schmerzten. Orientierungslos und zähneklappernd wachte sie umgeben von Dunkelheit auf. Unter ihren steifen Gliedern drang die Kälte des unnachgiebigen Bodens durch ihre Kleidung. Ihre Wange war gegen ein raues Holzbrett gedrückt, und ihr pochte der Kopf. Ein Angstschauer durchfuhr sie, als ihr die Erinnerung an den Mann, der sie angegriffen hatte, in den Kopf schoss. Weil sie zu viel Angst davor hatte, sich zu bewegen oder die Steinchen abzustreifen, die sich in ihr Fleisch bohrten, riss sie die Augen auf und starrte in die Finsternis. *Wo bin ich?*

Sie war von einem muffigen Geruch und dem widerlichen Gestank von Ratten umgeben, doch winzige, stecknadelkopfgroße Lichtstrahlen durchdrangen die Finsternis. Das da draußen musste Tageslicht sein, also hatte sie stundenlang geschlafen oder war bewusstlos gewesen. Die abgestandene Luft erinnerte sie an die Blockhütte ihres Onkels im Stanton Forest. Dort roch es so, bevor ihre Mutter die Fenster öffnete. An Wochenenden war sie dort häufig mit ihrer Familie zum Angeln gewesen, und sie erinnerte sich noch daran, wie das

Mondlicht durch die Ritzen in den Jalousien in die Hütte geschienen hatte – doch das hier war anders. Das Licht drang durch winzige Löcher in den Wänden. Sie lauschte aufmerksam, doch weder Geräusche des Mannes noch irgendetwas anderes durchbrach die Stille. *Ich bin allein.*

Erleichtert, dass der Mann sie nicht gefesselt hatte, stemmte sie sich auf die Knie, suchte den rauen Fußboden mit den Handflächen nach Hindernissen ab und robbte nach vorn. Mit pochendem Herzen schob sie sich über den schmutzigen Boden. Ganz in der Nähe hörte sie ein Trippeln, und im nächsten Moment rannte irgendeine Kreatur ihren Arm hinauf und über ihren Rücken. Ratten! Sie kreischte, sprang auf, rannte blindlings los, prallte gegen eine Wand und fiel hart aufs Gesäß. Sie unterdrückte ein Schluchzen, kam wankend auf die Beine und berührte mit ausgestreckten Armen die Wand.

Unter ihren Fingern blätterte alte Farbe von horizontalen Holzstämmen ab. Der alte Boden knarzte und gab unter jedem ihrer Schritte etwas nach. Während sie sich die Wand entlangtastete, stieg ihr nackte Panik den Hals hinauf. Sie ertastete die bekannte Form eines Fensterrahmens, doch irgendetwas verdunkelte das Glas. Sie fand auch keinen Riegel, um es zu öffnen. Sie schlich weiter, Schritt für Schritt, tiefer in die Dunkelheit hinein. Im nächsten Moment verhedderten sich Spinnweben in ihrem Gesicht, die sie nach Luft ringend von sich riss. In der Überzeugung, eine Spinne sei in ihr Haar gekrabbelt, schüttelte sie den Kopf, schlug auf ihre Haare ein und schluchzte. *Ich muss eine Tür finden.* Als sie erneut die Hand ausstreckte, huschte ihr etwas Großes und Kratziges über die Hand. Sie japste nach Luft, riss die Hand weg und blieb vor Schreck wie angewurzelt stehen.

Im nächsten Moment durchschnitt das Licht einer winzigen roten Lampe hoch oben an der Wand die Dunkelheit wie ein Laserstrahl. Sie drehte sich zitternd um und starrte wie gebannt dorthin. Dann hörte sie eine leise und bedrohliche Stimme, die aus ihrer unmittelbaren Nähe erklang, tonlos und unheimlich.

»*Kennst du die Geschichte dieses Hauses, Amanda?*«

Ein eisiger Schauer kroch ihre Wirbelsäule entlang, doch sie unterdrückte den Impuls, laut aufzuschreien. »Nein, denn ich weiß gar nicht, wo ich bin.«

»*Ich habe schon so viele Geschichten von diesem Haus gehört. Auf den Holzdielen finden sich Blutspuren von Mordopfern, und niemand kommt mehr her, weil es hier spuken soll. Selbst an Halloween sind die Kinder zu feige, sich den bösen Geistern zu stellen, die hier lauern. Morde, Selbstmorde, die Jahrzehnte zurückliegen, und die Liste ist noch lange nicht zu Ende. Zwei Männer haben hier ein junges Mädchen, genau so eins wie dich, im Rübenkeller gefoltert, aufgeschlitzt und anschließend zerstückelt. In dem Raum, in dem wir uns gerade befinden, hat ein Mann seine Ehefrau umgebracht. Er hat ihr die Kehle von einem Ohr bis zum anderen aufgeschlitzt und sich dann in der Scheune erhängt. Die Leute haben das Knarzen des Seils gehört, an dem er vor- und zurückbaumelte, und seinen Schatten auf dem Boden gesehen. Man sagt, die Geister der Toten seien auf ewig in diesem Haus gefangen.*«

Amanda schluckte ihre blanke Angst herunter, hielt den Kopf still und musterte den Raum um sich herum. Dank des winzigen roten Lichts konnte sie eine Tür und ein weiteres Fenster erkennen. Sie schoss auf die Tür zu und zerrte am Griff, doch sie bewegte sich nicht. Voller Verzweiflung warf sie sich mit ihrer Schulter dagegen. Tränen liefen ihre Wangen hinab. *Ich bin gefangen.* »Lassen Sie mich raus. Ich will nach Hause.«

»*Es gibt keinen Weg hinaus, und du kommst nie wieder nach Hause.*« Seine Stimme klang amüsiert. »*Das hier ist von jetzt an dein Zuhause.*«

Zitternd vor Angst drehte Amanda sich um und starrte in

das Licht. »Ich bleibe nicht hier – Sie können mich nicht dazu zwingen.«

»*O doch, das kann ich. Niemand wird dich finden, Amanda.*« Schallendes Gelächter hallte durch den Raum und prallte an den Wänden ab. »*Ich wollte nur, dass du weißt, dass du nicht allein sein wist, wenn ich dich töte.*«

ACHTUNDZWANZIG

Jenna verschwendete keine Zeit damit, das Büro von Miller's Garage aufzusuchen. Sie ignorierte das »Zutritt für Kunden verboten«-Schild und marschierte mit Kane an ihrer Seite schnurstracks in die Werkstatthalle. Drei junge Männer in Overalls und Sicherheitsschuhen spähten unter den Motorhauben verschiedener Autos kauernd interessiert in ihre Richtung. »Ich suche Matt.«

»Ich bin Matt.« Ein großer und kantiger, aber hübscher junger Mann, der seinem rundlichen, gut einen Meter sechzig großen Vater so gar nicht ähnelte, kam auf sie zugelaufen und wischte sich die Hände an einem Lappen ab. »Schickt Sie mein Dad?« Sein forschender Blick schweifte hinüber zu Kane und wieder zurück zu ihr.

»Nein.« Jenna führte ihn nach draußen. »Ich würde Ihnen gern ein paar Fragen stellen.«

»Stecke ich in Schwierigkeiten?«, fragte Matt und rieb sich dabei nervös mit der Handrückseite über die Nasenspitze.

»Wie kommen Sie darauf?«, fragte Kane interessiert. »Haben Sie gestern Nacht etwas getan, das Sie uns beichten wollen?«

»Nein! Luke hat mich angerufen und erzählt, dass Amanda verschwunden ist. Ich schwöre, ich habe nichts damit zu tun – ich meine, verdammt, ich hab das Mädel nur ein-, zweimal gesehen.« Matt sah Jenna flehend an. »Ich bin nicht an ihr interessiert, sie ist noch ein Kind. Ich habe nur zugestimmt mit zu diesem Ball zu kommen, damit Amanda nicht allein dahingeht, und weil Luke nicht wollte, dass sie sich wie das fünfte Rad am Wagen fühlt.«

Jenna rümpfte die Nase. Es gefiel ihr nicht, dass Luke ihn angerufen hatte, um ihn vorzuwarnen. Falls Matt darin verwickelt war, dann hatte ihm das genug Zeit verschafft, sich irgendeine Geschichte auszudenken und sich ein Alibi für den gestrigen Abend zu verschaffen. »Gibt es irgendjemanden, der bestätigen kann, wo Sie gestern Abend waren?«

»Ich war zu Hause bei meiner Familie.« Matt räusperte sich. »Wir haben einen Film geguckt, und danach sind wir zum Burgeressen zu Aunt Betty's gefahren.«

»Wann genau war das?« Jenna zog ihr Notizbuch heraus und machte sich einige Notizen, ohne ihn dabei anzusehen. Dazu gab es keinen Anlass, da Kane seine Körpersprache beäugte wie ein Adler. »Wissen Sie noch, wer Sie bedient hat oder haben Sie dort vielleicht irgendjemanden gesehen?«

»Wir waren dort nach dem Film irgendwann, so gegen halb elf vielleicht.« Matt scharrte unruhig mit den Füßen und lehnte sich dann mit aufgesetzter Lässigkeit gegen die Wand. »Ich weiß nicht mehr, wer mich bedient hat, aber Jake Rowley war ebenfalls da. Der saß da mit drei anderen Leuten, vielleicht ein Doppeldate oder so.«

Jenna sah ihn an. »Und wo sind Sie dann hin?«

»Ich habe meinen Burger aufgegessen und bin nach Hause gefahren.« Matt bewegte sich unruhig und vermied Augenkontakt. »Ist das alles? Ich muss jetzt wirklich Mrs Rushtons Auto fertig machen, sonst zieht mir mein Dad das Fell über die Ohren.«

»Sind Sie nach Glacial Heights gefahren?« Jenna zückte ihren Kuli. »Gegen Mitternacht wurde dort ein Pick-up gesehen.«

»Nö.« Matt trat ein paar Schritte zurück. »War's das? Ich muss jetzt wirklich zurück an die Arbeit.«

»Was fahren Sie für ein Fahrzeug?« Kane deutete auf einen silbernen Chevy Silverado mit der Beschriftung »Miller's Garage« auf der Tür. »Ist das Ihr Truck?«

»Jepp. Wieso?« Ein Anflug von Sorge huschte über Matts Gesicht.

»Das Navigationssystem in Ihrem Auto oder auf Ihrem Handy wird ja belegen, dass Sie direkt nach dem Burgeressen nach Hause gefahren sind.« Kane wies mit dem Daumen auf den Pick-up hinter ihm. »Hätten Sie was dagegen, wenn ich jemanden herbestelle, der das überprüft?«

»Ich lasse überhaupt niemanden an meinen Pick-up oder mein Smartphone ran – nicht ohne Durchsuchungsbefehl«, entgegnete Matt finster. »Ich kenne meine Rechte.«

Jenna knallte ihr Notizbuch zu. »Das lässt sich organisieren. Der Anfangsverdacht ist gegeben.« Sie schaute zu Kane. »Das Auto wird ebenfalls durchsucht. Ich warte hier.«

»Aye aye, Ma'am.« Kane drehte sich um und marschierte zu seinem Wagen.

Jenna blickte zu Matt. »Sie können gern an Mrs Rushtons Fahrzeug weiterarbeiten. Falls Sie aber auf die Idee kommen, Ihr Handy zu benutzen oder die Werkstatt zu verlassen, dann nehme ich Sie fest.«

»Sie sind verrückt.« Matt warf seine Hände in die Luft. »Das ist doch völliger Schwachsinn.« Er lief in Richtung des Autos, an dem er arbeitete, und funkelte seine Kollegen an. »Was glotzt ihr so? Die Vorstellung ist vorbei. Zurück an die Arbeit!«

Auf dem Weg zurück zu seinem Arbeitsplatz stapfte er dabei durch eine Pfütze und hinterließ dahinter seine Stiefelabdrücke. Jenna durchschoss ein Schauer freudiger Erregung. Hatte sie den Schattenmann überführt? Der Absatz wies den gleichen Kreis auf wie der Abdruck am Tatort von Amandas Entführung. Sie zog ihr Handy hervor und machte ein paar Fotos. Plötzlich hörte sie Matt glucksen. Sie starrte ihn an. »Was ist so lustig?«

»Na, Sie, weil Sie Fotos von meinen Stiefelabdrücken machen.« Matt machte mit der Hand einen Schwenk zu den anderen Männern in der Werkstatt und grinste. »Wenn Sie meine Stiefelabdrücke als Beweismittel einsetzen wollen, dann können Sie auch gleich die ganze Werkstattcrew hier in Ihrem Haftbefehl berücksichtigen. Wir tragen nämlich alle die gleichen verdammten Sicherheitsschuhe, Ma'am. Mein Dad gibt die aus, und er kauft sie bei Walmart. Ich schätze mal, so ziemlich jeder Handwerker in dieser Stadt trägt dieselbe Marke.«

Diese Information war ein Tiefschlag. Der erste Hinweis, den sie gefunden hatte, war nutzlos, und noch immer hatte sie nichts von Amandas Entführer gehört. Sie nickte Matt zu. »Das werde ich auf jeden Fall mit Ihrem Vater besprechen.«

»Tun Sie das mal«, sagte Matt und verschwand unter der Motorhaube des Fahrzeugs.

Eine halbe Stunde später traf Wolfe ein und schlenderte mit einem Laptop in der Hand auf sie zu. Sie entfernte sich außer Hörweite von Matt, behielt ihn aber im Blick. »Hat Kane den Durchsuchungsbefehl organisiert?«

»Er ist dabei, er wartet noch darauf, dass der Richter den Papierkram unterschreibt.« Wolfe sah sie an. »Ich habe alle Fasern und Haarproben, die Sie im Wald gefunden haben, mit denen verglichen, die ich in Amandas Zimmer genommen habe. Sie sind alle identisch. Abgesehen von dem Stiefelabdruck und den Hinweisen auf einen Kampf deutet nichts darauf hin, dass noch jemand dort war. Der Kerl ist gut. Er muss von Kopf bis Fuß eingepackt gewesen sein, sodass er sich nicht im Unterholz verfangen konnte.« Er seufzte. »Der Regen hat es nicht leichter gemacht. Ich hätte das Gebiet gern persönlich durchkämmt.« Er spähte zu Matts Truck. »Vielleicht finden wir da drin ja etwas Spurenmaterial.«

»Das hoffe ich.« Jenna steckte ihre Hände in die Hosentaschen. »Gibt es etwas Neues von Rowley oder Walters?«

»Nichts Handfestes.« Wolfe rieb sich das Kinn. »Die üblichen unklaren Sichtungen, aber da ist nichts bei rumgekommen. Keine Anrufe bei den Braxtons, Search and Rescue hat das gesamte Gebiet durchkämmt und nichts gefunden.« Er räusperte sich. »Sie haben einen weißen Pick-up mit einem Logo auf der Tür zur Pittman-Ranch nördlich der Triple Z Bar verfolgt, nachdem jemand eine Sichtung gemeldet hatte. Webber ist im Hubschrauber mitgeflogen. Es waren der alte Mr Pittmann und seine Frau, die gerade vom Einkaufen zurückkamen.«

Ein Klingeln ertönte, und Matt reckte sein Handy in die Luft.

»Da muss ich rangehen, Ma'am. Das ist jemand, der den Pannendienst anruft.« Matt starrte sie an. »Die Anrufe werden an mich weitergeleitet, während meine Schwester Mittagspause macht.«

Jenna nickte. »In Ordnung, aber Sie fahren nirgendwohin. Da müssen Sie wohl jemand anderen hinschicken.«

Sie sah ihm zu, wie er ein Formular auf einem Klemmbrett ausfüllte und dann zu einem der Mechaniker hinüberlief, dem er die notierten Informationen weitergab. Er stand für ein paar Minuten mit dem Rücken zu ihr, doch sie behielt ihn die ganze Zeit über im Auge. Im nächsten Moment hörte sie Kanes SUV anbrausen. Er parkte vor der Garage, stieg aus und überreichte ihr den Papierkram. Sie lächelte ihm zu. »Danke.«

Mit Wolfe und Kane an ihrer Seite ging Jenna auf Matt zu

und überreichte ihm den Durchsuchungsbefehl. »Ihr Handy, bitte, und den Schlüssel für Ihren Truck.«

»Okay, okay, also ja, ich war gestern Abend in Glacial Heights unterwegs.« Matt sah sie verzweifelt an. »Es gibt doch wohl kein Gesetz, dass das Autofahren verbietet, oder?«

Jenna streckte ihre Hand aus. »Schlüssel und Handy, bitte.«

»Autofahren ist nicht verboten, nein.« Kane starrte ihn eindringlich an. »Aber ein Fahrzeug, dessen Beschreibung auf Ihren Pick-up passt, wurde gestern Abend in nächster Nähe des Tatorts von Amanda Braxtons Entführung gesehen. Wenn Sie nichts zu verbergen haben, warum haben Sie uns dann nicht erlaubt, Ihr Navigationssystem zu überprüfen?« Er bäumte sich vor dem jüngeren Mann auf. »Wo ist sie? Sagen Sie es mir, dann ersparen Sie sich selbst eine Menge Ärger.«

»Ich war letzte Nacht gar nicht in Amandas Nähe.« Matt überreichte Jenna Autoschlüssel und Handy und sah Kane ausdruckslos an.

»Wie gut kennen Sie Lindy Rosen?« Matts Gesicht erblasste. »Sie kennen sie doch, nicht wahr?«

»Ich antworte nicht mehr auf diese dämlichen Fragen, ich will meinen Anwalt sprechen.« Matt hob trotzig sein Kinn. »Mein Dad gibt Ihnen die Kontaktdaten.«

»Wie Sie wünschen.« Jenna übergab Schlüssel und Handy an Wolfe. »Wir kommen hier auch allein zurecht.«

Wenig später konnte Wolfe bestätigen, dass Matt nach Glacial Heights gefahren war und unterwegs auf der Stanton Road im Zeitraum von zwei Stunden mehrmals angehalten hatte, bevor er nach Hause zurückgekehrt war. Da die Stanton Road auf der einen Seite an den Stanton Forest und auf der anderen Seite an eine Reihe von Häusern und Ranches grenzte, hätte Matt also genug Zeit gehabt, um Amanda zu entführen und zu verstecken. Er war auch in der Gegend gewesen, als Lindy Rosen verschwunden war, und im fraglichen Zeitfenster hatte er sich auf der Stanton Road auf Höhe des alten Schulhauses befunden. Nachdem Jenna Matt seine Rechte verlesen und ihm Handschellen angelegt hatte, wandte sie sich an Kane. »Geh zu George Miller und bitte ihn um die Kontaktdaten des Anwalts.«

Wenige Augenblicke später stürmte George Miller mit hochrotem Kopf und wutentbrannten Augen in die Werkstatt. Kane folgte dicht dahinter und warf Jenna einen verzweifelten Blick zu. Sie schob Matt auf die Rückbank von Kanes SUV und drehte sich um. »Mr Miller.«

»Warum verhaften Sie meinen Jungen?« Miller trat dicht an sie heran und der Geifer tropfte ihm, einem wilden Stier gleich, vom Kinn. »Er hat doch nichts verbrochen.«

Jenna legte eine Hand auf ihre Pistole. »Treten Sie einen Schritt zurück, Mr Miller, dann erkläre ich's Ihnen.«

»Na, da bin ich ja mal gespannt.« Miller spuckte auf den Boden. »Und ich Vollidiot habe bei den letzten Wahlen auch noch für Sie gestimmt. Soll das der Dank sein?«

»Sie haben einen Sheriff gewählt, der die Stadt sicherer macht.« Kane baute sich vor dem entrüsteten Mann auf. »Das haben Sie. Sheriff Alton vergibt keine Gefälligkeiten für Stimmen – das nennt man Korruption. Wünschen Sie sich das etwa in Black Rock Falls, Mr Miller?«

»Eher nicht.« Miller warf seine Hände in die Luft und ließ sie dann als Geste seines Unverständnisses zur Seite fallen. »Mein Sohn würde nie jemandem etwas antun. Er steht unter dem Verdacht, Amanda Braxton entführt zu haben? Schauen Sie sich ihn doch mal an, meinen Sie, der hat es nötig, Frauen zu entführen?«

Jenna mochte George Miller eigentlich, denn er ging immer gut mit Menschen um, und es stieß ihr übel auf, seinen Sohn verhaften zu müssen, aber die Beweise waren nun mal da. Vielleicht waren es nur Indizien, doch im Moment war es eben alles, was sie hatte.

NEUNUNDZWANZIG

Er zog sich einen Stuhl heran und studierte Amandas Gesicht. Die Veränderungen im Gesicht eines Menschen kurz vor dem Ersticken faszinierten ihn, die geplatzten Äderchen in den Augen und die Art und Weise, wie die rote Linie um ihren Hals einen deutlichen Blauton annahm. Er genoss diese Phase des Spiels: Ihre Angst, wenn sie endlich die Augen öffnen und ihn vor sich sehen würde, sie anzusehen und zu wissen, dass er noch nicht fertig mit ihr war.

Als ihre Augenlider zum zweiten Mal flatterten, stellte er das Licht so ein, dass sie ihn sehen konnte. »Na, hast du deine Nahtoderfahrung genossen?«

»N-nein.« Ihre Stimme war nur noch ein leises, raues Krächzen und ihre blutunterlaufenen Augen sahen zu seinem Gesicht auf. »Warum tun Sie mir das an?«

Er lehnte sich so weit zur ihr hinüber, dass sich ihre Nasenspitzen fast berührten. »Weil ich es kann.« Er lächelte sie an. »Erzähl mir, was du gesehen hast. War da ein weißes Licht, das dich aus dem Leben reißen wollte, oder hast du nichts als Finsternis gesehen?«

Da sie sich weigerte zu antworten, sprang er auf und kippte

dabei seinen Stuhl nach hinten um, sodass dieser zu Boden polterte. Seine plötzliche Bewegung brachte sie erneut zum Zittern – ein Anblick, der ihn zutiefst befriedigte. Er trat hinter sie und fuhr ihr mit den Fingern über die Schulter. »Ich kann machen, dass es aufhört, aber dafür brauche ich eine Antwort.«

Er straffte das Seil um ihren Hals ein Stück, gerade genug, um ihr seine Absicht zu verdeutlichen. Dann richtete er seinen Stuhl auf, setzte sich und wartete, bis ihr Würgereiz abgeklungen war. »Also?«

»Ob ich antworte oder nicht – Sie bringen mich sowieso um.« In Amandas Augen lag ein trotziger Ausdruck. »Eines ist sicher, dafür werden Sie bis in alle Ewigkeit in der Hölle schmoren.«

»Meinst du nicht, dass es mir Spaß machen könnte, mich mit Seelenverwandten auszutauschen?« Er gluckste. »Ich kann mir nichts Schöneres vorstellen.«

»Ich habe übrigens etwas ganz anderes gesehen.« Amandas aufgedunsene Lider schlossen sich und ein kleines Lächeln kräuselte ihre Lippen. »Ich werde es Ihnen aber nie erzählen.«

Er hatte sich schon häufig gefragt, wieso manche der Frauen gerade dann so mutig wurden, wenn sie wussten, dass sie keine Chance mehr hatten. Amanda konnte nichts mehr gewinnen und entschied sich trotzdem dazu, ihn zu verärgern. Wünschte sie sich ein brutales Ende? Während er auf seinem Stuhl saß und sie anstarrte, beschwor er vor seinem geistigen Auge das Gesicht von Sheriff Alton herauf. Er konnte sie schon fast bildlich vor sich sehen, wie sie gefesselt auf dem Stuhl saß. Erwürgen, das würde viel zu schnell gehen. Er musste die Frauen aus dem Weg räumen, die die Welt der Männer in ein Matriarchat verwandeln wollten. Alphaweibchen waren etwas für Comichefte oder Computerspiele. Wenn er den Sheriff in sein neuestes Versteck bringen würde, dann würde er ihr einen langsamen Tod bescheren und jede einzelne verdammte Sekunde in vollen Zügen auskosten.

DREISSIG

Kane eskortierte Matt Miller zum Verhörzimmer, drückte ihm einen Becher Kaffee in die Hand und schaltete die Kameras an. Die Überwachungskameras speisten ihre Bilder direkt ins lokale Computersystem ein, sodass jeder diensthabende Polizist die Live-Übertragung mitverfolgen konnte. Selbstverständlich wurde die Übertragung während Befragungen von Häftlingen und Anwälten unterbrochen. Er schloss die Tür hinter sich, marschierte in die kleine Küche, füllte zwei weitere Tassen mit Kaffee und ging damit in Jennas Büro.

»Der Anwalt ist unterwegs.« Jenna nahm die Tasse mit einem Lächeln entgegen. »Danke.«

Kane setzte sich ihr gegenüber und schlug seine bestiefelten Beine übereinander. »Soll ich hierbleiben, während du ihn dir vornimmst?«

»Ja, wenn wir Miller verhören dürfen, wäre es gut, wenn du ein Auge auf seine Körpersprache werfen könntest. Allerdings bin ich mir nicht sicher, ob er unser Täter ist.« Jenna runzelte die Stirn. »Warum fragst du, hast du eine Spur?«

»Nein, eher ein Gefühl. Ich dachte, ich könnte mal die Orte checken, an denen Matt heute Nacht gehalten hat und versu-

chen herauszufinden, wo er Amanda versteckt haben könnte.«
Kanes Miene verfinsterte sich. »Sie könnte irgendwo im Wald
sein, verletzt oder noch schlimmer.«

»Wolfe ist gerade unterwegs dorthin, und ich werde Search
and Rescue so lange nach ihr suchen lassen wie möglich.
Amanda zu finden ist jetzt unser Hauptanliegen, und ich werde
sie auch finden.« Jenna lehnte sich zurück. »Als wir hier ankamen, hat Rowley mich darüber informiert, dass Blackhawk mit
seinem Team samt Spürhunden den Stanton Forest im Umkreis
all der Stationen absucht, an denen Matt angehalten hat. Er hat
ihn auf die potenzielle Gefahr von Sprengfallen aufmerksam
gemacht, und die Leute an seiner Seite sind erfahrene Fährtenleser.«

»Es ist ein gutes Gefühl, Blackhawk an unserer Seite zu
wissen. Hast du schon mal darüber nachgedacht, ihn zum
Deputy zu machen?« Kane stellte seine Tasse auf dem Schreibtisch ab. »Wir brauchen sowieso Verstärkung, wir sind personell
am Limit im Moment.«

»Der wird nicht bei uns mitmachen.« Jenna strich sich eine
Strähne aus den Augen. »Wir bezahlen ihn für seinen
Aufwand, an einer Polizeimarke hat der kein Interesse.« Sie
seufzte. »Ich hasse es, hier untätig rumzusitzen – ich habe das
Gefühl, kostbare Zeit zu verschwenden. Amanda ist ganz allein
da draußen, und wir sind ihre einzige Hoffnung.«

Kane betrachtete ihr hoffnungsloses Gesicht. Sie hatte alles
streng nach Vorschrift gemacht: eine Suchmannschaft aufgestellt, eine Einsatzleitzentrale eingerichtet und Deputys zum
Haus der Braxtons geschickt, um Anrufe zu überwachen und
Verdächtigen nachzujagen. »Geht mir genauso, aber wir tun ja
alles Menschenmögliche, um sie zu finden. Im Moment müssen
wir hoffen, dass Matt irgendwelche Informationen für uns hat,
andernfalls stehen wir vor demselben Problem, das wir schon
bei Lindy hatten. Wenn Matt nichts mit Amandas Entführung
zu tun hat, dann könnte sie überall sein – inzwischen sogar

schon außerhalb des Countys. Wir wissen, dass sie jemand aus dem Wald getragen hat, also müssen wir davon ausgehen, dass er sie bewusstlos gemacht hat, ansonsten hätte sie doch irgendjemand schreien hören.« Er fuhr sich über die Stoppel an seinem Kinn. »Die Ranch ist etwa eine Meile von der Stanton Road entfernt, also muss der Entführer ein Fahrzeug in der Nähe versteckt haben. Es wäre viel zu riskant gewesen, das Fahrzeug einfach am Waldrand abzustellen, wo es theoretisch jeder hätte sehen können. Falls es Matt war, dann können wir auf seinem Navigationssystem nachverfolgen, wo er angehalten hat, und falls Amanda dort irgendwo sein sollte, wird Blackhawks Team sie auch finden.«

»Hoffentlich.« Jenna holte die Visitenkarte des Anwalts hervor, die George Miller ihr gegeben hatte und warf einen Blick darauf. »Samuel J. Cross. Den kenne ich noch nicht. Er kommt von hier, ist aber erst kürzlich wieder hierhergezogen und hat seine Kanzlei jetzt über der Bank. Laut Maggie ist er bei den Leuten in der Stadt sehr beliebt.«

Kane kratzte sich im Nacken. »Ich denke, er wird Miller in weniger als einer Stunde hier raushaben. Wir haben schlicht nicht genug Beweise für eine Anklage.«

»Jepp, wenn dann höchstens Indizienbeweise, doch ich würde die Gelegenheit gern nutzen, um ihm ein paar weitere Fragen zu stellen.« Jenna nippte an ihrem Kaffee. »Wenn er freikommt, dann müssen wir tiefer graben. Sobald Miller mit seinem Anwalt gesprochen hat, fahren wir bei Amandas Freundin Lucy vorbei. Vielleicht weiß sie etwas, das uns weiterhelfen könnte – sie sind beste Freundinnen, und Mädels sprechen über Jungs, vielleicht steckt doch mehr hinter der Freundschaft zwischen ihr und Matt, als er uns weismachen wollte.«

»Vergiss nicht den Stalker aus der Schule, Peter English.« Kane nahm einen großen Schluck Kaffee. »Der erfüllt auch einige der Kriterien. Da wir keinerlei Kontakt zu Amandas

Entführer und bislang keine Spur von ihr haben, fürchte ich, dass wir erneut mit sämtlichen Leuten auf unserer Liste sprechen müssen, um herauszufinden, wo sie heute Nacht gewesen sind.«

»Okay, während wir auf die Ankunft von Mr Samuel J. Cross warten, können wir auch gleich ein paar Anrufe tätigen.« Jenna machte sich ein paar Anmerkungen und reichte Kane ihre Liste. »Finde raus, wo sich Kittredge, Packer und Lancaster befinden. Den Rest übernehme ich.«

Kane stand auf, blickte auf die Liste und sah auf seine Uhr. »Wir brauchen mehr Unterstützung.«

»Wir brauchen mehr Zeit.« Jenna griff nach dem Telefon. »Ich hoffe nur, dass es nicht bereits zu spät ist.«

Kane hatte gerade aufgelegt, als Samuel J. Cross in die Wache hereinspaziert kam, sich lauthals ankündigte und am Empfang ein Pläuschchen mit Maggie hielt, als hätte er alle Zeit der Welt. Kane stand auf und musterte den Mann mit dem überheblichen Grinsen, der verwaschene Jeans, einen wettergegerbten Stetson-Hut und Cowboystiefel trug. Ein langer, blonder Pferdeschwanz wand sich über seinen Rücken, und seine Lederjacke schien sein einziges Kleidungsstück zu sein, das jünger als zehn Jahre war. Er sah aus, als käme er direkt von einer Rinderfarm und nicht etwa aus der Kanzlei eines Strafverteidigers. Als Kane sich dem Empfangsschalter näherte, drehte Cross ihm sein Gesicht zu, baute sich mit seinen gesamten ein Meter neunzig vor ihm auf und sah ihm prüfend in die Augen.

»Samuel J. Cross, und Sie müssen Deputy Dave Kane sein.« Cross streckte ihm die Hand entgegen. »Hab schon viel von Ihnen gehört, seit ich wieder zurück in der Stadt bin.«

»Nur Gutes, hoffe ich?« Kane erwiderte den festen Händedruck.

»Das kommt ganz auf den Mandanten an.« Cross besah ihn mit einem strahlend weißen Lächeln, das augenblicklich verblasste. »Sie haben Matt Miller in Gewahrsam. Ich würde meinen Mandanten gern unter vier Augen sprechen.«

Kane nickte. »Sicher, aber könnten Sie sich ausweisen?«

»Ich bin nicht so der klassische Anwaltstyp, was?« Cross reichte ihm seine Visitenkarte, dann zog er einen Geldbeutel hervor und präsentierte seinen Führerschein. »Ich gehöre der Montana Association of Criminal Defense Lawyers an. Meine Abschlüsse hängen eingerahmt an der Wand in meiner Kanzlei, aber Sie können auch Mayor Petersham anrufen. Er ist ein Freund meiner Familie, schon seit meiner Kindheit.«

»Passt schon, Kollege.« Deputy Walters trat an Kanes Seite. »Schön, dich wiederzusehen, Sam. Wo hast du dich rumgetrieben?«

»Ach, hier und da. Ebenfalls schön, dich wiederzusehen, Duke. Hab jetzt leider keine Zeit zum Quatschen, ich muss mich um meinen Mandanten kümmern.« Cross wandte sich von dem alten Deputy ab, zog einen Notizblock aus der ramponierten Aktentasche zu seinen Füßen und überflog seine Notizen. »Hmm, Verdacht auf Entführung einer gewissen Amanda Braxton, fünfzehn.« Er schaute zu Kane auf. »Wurde das Mädchen irgendwo gesehen?«

Kane schüttelte den Kopf. »Nein.«

»Sind das alle Beweise, die Sie gegen meinen Mandanten vorzubringen haben?« Cross wedelte mit dem Notizblock. »Falls ja, dann reicht das nicht für eine Anklage, denn das sind lediglich Indizien, und mein Mandant hat keinerlei Vorstrafen.« Er schüttelte den Kopf. »Den krieg ich in weniger als einer Stunde wieder hier raus.«

Kane ärgerte sich maßlos, hielt dem herausfordernden Blick des Mannes aber stand. »Nun, wir würden ihn gern vernehmen. Er hat in dem Moment dichtgemacht, als wir erwähnten, dass wir einen Durchsuchungsbefehl für sein Navigationssystem erhalten haben.« Er richtete sich auf. »Wäre es nicht besser, die Angelegenheit jetzt zu klären? Sonst müssen wir ihn erneut zur Vernehmung vorladen, sobald er die Wache verlässt. Wir haben das Recht, ihn vierundzwanzig Stunden lang zur Befragung festzuhalten.«

»Ich kenne das Gesetz.« Cross klemmte sich den Notizblock unter den Arm und griff nach seiner Aktentasche. »Ich finde heraus, ob Matt bereit dazu ist, mit Ihnen zu sprechen. Er hat bereits Gebrauch von seinen Rechten gemacht, und wenn er beschließt, zu schweigen, dann ist das sein gutes Recht.«

Es war fast zum Lachen. Der Tonfall und die Professionalität des Anwalts waren das exakte Gegenteil seiner Erscheinung. Er winkte mit der Hand in Richtung des Vernehmungszimmers. »Ich bringe Sie gleich zu ihm.« Er drehte sich zu Deputy Walters. »Gibt's irgendwas Neues?«

»Fehlanzeige. Ich fahre jetzt nach Hause. Später übernehme ich noch eine Schicht am Haus der Braxtons.«

»Okay.« Kane drehte sich zurück zu Cross. »Zum Vernehmungszimmer geht's da lang«, sagte er und ging voran.

Dort angekommen, schaltete Kane den Kameraton auf stumm und deutete auf den Knopf auf dem Tisch. »Drücken Sie hier drauf, wenn sie raus wollen oder Hilfe benötigen. Die Überwachungskamera ist eingeschaltet, und wir werden die Übertragung zu Ihrer Sicherheit überwachen. Der Tonregler befindet sich hier.« Er wies auf einen Regler im Tisch. »Wie Sie sehen können, habe ich den Ton stummgeschaltet.«

»Ja, ja, ich krieg das schon hin.« Cross scheuchte ihn weg und drehte sich dann zu Matt. »Na, wie werden Sie hier so behandelt?«

»Gut.« Matt rubbelte an seiner Nasenspitze und warf Kane einen missmutigen Blick zu. »Ich habe nichts getan.«

Kane hätte Millers Ausreden gern gelauscht, doch er schloss die Tür hinter sich und lief zurück in Jennas Büro. Manchmal konnten auch Indizienbeweise für eine Verurteilung ausreichen, und das, was sie zu Miller zusammengetragen hatten, war beträchtlich. Immerhin bewiesen die GPS-Daten, dass Matt sich zum Zeitpunkt beider Entführungen in Glacial Heights aufgehalten hatte. Gern würde Kane ihn auch zu Lindy Rosen befragen.

»Ah, gut, der Anwalt ist da.« Jenna wies auf den Monitor über ihrem Schreibtisch und runzelte die Stirn. »Das ist ja mal ein seltsamer Vogel. Hast du seine Papiere überprüft?«

Kane reichte ihr die Visitenkarte. »Die Karte und der Führerschein stimmen überein, außerdem hat Walters für ihn gebürgt.« Er setzte sich. »Walters macht jetzt Feierabend und wird später die Deputys aus Blackwater am Haus der Braxtons ablösen. Alles ruhig so weit.«

»Ich wünschte, wir würden in einem der Fälle einen Durchbruch erzielen.« Jenna stieß einen tiefen Seufzer aus. »Alles Indizienbeweise. Ich habe das Gefühl, flussaufwärts zu schwimmen, und zwar durch Stromschnellen.«

»Ich glaube nicht, dass Sam Cross mit Matt noch lange braucht.« Kane zückte seinen Notizblock. »Ich habe hier eine Liste der Arbeitsplätze unserer Tatverdächtigen. Die arbeiten quasi alle in derselben Ecke, sodass wir, je nachdem, wie lange unsere Befragungen mit English und Lucy dauern, vielleicht heute noch mit ihnen sprechen können.«

»Lucy ist zu Hause, und sie wohnt nicht weit von der Braxton-Ranch. Und English wohnt im Maple Drive.« Jenna schaute auf ihren Monitor und dann wieder zurück zu Kane. »Glaubst du, dass Matt etwas damit zu tun hat?«

Die Indizien gingen Kane nicht aus dem Kopf, seit sie Miller's Garage verlassen hatten. »Es könnte Zufall gewesen sein, dass er bei beiden Entführungen in der Gegend war, denn er hat ja auch Kumpels, die dort leben. Der Einsatz von Sprengstoff macht mir Sorgen. Ich habe nichts gefunden, was ihn damit in Verbindung bringt.«

»Die nötigen Kenntnisse könnte er sich bei YouTube geholt

haben.« Jenna blies sich ihre Haarsträhnen aus der Stirn. »Du weißt doch, was Josh uns erzählt hat – die meisten Terroristen, die Sprengfallen einsetzen, besorgen sich die nötigen Bastelanleitungen dafür im Netz.«

Das Telefon auf Jennas Schreibtisch klingelte. Während sie zum Hörer griff, blickte sie hoffnungsvoll zu Kane.

»Sheriff Alton.« Sie blickte zu Kane auf. »Wolfe, was haben Sie für mich?« Sie brachte ihn kurz auf den neuesten Stand und stellte das Telefon danach auf Lautsprecher. »Kane ist hier. Wir warten gerade darauf, dass der Anwalt sein Mandantengespräch mit Miller beendet.«

»Ich habe leider keine hilfreichen Neuigkeiten. Blackhawk hat immer noch keine Spuren gefunden. Nichts von dem, was ich in Millers Pick-up gefunden habe, passt zu einem der Opfer, und Anzeichen einer Reinigung finden sich auch nicht im Fahrzeug. Die Ergebnisse von Lindy Rosens Bluttests sind eingetroffen. Ihr Entführer hat sie mithilfe von Diethylether überwältigt. Er muss eine beträchtliche Menge davon benutzt haben, was mich zu der Vermutung bringt, dass er eine Art Mund-und-Nasenschutz getragen haben muss. Ich warte noch auf die DNA-Ergebnisse, Emily ist bei mir und kümmert sich ums Büro. Ich habe gerade etwas Zeit – soll ich mir vielleicht Noah McLeod vorknöpfen?« Wolfe räusperte sich. *»Er hat zugegeben, sich mit einem Kind unter sechzehn Jahren eingelassen zu haben, und könnte auch in die beiden aktuellen Fälle verstrickt sein. Manchmal gesteht ein Täter ja einen geringeren Anklagepunkt ein, damit wir ihn bei den Ermittlungen übersehen – oder er ist einfach irgendein Verrückter, der berühmt werden will.«*

»Ja, nur zu. McLeod steht auf unserer Verdächtigenliste, allerdings können wir ihm bislang nichts nachweisen. Im Moment geht es hier recht chaotisch zu, wir gehen auf die Jagd nach Verdächtigen, die in den Tagen vor dem Verschwinden der beiden Mädchen direkten Kontakt zu ihnen hatten.« Jenna blickte besorgt zu Kane. »Sie haben recht, er könnte auch etwas mit dem Fall zu tun haben.«

»Er hat in Gegenwart zweier Deputys ein Verbrechen gestanden, wir brauchen also noch nicht einmal einen Haftbefehl. Ich spreche mit dem Mädchen, mal sehen, ob sie seine Geschichte bestätigt. Doch unabhängig davon, was sie sagt, werde ich sein Haus durchsuchen und ihn mitbringen.« Wolfe atmete tief durch. »Ich denke, wir sollten jeden Stein umdrehen. Die Fakten sprechen für sich, Jenna – er kennt beide Mädels und hat zugegeben, pädophil zu sein. Womöglich ist er unser Schattenmann.«

EINUNDDREISSIG

Überwältigt vom immensen Druck ihres Berufs hängte Jenna den Hörer auf und erhob sich. Sie starrte einige Momente lang auf das Whiteboard und ging dann im Raum auf und ab. Dann prüfte sie erneut ihr Handy. *Warum meldet er sich nicht bei mir?* Die Zeit zerrann ihr zwischen den Fingern – ein fünfzehnjähriges Mädchen befand sich in Todesgefahr. Den Mann, den sie verhaftet hatte, würde sie höchstwahrscheinlich wieder gehen lassen müssen, und sie brauchte neue Beweise. Sie spürte Kanes bohrenden Blick und kehrte an ihren Schreibtisch zurück. Dort schnappte sie sich das Telefon. »Irgendetwas zu melden, Rowley?«

»Immer noch nicht, Ma'am.«

»Möglicherweise jagen wir damit zwar einem Gespenst hinterher, aber gehen Sie bitte die Liste der Mädels durch, die Julie mir gegeben hat.« Jenna fuhr sich mit der Hand durchs Haar. »Konzentrieren Sie sich auf diejenigen mit den Alpträumen von einem Mann in ihrem Zimmer. Besorgen Sie mir ihre Adressen und fragen Sie bei den Eltern nach, ob sie damit einverstanden sind, wenn wir sie befragen.« Sie seufzte erschöpft. »Ich habe keine Ahnung, wann das sein wird, deshalb würden wir uns melden, um einen Termin zu vereinbaren, wenn das okay ist.«

»*Ich kümmere mich drum, Ma'am.*«

Nachdem sie aufgelegt hatte, starrte Jenna wieder auf ihr Whiteboard und begann aufs Neue den Raum zu durchschreiten, um die Informationen in ihrem Kopf zu sortieren. Es musste doch irgendeinen Anhaltspunkt geben, etwas, das die beiden Fälle miteinander verband. Niemand war perfekt – Menschen machten Fehler –, bislang aber war dieser Mörder nicht gestrauchelt. Eine weitere seltsame Wendung war die Tatsache, dass er keinem festgelegten Muster zu folgen schien. Ja, er entführte Mädchen, doch die Fälle waren unterschiedlich genug, dass der zweite auch gut und gerne von einem Nachahmungstäter verübt worden sein konnte. Sie hatte weder ein Video empfangen noch war ihr eine Frist gesetzt worden … und sie hatte den Medien genau diese Informationen vorenthalten. Sie starrte Kane an. »Glaubst du, wir haben es hier mit einem Trittbrettfahrer zu tun?«

»Es ist noch zu früh, um das zu beurteilen.« Kane runzelte die Stirn. »Es gibt eine kleine Parallele – beide Mädels haben von Menschen in ihren Zimmern geträumt. Ich denke, wenn es derselbe Kerl ist, dann wird das nächste Opfer wieder eine von ihnen sein. Es ist, als würde er sie irgendwie konditionieren.«

Die Vorstellung, dass sich etwas dermaßen Verrücktes zugetragen haben konnte, schien abwegig. Jenna hob die Augenbrauen. »Denkst du an so etwas wie Gehirnwäsche?«

»Vielleicht hat er sie hypnotisiert und dann mit einem Triggerwort dazu veranlasst, das Haus zu verlassen.« Kane zuckte mit der Achsel. »Ich habe schon darüber nachgedacht, aber dafür ist es wie gesagt noch zu früh.«

»Das ist eine Ausrede, und das weißt du.« Jenna stützte sich auf den Tisch und starrte ihn an. »Nicht jeder ist ein Serienmörder. Es gibt Menschen, die töten ein-, zweimal und hören dann auf. Du bist der Profiler – wenn es sich um denselben Typ handelt, wieso hat er mich dann noch nicht kontaktiert? Wie wird sein Endspiel aussehen?«

»Falls Miller unser Mann ist, dann setzt er gerade aus, und wenn es sich um einen Trittbrettfahrer handelt, dann kennt er das Spiel nicht.« Kane streckte seine Beine aus und blickte zu ihr auf. »Falls Miller nicht unser Mann ist und der Schattenmann unser Sheriff's Department beobachtet oder die Nachrichten verfolgt, was ich an seiner Stelle machen würde, während ich meinen nächsten Schachzug plane, dann wüsste er, dass wir schon einen Mann verhaftet haben.« Er zuckte mit den Schultern. »Warum sollte er die Aufmerksamkeit auf sich ziehen, wenn er auch fliehen und unbescholten davonkommen könnte, sobald du Anklage gegen Miller erhebst?«

Jenna schnaubte. »Du hast heute viele Ideen auf Lager, Dave, aber nicht viele Lösungen.«

»Also, so wie ich das sehe, hast du da doch schon einen vernünftigen Schlachtplan ausgetüftelt.« Kane stand auf. »Wir sprechen jetzt mit Miller. Wenn er freikommt, dann fahren wir bei Amandas bester Freundin und dem Stalker vorbei und klappern anschließend die anderen Verdächtigen ab und schauen, was dabei so rumkommt.« Er lief um den Tisch herum und legte den Arm um ihre Schulter. »Du hast doch schon Leute losgeschickt, die nach Amanda suchen, viel mehr können wir gerade nicht tun.« Er drückte sanft ihre Schulter. »Falls es nicht Miller ist, ermitteln wir weiter und warten auf den nächsten Zug des Schattenmanns. Ich bin überzeugt davon, dass wir immer noch Teil seines abartigen Spiels sind.«

Ein Summen ertönte, und Jenna blickte auf den Monitor. Cross hatte die Besprechung mit seinem Mandanten beendet, sodass sie nun Gelegenheit hatte, endlich die Fragen zu stellen, die ihr auf der Seele brannten. Sie wandte sich von Kane ab. »Okay, ich stelle die Fragen, du beobachtest Miller. Vielleicht durchschaust du ihn ja. Mein Bauchgefühl sagt mir, dass er uns irgendetwas verheimlicht. Gute Anwälte sind teuer, und es muss irgendeinen Grund dafür geben, dass er plötzlich dichtgemacht hat.«

»Roger.«

Jenna zog ihre Chipkarte durch das Lesegerät am Vernehmungszimmer und betrat, gefolgt von Kane, den Raum. Sie musterte den Cowboy, der nun vor ihr stand. »Ich bin Sheriff Alton, Mr Cross. Ist Ihr Mandant dazu bereit, ein paar Fragen in Verbindung mit der Entführung von Amanda Braxton und dem Mord an Lindy Rosen zu beantworten?«

»Ich werde die Befragung zulassen, um meinen Mandanten von jeglichem Verdacht zu befreien.« Cross ging zur anderen Seite des Tisches und nahm neben Matt Miller Platz.

Jenna setzte sich, hob die Stummschaltung der Überwachungskamera auf und drückte den Aufnahmeknopf. Sie nannte das Datum, den Zeitpunkt der Vernehmung und die Namen der Teilnehmer. »Mr Miller, kennen Sie Amanda Braxton?«

»Ja, wie ich Ihnen bereits gesagt habe, kenne ich sie. Ihr Bruder Luke hat uns einander in Aunt Betty's Café vorgestellt. Sie ist mit seiner Freundin Lucy befreundet.« Matt seufzte. »Warum müssen wir das noch mal durchkauen?«

Jenna notierte sich diese Zuspitzung. »Weil ich diese Aussage gern auf Band haben will, Mr Miller. Kennen Sie Lindy Rosen oder haben Sie sie jemals getroffen?«

»Nö.« Miller spähte zu seinem Anwalt hinüber. »Hab sie noch nie gesehen.«

»Sind Sie sicher? Sie war eine Freundin von Amanda und Lucy.« Jenna schob ihm Lindys Porträt über den Tisch zu. »Schauen Sie mal. Erinnern Sie sich vielleicht?«

»Beantworten Sie die Frage.« Cross warf Miller einen flüchtigen Blick zu. »Ist Ihnen das Mädchen irgendwo in der Stadt begegnet?«

»Nö.« Miller schüttelte den Kopf. »Sie ist noch ein Kind, wieso sollte ich überhaupt ein Auge auf sie werfen?«

Jenna ließ das Foto auf dem Tisch liegen und sah Miller an. »Wir haben die Navigationsdaten Ihres Fahrzeugs und Ihres Smartphones ausgelesen. So konnten wir Ihre Bewegungen in den letzten paar Tagen nachvollziehen und wissen, dass Sie sich zum Zeitpunkt des Verschwindens von Lindy Rosen und Amanda Braxton jeweils in der Nähe aufgehalten haben. Außerdem wissen wir, dass Sie sich an dem Tag, an dem wir Lindy Rosens Leiche gefunden haben, in der Nähe des alten Schulhauses auf der Stanton Road aufgehalten und die Triple Z Bar besucht haben.«

Da sie die Information zum Fundort von Lindys Leiche nicht an die Medien weitergegeben hatte, konnte nur der Mörder diesen Standort kennen. Jenna achtete auf Millers Körpersprache, die davon unbeeindruckt trotzig blieb. »Nun, hatten Sie irgendeinen Grund dafür, sich zu den besagten Zeitpunkten an diesen Orten aufzuhalten?«

»Sie müssen nicht auf diese Fragen antworten, Matt.« Cross lehnte sich auf den Tisch und starrte Jenna an. »Ich schätze, wenn Sie eine Umfrage machen und fragen würden, wie viele Menschen im selben Zeitraum die Stanton Road frequentiert haben, würden Sie eine Liste erhalten, die so lang wäre wie mein Arm – das ist die Hauptverkehrsader aus der Stadt raus –, und wie viele Menschen gehen bitte im Triple Z ein und aus? Es gibt immer nur Stehplätze, wenn ich da bin.« Er lehnte sich zurück in seinen Stuhl. »Jetzt wo ich drüber nachdenke, war ich am Montagabend selbst da. Ich war auf der Stanton Road unterwegs und bin direkt an Glacial Heights vorbeigefahren, wie mindestens zwanzig oder mehr Leute am selben Abend. Macht mich das auch verdächtig?«

Irritiert von dem breiten Lächeln des Anwalts fuhr sie fort. »Er war vor Ort und trägt die Sicherheitsschuhe, die das gleiche Profil aufweisen wie der Stiefelabdruck, den wir am Tatort von

Amandas Entführung sicherstellen konnten. Er kennt sie und hätte sich für gestern Abend mit ihr verabredet haben können.« Sie atmete tief durch. »Sie ist irgendwo da draußen, ganz allein und verängstigt.« Sie ließ ihre Aufmerksamkeit wieder Matt zukommen. »Jetzt hören Sie doch mit diesen Spielchen auf. Sagen Sie mir einfach, wo sie steckt.«

»Moment mal, Sheriff. Belästigen Sie meinen Mandanten nicht.« Cross reckte abwehrend den Arm in die Höhe, als wollte er den Verkehr regeln. »Wenn Sie meinen Mandanten anklagen wollen, nur zu, doch der DA wird meine Einschätzung teilen. Sie haben nichts gegen ihn in der Hand. Wie ich bereits erklärt habe, wird diese Straße von einer Vielzahl an Menschen genutzt. Die Hälfte aller Handwerker dieser Stadt, vermutlich sogar des gesamten Landes, trägt genau diese Marke Sicherheitsschuhe. Sie haben weder DNA-Spuren noch Haare oder Fasern, und Sie konnten auch kein Spurenmaterial in seinem Fahrzeug sicherstellen. Die Familien beider Mädchen hatten im selben Zeitraum eine Vielzahl unterschiedlicher Handwerker im Haus. Ich weiß genau, dass die meisten Familien in Glacial Heights regelmäßig dieselben Unternehmen beauftragen. Schon der Gärtnerservice allein beschäftigt Dutzende unterschiedlicher Gelegenheitsarbeiter.« Er spähte hinüber zu Kane, als wartete er auf seine Zustimmung. »Wenn Matt Amanda oder Lindy Rosen gekidnappt hätte, dann hätten Sie doch entsprechende Spuren in seinem Pick-up finden müssen, oder? Die Stellungnahme des Gerichtsmediziners belegt glasklar, dass das Fahrzeug nicht gereinigt wurde.« Er schaute konzentriert zu Jenna. »Matt hat eine weiße Weste und ist ein Musterbürger, der sonntags in die Kirche geht. Sie werden die Anklage nie und nimmer aufrechterhalten könnten, und einen Richter werden Sie erst recht nicht davon überzeugen können, dass er ein Mörder sein soll.«

»Der Richter war meiner Meinung.« Jenna reckte trotzig ihr Kinn vor, obwohl sie innerlich resigniert hatte. Natürlich hatte er recht. Ihnen war beiden bewusst, dass die dürftigen Ermittlungsergebnisse sie gerade nach jedem Strohhalm greifen ließen. »Er war der Meinung, dass wir hinreichend Anlass für einen Durchsuchungsbefehl haben.«

»Okay, okay. An diesem Punkt gehe ich mit Ihnen überein, doch es gibt nichts, worauf sich eine Klage gegen meinen Mandanten stützen ließe, Sheriff.« Cross hob beide Augenbrauen. »Warum rufen Sie nicht den DA und legen ihm alles dar? Er wird Ihnen hundertprozentig sagen, dass Sie damit nur die wertvolle Zeit des Gerichts verschwenden. Sie haben keine ausreichenden Beweise vorgelegt, um deshalb ein Hauptverfahren zu eröffnen.«

Geschlagen beendete Jenna die Vernehmung. Sie blickte zu Miller und bemerkte, wie sich sein Mund zu einem überheblichen Grinsen verzog und seine Augen triumphierend aufblitzten, als hätte er diese Runde gewonnen. »Okay, Sie können gehen. Deputy Kane wird Ihnen ihr Eigentum zurückgeben, bevor Sie gehen.« Nachdem Kane Miller hinauseskortiert hatte, ging auch sie zur Tür, wo Cross zu ihr aufschloss. Sie drehte sich um und blickte ihn an. »Ist noch was?«

»Das war wohl ein etwas ruppiges Kennenlernen.« Cross strahlte sie mit seinem Zahnpastagrinsen an und hielt ihr seine Hand entgegen. »Nichts für ungut?«

Jenna schüttelte seine Hand und betrachtete seinen ehrlichen Gesichtsausdruck. »Ach, alles gut. Wir machen doch alle nur unseren Job, Mr Cross.«

»Nennen Sie mich Sam.« Cross ließ ihre Hand nicht los. »Es kommt äußerst selten vor, dass ich die Klingen mit einem derart hübschen Sheriff kreuze.« Seine Stimme hatte einen unangenehm anzüglichen Unterton bekommen. »Wollen wir vielleicht mal zusammen essen gehen?«

Erinnerungen an den letzten Anwalt, auf den sie sich eingelassen hatte, schossen ihr durch den Kopf. James Stone war am Ende zu einem echten Problem geworden, zudem war dieser abgerissene Cowboy hier alles andere als ein Traumprinz. *Höflich bleiben. Denk dran, was beim letzten Mal passiert ist.* Sie zog ihre Hand weg und lächelte. »Vielen Dank, aber ich bin vergeben.«

»So ein Glückspilz.« Cross wich zurück, blieb aber freundlich. »Falls Sie ihre Meinung ändern sollten.« Er reichte ihr seine Visitenkarte. »Meine Handynummer steht auf der Rückseite.«

Nie im Leben. »Klar.« Jenna führte ihre Karte durch den Scanner, zog die Tür auf und wartete, bis Cross hinausgeschlendert war.

Auf dem Weg zurück in ihr Büro hielt sie an, um mit Rowley zu sprechen. »Alles gut?«

»Jepp, alles unter Kontrolle. Nach wie vor kommen Anrufe rein, bislang aber noch nichts Verwertbares. Ein paar Leute wollen Amanda in Aunt Betty's Café gesehen haben, aber ich habe Susie Hartwig angerufen – die kennt sie und hat sie heute noch nicht gesehen. Und falls sich das ändern sollte, dann ruft sie mich direkt an. Die Suche verläuft weiterhin ohne jede Spur. Man könnte wirklich meinen, sie hätte sich in Luft aufgelöst.«

Jenna nickte. »Okay, gute Arbeit. Falls die Medien anrufen sollten, dann sagen Sie denen, dass wir keine Neuigkeiten haben und dass sie das Interview von heute morgen noch mal bringen sollen.« Sie blickte auf die Schokoriegelverpackungen in Rowleys Papierkorb. »Und essen Sie was Richtiges – das wird eine lange Schicht. Geben Sie eine Essensbestellung für das gesamte Team durch und rechnen Sie das Ganze über das Konto des Sheriff's Departments ab. Sagen Sie den Deputys am Haus der Braxtons, sie sollen das ebenfalls tun.«

»Ja, Ma'am.«

Sie machte zwei Becher Kaffee zum Mitnehmen fertig und packte die Schachtel mit den Schokokeksen für Kane ein. Dann zog sie sich ihre Kevlarweste über und schlüpfte in ihre Jacke, nahm sich ihre Dienstwaffe aus der Schreibtischschublade und ließ sie in ihr Holster gleiten. Als Kanes Hund ins Zimmer trottete und sie aus seinen großen, traurigen Hundeaugen ansah, musste sie lächeln. »Na, kommst du mit oder willst du hier bei Maggie bleiben?«

»Am besten nehmen wir ihn mit.« Kane kam mit Schussweste und Jacke in der Hand herein. »Vielleicht wittert er ja bei einem der Verdächtigen irgendeine Fährte.«

»Alles klar.« Sie sah Kane von der Seite an. »Was, kein Wort zu Miller?«

»Nein, aber ich glaube, dass er irgendetwas verheimlicht.« Kane zog sich die Weste über den Kopf. »Den sollten wir genau im Auge behalten.«

»Ja, das werden wir.« Sie gab ihm einen der Becher und reichte ihm die Cookies. »Cross ist anders ... als ich dachte.« Sie hob beide Augenbrauen.

»Jepp, ich fürchte, der wird uns noch das Leben schwer machen.« Kane legte die Stirn in Falten. »Er ist smarter, als er aussieht.« Er studierte ihr Gesicht. »Ach du Schande, er hat dich angegraben, stimmt's?«

Jenna lächelte ihn an. »Wie hast du das erraten?«

»Öööhm.« Kane legte einen Arm um ihre Schulter und zog sie zu sich. »Deine Wangen sind etwas gerötet. Muss ich mich jetzt im Morgengrauen mit ihm duellieren?«

»Nein.« Sie blickte ihn eindringlich an. »Ich habe ihm gesagt, dass ich vergeben bin.« Sie ging einen Schritt zurück und machte eine wegwerfende Handbewegung. »Vergiss ihn. Amanda wird immer noch vermisst, und sie ist im Moment unsere absolute Priorität.«

»Nur weil wir zwischendurch mal etwas rumalbern, bedeutet das nicht, dass wir unsere Arbeit vernachlässigen.« Kane strich ihr mit der Rückseite seiner Hand über die Wange. »Also, wer kommt als Nächstes?«

»Erst mal sprechen wir mit Lucy.«

ZWEIUNDDREISSIG

Sie kamen gegen drei Uhr in Glacial Heights an. Seit Amandas Vermisstenmeldung waren sechs Stunden vergangen. Auf dem Weg dorthin hatte Jenna nicht nur auf der Braxton-Ranch angerufen, um mit den Deputys zu sprechen, auch Blackhawk hatte sie kontaktiert. Da weder die Hotline noch Search and Rescue eine Sichtung zu vermelden hatten, standen die Chancen, Amanda lebend zu finden, mittlerweile schlecht. Während sie in die Zufahrt der Mackintosh-Ranch abbogen, musterte sie das Grundstück. Sämtliche Ranchhäuser, die sie in den letzten Tagen gesehen hatte, waren von ein und demselben Architekten entworfen worden. Sie hatten denselben Grundriss und unterschieden sich lediglich durch das Land, das sie umgab. Sie kamen in der Einfahrt neben einem Green-Thumb-Pick-up zum Stehen. Wenn Paul Kittredge heute Dienst hatte, konnte sie sich auch gleich hier mit ihm unterhalten.

Sie hatte im Voraus angerufen, um sicherzustellen, dass Lucy zu Hause war. Auch die Mutter von Peter English hatte sie kontaktiert, um einen Gesprächstermin mit ihrem Sohn zu vereinbaren. Zum Glück waren die Eltern beider Kinder kooperationsbererei gewesen. Ein junges Mädchen erschien an der

Haustür. Jenna stieg aus Kanes Auto und erklomm die Stufen zum Haus. »Bist du Lucy?«

»Ja, das bin ich.« Lucy schnellte herum. »Mama, die Polizei ist da.« Sie winkte Jenna hinein. »Die erste Tür links.«

Jenna betrat das warme Haus, das nach Holzfeuer und Kiefer duftete. Sie begutachtete das gepflegte Interieur und trat dann durch die Tür ins Wohnzimmer. Auf dem Sofa saß eine rundliche Frau, die mit zwei Stricknadeln hantierte. Vor ihr stand ein großer Korb voller Wolle. »Mrs Mackintosh?«

»Setzen Sie sich.« Mrs Mackintosh musterte sie argwöhnisch. »Also, was wollen Sie von Lucy?«

Jenna stellte erst sich selbst und dann Kane vor, danach zückte sie Notizbuch und Kuli. »Sie haben bestimmt gehört, dass Amanda Braxton seit heute Morgen vermisst wird. Wir sprechen mit ihren Freundinnen, um Informationen zu sammeln, die uns helfen könnten, sie zu finden.« Sie blickte zu Lucy. »Hätten Sie etwas dagegen, wenn wir Lucy ein paar Fragen stellen würden?«

»Nur zu.«

Jenna nickte. »Wann hast du Amanda das letzte Mal gesehen?«

»Gestern, bei Aunt Betty's, gegen Mittag. Ich kann nicht fassen, dass sie verschwunden ist.« Lucys Augen füllten sich mit Tränen. »Glauben Sie, dass sie tot ist, so wie Lindy?«

Jenna schüttelte den Kopf. »Nein, und wir haben Hunderte Leute da draußen, die nach ihr suchen. Um sie schnellstmöglich zu finden, brauchen wir so viele Informationen wie möglich.«

»Sie wollen bestimmt wissen, worüber wir gesprochen haben.« Lucy trocknete sich die Augen mit einem Taschentuch und zerknüllte es danach in ihrer Hand. »Na ja, über Alpträume und Jungs hauptsächlich.«

Jenna nickte. »Hat sie etwas von einem Mann in ihrem Zimmer erzählt?«

»Nein, sie sieht ihre Oma.« Lucy verzog das Gesicht. »Sie findet es schön, den Geist ihrer Oma zu sehen.«

»Erzähl mir von den anderen Mädchen in der Schule, die auch Alpträume haben.« Jenna gingen Kanes Schlussfolgerungen über Gehirnwäsche und Hypnose durch den Kopf. »Sind die auf der Schule in derselben Freundesclique? Gib es etwas, was sie alle miteinander verbindet?«

»Ja, wir sind alle Freundinnen.« Lucy dachte einen Moment lang nach. »Ich habe mich über Lindy und die anderen lustig gemacht, weil das mit den Alpträumen losging, nachdem wir der Theatergruppe beigetreten sind. Wir spielen gerade *Macbeth*, und ich dachte, dass sie deshalb irgendwie Angst hatten.«

Danach würde Jenna sich noch weiter erkundigen müssen. »Hattest du denn auch Alpträume?«

»Nein, ich schlafe immer durch.« Lucys Miene verfinsterte sich. »Amanda ist vernünftig, und ihre Mutter passt wie ein Schießhund auf sie auf. Die würde niemals einfach so in die Dunkelheit rausspazieren. Ich kenne sie. So etwas würde sie einfach nicht tun.«

Jenna brauchte Antworten. »Was ist mit dem Jungen, mit dem sie zu diesem Ball gehen wollte? Matt Miller? Könnte sie vielleicht seinetwillen das Haus verlassen haben?«

»Matt? Nein ... das heißt, vielleicht. Sie meinte irgendwas von wegen, sie wollten zusammen angeln gehen.« Lucys Augen weiteten sich. »Matts Dad hat ein Wochenendhäuschen im Wald, am Fluss. Luke hat mir erzählt, dass sie dort manchmal zum Angeln rausfahren.«

Jenna schaute zu Kane. »Gib diese Info an Rowley weiter. Der soll da so schnell wie möglich jemanden vorbeischicken.«

»Wird gemacht.« Kane stand auf und eilte zur Tür.

»Was weißt du über Peter English?« Jenna achtete auf die Reaktion des Mädchens. »Luke meinte, dass er ihn wegen Amanda zur Rede gestellt hätte.«

»Dieser fiese Typ.« Lucy schnäuzte sich lautstark. »Amanda hat mir erzählt, dass sie jemanden in den Büschen an ihrer Zufahrt gehört hat. Wahrscheinlich war er das und wollte sie stalken.« Sie blinzelte ein paarmal. »Lindy hat das auch erzählt.«

Jenna beugte sich vor. »Was erzählt?«

»Beide hatten das Gefühl, dass jemand sie auf dem Weg vom Schulbus nach Hause beobachtet hat.« Lucy schluchzte leise. »Amanda vermutete, dass es ein Bär war.«

»Aber warum riskiert sie es dann, mitten in der Nacht in den Wald zu stapfen?« Jenna musterte Lucys Gesicht. »Erzählt man so was nicht seinen Eltern?«

»Woher soll ich das wissen?« Lucy schniefte. »Ich kann mir beim besten Willen nicht vorstellen, was die beiden mitten in der Nacht aus dem Haus getrieben hat.«

»Zurück zu Peter English.« Jenna spähte in ihre Notizen. »Hat er Amanda auch in der Schule belästigt?«

»Ach, der hat halt in ihrer Nähe rumgelungert.« Lucy verdrehte die Augen. »Er wollte mit ihr ausgehen, was sie immer abgelehnt hat. Luke hat ihm gesagt, dass er Matt bei ihm vorbeischicken würde, wenn er sie von jetzt an nicht in Ruhe lässt.«

Jenna runzelte die Stirn. »Luke hat ihm gedroht?«

»Ja, und er hat sie nicht wieder belästigt.«

»Gab es einen anderen Jungen, mit dem sich eine der beiden getroffen hat oder an dem sie interessiert war?«

»Die stehen auf Mason, den Footballer, der an der Schule arbeitet.« Lucy errötete. »Aber der ist ja schon ein richtiger Mann.«

»Nur eine Sache noch.« Jenna schenkte ihr ein Lächeln. »Welcher Lehrer leitet die Theatergruppe, und wann findet die immer statt?«

»Das sind zwei Lehrer, Miss Dryden und Mr Ambrose. Dienstags und donnerstags letzte Stunde, und dann noch eine

Stunde nach der Schule. Wir treffen uns auch heute Nachmittag. Wenn Sie also mit den anderen Mädels sprechen wollen – die sind dann auch alle da.«

»Okay.« Jenna klappte ihr Notizbuch zu und stand auf. »Danke, Lucy.«

Sie reichte Mrs Mackintosh eine ihrer Visitenkarten. »Falls Lucy noch etwas anderes Wichtiges einfallen sollte, rufen Sie mich bitte an.«

»Das werde ich tun, Sheriff.« Mrs Mackintosh nahm die Karte entgegen.

»Danke.« Jenna ging zur Haustür.

Draußen lehnte Kane an seinem SUV und sprach in sein Handy, das er ans Ohr gepresst hielt. Duke lag zu seinen Füßen. Der Pick-up vom Green Thumb Landscaping Service war weg. Sie wartete, bis er aufgelegt hatte. »Mist, die Gärtner sind weg.«

»Die sind in dem Moment weggefahren, als ich rausgekommen bin.« Kane ließ das Handy in seiner Brusttasche verschwinden.

Jenna blickte die verwaiste Einfahrt entlang. »Hast du Rowley erreicht?«

»Ja, er hat den Standort ausfindig gemacht, aber in der Gegend gibt es keine Landemöglichkeit für den Hubschrauber. Blackhawk und einer seiner Freunde sind deshalb gerade zu Pferd unterwegs zur Hütte.« Kane öffnete die Tür seines Autos und schob Duke auf den Rücksitz. »Was habe ich verpasst?«

Jenna berichtete ihm von dem Gespräch. »Obwohl beide Mädchen in zwei unserer Verdächtigen vernarrt waren, würde ich mich gern mit Peter English unterhalten. Auch wenn ich nicht glaube, dass er genügend Charme besitzt, um zwei Teenagerinnen mitten in der Nacht aus ihrem Zimmer zu locken.« Sie seufzte. »Wenn die Mädchen hypnotisiert werden, wie kommt es dann, dass Lucy nicht betroffen ist und Amanda einen anderen Traum hatte?«

»Hmm, vielleicht, weil Hypnose nicht bei jedem wirkt.«
Kane begegnete ihrem Blick. »Zudem ist Massenhypnose
schwierig – wenn auch nicht unmöglich.«

»Wir müssen mit diesen Mädchen sprechen. Die treffen
sich heute Nachmittag an der Schule. Ich rufe später Maggie an
und frage sie, ob sie die Erlaubnis der Eltern bekommen hat. Ich
will herausfinden, ob sie den gleichen Traum haben. Falls ja,
dann werden sie möglicherweise hypnotisiert.« Jenna hob eine
Augenbraue. »Wie kann man das denn nachweisen?«

»Kann man nicht.«

Da Jenna die Gelegenheit verpasst hatte, erneut mit Paul
Kittredge zu sprechen, rief sie in der Zentrale von Green
Thumb in der Stadt an. Der Geschäftsführer schickte sie zu
einem Haus, das ganz in der Nähe von Peter Englishs Wohnort
lag. Kittredge war dort die ganze Woche über eingeteilt. Kurze
Zeit später trafen sie am Haus der Englishs ein. Die Befragung
von Peter war aufschlussreich, allerdings stufte Jenna ihn als
unverdächtig ein. Er war in den Nächten beider Entführungen
zu Hause gewesen und stellte keinerlei Gefahr dar. Der Teenager hatte zugegeben, Amanda in der Schule belästigt zu haben
und ihr einmal nach Hause gefolgt zu sein. Allerdings waren
die Zeiten von Peters Belästigungen vorüber, dessen war sich
Jenna spätestens nach dem Männergespräch sicher, das Kane
ihm zum Abschluss noch aufgedrückt hatte.

Da Peter nun von der Liste gestrichen war, fuhren sie zu
dem Haus ganz in der Nähe weiter. Jenna sprach kurz mit dem
Besitzer, bevor sie sich auf den Weg in seinen Garten machten.
Paul Kittredge stand an einen Baum gelehnt und rauchte eine
Zigarette. Jenna lief quer über den manikürten Rasen voran auf
ihn zu. »Mr Kittredge, wir würden uns gern mit Ihnen
unterhalten.«

»Sheriff, warum machen Sie sich die Mühe, mich noch

einmal zu besuchen?« Kittredge lächelte müde. »Sie brauchen doch keinen Vorwand, um mich zu sehen. Wenn Sie wollen, dass ich Sie auf einen Drink einlade, dann bewegen Sie heute Abend doch einfach ihr hübsches Hinterteil in die Triple Z Bar.« Er gluckste. »Ziehen Sie sich was Heißes an.« Er schnippte seine Zigarettenkippe zu Boden und trat den Stummel mit dem Stiefelabsatz in den Rasen.

Jenna konnte Kanes Gesichtsausdruck hinter sich erahnen und sah einen Anflug von Zweifel in Kittredges Augen. Sie wusste, dass sie mit ihm fertig werden würde und neigte sich zu ihm. Der Geruch von altem Schweiß und Zigarettenqualm drang ihr in die Nase. »Mr Kittredge, Sie sind Verdächtiger im Mordfall Lindy Rosen. Ihr Alibi für die Nacht ihres Verschwindens ist nicht wasserdicht«, sagte sie leise und deutlich. Er schien ihr nicht zuzuhören und beugte sich ganz nah zu ihr herunter, was sie dazu veranlasste, ihren amtlichsten Sheriff-Blick aufzusetzen. »Ich schlage vor, dass Sie meine Fragen beantworten. Ich kann Sie ohne Probleme mit auf die Wache schleifen und Sie dort vierundzwanzig Stunden lang zur Vernehmung festhalten. Innerhalb dieses Zeitraums hat Deputy Kane das Recht, Sie acht Stunden am Stück zu verhören.«

»Wir haben uns sicher jede Menge zu erzählen.« Kanes Augen funkelten bedrohlich.

Jenna trat einen Schritt zurück, behielt Kittredge dabei aber genau im Blick. »Kennen Sie Amanda Braxton aus Glacial Heights?«

»Jupp.« Kittredge kniff die Augen zusammen. »Sie wird seit heute Morgen vermisst. Ich hab's im Radio gehört.«

»Genau die.« Jenna zog ihr Notizbuch hervor und überflog ihre Notizen. »Sie arbeiten auf der Braxton-Ranch. Haben Sie sich mit Amanda unterhalten?«

»Jupp, ein paarmal.« Kittredge zog eine Schachtel Zigaretten hervor, fischte sich mit den Zähnen eine heraus und rollte sie zwischen den Fingern hin und her, ohne sie anzuzünden. »Sie war am Boden zerstört, als ihre Oma gestorben ist.«

»Wie oft haben Sie mit ihr gesprochen?«

»Wir hatten sie ständig an der Backe.« Kittredge lächelte träge. »Manchmal saß sie einfach nur im Gras und hat uns beim Arbeiten zugeschaut. Nettes Kind.«

Nett genug für eine Entführung? Jenna war nicht von der Unschuld dieses Mannes überzeugt. Da sie aber keinerlei Beweise gegen ihn vorzubringen hatte, würde sie ihn wohl laufen lassen müssen. »Gibt es Zeugen, die bestätigen können, wo Sie sich heute Nacht aufgehalten haben?«

»Da, wo ich beim letzten Mal auch war.« Kittredge nahm die Schultern zurück. »Ich war in der Triple Z Bar, so wie immer. Dort esse, dort schlafe ich ...« Seine Lippen formten ein selbstgefälliges Grinsen. »... dort schleppe ich meine Ladys ab.«

Jenna wollte schnell weiter zu den anderen Verdächtigen und hob ihr Kinn. »Nennen Sie mir den Namen von einer Person, mit der Sie gestern Nacht gesprochen haben.«

»Mit dem Barmann und einer Bikerbraut. Die hatte ein Schlangentattoo auf dem Oberschenkel und dunkles Haar. Ihr Name war Deidra, meine ich, oder so ähnlich.« Kittredge fuhr sich mit der Zunge über die Lippen. »Sie lag noch in meinem Bett, als ich heute morgen los bin.«

Jenna machte sich eine Notiz. »Was fahren Sie für ein Auto?«

»Im Moment den Pick-up von der Arbeit. Meine eigene Karre muss in die Werkstatt. Die steht hinterm Triple Z.« Er zuckte mit der Achsel. »Ist ein roter GMC-Truck.«

»Was ist denn kaputt?« Kane trat einen Schritt näher.

»Wenn ich das nötige Kleingeld übrig hätte, würde ich ihn zu Miller's schleppen lassen, um das herauszufinden.« Kittredge zuckte gleichgültig mit der Schulter. »Aber ich brauche ihn ja gerade eh nicht, da ich die Kiste von der Firma nehmen kann.«

Jenna klappte ihr Notizbuch zu. »Na schön, danke für Ihre Zeit.«

»Die Einladung für heute Abend steht noch, Sheriff«, gluckste Kittredge. »Ich bin hier bald fertig, und Sie wissen ja, wo Sie mich finden können.«

Jenna ignorierte ihn und eilte zurück zum Auto. *Träum weiter.*

DREIUNDDREISSIG

Aufgebracht von Kittredges Respektlosigkeit gegenüber Jenna schoss Kane mit quietschenden Reifen los in Richtung Stanton Road und brauste zur Highschool. Es hatte ihn eine Menge Willenskraft gekostet, Kittredge nicht am Kragen zu packen und ordentlich durchzuschütteln. Er bewunderte Jennas beherrschten Umgang mit diesem Idioten, aber einfach nur danebenzustehen und nichts zu sagen, war ihm gehörig gegen den Strich gegangen. Dafür gab es zwei gute Gründe: seine Erziehung und seine Zeit bei den Marines, die ihn gelehrt hatten, Respekt vor Frauen zu haben und sie zu beschützen. Das mochte man altmodisch nennen, aber im Innern war er eben ein Mann alter Schule. Wenn Männer sich Jenna gegenüber unverschämt verhielten, brachte das sein Blut in Wallung. Er bog auf den Highway ab und beschleunigte. Sein Zorn begann sich langsam zu verflüchtigen, als das Dröhnen des PS-starken Motors ins Fahrzeuginnere drang.

»Hey, man merkt dir doch an, wie wütend du bist.« Jennas Stimme schien das richtige Mittel, um Kane aus seiner wortwörtlichen Raserei zurückzuholen.

Sein Blick war weiter starr auf die Straße geheftet. Er hatte

Blaulicht und Sirene angeschmissen, denn er musste jetzt mit Bleifuß fahren, um den Kopf freizukriegen. Doch da er einsah, wie kindisch sein Verhalten war, ging er leicht vom Gas. »Ach ja? Und woran merkt man das?«

»Am Zucken in deiner Wange.« Jenna räusperte sich. »Aber dass du dann aufs Gaspedal steigst wie ein Bekloppter, ist mir neu.«

»Ich mag es einfach nicht, wenn Männer Frauen respektlos behandeln, das ist alles.« Kane warf ihr einen Blick zu.

Jenna schmunzelte. »Ich konnte deinen Blick in meinem Rücken spüren wie einen Laserstrahl, da konnte ich mir ungefähr ausmalen, wie du ihn angeschaut haben musst. Ich weiß deinen Respekt vor Frauen zu schätzen, aber ich bin auch froh, dass du mich inzwischen nicht mehr ›Ma'am‹ nennst. Da habe ich mich immer gefühlt, als wäre ich deine Oma.«

Kane musste laut lachen und sein Ärger war im Nu verpufft. »Okay, was wissen wir über Lancaster? Das ist dieser Footballspieler, für den alle Teenagerinnen schwärmen, oder?«

»Ja, und sein Alibi, am Tag von Lindy Rosens Verschwindens bis sechs Uhr morgens bei seiner Freundin gewesen zu sein, ist eine Lüge. Wir müssen ihn fragen, wo er die übrigen Stunden gewesen ist und wo er sich letzte Nacht aufgehalten hat. Vielleicht kriegen wir ihn ja sogar mit ein wenig Überredungskunst dazu, uns einen Blick in sein Auto werfen zu lassen.«

»Ja, es wäre gut, einen Beweis zu finden, der einen unserer Verdächtigen mit dem Verbrechen in Verbindung bringt. Bislang haben wir nichts als Indizien.« Kane blickte auf das Schulgelände, das sich vor ihnen erstreckte. Es war seltsam, diesen Ort ohne die Scharen von Schülern zu sehen, die hier sonst immer herumwuselten. »Das sieht ja aus wie eine Geisterstadt. Wann kommen die Kids aus dem Spring Break zurück?«

»Am Montag geht es wieder los.« Jenna blätterte durch ihre Notizen. »Hier ist aber nicht immer tote Hose. Einige der

Schulgruppen finden sich auch während der Ferien ein, und dann ist da ja auch noch die Summer School. Heute Nachmittag kommt die Theatergruppe, und auch das Ballkomittee tagt heute. Es sind Lehrer vor Ort, die sich freiwillig als Betreuer zur Verfügung stellen, und ein Hausmeister, der ihnen einen Raum aufschließt, den sie benutzen können.«

Kane rieb sich das Kinn. »Hoffentlich kann irgendjemand für McLeod einspringen.« Er parkte auf einem Mitarbeiterparkplatz neben einem weißen Pick-up.

»Das werden wir sehr bald wissen.« Jenna zog eine Schnute, während sie von ihrem Sitz rutschte. »Hoffentlich geht mir Lancaster nicht auch so auf den Sack. Von der Sorte hatte ich heute nämlich schon mehr als genug.«

»Ja, ich auch.« Kane öffnete die Heckklappe, und Duke sprang mit wedelndem Schwanz heraus.

Im Hausmeisterbüro trafen sie einen athletischen Mann um die dreißig an, der zurückgelehnt in seinem Stuhl saß. Seine mächtigen Oberarme, die von der vielen Arbeit in der Sonne braun gebrannt waren, hatte er vor seiner Brust verschränkt. Seine Augen wurden von einem tief in die Stirn gezogenen Stetson-Hut verdeckt, und seine dreckigen Stiefel thronten auf dem Schreibtisch. Sein lautes Schnarchen verriet, dass er tief und fest schlief. Kane schlug mit der Faust auf seinen Schreibtisch und sah amüsiert zu, wie der Mann schlagartig aus dem Schlaf schreckte und ihn mit großen Augen anstarrte. »Tut uns leid, Ihre Siesta unterbrechen zu müssen, aber wir müssen den Hausmeister sprechen.«

»Aha ... warum?« Der Mann sammelte sich, ließ seine Füße vom Tisch gleiten und schaute langsam zu Jenna. »Tach, Sheriff.« Er schaute zu Duke hinab. »Das ist aber mal ein hübscher Hund.«

»Und Sie sind?« Jenna starrte ihn an und rümpfte die Nase.

»Mason Lancaster, diensthabender Hausmeister.« Er grinste. »Ein Deputy war hier und hat McLeod abgeführt.

Großer Typ, sah aus wie Thor – ist das einer Ihrer Männer, Sheriff?«

»Ja.« Jenna zückte ihren Notizblock. »Sie sind genau der Mann, den wir suchen. Wir müssen Sie bitten, uns ein paar Fragen zu beantworten.«

»Dann nehmen Sie doch bitte Platz.« Lancaster wies auf die zwei Stühle vor seinem Schreibtisch. »Ich habe Deputy Rowley allerdings schon alle Informationen zu meinem Aufenthaltsort am Sonntagabend gegeben.«

Kane lehnte sich in seinem Stuhl vor. »Wir haben eine Aussage von Miss Pike, in der sie angibt, dass Sie schon weg waren, als sie gegen ein Uhr aufwachte. Wo waren Sie zwischen zehn Uhr und sieben Uhr, bevor Sie mit der Arbeit begannen?«

»Ich konnte nicht schlafen, und das Bier war alle, deshalb habe ich eine Runde gedreht, bin nach Hause gefahren und eingeschlafen.« Lancaster hob ein Augenbraue. »Ich weiß nicht genau, um wie viel Uhr das war, aber mein Wecker hat mich um sechs Uhr wachgeklingelt, und dann bin ich zur Arbeit.«

»Und letzte Nacht?« Jenna hob ihr Kinn. »Wo waren Sie zwischen neun Uhr abends und sechs Uhr heute Morgen?«

»Gestern Nacht?« Lancaster rieb sich übers Kinn. »Ich habe ein paar Bier vor der Glotze getrunken und bin danach ins Bett.«

»Kann das irgendjemand bestätigen?« Während sie sich Notizen machte, fielen ihr einige dunkle Strähnen in die Stirn.

»Nö.« Lancaster zuckte mit der Achsel. »Seit sie von euren Deputys in die Mangel genommen wurde, spricht Angela nicht mehr mit mir, und meine anderen Freundinnen hatten keine Zeit.«

»Zu schade aber auch.« Kane schnaubte leise. »Was für ein Auto fahren Sie?«

»Einen weißen Chevy Silverado, der steht vor der Tür.« Lancaster setzte sich auf. »Wieso?«

Kane lächelte. »Hübscher Truck. Können wir einen Blick darauf werfen?«

»Klar.« Lancaster sprang auf. »Sie werden keine Drogen darin finden, den Scheiß rühr ich nicht an.«

Während sie Lancaster zu seinem Auto folgten, fiel Kane auf, dass Duke überhaupt nicht auf den Mann reagierte. Müsste er nicht irgendeine Reaktion zeigen, wenn Lancaster etwas mit den Entführungen zu tun hätte? Nicht zwangsläufig – er könnte ja einen Overall oder etwas Ähnliches getragen haben.

In Hinblick auf die schmutzigen Fingernägel und das ungepflegte Äußere des Mannes war Kane vom makellosen Zustand des Fahrzeugs überrascht. Lancaster öffnete die Tür. Kane zog sich Handschuhe über und durchsuchte das Innere. Der intensive Geruch von Putzmittel deutete darauf hin, dass der gesamte Innenraum, die Sitze und die Fußmatten erst vor wenigen Stunden gereinigt worden waren. Er überprüfte die Uhrzeit der Zeitmarke auf der Quittung, die noch in der Mittelkonsole lag. *Was für ein Zufall.* »Frisch aus der Reinigung, was?« Er wedelte mit der Quittung. »Kann ich die behalten?«

»Sicher. Ich war gerade erst zurückgekommen, als die Cops McLeod eingesackt haben. Zehn Minuten später rief dann der Schuldirektor an. Er meinte, dass ich zuschließen soll, wenn die Theatergruppe durch ist.«

»Ist die Theatergruppe noch da?« Jenna tauschte einen vielsagenden Blick mit Kane aus. »Könnten Sie uns dorthin bringen? Mit denen würde ich auch gern sprechen.«

»Aber klar doch.« Lancaster schloss seinen Pick-up ab und schlenderte auf das Schulgebäude zu.

Da ließ sich Duke plötzlich zu Boden plumpsen, als hätte ihn der kurze Spaziergang völlig entkräftet. Kane blieb ein paar Schritte zurück, um mit Jenna zu sprechen. »Der verheimlicht irgendwas. Warum sonst hätte er sein Auto reinigen lassen sollen?«

»Verdächtig ist das, auf alle Fälle, aber wir haben mal wieder keinerlei Beweise ... es sei denn ...« Jennas Augen leuchteten auf. »Gib mir diese Quittung. Womöglich hat die Reinigung den Sauger noch nicht entleert. Vielleicht finden wir darin ein paar Spuren.«

Kane schüttelte den Kopf. »Das hätte vor Gericht keinen Bestand. Die haben ja davor und danach noch zig andere Autos gereinigt. Sein Anwalt würde dafür sorgen, dass dieser Beweis nicht zugelassen wird.«

»Okay.« Jenna stieß einen langen Seufzer aus. Sie blickte auf ihre Armbanduhr. »Unsere Chancen, Amanda lebend zu finden, schwinden mit jeder Sekunde, und wir haben rein gar nichts. Keine Sichtungen, kein Wort von ihrem Entführer. Nicht den leisesten Hinweis, der uns zu Amanda oder zu Lindys Mörder führen könnte. Ich jage meinem eigenen Schwanz hinterher. Ich hoffe, die Mädels von der Theatergruppe können uns weiterhelfen.«

Kane schüttelte den Kopf. »Es ist nie zu spät, Jenna, und unsere Leute arbeiten sich gerade den Arsch ab, um Amanda zu finden.«

Sein Handy klingelte, und er blickte zu Jenna. »Das ist Blackhawk.« Vor sich erblickte er Lancaster, der vor einem Klassenzimmer herumstand. »Ich spreche mit Blackhawk und komme dann nach, ja?«

»Gut. Ich rufe schnell Maggie wegen der Mädels von der Theatergruppe an.« Jenna eilte mit dem Handy dicht an ihr Ohr gepresst davon.

Kane nahm den Anruf entgegen. »Haben Sie die Hütte gefunden?«

»Ja, sie war genau da, wo Lucy gesagt hat. Hier war seit Monaten keiner mehr. Wir kehren jetzt zurück zum Suchtrupp. Abgesehen von ein par Reifenspuren, die darauf hindeuten, dass Miller hier am Waldrand angehalten hat, haben wir noch nichts gefunden. Ich vermute mal, dass er da geparkt hat und

von dort aus dann zu einem der Häuser gegangen ist. Es gibt etwa hundert in der näheren Umgebung, die fußläufig erreichbar sind. Ich hatte Rowley angerufen und gebeten, sämtliche Kumpels von Miller vor Ort ausfindig zu machen. Wir haben drei Adressen überprüft, und seine Freunde waren kooperativ, haben uns sogar erlaubt, einen Rundgang zu machen, obwohl wir ja keine Deputys sind. Wir haben sie auch wirklich gründlich durchsucht. Rübenkeller, Dachböden, das volle Programm.«

»Bei uns ist heute auch der Wurm drin.« Kane holte tief Luft und stieß sie langsam aus. »Wir mussten ihn ziehen lassen. Wir hatten nicht genug Beweise für eine Anklage.« Er räusperte sich. »Er hat sich einen ziemlich smarten Anwalt besorgt, Samuel J. Cross.«

»Ich kenne Sam. Das ist eine ehrliche Haut.« Blackhawk gluckste. *»Kaum zu glauben, dass er zurückgekommen ist. Er hat in Harvard studiert und war Partner in einer New Yorker Anwaltskanzlei.«*

»Was Sie nicht sagen.« Kane schüttelte ungläubig den Kopf. »Der sieht aus wie ein Landstreicher.«

»Der ist ein Cowboy durch und durch. Ein Nonkonformist. Ich könnte mir vorstellen, dass es ihm in New York etwas zu hektisch zuging. Es heißt, der alte Cross soll damals nicht verstanden haben, woher Sams Hirn kam und dann vermutet haben, dass er bei der Geburt vertauscht wurde.«

Kane warf einen Blick in den Flur und sah Jenna in einem Raum verschwinden. Lancaster war bereits auf dem Weg zurück. »Ich muss los. Es wird bald dunkel. Sie können jetzt auch Feierabend machen.«

»Sicher, aber ich weiß, dass er ganz in der Nähe ist. Ich spüre es in meinen Knochen.«

Kane nickte. »Ja, ich habe das auch im Gefühl. Danke für Ihre Hilfe.«

»Jederzeit.« Blackhawk legte auf.

Während Lancaster auf ihn zumarschierte, musterte Kane ihn von oben bis unten. »Kennen Sie sich mit Sprengstoff aus?«

»Nö.« Lancaster lächelte. »In meiner Branche habe ich dafür nur wenig Verwendung.« Er lupfte seinen Hut und ging weiter.

VIERUNDDREISSIG

Als Kane den Klassenraum betrat, richteten sich alle Augen auf ihn. Jenna saß dort umringt von einer Gruppe Teenagerinnen. Zwei Lehrer, die Miss Dryden und Mr Ambrose sein mussten, standen an der Seite des Raums, und auch einige Jungs waren dabei und hörten interessiert zu. Der Unterhaltung nach zu urteilen glichen sich die Träume der Mädels: Eine schemenhafte Figur erschien in einer Ecke ihres Zimmers, und manchmal konnten sie ein Flüstern vernehmen. Doch wenn die Eltern das Zimmer und die Umgebung des Hauses dann absuchten, konnten sie weit und breit keine Spur eines Eindringlings finden.

Äußere Reize riefen häufig Träume hervor, die ein Hypnotiseur als Trigger ausnutzen konnte. Er lief auf den Stuhlkreis zu. »Darf ich eine Frage stellen, Sheriff?«

»Klar, schieß los.« Jenna drehte sich um und sah ihn über die Schulter hinweg an.

»Alle Mädels mit Alpträumen bitte einmal die Hand hochhalten.« Kane schaute zu den sechs Mädchen und lächelte. »Wie viele von euch schlafen nachts bei offenen Vorhängen?«

Alle Hände blieben oben. *Interessant.* Also konnten die

Alpträume aller Mädchen auch durch äußere Reize verursacht worden sein. Er wandte sich den verbliebenen drei Mädchen zu. »Was ist mit euch? Lässt von euch jemand nachts die Vorhänge offen?«

Keine einzige Hand erhob sich.

»Okay, danke, Mädels.«

Während Jenna ihre Unterhaltung mit den Mädchen fortsetzte, ließ er sich die Information durch den Kopf gehen. Er hatte etwas gefunden, das die Mädchen miteinander verband. Was war mit den Lehrern? Konnte einer von ihnen darin verwickelt sein? Allerdings musste sich Schulpersonal einer strengen Überprüfung unterziehen, um mit Kindern arbeiten zu dürfen, weshalb er sie erst einmal ausschloss. Trotzdem notierte er sich ihre Namen für eine spätere Hintergrundprüfung. Er ließ den Fall Lindy Rosen noch einmal im Kopf Revue passieren. Sie hatten bislang nicht in Betracht gezogen, dass der Mörder auch eine Mörderin sein konnte. Diesen Gedanken musste er mit Jenna auf dem Weg zurück ins Büro weiterspinnen. Er ging mit Duke dicht an seinen Fersen hinüber zu den Lehrern. Es konnte nicht schaden, wenn der Hund die beiden einmal beschnüffelte. Doch Duke reagierte einmal mehr nicht. Stattdessen rollte er sich auf den Rücken und ließ sich den Bauch kraulen.

Er lächelte den Lehrern zu. »Ich habe gehört, dass Sie sich dieses Jahr *Macbeth* vorgenommen haben. Tolles Stück. Ich habe es vor vielen Jahren einmal in Stratford-upon-Avon in England gesehen.«

»Wir erwähnen den Titel des Stücks nicht während der Proben oder am Tag der Aufführung. Das soll Pech bringen.« Miss Dryden, eine zierliche, dunkelhaarige Frau Ende zwanzig, sah verzweifelt aus. »Zwei unserer Schülerinnen, die an dem Stück beteiligt waren, sind bereits abhandengekommen.«

Kane zuckte mit der Schulter. »Wenn Sie glauben, dass das laute Aussprechen des Tragödientitels zu ihrer Verschleppung geführt hat, dann würde ich vorschlagen, es nicht noch einmal aufzuführen.« Er musterte ihre gleichgültigen Mienen. »Ist beim letzten Mal, als das Stück hier aufgeführt wurde, auch etwas passiert?«

»Keine Ahnung – das war vor unserer Zeit.« Mr Ambrose, ein Mann mittleren Alters mit Halbglatze, funkelte eine Gruppe Jungs an, die vor Lachen prustete. »Ich bin vor etwa zwei Jahren nach Black Rock Falls gezogen.« Er wies auf Miss Dryden. »Miss Dryden ist dieses Jahr neu zu uns gestoßen.«

Kane knöpfte sich die Jungs vor. »Ihr findet es also lustig, dass Lindy Rosen ermordet wurde und Amanda vermisst wird. Wie kommt das?«

Die Jungs verstummten augenblicklich. Zwei von ihnen wurden kreidebleich. Kane blickte auf einen von ihnen herab. »Ich höre?«

»Wir finden das mit Lindy und Amanda nicht lustig.« Der Junge richtete sich auf und machte auf tough. »Es ist nur ... dieser doofe Fluch über das Stück und dass die Mädels an Geister glauben. Das finden wir irgendwie lustig ... äh, Sir.«

»Okay.« Kane gab seine Visitenkarten an alle aus. »Wenn ihr irgendetwas Komisches hört oder seht, egal wie banal es euch erscheinen mag, dann ruft mich an. Wir müssen Amanda finden und dafür sorgen, dass das nicht noch einmal passiert.«

Aus dem Augenwinkel konnte er sehen, dass Jenna ihn anstarrte. Er drehte sich zu ihr. »Sind Sie bereit zu gehen, Ma'am?«

»Ja.« Jenna wandte sich an die Lehrer. »Danke für Ihre Zeit.« Jenna ging zur Tür voran. Draußen auf dem Parkplatz drehte sie sich zu ihm um. »Warum hast du nach den Vorhängen gefragt?«

Kane öffnete seinen SUV, beförderte Duke auf den Rücksitz und schwang sich hinters Lenkrad. »Das verbindet die Mädels mit den Alpträumen miteinander.« Er startete den Motor und wendete den Wagen, um zurück ins Büro zu fahren.

»Ich wüsste gern, ob Lindy und Amanda mit offenen Vorhängen geschlafen haben.«

»Wieso?« Jenna schnallte sich an und blickte zu ihm.

»Sowohl bei den Rosens als auch bei den Braxtons stehen Bäume vor den Zimmerfenstern der Mädchen.« Als er auf die Stanton Road abgebogen war, trat er aufs Gas. »Entweder es sind die Schatten der Bäume, die die Träume auslösen, oder, wenn wir von einem Hypnotiseur ausgehen wollen, könnte er die Schatten der Bäume, die auf die Fenster treffen, als Trigger benutzen.« Er sah sie an. »Sagen wir, er hat sie so konditioniert, dass sie glauben, den Mann zu sehen – zuerst testet er, ob es funktioniert, dann setzt er vielleicht noch einen drauf und fügt etwas hinzu wie ›Wenn die Schatten bei Vollmond dein Bett kreuzen‹ oder ›Geh die Treppe hinunter und in die Dunkelheit hinaus‹ – oder vielleicht auch in die Sonne. Etwas, das ihnen keine Angst einjagt.«

»Okay, lass uns diese Idee in Betracht ziehen, so verrückt sie auch klingen mag.« Jenna schnappte sich ihren Coffee-to-go-Becher, nahm einen Schluck und verzog das Gesicht. »Bäh, kalter Kaffee, und Hunger habe ich auch, aber wir haben jetzt keine Zeit, um uns irgendwo was zu essen zu holen. Wolfe ist sicher mit McLeod im Department.«

Kane zuckte mit der Schulter. »Rowley hat bestimmt wieder Unmengen an Essen bei Aunt Betty's bestellt.« Er sah ihr in die Augen. »Noch was: Wir konzentrieren uns ja auf einen männlichen Täter. Was, wenn es eine Frau ist, die diese Mädels kennen und der sie trauen? Sie würden ihr doch die Tür öffnen. Oder sogar mit ihr mitfahren.«

»Verdammt.« Jenna schlug sich mit der flachen Hand gegen die Stirn. »Du hast recht. Eine Frau haben wir nie in Erwägung gezogen.« Sie starrte ihn an. »Aber wer würde so etwas tun?«

Kane verlangsamte die Geschwindigkeit, als sie in die Stadt einfuhren. »Ich habe keine Ahnung, aber die allermeisten Kindermörder sind Vertraute der Familie.«

»Das ist ein schauriger Gedanke.«

Es war bereits dunkel, als sie das Sheriff's Department betraten. Rowley saß am Frontschalter und telefonierte. Seinem Gespräch war zu entnehmen, dass er die Suche für die Nacht einstellen wollte. Kane betrachtete seine hagere Erscheinung und wartete, bis er aufgelegt hatte. »Irgendwelche Neuigkeiten?«

»Nicht ansatzweise.« Rowley blickte zu Jenna. »Ich habe die Suchtrupps heimgeschickt, Ma'am.« Webber spricht mit einem Mann, der meint, Amanda vor eine Stunde im Park gesehen zu haben. Wolfe sitzt mit dem DA und Sam Cross in Ihrem Büro.«

»Der DA?« Jennas Stirn zog sich in Falten. »Hier?«

»Ja, Ma'am.« Rowley räusperte sich. »Wir hatten zu tun, und Wolfe hat sich dem Fall McLeod angenommen und Sam Cross wieder herbestellt; der DA ist vor etwa zehn Minuten eingetroffen. Ich wollte Sie gerade anrufen, um Bescheid zu sagen.«

»Kein Problem.« Jenna sah sich um. »Wo ist Maggie?«

»Die setzt gerade frischen Kaffee auf. Ich habe Essen bestellt und Susie hat frische Sandwiches vorbeigebracht.« Rowley lächelte. »Ich habe dafür gesorgt, dass auch ein Cream Cheese Bagel dabei ist.«

»Sie sind ein Lebensretter.« Jenna schenkte ihm ein strahlendes Lächeln, dann zog sie sich ihre Jacke aus und lief in ihr Büro.

Auch Kane schlüpfte aus seiner Jacke, streifte sich seine Kevlarweste ab und folgte ihr. Die Männer hatten sich rund um den Schreibtisch versammelt. Als Jenna hereinkam, standen sie alle auf.

Da ihm auffiel, dass Jenna das missfiel, ließ er sich auf einen Stuhl neben Wolfe fallen.

»Okay, was ist der Stand im Fall McLeod? Ich vermute mal, deshalb sind Sie alle hier?« Jenna nahm in ihrem Bürostuhl Platz.

»Ich habe mit Jocelyn Smythe gesprochen, und sie hat mich informiert, dass ihr McLeod schon seit einiger Zeit Avancen macht.« Wolfe knackte mit den Fingerknöcheln. »McLeod gibt zu, dass er ihr nachgestellt und sie auf einer Party angefasst und geküsst hat. Ich habe ihn hergebracht, seinen Anwalt Sam Cross angerufen und den DA verständigt. Ich habe sein Haus durchsucht und einige interessante Dateien auf seinem Computer gefunden. Die Beweismittel habe ich dem DA übergeben.«

»Lange Rede, kurzer Sinn, Sheriff.« DA Bradley Butler lächelte ihr zu. »Ich habe eine Abmachung mit Mr Cross und seinem Mandanten getroffen. Ein Streifenwagen wird in Kürze hier eintreffen und Mr McLeod ins County Jail eskortieren. Von hier an übernehme ich, er ist nicht länger Ihr Problem.«

»Können Sie dann bitte gehen?« Jenna wedelte abweisend mit den Händen. »Ich muss ein vermisstes Mädchen finden.«

Kane wartete, bis alle gegangen waren, und winkte dann Maggie herein. Sie trug ein Tablett mit Kaffee und Sandwichpaketen und stellte es auf dem Tisch ab. Er lächelte in sich hinein, als er sah, wie sich Jenna den Kaffee und ihren Bagel schmecken ließ. Er wandte sich an Wolfe. »Das ging ja schnell.«

»Bei geständigen Tätern ist der Job ein Kinderspiel.« Wolfe schaute zu Jenna hinüber. »Brauchen Sie mich noch? Es ist schon spät, und Emily sitzt noch bei mir im Büro.«

»Nein. Danke für die Hilfe, Shane. Ich weiß das wirklich zu schätzen.« Jenna lächelte ihm zu. »Wieder ein Tatverdächtiger weniger.«

»Sie sollten versuchen, ein wenig zu schlafen, Jenna.« Wolfe stand auf. »Heute werden Sie nicht mehr viel ausrichten können.«

Kane nickte zustimmend. »Ich lasse die Hotline auf dein

Handy umleiten, falls irgendetwas reinkommen sollte. Dann bist du die Erste, die es erfährt.«

»Okay.« Jenna unterdrückte ein Gähnen. »Ich bringe die Akten noch schnell auf den neuesten Stand, dann machen wir uns aus dem Staub.«

Kane wartete, bis Wolfe die Tür geschlossen hatte, dann schaute er zu ihr. »Du hast gar nicht vor, jetzt schon heimzufahren, stimmt's?«

»Nö.« Jenna wandte sich zu ihrem Computer. »Nicht bevor ich eine Liste aller möglichen weiblichen Tatverdächtigen in dieser Stadt erstellt habe.«

Kane richtete sich auf und nickte. »Ich bin dran.« Er nahm sich einen Kaffee und eine Tüte mit Sandwiches und lief zur Tür. Ihnen stand eine lange Nacht bevor.

FÜNFUNDDREISSIG

DONNERSTAG

Es war nicht das Summen ihres Weckers, das Jenna von ihrem Surfbrett aus Hawaii in die Wirklichkeit zurückholte, sondern der schrille Pfiff, den Kane sonst nur für Duke verwendete. Sie verabschiedete sich von Sonne und Sandstrand und riss ein Auge auf.

»Guten Morgen. Es ist sechs Uhr dreißig, die Pferde stehen auf der Koppel, und in fünfzehn Minuten gibt's Frühstück.« Kane stellte ihr eine dampfende Tasse Kaffee ans Bett und lächelte sie an. »Deine Klamotten kommen gerade frisch aus dem Trockner. Sie hängen über der Stuhllehne.« Er fuhr sich mit der Hand durchs Haar, das vom Duschen noch feucht war. »Ich dachte mir, nach unserem gestrigen Marathon können wir uns das Workout heute mal sparen.«

Jenna strich sich ihr Haar aus den Augen und lehnte sich in die Kissen zurück. Auf das übliche Morgenworkout konnte sie heute getrost verzichten. Nach der Nachtschicht und dem schrecklichen Gefühl, im Fadenkreuz des Schattenmanns zu sein, hatte sie sich entschieden, die Nacht in Kanes Gäste-zimmer zu verbringen. Sie hatte sein Angebot angenommen, in einem seiner T-Shirts zu schlafen, und ihre gesamte Wäsche in die Waschmaschine befördert, bevor sie erschöpft ins Bett gefallen war. Immer wenn sie bei ihm im Cottage übernachtete, verbot er ihr, auch nur einen Finger zu rühren. Sie blickte hinüber zu einem Stuhl, auf dem ihre Klamotten militärisch-akkurat zusammengefaltet lagen. Das, der Kaffee und das Frühstück, das kurz bevorstand, machten ihn zum Traum einer jeden Frau. »Dave, wenn du mich weiter so verwöhnst, dann will ich gar nicht mehr nach Hause.«

»Das ist ja der Plan.« Er setzte sich ans Bett, und sein Gesichtsausdruck wurde ernst. »Letzte Nacht kam nicht ein einziger Anruf über die Hotline rein. Was hast du für heute geplant?«

»Rowley wird die Suche bei Tagesanbruch wiederaufgenommen haben. Auf ihn ist Verlass, was die Organisation anbetrifft.« Jenna nahm sich die Tasse und atmete das intensive Kaffeearoma ein. »Da wir keinerlei Hinweise auf eine weibliche Tatverdächtige haben, müssen wir wohl unsere zweite Kontaktliste durchgehen. Sean Packer und Charlie Anderson haben für beide Familien gearbeitet. Sie sind als verdächtige Personen auf der Liste vermerkt und hatten Kontakt zu beiden Mädchen.« Sie nippte an ihrem Kaffee und spähte über den Rand ihrer Tasse hinweg zu Kane. »Wenn wir nicht gerade eine Sichtung bekommen oder doch noch von Amandas Entführer kontaktiert werden, haben wir nur sehr wenige Anhaltspunkte.«

»Da beide Fälle an dieselbe Liste von Verdächtigen geknüpft sind, haben wir auch keinerlei Chance, den Mörder von Lindy Rosen zu finden.« Kane rieb sich sein frisch rasiertes Kinn. »Ich hoffe, das Bombenentschärfungskommando meldet sich heute mit den Ergebnissen. Ich wüsste gern, was sie herausgefunden haben – beziehungsweise was für einen Sprengstoff der Täter benutzt hat. Vielleicht bringt uns das zu der Person, die dafür verantwortlich ist.« Er legte die Stirn in Falten. »Ich habe viel darüber nachgegrübelt und versucht, den Ablauf der Ereignisse zu rekonstruieren. Die Verzögerung zwischen den beiden Explosionen der Sprengfalle war länger als gewöhnlich, was mich zu der Frage bringt, wie erfahren der Schattenmann im Bombenbauen ist.«

Jenna setzte sich auf und schaute ihn interessiert an. »Wieso das?«

»Üblicherweise wird bei einer Sprengfalle mithilfe eines Stolperdrahts oder einem Handy eine kleine Explosion ausgelöst, die wiederum eine zweite, verheerendere Explosion verursacht.« Er blickte sie an. »Es gab aber zwei massive Explosionen, was in Bezug auf das Ausmaß des Schadens absoluter Overkill war.«

Jenna erschauderte bei der Erinnerung an die Explosion, die sie erst in die Luft gewirbelt und dann zu Boden geschleuderte hatte. »Welche Möglichkeiten gibt es?«

»C4, Dynamit oder eine Bombe aus leicht zu beschaffendem Mineraldünger, à la Oklahoma City Bomber.« Kane zuckte mit der Achsel. »Sie alle können eine entsprechende Zerstörungskraft entfalten.« Er räusperte sich. »C4 und Dynamit könnte er aus einer Mine gestohlen haben. Auch ANC-Sprengstoffe werden hauptsächlich im Bergbau eingesetzt und sind möglicherweise vor Ort erhältlich.«

Jenna trank ihren Kaffee aus und stellte die Tasse auf den Nachttisch. »War Packer nicht mal im Bergbau tätig?«

»Nee, das war Anderson.« Kane stand auf. »Packer war in der Army, und wir wissen, dass er über Sprengstoffkenntnisse verfügt, was er allerdings bestritten hat, du erinnerst dich?«

»Ja, ich erinnere mich.« Jenna rutschte an die Bettkante. »Beide dieser Männer könnten das Attentat auf uns verübt haben, aber ich bin mir nicht sicher, in was für einem Verhältnis sie zu den Mädchen stehen. Sie haben ihre Aufträge vollendet und waren weg, ganz im Gegensatz zu Kittredge, der sich wie ein Widerling verhält, oder Lancaster, der Rowley gegenüber erklärt hat, die Mädels würden an ihm ›kleben wie die Fliegen‹.« Sie schnaubte. »Ist dir aufgefallen, wie ekelhaft Kittredge gestunken hat? Nach Veilchen duftete er jedenfalls nicht gerade.« Sie fuhr sich mit den Händen durchs Haar. »Die sollten unsere Hauptverdächtigen sein, aber den anderen beiden sollten wir auch noch mal auf den Zahn fühlen. Miller will ich auch noch nicht abschreiben.« Sie spähte auf ihre Armbanduhr. »Es ist schon spät.«

»Okay. Ich kümmere mich ums Frühstück.« Kane sah sie an. »Hast du alles, was du brauchst?«

Jenna lächelte ihm zu. »Ja, schließlich hast du ja alle meine Lieblingshygieneartikel im Bad. Ich bin in zehn Minuten fertig.«

Während Jenna die Teller in die Spülmaschine räumte, ertönte das Mitteilungssignal ihres Handys. Sie zog es aus der Tasche. Beim Blick auf die Anruferkennung zog sich ihr Magen zusammen. Unterdrückte Nummer. *Lieber Gott, bitte kein weiteres Video vom Schattenmann.* Sie blickte zu Kane auf. »Nachricht von unterdrückter Nummer.« Sie öffnete die Nachricht, die keinerlei Text, sondern lediglich eine Videodatei enthielt.

»Hoffen wir mal, dass er dieses Mal einen Deal vereinbaren will.« Kane trat an ihre Seite und blickte auf das Display. »Spiel es ab.«

Mit zitternden Fingern startete Jenna das Video, das zu ihrem großen Grauen Amanda zeigte, gefilmt von einer Wärmebildkamera. Der Filmclip zeigte das Mädchen, das verzweifelt versuchte, aus einem Raum zu entkommen, und vor Angst schrie. Die Art, wie sie ihre Hände in die Wände krallte, stolperte und unzählige Male hinfiel, belegte eindeutig, dass sie sich in völliger Dunkelheit befand. Ihre tränenverschmierten Wangen und ihre flehentlichen Schreie gingen Jenna an die Nieren. Dann folgte das abgehackte Geflüster einer Stimme, die so bösartig klang, dass Jennas Hand derart heftig anfing zu zittern, dass Kane ihr das Smartphone aus der Hand nehmen musste. Sie hätte sich am liebsten die Ohren zugehalten und weggeschaut, doch sie biss sich heftig auf die Lippe und hörte entsetzt zu, wie der Schattenmann das arme Mädchen verhöhnte. Er erzählte ihr von der schaurigen Geschichte des Hauses, um sie zu verstören. Als er fertig war, saß Amanda mit angezogenen Beinen vor- und zurückschaukelnd in der Ecke und wimmerte.

Als das Video zu Ende war, starrte Jenna mit rasendem Herzen auf das Display und wollte nicht wahrhaben, was sie da soeben gesehen hatte. Ganz langsam hob sie den Blick und schaute in Kanes Gesicht, das kreidebleich geworden war. »Sie ist bereits tot, oder?«

Statt ihr zu antworten, ging Kane ein paar Schritte auf und ab. Dann spielte er den Anhang wieder und wieder ab. Sie ging zu ihm und berührte seinen Arm. »Was ist mit dir?«

»Ich erinnere mich, dass Rowley mir dieselbe Geschichte erzählt hat.« Er schaute sie an. Sein Gesicht war wie versteinert. »Dir doch auch. Ich weiß, wo sie ist. Das kann nur die Old Mitcham Ranch sein.«

»Dann fahren wir jetzt dahin.« Jenna schoss ins Wohnzimmer und schnappte sich ihre schusssichere Weste und ihre Jacke vom Haken neben der Tür.

»Warte! Die Anhaltspunkte sind viel zu offensichtlich.« Kane ging ihr hinterher. »Ich vermute, er will uns in eine Falle locken.«

»Wir haben keine Wahl, Dave. Vielleicht ist Amanda ja doch noch am Leben.« Jenna riss ihm ihr Handy aus der Hand. »Ich leite alles in die Wege, du fährst.«

»Duke lassen wir hier.« Kane nahm sich zusätzliche Munition aus der Schublade eines Schränkchens und reichte sie ihr. »Hier ist es sicherer für ihn.«

Jenna rief Maggie an, dann kontaktierte sie Wolfe und brachte ihn auf den neuesten Stand. Sie zog sich ihre Kevlar-weste über und schlüpfte in ihre Jacke. Während sie zu Kanes

Wagen rannten, drehte sie sich zu ihm um. »Wolfe ist mit Webber auf dem Weg, die werden kampfbereit sein.«

»Zudem kennt Wolfe sich mit Sprengstoff aus. Der wird uns den Rücken freihalten.« Kane fuhr rückwärts aus der Garage und beschleunigte auf das Tor zu.

Die großen Metalltore, die sie zur Sicherheit nach der Schneeschmelze installiert hatten, öffneten sich, als sie sich näherten. Die Hinterreifen von Kanes sogenanntem Biest gruben sich in die Straße, als Kane links abbog und mit aufheulendem Motor wie eine gesengte Sau in Richtung Old Mitcham Ranch fuhr.

Jenna krallte ihre Fingernägel in ihren Ledersitz, während die grüne Landschaft an ihr vorbeiraste. Der SUV beschleunigte auf beängstigende Geschwindigkeit, rumste und schlingerte über die von Schlaglöchern gesäumte und vom letzten Schneefall zerklüftete unebene Straße, aber Kane steuerte das Fahrzeug voller Selbstbewusstsein. Sein Biest war wie eine Erweiterung seiner selbst. Er verfügte über einen hervorragenden Instinkt und eine Reaktionsschnelligkeit von wenigen Bruchteilen einer Sekunde, von der sie selbst nur träumen konnte. »Wo, meinst du, hält er sie versteckt?«

»Für mich sah das nach einem der Zimmer im Haus aus.« Kane manövrierte den Wagen gekonnt durch eine Haarnadelkurve und stieg dann wieder derart heftig aufs Gaspedal, dass die Beschleunigung Jenna in ihren Sitz zurückdrückte. »Ich will auf keinen Fall zurück in diesen Rübenkeller – dieser furchtbare Anblick vom letzten Mal hat sich in meine Synapsen gebrannt.«

Die Erinnerung an die geschändete Leiche der jungen Frau, die sie in diesem Kellerraum vor einiger Zeit gefunden hatten, hatte sich in ihrem Gehirn eingenistet wie ein böser Traum. Obwohl sie auf das Grauen vorbereitet gewesen war, das sie dort erwartet hatte, war sie über den Ausdruck in den Augen der jungen Frau nie hinweggekommen. Es war ihre erste

Erfahrung mit dem Fluch der Old Mitcham Ranch gewesen. Kane war die Stufen zuvor allein hinuntergegangen, tief in den stockfinsteren Keller hinein, um dort auf dieses grauenhafte Bild zu stoßen. Der Schock, ein verstümmeltes Mordopfer aufzufinden, das dazu auch noch seiner eigenen Schwester glich, musste für ihn schwer zu ertragen gewesen sein. Er hatte damals kein Wort gesagt, doch sein Gesichtsausdruck sprach jetzt für sich. Jenna drückte seinen Arm. »Ich auch nicht, aber vielleicht haben wir keine andere Wahl.«

Während sie die schmale Straße bergauf bretterten, dachte sie über die bestmögliche Vorgehensweise nach. Sie zog die Ermittlungsarbeit vor, hatte aber glücklicherweise einen Taktikexperten an ihrer Seite, auf dessen Wissen sie nun angewiesen war. »Wie gehen wir wohl am Besten vor?«

»Wir fahren am Tor vorbei, parken ein Stück weiter oberhalb und gehen dann von hinten rein. Er wird damit rechnen, dass wir direkt durchs Tor reinfahren.« Kane warf ihr einen Blick zu. »Sag Wolfe, er soll leise anfahren und das ebenfalls tun. Der Schattenmann muss ja nicht sofort mitbekommen, dass wir am Tatort sind. Zur Kommunikation benutzen wir unsere taktischen Headsets. Wir gehen da im Stealth-Modus rein, und bitte keine unnötigen Risiken. Tot sind wir Amanda keine große Hilfe.«

Jenna nickte. »Roger.« Sie rief Wolfe erneut an und übermittelte ihm Kanes Ansage.

»Eins noch.« Kane hatte die Geschwindigkeit gedrosselt und rollte gerade fast geräuschlos an der Old Mitcham Ranch vorbei. »Stolperdraht hat dieser Mörder schon einmal benutzt, wenn er also ein Spielchen mit uns spielen will, dann wird er sich dieses Mal vermutlich etwas anderes einfallen lassen. Sprengfallen könnten überall lauern. In Kriegsgebieten werden sie häufig in Getränkedosen platziert, sodass sie in die Luft gehen, wenn ein Soldat sie wegtritt. Und Rohrbomben gibt es auch noch – Sprengvorrichtungen lassen sich fast überall verstecken, deshalb müssen wir Ausschau nach Dingen halten, die irgendwie fehl am Platz wirken.« Kane parkte inmitten einer Baumgruppe etwa hundert Meter vom Haus entfernt.

»Und wir sollten trotzdem die Augen nach Stolperdrähten und versteckten Ladungen offenhalten und ganz genau hinschauen – dieser Typ ist zu allem fähig.«

SECHSUNDDREISSIG

Kane stieg aus seinem Wagen, schulterte das Scharfschützengewehr, das er vom Rücksitz gezogen hatte, und sondierte die Umgebung. In der Ferne zeichnete sich die Old Mitcham Ranch ab. Gegenüber eines zerklüfteten Hügels gelegen, den die Natur bei einem prähistorischen Erdbeben an die Oberfläche befördert hatte, und umgeben von verfallenen Nebengebäuden glich die Szenerie dem Set eines Horrorfilms. Das heruntergekommene Haus war zu einer Seite hin leicht abgesackt, Gras spross aus den Dachrinnen, und die Farbe blätterte ab. Es verströmte alles andere als Altbaucharme. Die Geschichten von Morden und Suiziden, die sich um dieses Haus rankten, hatten es zwar einst zu einem gruseligen Teenagertreffpunkt zu Halloween gemacht, doch seit hier vor ein paar Jahren eine junge Frau ermordet worden war, hatte kein Mensch mehr gewagt, einen Fuß ins Innere zu setzen.

Die grausame Mordserie war sein erster Fall nach dem Umzug in diese Stadt gewesen, und es war keiner, den er so schnell vergessen würde. Dabei hatte sich der neue Job in einem verschlafenen Hinterwäldlerstädtchen so perfekt angehört. Allerdings musste er schnell feststellen, dass Black Rock

Falls Geheimnisse barg, die tiefer gründeten als der Grand Canyon. Es war mehr als eine kleine berufliche Neuorientierung gewesen, Deputy zu werden, nachdem er zuvor erst als Scharfschütze bei den Marines gedient hatte und anschließend als Special Agent dazu eingeteilt gewesen war, den amerikanischen Präsidenten zu beschützen – das musste er schon zugeben. Doch in dem Moment, als er Jenna das erste Mal zu Gesicht bekommen hatte, hatte er sich genötigt gesehen, eine komplette Kehrtwende zu machen.

Sie hatte bewiesen, dass sie ein Sheriff mit Mut war. Mit einer sportlichen, schönen Frau zusammenzuarbeiten, die er auf etwa fünfundzwanzig Jahre geschätzt hatte, hatte den Beschützerinstinkt in ihm geweckt. Und das war das Letzte, was Jenna wollte. Sie mochte seine Überfürsorglichkeit nicht, ganz so, als sei es etwas Schlechtes, dass er bereit war, sich für sie zu opfern. Umso besser, dass er von Anfang an verstanden hatte, dass er sie nur beschützen konnte, wenn sie ihn nicht dabei erwischte.

Jetzt aber befand er sich in einem Dilemma. Ein Verrückter lief frei herum, der sich nicht damit zufrieden gab, Teenagerinnen zu entführen und zu erwürgen, sondern auch noch Katz und Maus mit Jenna spielen wollte. Sein Bauchgefühl sagte ihm, dass der Schattenmann sie im Visier hatte, und es war nun mal sein Job, sie zu beschützen, ob ihr das gefiel oder nicht. Er seufzte. *Um die Folgen kümmere ich mich später.*

Er musterte die unmittelbare Umgebung, hielt Ausschau nach einer möglichen Route zur Rückseite des Hauses und winkte sie heran. »Siehst du den Wildpfad, der sich da durch die Bäume schlängelt? Um den sollten wir einen großen Bogen machen. Er rechnet garantiert damit, dass wir den benutzen, wenn wir uns von der Rückseite her annähern. Deshalb sollten wir uns eher entlang der Bäume am Rand bewegen. Die Schatten bieten uns Deckung.« Er zog ihr den beigefarbenen Stetson-Hut vom Kopf und schleuderte ihn in seinen SUV.

»Mit so einem Hut auf dem Kopf bemerkt er dich schon auf eine Meile Entfernung.«

»Klar, verstanden, im Schatten bleiben, nach Fallen Ausschau halten ... Funktioniert dein Headset?« Jenna drückte den Knopf an ihrem Mikro. »Kannst du mich hören?«

Kane nickte. »Laut und deutlich.« Er ließ seine Dienstwaffe aus dem Holster gleiten. »Okay, langsam und in aller Ruhe.«

»Roger. Dieses Haus ist mir richtig unheimlich, also bleib bitte nah bei mir.« Jenna setzte sich vor ihm in Bewegung.

Unter ihren Füßen knisterte das Laub des letzten Herbsts, und Zweige knackten unter jedem Schritt. Das schwere Aroma von Lauberde stieg Kane in die Nase, während seine Stiefel tief in den schlammigen Boden einsanken. Er inspizierte das Gebiet akribisch, suchte vor ihnen, über ihnen und unter ihnen nach Anzeichen einer Falle. Der Rand der kleinen Waldfläche war noch immer klamm von der winterlichen Schneeschmelze, und ein unerbittlicher Wind rauschte durch die Kiefern. Vor ihm bewegte sich Jenna flink wie eine Katze. Sie huschte um die Bäume herum und hielt regelmäßig an, um die Umgebung auszuspähen und dann weiterzuschleichen, kaum auffälliger als ein Schatten. Als sie den Waldrand erreicht hatten und die Rückwand des alten Ranchhauses in Sichtweite geriet, hielt sie an und sah zu ihm zurück. Er gab ihr per Handzeichen zu verstehen, dass sie warten sollte und eilte zu ihr. »Hier hat sich nichts verändert, seit wir das letzte Mal hier waren.«

»Wenn wir irgendwelche Fußspuren im Dreck finden, dann stammen die wahrscheinlich von Rowley und Webber.« Jenna wandte sich zu ihm. »Das Haus stand auf Rowleys Liste, als wir nach Lindy gesucht haben. Im Innern hat er nichts gefunden, und den Rübenkeller der Scheune hat er auch gecheckt. Ich denke, wir können weiter.«

»Warte.« Kane berührte ihren Arm. »Der Mörder ist hier gewesen, seit Rowley da war, ich habe den Raum durch das Video und die Geschichte, die er Amanda erzählt hat, wiedererkannt. Er wollte, dass wir hierherkommen. Das ist alles Teil seines Plans.«

»Dann ändern wir das Spiel.« Jenna schob ihre Waffe zurück ins Holster. »Ich kann keinerlei Spuren im hohen Gras oder im Buschwerk auf dieser Seite des Hauses erkennen. Deshalb glaube ich nicht, dass er hier Fallen aufgestellt hat.« Sie hob die Hand, um ihn zum Schweigen zu bringen, bevor er überhaupt die Möglichkeit hatte, etwas zu erwidern. »Ja, mir ist bewusst, dass er mich aus einem der Fenster heraus erschießen könnte, aber dann würde er ja im Haus festsitzen und müsste auch noch mit dir fertig werden, richtig? Ein Einheimischer würde es sich bestimmt zweimal überlegen, sich einem Duell mit dir zu stellen.«

Kane zuckte mit der Achsel. »Wenn er von hier ist, vielleicht, aber ich gehe davon aus, dass er schon eine Weile lang mordet. Das allein bereitet ihm nicht mehr genug Nervenkitzel. Er braucht mehr. Deshalb spielt er ein Spiel mit uns. Das erhöht den Einsatz.«

»Ich schlage vor, wir kriechen rüber zum Haus und sehen uns da genauer um.« Jenna blickte zu ihm auf. »Es sei denn, du hast eine bessere Idee?«

Kane schüttelte den Kopf. »Ihm die überlegene Position zu überlassen, wenn er im Innern des Hauses ist? Keine Taktik, die ich wählen würde.«

»Ich habe das Gefühl, du denkst zu viel nach, Kane.« Jennas Augen blitzten auf. »Amanda könnte da drin sein, und wir taktieren hier rum. Ich finde, wir sollten das Unerwartete tun, geradewegs auf die Haustür zulaufen und reinschauen.«

»Auf keinen Fall.« Er schüttelte den Kopf. »Wenn ich jemanden töten wollen würde, dann würde ich eine Druck-platte nahe des Eingangs vergraben oder eine Schrotflinte hinter der Tür aufstellen, die jeden durchsiebt, der das Haus betritt.«

»Ja, aber er ist ja nicht du und verfügt nicht über deine

Ausbildung.« Jenna reckte ihr Kinn vor. »Eines ist sicher: Wir können nicht den ganzen verdammen Tag lang nur doof rumstehen.«

»Wir wissen nicht, wozu er imstande ist.« Kane umklammerte fest ihren Arm. »Jenna, hör mir zu. Nachdem er angekündigt hat, wo er Amanda versteckt hält, glaube ich kaum, dass er dort einfach nur brav rumsitzt und auf seine Festnahme wartet. Ich vermute, dass er sie bereits an einen anderen Ort verschleppt hat. Aber möglicherweise ist er ganz in der Nähe und beobachtet uns.« Er steckte seine Waffe ins Holster, zog ein Fernglas aus einer Tasche und lehnte sich gegen einen Baum. »Wenn ich mich recht erinnere, ist die Küche auf der Rückseite, und es gibt einen Flur, der zu einem Wohnzimmer mit Schlafzimmern zu einer Seite raus führt. Ich vermute, dass die Fenster in einem der Schlafzimmer überstrichen worden sind, um ein Versteck für Amanda zu schaffen.« Er spähte durchs Fernglas und führte eine kurze Aufklärung des gesamten Gebiets durch. »Im Innern ist es stockfinster. Ich kann überhaupt nichts erkennen.« Er steckte das Fernglas wieder ein. »Eigentlich müsste etwas Licht durch die Fenster fallen. Ich habe keinen Stolperdraht oder etwas anderes Verdächtiges erkannt, sofern er nicht gerade irgendwo eine Druckplatte versteckt hat.«

»Meinst du damit, dass wir in die Luft fliegen könnten, wenn wir das Haus betreten, oder vermutest du, dass er das ganze Haus mit Sprengstoff vollgestopft hat?« Jennas Gesicht wurde blass.

Kane ging voran. »Wenn es irgendwo auf dem Gelände eine Sprengfalle gibt, dann müsste sie innerhalb der letzten vierundzwanzig Stunden gelegt worden sein, die Spuren sollten also frisch sein. Rowley ist bei seiner Hausdurchsuchung über keine Bombe gestolpert. Ich gehe vor. Du versuchst, exakt in meine Fußstapfen zu treten und nirgendwo anders hin, in Ordnung?«

»Ja, verstanden.« Jenna steckte ihre Waffe ins Holster. »Du

hältst Ausschau nach Sprengfallen, und ich behalte die Fenster im Blick.«

Kane hatte eine Route ausgetüftelt. Der Weg durch das hohe, blickdichte Gras war der sicherste. Es war unwahrscheinlich, dass jemand riskieren würde, einen Sprengkörper aus einem der Fenster zu werfen. Er bewegte sich zügig voran, sah sich unterwegs konzentriert um und pirschte sich zur Rückseite des Hauses vor. Dicht hinter sich konnte er Jenna atmen hören, als sie die graue Holzwand erreicht hatten. Er sah sich nach ihr um. »Okay, so weit alles gut.«

Er nahm sich ein Paar Einmalhandschuhe aus der Tasche und zog sie an, dann schlich er sich zur Hintertreppe, die, wie er wusste, zu einem Vorraum mit Vorratskammer hinaufführte. Dort ging er in die Hocke und bückte sich tief hinunter, um die Stufen gründlich zu untersuchen. Nur einige wenige verstaubte Spinnweben flatterten im Wind, zusammen mit ein paar toten Motten. »Halte dich fern von der Tür. Du weißt ja, er könnte eine Schrotflinte dahinter aufgebaut haben.«

»Roger.« Jenna entfernte sich ein paar Schritte, lehnte sich mit dem Rücken gegen das Haus und spähte in alle Richtungen.

Flashbacks von ähnlich brenzligen Situationen während seines Afghanistaneinsatzes schossen Kane durch den Kopf. Dicht an die Wand gepresst atmete er eimal tief durch und ergriff mit klopfendem Herzen und einer Hand den Türknauf. Die alte Holztür klemmte, der Rahmen hatte sich im Zuge jahrelanger Vernachlässigung verzogen. *Verdammt.* Er drehte den rostigen Knauf erneut und zog fest daran. Mit einem Knarzen von morschem Holz und rostigem Metall gab die widerspenstige Tür nach und ging einen Spalt weit auf. Abgestandene Luft entwich aus dem Innenraum, aus dem er ein raschelndes Geräusch vernahm. Er spähte in die Tür und stellte erleichtert fest, dass dort kein geladenes Gewehr darauf wartete, ihn wegzublasen. Im Innern war es stockfinster. Da war es schon wieder, dieses Rascheln. Sein Magen zog sich zusammen. Er stieß die Tür mit der Spitze seines Stiefels auf, drehte sich zu Jenna um und flüsterte in sein Mikro. »Ich höre da drin irgendwas, möglicherweise Ratten. Es ist zu dunkel, um das zu erkennen. Kannst du von deiner Position aus das Fenster einsehen?«

»*Es sieht aus, als ob es überstrichen worden wäre.*« Jenna kam auf demselben Weg wieder zurück an seine Seite. »Warum sollte jemand so etwas tun?«

Kane zuckte mit der Schulter und schlug ebenfalls einen Flüsterton an. »Damit keiner bemerkt, dass hier jemand haust oder ein Mädchen gegen dessen Willen festhält.« Er deutete auf den Vorraum. »Werfen wir mal einen Blick ins Innere.« Er zückte seine Waffe, dann zog er eine Taschenlampe aus seinem Gürtel und hielt sie ausgestreckt gegen seine Glock. Er richtete Mündung und Lichtstrahl ins Innere und stieg die alte Holztreppe hinauf. Der Lichtkegel brachte Details in der Küche zum Vorschein. Der Boden war überraschenderweise nicht mehr von der dicken Staubschicht bedeckt, die ihn noch wenige Jahre zuvor begraben hatte. Der Inhalt eines umgekippten Mülleimers lag quer über den Boden verstreut. Rote Augen glotzten ihn an, und eine große Ratte huschte in die Finsternis davon. »Hier ist jemand gewesen. Die Küche ist bis auf die Ratten sauber.« Er durchleuchtete den Raum mit der Taschenlampe und ging dann langsam weiter den Flur entlang.

»Zwei Schlafzimmer und das Wohnzimmer sind am Ende des Flurs.« Jenna schlich sich hinter ihn. »Wenn er da drin ist, sind wir leichte Beute für ihn.«

Kane fasste sich ans Ohr. »Die Holzdielen knarzen. Wenn er sich bewegt, dann hören wir ihn – allerdings wuseln hier Ratten umher, was es unwahrscheinlich macht, dass er hier ist. Die sind vorhin weggehuscht, als sie mich gesehen haben.«

Die erste Tür stand in einem sonderbaren Winkel offen. Eine der oberen Angeln war durchgerostet. Kane leuchte mit seiner Taschenlampe hinein, doch dort war nichts als Staub zu sehen. »Sauber.« Er ging zur nächsten Tür weiter. Eine neues Vorhängeschloss hing geöffnet über einem behelfsmäßigen Riegel. Er spähte zu Jenna. »Bleib hier. Das ist der Raum, den er benutzt hat. Wenn sich in diesem Haus also ein Sprengsatz verbirgt, dann höchstwahrscheinlich hier.«

Im fahlen Licht konnte er Jennas zustimmendes Nicken nur mit Mühe erkennen. Die alten Dielen knarzten unter jedem seiner Schritte, während er an der geschlossenen Tür vorbei auf das Wohnzimmer zusteuerte. Ein altes Sofa stand vor einem Kamin, dessen Rost erst vor Kurzem benutzt worden war. »Sauber.«

»Vielleicht ist sie da drin.« Jennas Stimme klang verzweifelt. »Amanda, hörst du mich? Sheriff Alton hier.«

Nichts.

»Amanda, bist du da drin?«

Nichts.

»Kannst du sehen, ob er die Tür manipuliert hat?« Jenna bewegte den Lichtkegel ihrer Taschenlampe den Rahmen entlang. »Ich kann keine Kabel erkennen.«

Kane untersuchte die Tür, konnte aber keine Hinweise auf eine Falle erkennen. »So wie vorhin – du gehst in die Küche, und ich versuche, die Tür zu öffnen.«

Er wartete, bis sie sich zurückgezogen hatte, und packte dann den Türgriff. Die Tür flog auf. Er wurde von Dunkelheit und Uringestank empfangen. Er leuchtete ins Innere, dann drehte er sich zu Jenna um und schüttelte den Kopf. »Hier war jemand, aber jetzt ist es leer hier drin. Verdammt, dann müssen wir den Keller überprüfen.« Er steckte seine Waffe zurück ins Holster. »Wenn der Schattenmann diesen Ort genutzt hat, dann kann Wolfe hier vielleicht Spurenmaterial sicherstellen.«

»Ich frage ihn nach seiner ETE.« Jenna tätigte den Anruf. »Sie haben eben hinter deinem Wagen geparkt und sind unterwegs.«

Kane sprach in sein Mikro. »Wolfe, der Hintereingang ist sauber. Halten Sie sich an die Baumlinie und gehen Sie nicht über den Wildpfad. Den Bereich vor dem Haus haben wir noch nicht kontrolliert. Wir gehen jetzt durch die Hintertür rüber zur Scheune und checken den Rübenkeller.«

»Roger. Wir werden uns von der Vorderseite des Hauses fernhalten.«

SIEBENUNDDREISSIG

Jenna stieg dicht hinter Kane die Hintertreppe hinab, und sie schlichen sich an der Hauswand entlang. Die Scheunentore standen offen, und ein Lichtstrahl erhellte die Luke, die zum Rübenkeller hinunterführte. Sie wartete, bis er das Gebiet mit seinem Fernglas ausgekundschaftet hatte. »Siehst du irgendwas?«

»Nee.« Kane drehte sich zu ihr um. »Ich gehe vor. Wir laufen jetzt erst mal auf diese Flanke der Scheune zu und sehen uns dort um. Dann wissen wir, ob es sicher ist, reinzugehen.«

»Okay.«

Während sich Kane in das wilde Gelände zwischen Haus und Scheune aufmachte, ertönte Wolfes Stimme in Jennas Ohr.

»Wir sind jetzt an der Hintertür. Sollen wir Ihnen Rückendeckung geben, bevor wir reingehen?«

Jenna drehte sich um und sah Wolfe an der Ecke des Hauses stehen. Sie betätigte ihr Mikro. »Roger.«

Wenige Sekunden später eilten Wolfe und Webber an ihre Seite. Kane war der Scheune etwa dreißig Meter näher gekommen, und bislang war nichts passiert. Er prüfte das Gelände vor sich und winkte sie dann heran. Sie blickte sich in alle Richtungen um und joggte auf ihn zu, doch auf etwa halber Strecke wurde die Stille auf einmal jäh von Wolfes Stimme unterbrochen.

»Scharfschütze!« Wolfe zielte auf die Anhöhe und feuerte sein Magazin leer.

Als sie sich zu ihm umdrehte, schlugen Projektile in ihren Rücken ein, die sie, dem Schlag eines Baseballschlägers gleich, flach zu Boden streckten. Der Schmerz durchfuhr sie jäh wie ein glühend heißer Schürhaken, und sie japste nach Luft. Der Boden unter ihr begann zu schwanken, Grashalme pieksten ihr in die Augen. Dann registrierte sie den metallischen Geschmack von Blut auf der Zunge. Sie drehte den Kopf zu Kane – seinem Gesicht war abzulesen, wie schlimm es um sie stand. *O mein Gott.*

»*Bleib liegen, Jenna*«, rief Kanes Stimme in ihrem Ohr. »*Nicht bewegen!*«

Ein Teil von ihr fragte sich, wieso Kane nicht zu ihr geeilt kam, um sich von ihr zu verabschieden. Er war ganz in seinem Element, wie er da den Hang erst mit seinem Scharfschützengewehr absuchte, um ihn dann unter Sperrfeuer zu nehmen. Sie verstand, was er vorhatte. Wolfe war nahe genug dran, um zu ihr vorzudringen, und Kane leistete den nötigen Feuerschutz. Sie hörte seine Stimme erneut und wollte etwas sagen, schaffte es aber nicht, ihre Hand zu bewegen, um ihr Mikro anzuschalten.

»*Webber, westlich neben den größten Baum feuern, auf mein Kommando.*« Dank Kanes sachlicher und kontrollierter Art fühlte sie sich ein wenig besser. »*Wolfe, Sie können gleich los – drei, zwei, eins, los!*«

Als sie den Kopf drehte, erblickte sie Webber, der an der Ecke des Hauses stand. Er brachte sein Gewehr in Anschlag und eröffnete das Sperrfeuer mit einem ohrenbetäubenden Lärm. Die frische Frühlingsluft ringsherum war vom Geruch nach Schießpulver verpestet. Im nächsten Moment donnerten

Schritte auf sie zu. Wolfe hob sie hoch und hastete mit ihr auf die Scheune zu. Sie unterdrückte einen Schmerzensschrei und musterte seinen grimmigen Gesichtsausdruck. *Ich werde euch alle vermissen, ganz besonders Kane, Wolfe und die Mädels.* »Wie schlimm ist es?« Sie erkannte ihre kratzige Stimme nicht wieder. »Ich fürchte, die haben einen Lungenflügel getroffen, ich schmecke Blut.«

Wolfe setzte sie sanft an der Scheunenwand ab. »Lassen Sie mich mal sehen.« Er zog ihr erst die Jacke und dann die Kevlarweste aus. Eine kalte Hand wanderte ihr den Rücken hinauf und drückte ihr von hinten gegen die Rippen. »Tief durchatmen.«

Jenna stellte fest, dass sie atmen konnte. Sie spuckte das Blut in ihrem Mund aus. »Es tut weh wie Sau.«

»Sie kommen wieder auf die Beine. Die Weste hat die Kugeln abgefangen, das gibt eine ordentliche Prellung, aber Brüche haben Sie keine.« Wolfe betastete ihr Gesicht. »Machen Sie mal den Mund auf.« Er blickte in ihre Mundhöhle und nickte. »Machen Sie sich keine Sorgen wegen des Bluts. Sie haben sich bei dem Sturz nur auf die Zunge gebissen.«

Jenna begegnete seinem starren Blick und lächelte. »Danke, ich hatte mich schon damit abgefunden, ins Gras beißen zu müssen.«

»Ich habe Morphium in meinem Verbandskasten.« Wolfe sprang auf die Beine. »Ich gehe es eben holen, und es kann nicht schaden, Ihre Rippen zu fixieren und mit Eis zu kühlen.«

Jenna schüttelte den Kopf. »Ich habe Paracetamol dabei.« Sie schob eine Hand in die Tasche ihrer Jeans und zerrte einen Blister hervor. »Ich lege mich heute Abend einfach in den Whirlpool. Alles im grünen Bereich.«

»Ich ziehe Ihnen die Kugeln aus der Weste, anschließend sollten Sie die aber wieder anziehen. Die stützt Ihren Rücken.« Wolfe machte sich an die Arbeit, zog die Kugeln heraus und half ihr zurück in Weste und Jacke. »Das ist ein kleines Kaliber, er hatte also nicht vor, Sie zu töten.«

Das Gewehrfeuer war verstummt. Kane war inzwischen herbeigeeilt und studierte mit besorgter Miene ihr Gesicht. »Geht's dir gut?« Er nahm ihre Hand und drückte sie. Seine Einmalhandschuhe fühlten sich sonderbar an auf ihrer Haut.

Jenna nickte. »Wolfe meinte, dass alles wieder gut wird. Mir ist einfach kurz die Luft weggeblieben.«

»Du hast Glück gehabt, dass du mit dem Rücken zum Schützen standest, sonst hätten die Kugeln den schlechter geschützten Teil der Weste getroffen.« Kane lächelte ihr zu. »Du bist wirklich hart im Nehmen. Ich weiß, wie weh das tut, Jenna, morgen wirst du blau und gelb sein.« Er sah zu Wolfe. »Wie schnell könenn Sie ihr eine Liquid-Armor-Kevlarweste besorgen?«

»Eine was?« Jenna sah verständnislos vom einen Mann zum anderen.

»Eine experimentelle Technologie.« Kane sah zu ihr hinab. »Das Kevlargewebe der Weste wird in ein sogenanntes dilatantes Fluid getränkt. Sie bleibt so lange flüssig, bis sie von einer Kugel oder einem Messer getroffen wird, dann erhärtet sie sich blitzartig.« Er wandte seine Aufmerksamkeit Wolfe zu. »Ich brauche eine für sie, sofort.«

»Ich schaue mal, was sich da machen lässt.« Wolfe richtete sich auf und lehnte sich gegen die Scheunenwand. »Haben Sie den Mistkerl erwischt?«

»Nein. Ich habe ihn nicht mal gesehen.« Kane stand auf und starrte auf die Anhöhe. »Wo genau haben Sie ihn denn erspäht?«

»Ich habe auf der Spitze der kleinen Felsnase da oben ein Funkeln entdeckt, was mich darauf schließen lässt, dass er kein Militär sein kann.« Wolfe rieb sich das Kinn. »Nur ein Vollidiot benutzt eine reflektierende Waffe, und ein Scharfschütze hätte es mit einem Kopfschuss versucht. Ich tippe auf einen Jäger, wenn's hochkommt.«

»Vielleicht.« Kane blickte in die Ferne. »Er muss über die andere Flanke außer Sichtweite geflüchtet sein. Ich hatte freie Schussbahn auf die Felsnase, konnte ihn aber nicht sehen.« Er seufzte. »Es hat keinen Sinn, ihm hinterherzujagen, auf der anderen Seite verläuft ein Feldweg, und inzwischen ist er bestimmt schon über alle Berge.«

»Wollen Sie etwas trinken, Ma'am?« Webber kniete sich neben Jenna auf den Boden und reichte ihr eine Flasche Wasser. »Ich habe immer ein paar Flaschen für Notfälle dabei.«

Jenna nahm sie mit einem Lächeln entgegen. »Sie sind ein Lebensretter. Dankeschön.« Sie drückte ein paar Paracetamol aus dem Blister, spülte sie mit einem Schluck Wasser herunter und sah zu Kane auf. »Wir müssen noch den Rübenkeller checken. Vielleicht ist das Ganze nur ein Ablenkungsmanöver von unserer Suche nach Amanda.« Sie versuchte aufzustehen, aber Kane drückte ihr sanft eine Hand auf die Schulter.

»Ruh dich noch etwas aus. Ich gehe.« Er drehte sich zu Webber. »Bleiben Sie bei ihr, bis ich zurück bin.«

Jenna schüttelte den Kopf. »Mir geht's gut. Ich bin hier jetzt sicher, und Wolfe braucht ihn doch für die kriminaltechnische Untersuchung des Hauses.« Sie zog ihre Waffe. »Und die habe ich ja auch noch. Los. Vielleicht ist Amanda da unten.«

»Ich hoffe nicht.« Kane verzog das Gesicht und bewegte sich auf das Scheunentor zu.

Kane robbte um das Scheunentor herum und spähte in das schummrige Innere. Seit seinem letzten entsetzlichen Besuch hatte sich hier nichts verändert. Er zog seine Taschenlampe hervor und leuchtete damit jeden Winkel aus. Da bemerkte er einen Draht, der von einem kleinen Loch im Fußboden an einem Pfeiler neben dem Heuboden entlang nach oben durch ein Loch im Dach führte. Bei näherer Betrachtung stellte sich heraus, dass es sich um die gleiche Solaranlage handelte, die sie in dem anderen alten Haus bei der Suche nach Lindy vorgefunden hatten. Der Schattenmann hatte eine Stromquelle für den Keller benötigt. Bei der Vorstellung, an diesem gottverlassenen Ort ein weiteres totes Mädchen zu finden, zogen sich Kanes Innereien zusammen. Er ging langsam auf die Luke zu und untersuchte sie auf Kabel. Da er das Risiko nicht eingehen wollte, durch das Öffnen der Luke eine Sprengladung zu zünden, nahm er sich einen herumliegenden Heurechen zur Hilfe, um den Deckel anzuheben. Er ließ sich leicht öffnen und fiel mit einem lauten Poltern zu Boden.

Nachdem er einen Moment lang gewartet hatte, leuchtete er die Treppe hinab und traute seinen Augen nicht. Auf den Trittstufen waren blutige Fußabdrücke zu sehen – eine grausige Erinnerung an seinen letzten Besuch. Er holte tief Luft und zwang seinen Kopf, auf Gefechtsmodus zu schalten. Während er ganz langsam die Stufen hinunterstieg, verhärtete sich seine Muskulatur, und sein Herzschlag verlangsamte sich im Alarmzustand spürbar. Der Gestank nach Schimmel, Feuchtigkeit und Ratten wurde mit jedem Schritt, den er tiefer in die trübe Dunkelheit hinabstieg, penetranter. Als er am Fuß der Treppe angelangt war, zog er seine Waffe und richtete die Taschenlampe an der Mündung der Waffe aus.

Seinen ersten Besuch in diesem Höllenloch hatte er nie verwunden. Er biss die Zähne aufeinander und spähte um die Ecke. Vor ihm lag ein langer, aus Backsteinen gemauerter Durchgang, der zu einer offenen Tür führte. Seine Taschenlampe verharrte auf den schwarzen Fußabdrücken auf dem Betonfußboden, die sein Hirn mit unerwünschten Erinnerungen fluteten. Nach ihrem Tod hatte niemand sich die Mühe gemacht, das Blut, das die junge Frau bei ihrer Abschlachtung verloren hatte, zu beseitigen. Das Opfer hatte seiner Schwester geähnelt, und die Erinnerung an ihren geschändeten Körper verfolgte ihn bis zum heutigen Tag.

Der Puls pochte ihm langsam in den Ohren, während er vorwärtsging. Die Dunkelheit umhüllte ihn, erstickte ihn regelrecht, und es war so leise, dass er sich selbst atmen hören konnte. Während er zu dem Durchgang voranging, wehte ihm ein kalter Windhauch durchs Haar und scheuchte eine Spinne in dem flatternden Spinnennetz auf, das im Türrahmen hing. Er suchte den Türrahmen ab, konnte aber keinerlei Hinweise auf eine Sprengvorrichtung finden. Auf dem verstaubten Boden waren Fußabdrücke zu erkennen, die die blutigen Erinnerungen an die Vergangenheit überlagerten, vermutlich jedoch von Rowley und Webber stammten.

Vor seinem geistigen Auge tauchte das Bild der Leiche des Mädchens auf. Das klaffende rote Lachen, das ihr quer durch die Kehle geschlitzt worden war, erschien ihm wie ein Alptraum aus der Hölle. Er nahm sich einen Augenblick Zeit, um sich zu sammeln und weigerte sich, sich von dieser Erinnerung verunsichern zu lassen. Verdammt, er hatte doch schon schlimmere Situationen gemeistert, und er hatte mehr grausame Morde gesehen, als er zuzugeben bereit war. Er ging in den Keller und suchte den Raum mit der Taschenlampe ab. Es hatte sich nicht viel verändert. Abgesehen von einem Stuhl, der an einer Wand stand, und dem alten Holztisch, vor dem etwas Staub aufgewirbelt worden war, war der Raum komplett leer. Erleichtert holte er einmal tief Luft und starrte auf die Lache aus getrocknetem Blut, die nicht länger rot war, sondern zu einer finsteren Reliquie des Mordes von einst geworden war. Während er den Lichtkegel zur Seite streifen ließ, fiel im ein Kabel auf, das zu einer Glühbirne führte, die von der Decke hing. Er musste Wolfe unbedingt sagen, dass es sich hier um ein neues Kabel handelte und um das gleiche Batterie-Set-up, das sie schon in dem anderen Haus gefunden hatten. »Dein Wissensfundus wächst beständig, Schattenmann.«

Er untersuchte den Stuhl und vermutete, dass es sich um den Stuhl aus dem Video handeln musste, auf dem der Mörder Lindy festgehalten hatte. Ein weiterer eisiger Windhauch strömte durch den Lüftungsschlitz und jagte ihm einen Schauer über den Rücken. Er hatte genug gesehen. Auf dem Weg zur Tür bemerkte er im Schein der Taschenlampe etwas Glitzerndes auf dem Boden. Er ging in die Hocke, um besser sehen zu können, und entdeckte ein silbernes Kettchen, an dem ein kleiner Anhänger mit einem blauen Vögelchen befestigt war. Er machte ein paar Fotos mit seiner Handykamera und untersuchte die Kette. Sie war noch intakt, der Mörder hatte sie dem Mädchen also nicht vom Hals gerissen. Er zog einen Beweisbeutel aus der Tasche und ließ die Halskette darin verschwinden. Er überlegte. Weder Lucys noch Amandas Eltern hatten etwas von einer Silberkette erzählt. *Hoffentlich bedeutet das nicht, dass er noch ein weiteres Mädchen auf dem Gewissen hat.*

ACHTUNDDREISSIG

Sobald die Deputys außer Sicht waren, stieß Jenna einen langen schmerzhaften Atemzug aus. Weil sie ihre zitternden Hände zusammengepresst hatte, war es den anderen nicht aufgefallen, doch der Schock über das Erlebte war so stark, dass ihr Körper bebte und höllisch schmerzte. Sie hatte sich tapfer gegeben, um Kane zu beruhigen, doch der Schmerz in ihrem Rücken war unglaublich stark, und es hatte ihr einiges an Willenskraft abverlangt, ihre Tränen zurückzuhalten. Der Schattenmann war ein kaltherziger Feigling. Sie mochte sich kaum ausmalen, was für eine Angst er Lindy vor ihrem Tod und jetzt auch Amanda eingeflößt haben musste. Nachdem sie ihre Waffe neben sich auf dem Boden abgelegt hatte, griff sie zu ihrem Handy und rief Rowley an. Sie brachte ihn auf den neuesten Stand und lauschte dann seinen Ausführungen.

»Nichts Neues von den Suchteams oder von den Braxtons. Auch bei den Hotline-Anrufen gab es nichts Relevantes. Ich habe mit jedem einzelnen Anrufer gesprochen, aber sämtliche Spuren laufen ins Leere.« Rowley seufzte. »Wir hatten noch zwei andere Anrufe – erst vorhin hat Lucys Mutter angerufen. Ich wollte dich damit nicht gleich behelligen, aber da jemand versucht hat, dich umzubringen, könnte es vielleicht wichtig sein. Lucy erinnert sich daran, dass Packer und Kittredge sich über das Schießen auf dem Schießstand unterhalten haben. Sie haben über ihre Jagdwaffen gefachsimpelt und sich dort verabredet.« Er räusperte sich. »Laut dem Inhaber des Schießplatzes, mit dem ich daraufhin telefoniert habe, sind beide Männer mehr als in der Lage dazu, aus der von dir beschriebenen Entfernung ein Ziel zu treffen.«

Jenna rieb sich die Stirn. »Wir hatten die beiden für eine weitere Befragung vorgemerkt. Und der zweite Anruf?«

»Der kam über die Notrufnummer rein. Das Grundstück der Zammits grenzt an die Anhöhe, auf der ihr den Schützen verortet habt. Mrs Zammit sagte, sie hätte einen hellen Pick-up gesehen, der über den Feldweg, der an ihr Grundstück grenzt, in Richtung Stadt gerast sei. Sie rief an, weil sie fürchtete, der Fahrer könnte betrunken sein, und sie sich wegen der Ferien Sorgen um all die Kinder in der Stadt gemacht hat.« Rowley holte Luft. »Ich wäre ja ausgerückt, um Ausschau nach ihm zu halten, da ich hier aber ganz allein bin, konnte ich nur vor die Tür gehen und den Verkehr beobachten. Ich habe niemanden gesehen, der mit erhöhter Geschwindigkeit unterwegs war, aber helle Pick-ups gibt es in der Stadt ja auch wie Sand am Meer. Sieht aus, als hätte ich eine Gelegenheit verpasst, den Mann zu fassen, der auf Sie geschossen hat. Tut mir leid, Ma'am.«

»So schnell kann er es gar nicht in die Stadt geschafft haben.« Jenna hörte ein Rascheln in der Nähe und suchte die Umgebung ab. »Zumindest bestätigt das, dass der Pick-up eine helle Farbe hat. Halten Sie mich auf dem Laufenden.«

»Aber klar doch, Ma'am.«

Jenna legte auf und fragte sich, was genau das für ein Geräusch war, das mit jeder Sekunde lauter wurde. Sie schleppte sich hinter einen großen Busch wenige Meter weiter, von dem sie sich besseren Schutz versprach. Als sie angekommen war, setzte sie sich keuchend hin. Die kleine Anstrengung hatte sie all ihrer Kraft beraubt. Sie sah sich hektisch in alle Richtungen um und bemerkte einen Schatten am anderen Ende der Scheune. Sie zog ihre Glock heraus und legte an, dann sprach sie in das Mikro ihres Headsets. »Kane, ich habe hier jemanden auf meiner Seite der Scheune. Ich habe freie Schussbahn.«

»*Ja, und zwar mich, Jenna, also bitte nicht schießen.*« Kanes Stimme klang wenig begeistert. »*Im Rübenkeller ist keinerlei Spur von Amanda. Ich bin noch mal nach hinten gegangen, um etwas zu überprüfen. Wo bist du? Ich sehe dich nirgends.*«

Erleichtert lehnte sich Jenna gegen die Wand. »Ich sitze hinter dem Busch, wenige Meter vom Scheunentor entfernt.«

»*Roger.*«

Kane schien wie ein Gespenst aus den Schatten zu treten. Er trat an ihre Seite, und Jenna sah zu ihm auf. »Du warst verschwunden, und dann bist du wieder aufgetaucht. Ich habe dich gar nicht kommen gehört.«

»Das ist gut, denn als du mich vorhin gesehen hast, dachte ich, dass ich die Nerven verliere.« Er hockte sich neben sie und strich ihr eine Haarsträhne aus den Augen. »Kann ich dich hier sitzen lassen, während ich das Biest hole?«

Jenna fragte sich, warum er sie wie eine Schwerverletzte behandelte, und starrte ihn ungläubig an. »Mir geht's bestens. Ich bin durchaus in der Lage, selbst zu deinem Auto zu laufen.«

»Mir wäre es lieber, wenn du hierbleibst.« Kane sah sie lange und forschend an. »Du bist bleich wie ein Gespenst, und wenn der Scharfschütze darauf aus ist, dich auszuschalten, dann müssten wir mindestens in Deckung des Hauses sprinten.«

»Was bringt dich zu der Annahme, dass er immer noch da ist?«

»Das hier.« Kane zog einen Beweisbeutel aus seiner Tasche und hielt ihn ihr vor die Nase. »Ich kann mich nicht erinnern, dass eine der Opferfamilien etwas von einer Silberkette mit einem solchen Anhänger erzählt hat, du etwa?«

Jenna schluckte schwer. »Wenn der Schattenmann sie also absichtlich hinterlassen hat, dann wartet er auf eine Reaktion.«

»O ja. Er hat sehr viel Wert darauf gelegt, alle Spuren zu verwischen – das ist bestimmt kein Versehen.« Kanes Mund verzog sich. »Ich hoffe, dass er kein weiteres Opfer entführt hat.«

»Verdammt, von Amanda ist nach wie vor keine Spur, und wenn er jetzt schon das nächste Mädchen entführt hat, dann schlägt er schneller zu als jeder andere Entführer, mit dem wir es je zu tun hatten. Ich habe unsere Ressourcen bis zum Äußersten ausgereizt, und da das FBI nach wie vor glaubt, dass wir das Ganze allein geregelt bekommen, kann ich demnächst anfangen, Freiwillige vor Ort zu Aushilfs-Deputys zu rekrutieren. Das Problem ist nur, dass alle schon jetzt völlig erschöpft von der Suche sind.« Geschlagen schüttelte Jenna den Kopf. »Ich bin hier fertig. Wolfe braucht unsere Hilfe nicht, also setzen wir jetzt besser unsere Ärsche in Bewegung, um die anderen Verdächtigen auf unserer Liste zu überprüfen.«

»Nicht so schnell.« Kane platzierte seine große Hand auf ihrer Schulter. »Jenna, ich habe auch schon mal eine Kugel in einer schusssicheren Weste abgekriegt, das ist genau wie ein richtiger Treffer, nur ohne das Blut. Ich weiß, Wolfe meint, dass du okay bist, aber du solltest dich von Sanitätern untersuchen und dich vielleicht auch röntgen lassen.«

Als ob dazu Zeit wäre. Sie sah zu ihm auf. »Nicht bevor wir Amanda gefunden haben.«

»Dann kühl zumindest die Prellungen, ansonsten bist du für niemanden eine Hilfe.« Kane räusperte sich. »Jenna, du weißt, dass ich recht habe.«

»Dave, ich kenne meinen Körper.« Jenna schüttelte den Kopf. »Nichts angeknackst oder gebrochen. Ich glaube dir ja, dass du weißt, wie sich das anfühlt, und ja, es tut weh, aber damit werde ich schon fertig. Ich brauche keine Sanitäter. Ich werde Eis drauflegen, sobald ich zurück im Büro bin.«

Als Jenna versuchte aufzustehen, um zu beweisen, dass sie recht hatte, durchfuhr sie eine Welle des Schmerzes. Sie unterdrückte ein Stöhnen und sah ein, dass es doch die bessere Option für sie war, an Ort und Stelle zu bleiben. »Okay, hol den Wagen her.«

»Ich liefere die Kette noch schnell bei Wolfe ab. Wird nicht lange dauern.« Kane sah sie besorgt an. »Trink dein Wasser. Ich habe eine paar Sofortkältekompressen in meinem Notfallset für dich.«

Jenna lächelte ihm zu. »Ist gut, Herr Doktor.«

Nachdem Kane darauf bestanden hatte, sie zum Beifahrersitz seines SUVs zu tragen, war Jennas Schmerztoleranzgrenze erreicht. Das Angebot mit den Kältekompressen hörte sich plötzlich ziemlich verführerisch an. Ihre Zähne klapperten, als er ihr die Kompressen gegen den Rücken drückte und direkt über ihrem T-Shirt anheftete. »Ah, tut das gut. Warum habe ich diese Form der Folter noch nie ausprobiert?«

»Glaub mir, das hilft.« Kane richtete ihre Kleidung, schnallte sie an und hüllte sie in eine Decke. Er schlug die Beifahrertür zu und ging dann um die Motorhaube herum.

Ihr Handy kündigte eine neue Nachricht an. Sie suchte Kanes Blick, als er sich hinters Steuer setzte. »Es macht mich ganz kirre, diesen Nachrichtenton zu hören. Ich denke immer, dass sie alle vom Schattenmann stammen.« Sie zog das Handy aus ihrer Tasche.

»Wenn die von ihm ist, dann hat er ein völlig anderes Täterprofil als jeder andere Psychopath, mit dem ich je das Vergnügen hatte.« Kane überlegte. »Er verändert den Spielablauf so häufig, dass es wirklich schwierig ist, ihn einem bestimmten Profil zuzuordnen.«

Beim Blick auf den Absender sah sie sofort zu Kane auf versuchte die aufkommende Panik zu verdrängen. Zitternd öffnete sie die Nachricht und stöhnte. »Die ist von ihm.«

Glauben Sie bloß nicht, dass Sie Glück hatten, nur weil Sie noch am Leben sind. Wenn ich darauf aus gewesen wäre, dann hätte ich auf Ihren Kopf gezielt.
Sie müssen sich wirklich steigern, Sheriff. Sie machen es mir zu leicht, und ich hatte Sie mit Ihrer Reputation eigentlich für eine Gegnerin gehalten, die meiner Fähigkeiten würdig ist.
Doch das sind Sie nicht.

Jenna kochte vor Wut. Kane hatte recht gehabt – der Schattenmann hatte sie im Visier, und Lindy und Amanda waren Mittel zum Zweck gewesen, an sie heranzukommen. Er würde die Mädchen als Kollateralschäden begreifen; für ihn als Mörder waren sie von keinerlei Bedeutung oder Wert. Sie griff zu ihrer Wasserflasche und nahm einen Schluck. Die kalte Flüssigkeit löste den dicken Klumpen in ihrem Hals. »Ich finde, dein Täterprofil beschreibt ihn ziemlich akkurat. Dieser Unmensch ist weit mehr als ein Monster – er ist ein bösartiger Scheißkerl.« Sie starrte Kane an. »Wie sollen wir ihn aufhalten, bevor er auch Amanda umbringt?«

»Indem wir in keine seiner Fallen mehr tappen.« Kane erwiderte ihren Blick. »Er war von Anfang am im Vorteil und nutzt seine Kommunikation dazu, unsere Schritte zu lenken. Während wir seinen falschen Fährten auf den Leim gehen, plant er schon seinen nächsten Spielzug.«

Jenna zuckte im Angesicht dieser Situation zusammen. »Okay, okay. Dann müssen wir uns auf die Grundlagen besinnen, um ihn zu schlagen. Wir befolgen das Prozedere für Entführungen und jagen den Tatverdächtigen hinterher.«

Als ihr Handy die nächste Nachricht vermeldete, glitt ihr

das Smartphone aus den Händen. Es kostete sie sichtlich Überwindung, das Gerät aufzuheben, und auf das Display zu blicken. »O mein Gott. Er hat eine weitere Nachricht geschickt, diesmal mit Anhängen.« Sie hielt Kane das Handy entgegen, sodass er die Nachricht lesen konnte.

Schauen Sie, wozu Sie mich gezwungen haben, Sheriff.
Damit steht's wohl zwei zu null für mich.
Nächstes Mal töte ich vielleicht Sie – oder auch nicht.
Wie viele süße, unschuldige Mädchen muss ich noch töten, bevor Sie mich aufhalten?

Die Wut über seine Selbstgefälligkeit zog Jennas Magen zusammen. »Er tötet Amanda und gibt mir die Schuld dafür? Wie bösartig kann ein Mensch sein?«

»Er versucht es über diese Schiene, weil er Schuldgefühle in dir wecken will, Jenna.« Kane schüttelte langsam den Kopf. »Er hat ein grundlegendes Verständnis von Psychoanalyse, womöglich war er schon mal in Therapie, oder er hat sich eingehend mit dem Thema beschäftigt.« Er räusperte sich. »Öffne die Bilder.«

Jenna biss sich fest auf die Unterlippe und tippte auf die Anhänge. Das erste Bild zeigte eine Person, die in einen blutroten Schal gehüllt war. Der Schal verdeckte einen Teil des Gesichts wie eine Kapuze. Das zweite Bild zeigte das Gesicht. Es war Amanda Braxton. Ihre ausdruckslosen Augen starrten in die Kamera, als wären sie überrascht, doch ihre Lippen hatten bereits die bläuliche Farbe des Todes angenommen.

»Es ist Amanda. Kannst du erkennen, wo sie ist?« Jenna vergrößerte das Bild und gab ihr Handy an Kane weiter. »Ist das nicht die Bank vor der Stadtbibliothek?« Ihr wurde übel. »Irgendjemandem muss der leblose Körper doch aufgefallen sein. Da sind sogar Leute drauf.« Sie kaute auf ihrer Unterlippe. »Es sei denn, es handelt sich um eine Fotomontage.«

»Das glaube ich nicht, die Schattenwürfe sehen echt aus. Von einem roten Schal hat ihre Mutter gar nichts erzählt.« Kane runzelte die Stirn. »Auf dem Abschnitt steht doch eine Überwachungskamera. Ich hole mir den Live-Feed aufs Handy.« Er öffnete die App und sah Jenna kurz darauf verdutzt an. »Die Kameras sind ausgeschaltet. Die Fehlermeldung hier besagt, dass die Kameras von der Main Street bis zur Mill Road heute morgen um fünf Uhr offline gegangen sind.«

»Wie zum Teufel konnte er die Überwachungskameras abschalten, das geht doch nur vom Department aus?« Jenna starrte ihn ungläubig an. »Das ist unmöglich.«

»Na ja, sie sind ja verkabelt.« Kane kratzte sich das Kinn. »Wenn man die Hauptstromzufuhr kappt, dann fällt das gesamte Areal aus. Dazu braucht man kein Experte zu sein.« Er löste seinen Anschnallgurt. »Ich gebe eben Wolfe Bescheid.«

»Nein.« Jenna ergriff seinen Arm und zuckte vor dem Schmerz zusammen, den ihr diese kleine Bewegung bereitete. »Ich rufe ihn gleich an, aber erst mal schicke ich Rowley da hin, um den Tatort zu sichern. Wenn der Schattenmann schon wieder mit Sprengstoff experimentiert hat, wie beim letzten Mal, dann müssen wir das Gebiet räumen.«

»Roger.« Kane startete den Motor und raste aus der Zufahrt durchs Tor.

Jenna verständigte Rowley per Telefon. »Bitten Sie Maggie, mit meinem Streifenwagen bis zum Ende der Mill Road zu fahren und die Straße zu blockieren – Autoschlüssel liegen auf meinem Schreibtisch. Die Schlüssel kann sie Ihnen dann geben und von da aus zu Fuß zurück zur Wache gehen. Das andere Ende der Straße blockieren Sie mit Ihrem Streifenwagen. Nähern Sie sich nicht der Leiche. Machen Sie Lautsprecher-durchsagen, um die Leute aus der unmittelbaren Umgebung zu vertreiben.«

»Roger.« Rowley atmete tief durch. »*Soll ich sie auf Lebens-zeichen hin untersuchen?*«

»Nein, bleiben Sie ihr fern.« Jenna schluckte einen erneuten Schwall von Übelkeit herunter. »Der Mörder könnte das Areal mit einer Bombe präpariert haben. Warten Sie, bis wir da sind. Kane kennt sich mit Sprengstoff aus, und Wolfe wird demnächst am Tatort eintreffen.« Sie legte auf, informierte Wolfe und blickte dann zu Kane. »Wie wahrscheinlich ist es, dass sie noch am Leben ist?«

»Dem Foto nach zu urteilen ist sie schon seit Stunden tot.«

Kane nahm die Auffahrt zum Highway, der zur Main Street führte. Er hatte einen todernsten Gesichtsausdruck, der ihr einen eiskalten Schauer über den Rücken trieb.

NEUNUNDDREISSIG

Kane war angesichts Jennas aschfahlem Gesicht und ihrer zitternden Hände besorgt, verkniff es sich aber, die Rettungssanitäter zu verständigen. Er kannte Jenna jetzt lange genug, um zu wissen, dass sie diesen Fall bis zum bitteren Ende verfolgen wollte, und wenn es sie das Leben kosten würde. Während er sich auf die Straße konzentrierte, überlegte er, wie er sie dazu bringen konnte, nach der Ankunft im Auto zu bleiben. Er bugsierte sein sperriges Fahrzeug gekonnt durch den Verkehr und drehte sich zu ihr. »Hättest du was dagegen, wenn ich den Tatort auf Sprengkörper hin untersuche? Wir haben keine Zeit, um auf das Bombenentschärfungskommando zu warten.«

»Auf dem Bild sieht man ja, dass schon den ganzen Morgen lang Leute an der Leiche vorbeigelaufen sind.« Jenna sah ihn an. »Okay, sieh dich dort um. Aber wenn er in der unmittelbaren Nähe keine Sprengfalle gelegt hat, gehe ich davon aus, dass er die Leiche präpariert hat – sei also auf der Hut.« Sie stieß einen tiefen Seufzer aus. »Ich rufe jetzt Walters an und bitte ihn, Amandas Mutter zu verständigen. Nicht, dass sie das Ganze aus den Nachrichten erfährt.«

Kane schaute sie an und war erleichtert darüber, dass sie

sich entschieden hatte, im Wagen sitzen zu bleiben. »Was ist mit den Suchtrupps?«

»Ich sage Rowley, dass er sie alle zurückpfeifen soll.« Jenna seufzte. »Die sind bestimmt erledigt.« Sie nahm ihr Handy zur Hand. »Die Presse wird eine Stellungnahme erwarten. Dann hoffen wir mal, dass der Mörder mich nicht vor laufenden Kameras in die Luft sprengen will.«

»Das müssen wir ja nicht riskieren. Ich kümmere mich um die Presse.« Kane warf die Sirene an, um die Traube aus Schaulustigen zu vertreiben, die sich vor Ort versammelt hatte. Dann polterte er auf den Gehsteig und stellte seinen SUV zwischen der Bibliotheksfassade und Rowleys Streifenwagen ab. Falls der Schattenmann plante, einen weiteren Schuss auf Jenna abzugeben, so war ihm dies mit dem Auto in dieser Position so gut wie unmöglich. Kane rutschte von seinem Sitz, zog ein Paar Einmalhandschuhe aus seiner Tasche und schloss zu Rowley auf. »Die Leute müssen mindestens hundert Meter vom Tatort weg, bitte. Bitten Sie sie, zurückzuweichen und genug Platz für Rettungsfahrzeuge zu schaffen.«

Während Rowley den Lautsprecher betätigte, nahm Kane die unmittelbare Umgebung von Amandas Leiche per Fernglas in Augenschein. Gut möglich, dass der rote Schal, der sie großzügig umhüllte, einen Sprengstoffgürtel oder eine blutige Leiche verbergen sollte. Er drehte sich um und sah zu, wie die Menschenmenge sich entfernte. Menschen mit gespannten Gesichtern kauerten in Ladeneingängen, als könnten sie die dünnen Glasfronten vor der Sprengkraft einer Bombe schützen. Die Lage war äußerst bedrohlich. Auch wenn er keinen Stolperdraht in der Nähe der Leiche entdeckt hatte, blieben dem Killer tonnenweise anderer Möglichkeiten, eine Bombe zu zünden, sofern er das geplant hatte. Er spähte zu der Menschenmenge hinüber. Die meisten hatten ihre Handys hoch in die Luft gereckt, um jede seiner Bewegungen zu filmen. Jeder Einzelne von ihnen konnte der Mörder sein. Wartete er womöglich nur darauf, dass er noch einen Schritt näher kam, um dann per Handy eine versteckte Bombe fernzuzünden? Sein einziger Schutz bestand in der Kevlarweste, die er am Leib trug. Er musste sich auf seine vielen Jahre Sprengstoffausbildung verlassen und diese Situation allein meistern.

Was jetzt zählte, waren ein kühler Kopf und eine ruhige Hand. Er nahm ein paar tiefe Atemzüge. Sein pochender Herzschlag verlangsamte sich etwas und eine Ruhe legte sich über ihn. Diese Entspannungsmethode hatte er schon oft zuvor eingesetzt. Mit Herzrasen und Panik war man nicht nur als Scharfschütze aufgeschmissen, sondern erst recht, wenn man es mit Sprengstoff zu tun hatte. Mit kontrollierter Atmung und entspannter Körperhaltung bewegte er sich Schritt für Schritt über den Asphalt zum Bürgersteig. Der Verkehrslärm war verebbt, und eine gespenstische Stille war eingetreten, als würden alle nur darauf warten, dass irgendetwas passierte.

Als er den Gehsteig erreicht hatte, unterzog er die Leiche und die Umgebung einer optischen Prüfung. Amandas Hände waren auf ihren Schoss drapiert, sie lehnte leicht vornübergebeugt zu einer Seite – ein Sprengstoffgürtel hingegen würde ihren Körper wie ein Korsett aufrichten. Er ging in die Hocke und bückte sich, um die Bank zu untersuchen und fand dort keine Hinweise auf eine Sprengfalle. Als er sich erhob und näher herankam, stieg ihm der bekannte Gestank von verrottendem Fleisch in die Nase. Die Verwesung war zwar noch nicht vollendet, aber bereits in vollem Gange.

Kane zwang sich dazu, tief und regelmäßig zu atmen, um ruhig zu bleiben. Er trat noch näher heran und versuchte vergeblich, einen Blick durch den grobmaschigen Schal zu erhaschen. Im Bewusstsein darüber, dass er jeden Moment ins Jenseits gesprengt werden könnte, nahm er seinen Teleskopschlagstock vom Gürtel. Die Welt stand für einen Moment lang still, während er seine Schlagwaffe ausstreckte und die Spitze ganz langsam unter den Rand des Schals beförderte. Er hielt den Atem an und schob den Stoff behutsam Stück für Stück beiseite.

Als die Leiche daraufhin nicht in tausend Stücke explodierte, stöhnte er vor Erleichterung auf. Bis auf den markanten roten Schal trug Amanda anscheinend noch dieselben Klamotten, die sie angehabt hatte, als sie das Haus verlassen hatte. Ihr Morgenmantel war schmutzig und voller Spinnweben und Blätter. Er war offen und entblößte ihre unversehrte Nachtwäsche. Eine Welle der Traurigkeit überkam ihn, doch er riss sich zusammen, beugte sich hinab und nahm das junge Gesicht in Augenschein. Ihre traurigen Augen waren nicht länger klar, sondern starrten trübe ins Nichts. Das Weiße in ihren Augen zeigte Anzeichen von Einblutungen. Er konnte ihren Hals gut sehen und entdeckte deutliche Anzeichen eines Traumas.

Er inspizierte jeden Zentimeter der Bank und der unmittelbaren Umgebung und stand auf. Zuletzt untersuchte er noch einen Mülleimer in der Nähe und prüfte die Gegenstände darin sorgfältig. Dann drehte er sich um und erspähte Jennas kreidebleiches Gesicht, das ihn über das Dach des Wagens hinweg anblickte. Er winkte ihr zu. »Entwarnung, Sheriff.«

Überrascht stellte er fest, dass die Leute anfingen zu klatschen und in ohrenbetäubender Lautstärke weiterzuplappern. Als die Leute zu Kane nach vorn drängten, erklang Rowleys Stimme über den Lautsprecher.

»Wir befinden uns hier an einem Tatort. Ich bitte um etwas Anstand, liebe Mitbürger.« Rowley wartete einen Moment ab, doch die Menge marschierte unbeeindruckt weiter voran. »Ich nehme jeden fest, der noch einen Schritt weitergeht. Bitte geben Sie jetzt den Weg frei, sodass der Gerichtsmediziner hier seiner Arbeit nachgehen kann.«

Wenige Augenblicke später rauschte Wolfes Van über den Bordstein heran und kam vor der Bank zum Stehen. Als Kane ihm entgegenlief, gesellte sich der Kummer über ein weiteres junges Mordopfer zu dem Adrenalinschub durch die Suche nach einer Bombe hinzu, was seinem Herzen tief in seiner Brust einen Stoß versetzte. Er rieb sich die Nasenspitze. »Sie riecht nicht gut. Vermutlich hat er sie bereits heute Nacht getötet.«

»Manche Leichen fangen schon kurz nach dem Tod an zu stinken, manche sind von Exkrementen bedeckt.« Wolfe zog sich seine Handschuhe über und setzte sich eine Maske auf. »Der Verwesungsprozess hängt von einer Vielzahl von Faktoren ab, wir sollten also keine voreiligen Schlüsse ziehen. Lassen Sie mich ihre Temperatur messen und eine Autopsie durchführen.« Er neigte den Kopf zur Seite. »Webber kann mir assistieren. Jenna sollten Sie schnellstmöglich zurück auf die Wache bringen, sie sieht nämlich gar nicht gut aus. Womöglich fällt sie demnächst in einen Schockzustand. Behalten Sie sie im Auge.«

Kane schob seinen Schlagstock zusammen und nickte. »Ich werde mein Bestes geben.«

VIERZIG

Sara Nelson war ihm schon ein paar Tage zuvor aufgefallen. Es war fast, als hätte das Schicksal sie ihm als Opfer dargeboten. Wie praktisch, dass sie jeden Tag zur selben Zeit aus der Stadt fuhr wie er. Sie war mit ihren Freundinnen verabredet und dann mit dem gleichen Bus nach Hause gefahren. Er war ihr mit einigem Abstand gefolgt. Als der Bus an der Stanton Road anhielt, stieg Sara Nelson aus. Der Bus stieß eine Wolke aus Dieselabgasen aus und fuhr dann weiter. Der Rauch wurde von einer leichten Brise weggetragen, bis nur noch der frische Duft von Kiefernnadeln und Wildblumen seinen Truck erfüllte. Er ließ seinen Blick umherschweifen und lächelte in sich hinein. Von einer solchen Gelegenheit hatte er immer geträumt und sie hundertmal in seinem Kopf durchgespielt. Die Häuser hier draußen wirkten verlassen, keine Menschenseele hielt sich draußen auf, um die Frühlingssonne zu genießen. Er fuhr an ihr vorbei und hielt dann in einigem Abstand vor ihr an.

Er nahm die Umlenkrolle aus seinem Werkzeugkoffer, alles andere, was er noch brauchen konnte, hatte er sich bereits in die Taschen seines Overalls gestopft, darunter auch die kleine

Flasche Diethylether. Nachdem er sich eine dicke Rolle Seil über die Schulter gehängt hatte, joggte er über den Asphalt, blieb stehen und wartete. Es war immer wieder erstaunlich, wie leichtgläubig Teenager sein konnten, und wie einfach es war, sie gefügig zu machen. Jeder wusste, dass der Schattenmann in dieser Gegend lauerte, doch genau wie er erwartet hatte, konnte er bereits ihre Schritte auf der Stanton Road hören.

Er tat so, als hätte er nicht gehört, dass sie ihm gefolgt war, verschwand im Schutz der Bäume und warf das Seil in ein Gebüsch. Seinen Blick hielt er weiterhin auf das grüne Blätterdach gerichtet und ging weiter mit vorsichtigen Schritten in den dichten Wald hinein. Dabei achtete er darauf, auf der dicken Schicht aus Kiefernnadeln unter seinen Füßen zu bleiben.

»Was gucken Sie denn da?« Sara hatte ihn eingeholt und zupfte an seinem Ärmel. »Was gibt's da zu sehen?«

Er drehte sich zu ihr um und setzte seine besorgteste Miene auf. »Krähen. Hier irgendwo hat sich eben ein Adler auf etwas gestürzt. Krähen wittern immer, wenn irgendwo ein verletztes oder totes Tier ist. Ich wollte es retten, bevor sie es töten.«

»Ich helfe Ihnen beim Suchen.« Sara schützte ihre Augen mit einer Hand vor der Sonne und spähte in den Wald. »Wie weit da drin?«

»Ein gutes Stück.« Er schaute sie schräg an. Die Sorge um verletzte Wildtiere ließ ihn vertrauenswürdig erscheinen. »Du solltest besser nach Hause gehen. Deine Eltern machen sich bestimmt Sorgen.«

»Die sind beide arbeiten und kommen nicht vor sechs zurück.« Sara schenkte ihm ein sonniges Lächeln. »Ich habe sowieso nichts anderes vor.«

»Sicher? Vielleicht rufst du sie besser an?«

»Ich brauche ihre Erlaubnis nicht.« Sie schürzte die Oberlippe. »Ich bin doch kein Kind mehr.«

»Das sehe ich.« Er lächelte zurück. »Du siehst unfassbar hübsch aus vor der Sonne, die da durch die Bäume auf dein

Haar fällt. Darf ich ein Foto von dir machen?« Er zückte sein Wegwerfhandy.

»Sicher.« Sara errötete, ihre Wangen waren rosig, und ihre Augen leuchteten vor Freude auf. »Wie soll ich mich denn hinstellen?«

Er schüttelte den Kopf. »Bleib einfach genau so.« Er machte das Foto und zeigte es ihr. »So werde ich dich für immer in Erinnerung behalten.«

»Schauen Sie, da sind die Krähen.« Sie drehte sich um, stapfte tiefer in den Wald hinein und sah noch einmal zu ihm zurück. »Kommen Sie?«

»Ja. Einen Moment, ich hab da hinten was fallen lassen.« Er lief zurück, hob das Seil auf und wuchtete es sich über die Schulter.

Er hatte sie bereits nach wenigen Schritten eingeholt. Vor seinem geistigen Auge sah er die Bilder der Frauen vor sich, die sein Leben zur Hölle gemacht hatten. Die Wut kochte in ihm hoch, und es gab es nur Eines, was dagegen half: Er musste den Schrecken in Saras Augen sehen. Er kam ihr so nahe, dass die Strähnen ihres langen Haars seine Wange streiften. Dann nahm er einen tiefen Atemzug und inhalierte ihren lieblichen Duft. Die anderen Mädels hatten ihn nur durch ihre Angst in Ekstase versetzt, aber Sara war etwas Besonderes. Sie würde all seine Bedürfnisse befriedigen. »Hast du schon mal was vom Schattenmann gehört?«

»Ja, die Nachrichten sind voll davon.« Sara entschied sich, einem schmalen Pfad zu folgen. »Die glauben, dass er Lindy getötet hat, und jetzt ist auch Amanda weg.«

»Die hat er auch getötet.« Er war jetzt so dicht hinter ihr, dass er in sie hineinlief, als sie plötzlich anhielt und sich umdrehte, um ihm in die Augen zu sehen.

»Woher wissen Sie das?« Sara starrte ihm in die Augen, und ein Flackern des Zweifels huschte über ihr Gesicht.

»Weil ich der Schattenmann bin. Schön, dich kennenzulernen, Sara.«

EINUNDVIERZIG

Walters und einer der Deputys aus Blackwater empfingen Jenna, die sich unter Schmerzen aus Kanes SUV stemmte. Die Deputys bildeten mit Kane eine Art Spalier um sie herum, während sie die Treppe zum Sheriff's Department erklomm. Sie öffnete die Tür und lief schnurstracks zu ihrem Büro. Dort traf sie Agent Josh Martin an, der gerade auf das Whiteboard starrte. »Ich hätte Sie heute im Einsatz brauchen können, Agent Martin. Wir wurden heute regelrecht überrannt.« Sie ließ ihren schmerzenden Körper in ihren Bürostuhl sinken und winkte ihre Deputys herein.

»Tut mir leid, aber wir ermitteln in einem Fall von Kindesentführung im Deep Valley, und das hat Vorrang.« Martin lehnte mit verschränkten Armen an der Wand. »Sie hatten hier zwei Morde, deshalb können wir den Täter nicht nicht einmal als Serienmörder klassifizieren. Eine lokale Angelegenheit also. Aber ich kann bleiben und Ihnen meine Hilfe anbieten, bis ich zu einem anderen Fall abgezogen werde.«

Jenna war nicht danach, diesen Mann um seine Hilfe anzubetteln. »Okay, danke. Ich freue mich über jede Art von Unterstützung, die Sie mir anbieten können.« Sie starrte auf ihre

Notizen und sammelte ihre Gedanken. »Walters, können Sie raus zu Rowley fahren und den Tatort absichern, bis Wolfe fertig ist, und Rowley zurück hierher schicken?«

»Ja, Ma'am.« Walters schob sich den Hut über sein ergrautes Haupt und schlenderte zur Tür hinaus.

Jenna blickte kurz zu dem Deputy aus Blackwater auf. »Deputy Smithers, vielen Dank für Ihre Hilfe bei den Braxtons, aber ich behalte Sie noch für ein paar weitere Tage hier, wenn das okay ist? Ich kläre das mit dem Sheriff in Blackwater.« Sie wartete nicht auf eine Antwort. »Schnappen Sie sich bitte Sean Packer und Mason Lancaster und bringen Sie die zwei zur Vernehmung hierher.« Sie drehte sich zum Whiteboard um. »Dazu müssen Sie Packers Arbeitgeber anrufen und herausfinden, wo er heute arbeitet. Lancaster müsste an der Highschool zu finden sein. Alle Infos zu den beiden Männern finden Sie im Tagebuch.« Sie schob ihm das Buch über den Tisch hinweg zu.

»Geht klar.« Smithers, ein Deputy mittleren Alters mit einem sonnigen Lächeln, zückte sein Notizbuch und übertrug sämtliche Angaben.

»Was ist mit Kittredge und Anderson?« Agent Martin starrte aufs Whiteboard.

Jenna nickte. »Ja, die beiden sollen ebenfalls hier antanzen. Mit Kittredge haben wir gestern gesprochen. Wir hatten bislang noch keine Zeit, zur Triple Z Bar zu fahren, um sein Alibi zu überprüfen, aber er beruft sich auf dieselbe schwammige Ausrede wie beim letzten Mal. Er arbeitet diese Woche in Glacial Heights.« Sie blickte zu Martin auf. »Könnten Sie vielleicht bei Smithers mitfahren?«

»Aber sicher.« Martin hob eine Augenbraue und wandte sich dann an Smithers. »Sagen Sie mir einfach Bescheid, wenn Sie alle Infos haben, wir nehmen meinen Wagen.« Er wies den Weg zur Tür hinaus.

»Und ich?« Kane setzte sich mit einer Hüfte auf die Kante

des Schreibtischs. »Kittredge? Der hat immerhin kein Alibi für letzte Nacht.«

Jenna nickte. »Ja, und Anderson kannst du auch gleich mitbringen, aber warte bis Rowley zurück ist, und nimm seinen Streifenwagen. Das ist für die Verhaftung von Tatverdächtigen die bessere Wahl.« Sie starrte ans Whiteboard. »Ich glaube, dass es einer dieser vier Männer ist, aber bei Miller habe ich auch ein ungutes Gefühl. Er ist der einzige der fünf Männer, den wir mit dem Tatort von Lindys Entführung in Verbindung bringen können. Ich werde etwas Recherche betreiben und versuchen herauszufinden, ob einer von denen schon mal Probleme mit Frauen als Autoritätspersonen hatte.«

»Möglicherweise steht das nicht in den Unterlagen.« Kane rieb sich das Kinn. »Ein derart schwerwiegendes Trauma, das eine Person zu psychopathischem Verhalten neigen lässt, ereignet sich normalerweise in der Kindheit. Ich würde also nach einem Pflegekind, einer zerrütteten Familie oder einem Kind suchen, das von einer weiblichen Verwandten aufgezogen wurde.«

Jenna rieb sich ihren schmerzenden Rücken. »Ja, um die Ecke denken und so, ich verstehe schon.«

Maggie klopfte an der Tür und servierte ein Tablett mit Kaffee und Sandwiches. Jenna lächelte ihr zu. »Tausend Dank, Maggie, aber ich fürchte, ich kann jetzt nichts essen.«

»Versuchen Sie's trotzdem.« Maggie stellte das Tablett auf dem Schreibtisch ab. »Sie können nicht mit leerem Magen Überstunden machen und erwarten, dass das keine Folgen hat, vor allem nachdem Sie fast erschossen worden wären.«

»Danke Maggie, Sie sind ein Engel. Ich bin am Verhungern.« Kane sah Jenna entschuldigend an, schnappte sich einen Kaffee und ein Päckchen mit Sandwiches und lief zur Tür. Er drehte sich zu Jenna um. »Ich versuche jetzt herauszufinden, wo sich unsere Tatverdächtigen befinden und esse nebenher was.«

Jenna sah ihm nach und bemerkte dann Maggies zufriedenes Gesicht. »Kane hat wirklich einen gesegneten Appetit, der kann selbst nach einer Autopsie was essen.« Sie seufzte. »Ich verspüre gerade keinen Hunger, aber bringen Sie mir ruhig weiter Kaffee. Ich habe einen Haufen lästiger Routinearbeiten zu erledigen.«

»Ich habe eben erst zwei frische Kannen aufgesetzt.« Maggie lächelte. »Die Freiwilligen am Telefon nehmen nach wie vor Anrufe entgegen.« Maggie sah sie fragend an. »Die Medien werden in Kürze hier einfallen. Wollen Sie sich denen stellen oder soll ich ›kein Kommentar‹ entgegnen?«

Jenna strich sich das das Haar aus der Stirn und lehnte sich zurück in ihren Stuhl. »Kane kümmert sich später darum. Falls die hier anrufen, dann sagen Sie denen, dass sie sich gedulden müssen, bis wir eine Stellungnahme vorbereitet haben.« Sie schlug sich mit der flachen Hand gegen die Stirn. »Oh, fast hätte ich's vergessen. Können Sie jemanden rausschicken, um die Überwachungskameras zu reparieren? Die sind auf dem Abschnitt von der Bibliothek bis zur Main Street nämlich ausgefallen. Wolfe weiß bestimmt, wen Sie dafür anrufen müssen.«

»Okay.« Maggie verließ das Büro und zog die Tür sanft hinter sich zu.

Jenna schloss die Hände um ihre Kaffeetasse und starrte in das dampfende Getränk. Ihr Rücken schmerzte derart heftig, dass es ihr schon schwerfiel, aufrecht zu sitzen, eine Mordermittlung zu leiten erschien ihr fast unmöglich. Da pochte es leise an der Tür. »Ja, herein bitte.« Sie lächelte Emily zu, die mit besorgter Miene eintrat. »Hey Em, was gibt's?«

»Was gibt's, sagt die, als ob nichts passiert wäre – ach ja, stimmt, ein Verrückter hat eben auf sie geschossen.« Emily riss fassungslos die Augen auf. »Dad meinte, Sie hatten Glück, dass die Weste die Kugeln abgefangen hat.« Sie hob ihre Hand. »Ich dachte, bevor Sie es sich anders überlegen, komme ich vorbei und reibe Ihnen hiervon was auf den Rücken.« Sie präsentierte ihr eine kleine Dose, die sie zwischen Daumen und Zeigefinger geklemmt hielt. »Dad sagt, das hilft gegen die Schmerzen und die Blutergüsse und hält etwa zwölf Stunden an.«

Jenna schüttelte den Kopf. »Mir geht's gut.«

»Dad meinte schon, dass Sie sich weigern würden und ich darauf bestehen sollte.« Emily drehte sich um und schloss die Tür ab. »Ich helfe Ihnen jetzt, Jenna, ob Ihnen das passt oder nicht.«

Jenna blickte in Emilys wild entschlossenes Gesicht. »In Ordnung. Es tut weh wie die Hölle, und schaden wird es sicher nicht. Sag deinem Dad Danke von mir.«

Sie gestattete Emily, ihr beim Ausziehen zu helfen, dann biss sie die Zähne aufeinander und wartete auf den Schmerzreiz. Zu ihrer großen Überraschung fing die Creme sofort an zu wirken und das Pochen in ihren Rippen zu lindern. »Das scheint ja ein echtes Teufelszeug zu sein!«

»Ja, Dad meinte, dass er das im Einsatz benutzt hat.« Emily beendete ihre Behandlung und säuberte sich die Finger mit ein paar Taschentüchern. »Haben Sie eine Vermutung, wer Ihnen das angetan hat?« Sie half Jenna dabei, sich wieder anzuziehen.

Jenna ließ sich in ihren Stuhl sinken. »Ich habe da so eine Vermutung, für die ich aber keine Beweise habe.«

»Warum glauben Sie, hat es dieser Irre gerade auf Sie abgesehen? Das ist doch nicht etwa schon wieder ein zurückgewiesener Ex-Freund, oder?« Emily drückte ihren Arm. »Ich bin immer da, Sie können mir alles erzählen, Sie wissen schon, von Frau zu Frau.«

»Nein, das ist es nicht. Kane glaubt, dass es ein Mann ist, der ein Problem mit Frauen als Autoritätspersonen hat.« Jenna massierte sich die Schläfen. »Der Rücken ist schon viel besser, danke. Wenn ich jetzt noch die Kopfschmerzen wegkriege, dann fühle ich mich fast wiederhergestellt.«

»Falls Sie mich brauchen, komme ich gern noch mal.«

Emily lächelte ihr zu. »Rufen Sie mich einfach an.« Sie lief zur
Tür. »Ach und falls Julie nerven sollte, komme ich vorbei und
schleppe sie mit rüber zu Dads Büro.«

Jenna lächelte. »Nicht nötig, die schlägt sich super.«

»Okay.« Emily entriegelte die Tür. »Dann bis später.«

Jenna seufzte, als die Tür zufiel, und starrte auf die Mordakten
auf ihrem Tisch, die sämtliche Fallakten enthielten. Das
Pochen in ihrem Kopf war keine große Hilfe dabei, die Informa-
tionsschnipsel zu sortieren, die ihr durch den Kopf schwirrten.
Die an den Tatorten hinterlassenen Gegenstände waren
entscheidende Beweismittel. Warum hatten weder Lindys noch
Amandas Eltern sie zuvor erwähnt? Eine Silberkette war
bedeutend, wenn eines der Mädchen sie regelmäßig trug, und
auch das Abhandenkommen des Schals musste doch aufgefallen sein, insbesondere bei dessen Größe und auffälliger
Farbe. Sie musste beide Fundstücke den Eltern der ermordeten
Mädchen zeigen, sobald Wolfe die Fotos geschickt hatte. Stirnrunzelnd nippte sie an ihrem Kaffee. Doch was, wenn die
Sachen keinem der beiden Opfer gehörten – was dann?

Ein mulmiges Gefühl überkam sie, als sie die entsprechenden Schlussfolgerungen zog. Sie war mal wieder bei einem
Was-wäre-wenn angelangt, und mithilfe von Hypothesen hatte
sie schon viele Verbrechen gelöst. Handelte es sich bei dem
Schal und der Halskette möglicherweise um Trophäen von
vorherigen Morden des Killers? Sie ließ sich diese beunruhi-
gende Theorie durch den Kopf gehen. Sowohl Kane als auch
Wolfe vermuteten, dass der Schattenmann schon zuvor getötet
hatte. Hatte der Mörder möglicherweise subtile Hinweise auf
die vielen Menschen hinterlassen, die er bereits getötet hatte –
und war er damit durchgekommen? Vielleicht war er der
Ansicht, dass seine Morde nicht genug Aufmerksamkeit
erfuhren und niemand Angst vor ihm hatte. Deshalb hatte er

sich dazu entschlossen, ein Spiel mit ihr zu spielen. Wenn er gewann, würde seine Ermordung des Sheriffs und unzähliger Teenagerinnen in den Nachrichten gewürdigt, und er wäre berühmt. Wenn er auf Publicity aus war, dann würde sie sein Ego bestimmt nicht noch weiter durch Erwähnung seines Pseudonyms nähren. Sie musste darauf bestehen, dass die Presse ihn künftig nicht mehr als Schattenmann betiteln sollte, und erklären, wieso. *Wer ist er?* Jenna nippte erneut an ihrem Kaffee und starrte ins Leere. In ihrem Magen machte sich Panik breit. Sie musste jetzt irgendwie die Puzzleteile zusammen-fügen und den Killer finden, bevor er erneut zuschlug, doch ohne handfeste Beweise glich dieses Vorhaben dem Versuch, ein Haus aus trockenem Sand zu bauen.

ZWEIUNDVIERZIG

Er streifte durch die Menschenmenge und vernahm entsetztes Keuchen, registrierte den Schrecken der einen und die unverhohlene, makabere Faszination in den Gesichtern der anderen Menschen. Eltern drängten ihre Kinder weit weg von dem Spektakel, das er zur Unterhaltung der Stadt auf die Beine gestellt hatte. Die Unterhaltungen im Flüsterton in den kleinen Grüppchen ringsum amüsierten ihn – als ob laute Stimmen die Toten verärgern könnten. Ein Zeichen des Respekts, könnte man meinen, dabei gafften sie doch das tote Mädchen ungeniert an – wäre es da nicht respektvoller, die Augen abzuwenden?

Während er sich den Weg zu seinem Truck bahnte, erblickte er Menschen, die ihre Augenbrauen hoben oder den Kopf schüttelten, ganz so, als wollten sie ihn in eine Unterhaltung verwickeln. Er gab ihnen keine Antwort. Was hätte er auch sagen sollen? »Hallöchen, wie ich sehen kann, sind Sie ein Bewunderer meiner Arbeit?«

Bald schon würden die Blumengedecke und die Teddybären mit angehefteten Beileidsbekundungen Amandas Platz auf der Bank einnehmen. Glaubten die eigentlich wirklich, dass Amanda ihre Geschenke schätzen würde oder wollten sie damit nur ihre Freunde beeindrucken? Zweifelsohne würden sie auch Kerzen anzünden und mit dem Wachs den Gehsteig besudeln. Die Menschen würden sich zu nächtlichen Mahnwachen einfinden, selbst wenn sie Amanda gar nicht gekannt hatten, um ihre Trauer zum Ausdruck zu bringen – als ob ihre Gebete sie plötzlich wieder zum Leben erwecken oder den Tod eines anderen Mädchens verhindern könnten.

Eure Gebete werden mich nicht aufhalten. Kein Bulle ist schlau genug, um mich zu überlisten. Das haben schon viele versucht, und sie sind allesamt gescheitert.

Er begriff nicht, wieso sich die Frauen alle schluchzend in den Armen lagen. Die ganze Heulerei machte sie doch nur unattraktiv. Weinen hatte noch nie etwas gelöst, und er musste lachen, wenn sie diese lustigen Fratzen zogen. Die meisten von ihnen hatten geweint – von den Mädels, die er getötet hatte –, aber immerhin war sein Lächeln das Letzte, was ihre Augen erblickten, bevor sie für immer erloschen.

DREIUNDVIERZIG

Weil Anderson zwischen seinen Jobs hin und her tingelte, hatte es eine Weile gedauert, bis er ihn aufgespürt hatte, doch mit Rowleys Hilfe war es ihm schließlich gelungen. Kane lieferte ihn und Kittredge in den Vernehmungszimmern ab, dann lief er in die Kaffeeküche und schenkte sich eine Tasse Kaffee ein. Er lehnte sich gegen den Küchentresen und lauschte Rowley.

»Wenn ich Ihnen als Profiler so zuhöre, dann verstehe ich langsam, wie stark sich Psychopathen von normalen Menschen unterscheiden.« Rowley hob eine Hand. »Ja, ich weiß, nicht jeder Psychopath wird zum Mörder, und sie leiden häufig unter mehreren psychischen Störungen, aber eins ist mir aufgefallen: Sie stechen nicht besonders heraus.«

Kane trank einen Schluck Kaffee. »Und genau das ist das Problem. Die meisten von ihnen sind der gute Kumpel oder der nette Nachbar, der in seinem Keller Leichen zerstückelt.« Er wies mit dem Daumen auf die Vernehmungszimmer. »Kittredge und Anderson zum Beispiel. Beide waren einverstanden, zur Vernehmung mit auf die Wache zu kommen. Auf dem Weg hierher haben die miteinander geplauscht wie uralte Freunde.« Er zuckte mit der Schulter. »Sie könnten beide unser Täter sein, denn der Charme eines Psychopathen ist häufig auch der Grund dafür, warum so viele nie gefasst werden. Sie werden leicht übersehen.«

»Bei Kittredge bin ich mir da nicht so sicher.« Rowley schenkte sich Kaffee aus einer Kanne in seine Tasse. »Er ist sehr unverschämt, hält seine Bemerkungen aber für lustig, obwohl sie in Wirklichkeit plump und sexistisch sind. Manche Frauen finden ihn aber offensichtlich attraktiv. Er erinnert mich mit seinem übersteigerten Selbstbewusstsein an Ted Bundy.«

»Ja, seine fehlende Empathie hat ihn auch auf die Liste befördert.« Kane stellte seine Kaffeetasse ab und öffnete die Dose mit Jennas Schoko-Cookies. »Packer wiederum haben wir hergeholt, weil er eher so der ruhige, sympathische Kerl ist, den jeder mag. Alle, für die er gearbeitet hat, haben ihm ihre Häuser anvertraut. Pädophile mögen die Nähe von Kindern, und er legt Wert darauf, die Kinder in den Häusern, in denen er arbeitet, kennenzulernen. Das einzige Problem ist nur, dass Lindys Mörder sie nicht sexuell missbraucht hat, sodass er möglicherweise gar kein Motiv hat – allerdings wissen wir noch immer nicht genau, was Lindy zugestoßen ist. Vielleicht ist Packer einer von den Typen, die gern Fotos schießen, um damit bei Freunden anzugeben. Es gibt verschiedenste Typen. Jeder von ihnen könnte der Schattenmann sein, genauso gut ist es möglich, dass es keiner von ihnen ist.«

»Was bringt sie Ihrer Meinung nach dazu, zu töten?«, fragte Rowley und schnappte sich einen Keks.

»Vor einigen Jahren habe ich mal einen Mann vernommen, der seine Opfer bei lebendigem Leib verstümmelt hat.« Kane erinnerte sich an das selbstbewusste Auftreten dieses Mannes, an sein Bedürfnis, dazuzugehören. »Ich habe ihn gefragt, warum er diese Frauen gefoltert hat.«

»Was hat er geantwortet?« Rowley hob eine Augenbraue.

Kane runzelte die Stirn. »Er meinte, er hätte noch nie eine Frau getötet, die es nicht auch verdient hätte.« Er blickte zu

Rowley. »Das ist die Art von Persönlichkeit, mit der wir es hier zu tun haben. Keine Reue, kein echtes Mordmotiv. Ich vermute, dass er Jenna als Vorwand benutzt, um die anderen Mädchen umzubringen.«

»Wie das?«

»Ich glaube, das hat etwas mit seiner Vergangenheit zu tun.« Kane tunkte seinen Cookie in den Kaffee und schob ihn sich in den Mund. »Als er noch ein Kind war, muss ihm eine Frau etwas derart Schlimmes angetan haben, dass sein Verstand dabei Schaden nahm. Ich glaube nicht, dass er Befriedigung daraus zieht, die Mädchen zu töten. Er will Jenna töten, weil sie eine Autoritätsperson ist, und die Mädchen benutzt er als Köder.« Er räusperte sich. »Ich habe vorhin nichts gesagt, aber eben auf der Old Mitcham Ranch hat jemand nicht nur *versucht*, auf Jenna zu schießen, sondern ihr zwei Kugeln in den Rücken gejagt. Ihre Weste hat die Projektile zwar abgefangen, aber es hat sie trotzdem ganz schön erwischt.«

»O mein Gott.« Sämtliche Farbe wich aus Rowleys Gesicht. »Wir können Sie nicht rund um die Uhr bewachen. Verdammte scheiße, du weißt doch, wie stur sie ist. Die wird ihm das Handwerk legen wollen, ganz egal, in welche Gefahr sie sich damit bringt.«

Kane richtete sich auf. Da er mit genau dieser Reaktion gerechnet hatte, hatte er Rowley diese Information vorenthalten, bis die Verdächtigen gesichert waren. »Wolfe hat sie untersucht und festgestellt, dass sie Prellungen hat, und Walters und der Deputy aus Blackwater wissen Bescheid, was passiert ist. Ich brauchte Hilfe, um sie in ihr Büro zu bekommen, deshalb haben wir sie abgeschirmt.« Er nippte an seinem Kaffee und konnte sehen, wie Rowleys Gesichtsausdruck von Betroffenheit in Wut umschlug. »Es gibt noch etwas, das du wissen musst. Der Mörder schickt Jenna Nachrichten – er hat ihr geschrieben, dass er sie nicht töten wollte. Ich glaube, er will, dass sie zuerst ein Spiel mit ihm spielt.«

»Oha, das wird ja immer besser.« Rowley fuhr sich aufgebracht mit einer Hand durchs Haar, sodass es ihm in alle Richtungen abstand. »Du kannst die Verdächtigen hier nicht für
immer festhalten, es sei denn, wir erheben Anklage. Wie willst
du ihre Sicherheit gewährleisten?«

Darüber hatte Kane bereits nachgedacht. »Ich hoffe, dass
wir nach der Vernehmung genug in der Hand haben, um einen
der beiden anzuklagen. Falls nicht, fahre ich sie nach Hause,
dann kannst du sie freilassen. Die Ranch ist sicher, da kommt
keiner rein.«

»Das mag für heute genügen, aber was ist mit morgen?«
Rowley stürzte seinen Kaffee hinunter. »Er könnte ihr jederzeit
irgendwo auflauern.«

»Ich habe im Bus noch eine brandneue Schussweste für
sie – einen Prototyp –, und einen Helm organisiere ich auch
noch für sie.« Kane spülte seine Tasse in der Spüle ab und
stellte sie aufs Abtropfgestell. »Ich werde keinen Schritt von
ihrer Seite weichen, so lange diese Bestie noch auf freiem Fuß
ist.«

»Gut.« Rowley stellte seine Tasse ab. »Wann beginnst du
mit den Vernehmungen?«

Kane verzog das Gesicht. »Sobald ich mit den Medien
gesprochen habe, dann lassen sie uns in Ruhe, wenn wir Glück
haben.« Er wies mit dem Kinn auf Jennas Büro. »Aber erstmal
reden wir mit dem Boss.«

Er lief zu Jennas Büro und klopfte an die Tür. »Anderson
und Kittredge warten in den Vernehmungszimmern.«

»Gut.« Jenna hob ihr fahles Gesicht. Sie hatte dunkle
Augenringe. »Schließen Sie bitte die Tür, Rowley?«

Kane schwang sich auf einen Stuhl. »Was ist los?«

»Wolfe hat mir die Bilder von der Kette und dem Schal
geschickt.« Jenna schluckte. »Ich habe die Eltern der Familien
kontaktiert und gefragt, ob sie ihren Töchtern gehörten. Die
Antwort war negativ.« Sie blickte ihn an. »Wolfe hat beide

Gegenstände untersucht und menschliches Blut auf beiden gefunden. Er führt gerade Tests durch.«

Kane seufzte. »Trophäen seiner vorherigen Morde.«

»Ja, zu dem Schluss bin ich auch gekommen.« Jenna lehnte sich in ihren Stuhl zurück, fasste sich an die Rippen und stöhnte vor Schmerz auf. »Verdammt!« Sie nahm ein paar Atemzüge und hob dann ihr Kinn. »Ich habe Agent Martin gebeten, unsere Datenbanken nach Verbrechen zu durchforsten, bei denen ähnliche Gegenstände abhanden gekommen sind, und er arbeitet an dem Computer im Kontrollraum. Er hat die Fotos schon an seine Zentrale geschickt, um Unterstützung zu erhalten.«

Kane lehnte sich vor. »Jenna, du solltest wirklich etwas gegen die Schmerzen nehmen. Im Erste-Hilfe-Kasten gibt es Kodein.«

»Okay, okay. Ich werde etwas davon nehmen. Ich schätze für die Vernehmungen sollte ich besser in einem einigermaßen passablen Zustand sein.« Jenna sah ihn entschlossen an. »Wenn es einer der Männer ist, die wir zum Verhör hierhergekarrt haben, dann will ich ihm nicht auch noch das Gefühl vermitteln, dass er gewinnt.« Sie schob ihm ein Stück Papier über den Schreibtisch zu. »Du musst keine Schmerzmittel für mich auftreiben, das kann auch Rowley übernehmen. Ich will, dass du dich um die Presse kümmerst, bevor die hier noch mein Büro stürmen. Ich habe ein Pressestatement vorbereitet. Wenn die weitere Informationen wünschen – ›kein Kommentar!‹. Wenn sie nach den Männern fragen, die wir zum Verhör vorgeladen haben, dann behauptest du einfach, wir hätten noch keine Tatverdächtigen. Da wir hier niemanden in Handschellen reingeführt haben, werden sie dir das auch abnehmen.«

»Ja, bestimmt.« Kane nickte.

»Was soll ich tun, Ma'am?«, fragte Rowley eifrig.

»Sie halten hier alles am Laufen, während wir uns die Verdächtigen zur Brust nehmen.« Jenna blickte hinab auf ihre

Notizen. »Rufen Sie Wolfe an und fragen Sie ihn, wann Amandas Eltern die Leiche in Augenschein nehmen können.« Sie räusperte sich. »Er wird vermutlich persönlich mit den Eltern sprechen wollen, bitten Sie ihn also, uns Bescheid zu sagen, wenn sie die Leiche identifiziert haben. Ich brauche die mögliche Todesursache schnellstmöglich, noch bevor ich die Verdächtigen vernehme – selbst wenn sie noch nicht endgültig ist, eine Einschätzung reicht mir.«

»Ja, Ma'am.« Ein besorgter Blick huschte über Rowleys Gesicht. »Aber erst mal besorge ich Ihnen die Schmerzmittel.« Er stand auf und ging zur Tür.

Kane überflog die Presseerklärung. Sie war knapp gehalten und einprägsam. Er legte das Papier zurück auf Jennas Schreibtisch. »Hast du schon irgendetwas Neues zu den möglichen Tatverdächtigen ausgegraben?«

»Noch nicht.« Jenna schnappte sich ihre Kaffeetasse. »Ich nehme jetzt erst die Schmerztabletten, dann nehme ich mir die Akten vor. Ich bin gar nicht so scharf drauf, die beiden Typen zu befragen. Die dürfen sich gern die Beine in den Bauch stehen, solange sie auf mich warten.« Sie nahm einen Schluck, verzog angewidert das Gesicht und stellte die Tasse dann zurück auf den Tisch. »Ich habe mich schon so an die To-go-Becher gewöhnt, die den Kaffee warmhalten. In letzter Zeit ist der Kaffee immer schon kalt, wenn ich dazu komme, ihn zu trinken.«

»Ich besorge dir einen frischen Kaffee, sobald ich mit der Presse fertig bin.« Kane streckte sich. »Wie willst du bei den Vernehmungen vorgehen?«

»Ich dachte mir, ich könnte allein reingehen, während du die Vernehmungen durch die Glasscheibe beobachtest.« Ihre Mundwinkel zuckten ganz leicht. »Sie sollen nur nicht das Gefühl bekommen, dass sie mich eingeschüchtert haben, und so könntest du ihre Körpersprache von draußen dechiffrieren.«

Auf keinen Fall. Doch noch bevor Kane protestieren

konnte, klopfte es an der Tür. Sie ging ganz langsam auf. Agent Martin stand davor.

»Ich habe etwas zu den Gegenständen vom Tatort herausgefunden.« Martin trat ein und zog die Tür hinter sich zu. »Beide Beweisstücke wurden bei den Leichen zweier Frauen, die letztes Jahr ermordet worden sind, als vermisst gemeldet. Christine Pullman und Joy Coran. Das Seltsame daran ist nur, dass beide Frauen aus unterschiedlichen Countys stammen und es bislang keinerlei Verbindung zwischen den Morden gab.«

Kane ließ die neuen Informationen kurz sacken und räusperte sich. »Selbe Jahreszeit?«

»Jepp.« Martin runzelte die Stirn. »Wie kommen Sie darauf?«

Kane zuckte mit der Schulter. »Die Entfernung zwischen den Tatorten legt nahe, dass der Mörder viel rumkommt, was reiner Zufall sein könnte, beispielsweise wenn er LKW-Fahrer ist. Am wahrscheinlichsten aber ist es, dass er seine Urlaube gern für Mordserien nutzt.«

»Wie alt waren die beiden Opfer?« Jenna blickte zu Martin.

»Fünfunddreißig und einundvierzig.« Martin sah nachdenklich aus. »Ich habe die Fallakten in der aktuellen Mordakte abgelegt.«

»Ähneln Sie mir?« Jenna wandte sich scheinbar unbekümmert wieder ihrem Computer zu.

»Nein, sie sehen beide anders aus.« Martin blickte fragend zu Kane. »Worauf wollen Sie hinaus?«

Kane erkläre es ihm. »Was waren ihre Berufe?«

»Eine Psychiaterin und eine Sozialarbeiterin. Sie erfüllen die Kriterien.« Jenna sah zu Kane und seufzte. »Mein Tag wird von Sekunde zu Sekunde besser.«

VIERUNDVIERZIG

Nachdem sie Kanes Live-Pressekonferenz durch ihr Bürofenster mitverfolgt hatte, wartete Jenna, bis er zurückgekehrt war, und machte sich anschließend auf zum Vernehmungszimmer. Sie nahm gegenüber von Paul Kittredge Platz und legte einen Schreibblock, einen Ordner und einen Stift auf dem Tisch vor sich ab. Weder sie noch Kane waren bei der zweiten Durchsicht der Akten der vier Männer auf etwas Interessantes gestoßen. Sie würde sich also auf ihr Talent im Fragenstellen verlassen müssen, um mehr aus den möglichen Tatverdächtigen herauszukitzeln. Sie starrte den Mann an, der ihr lässig auf einem Stuhl gegenüber saß. »Ich habe nur noch ein paar weitere Fragen.«

»Jetzt wollen Sie mich schon zum dritten Mal innerhalb von einer Woche sehen, so, so.« Er schaute auf seine Armbanduhr. »Es sind doch keine zwölf Stunden vergangen, seit wir uns das letzt Mal unterhalten haben. Haben Sie mich vermisst?« Er grinste.

»Und ich werde Sie noch so oft hierherkarren, bis ich die Antworten bekommen habe, die ich haben will.« Jenna zog eine Fernbedienung aus einem Schubfach im Schreibtisch. »Haben

Sie etwas dagegen, wenn ich dieses Gespräch aufzeichne, Mr Kittredge?«

»Nö.« Er beugte sich vor und starrte ihr in die Augen. »Sie wollen doch nur später allein in Ihrem Bettchen noch mal meiner Stimme lauschen, geben Sie's zu, Sheriff!«

Jenna ignorierte ihn, drückte den Aufnahmeknopf auf der Fernbedienung, nannte ihren Namen und bat Kittredge, es ihr gleichzutun. »Ich danke Ihnen für Ihr Kommen. Sie stehen nicht unter Arrest, aber falls Sie sich für dieses Gespräch einen Anwalt wünschen, ist das Ihr gutes Recht.«

»Ich kenne meine Rechte.« Kittredge grinste sie an. »Ich habe nichts vor Ihnen zu verbergen, Sheriff. Stellen Sie Ihre Fragen, damit ich weiterarbeiten kann.«

Jenna blickte auf ihre Notizen. Gütiger Gott, dieser Gestank von abgestandenem Bier, Zigaretten und Schweiß war wirklich schwer zu ertragen. Vermutlich hatte er seit mindestens einer Woche nicht mehr seine Kleidung gewechselt, geschweige denn geduscht. Sie entschloss sich, mit ein paar allgemeinen Fragen einzusteigen, und zückte ihren Kuli. »Wie lange arbeiten Sie schon für den Green Thumb Landscaping Service?«

»Seit ich raus aus dem Knast bin.« Kittredge reckte sich. »Während meiner Zeit im Kittchen habe ich einen Kurs in Landschaftsgestaltung belegt.«

»Verstehe.« Jenna schrieb alles mit, als ob jedes einzelne seiner Worte wichtig wäre. »Sie wohnen ja im Triple Z. Gab es keine Verwandten, bei denen Sie nach Ihrer Haft unterkommen konnten?«

»Nö.« Kittredge rutschte auf seinem Stuhl umher. »Meine Ma ist jung gestorben, und meinen Daddy habe ich nie kennengelernt.«

Jenna runzelte die Stirn. »Das muss hart für Sie gewesen sein. Wie alt waren Sie?«

»Was sollen all die Fragen, spielen Sie etwa mit dem Gedanken, mir einen Antrag zu machen?« Er gluckste.

In diesem Leben nicht. Jenna räusperte sich. »Wir haben ja bereits festgestellt, dass Sie Lindy Rosen und Amanda Braxton kannten. Wie Sie vermutlich wissen, sind beide Mädchen tot.«

»Ich habe sie nicht umgebracht.« Er lachte laut auf. »Ich steh mehr auf Mädels, die noch atmen.« Er starrte sie lange an. »Sie wissen verdammt genau, dass ich auch mal auf die ganz jungen Mäuse stand, aber sechs Jahre Therapie haben mich von dieser Vorliebe geheilt. Im Moment hat es mir aber eine bestimmte Frau im etwas reiferen Alter angetan.«

»Ah, ich verstehe.« Jenna lächelte ihn an. »Dann haben Sie bestimmt nichts dagegen, uns die Erlaubnis zu erteilen, Ihr Zimmer und Ihren Truck zu durchsuchen?« Sie schrieb ein paar Zeilen auf den Notizblock und schob ihn zusammen mit einem Kuli über den Tisch zu ihm hinüber. »Damit wir Ihre Unschuld beweisen können?«

»Sicher, warum nicht?« Kittredge signierte das improvisierte Formular und schob dann Notizblock und Kuli zurück zu ihr. »Kann ich jetzt gehen?«

Agent Martin hatte ihr zwei grausame Tatortfotos der beiden ermordeten Frauen vorgelegt, zu denen der Schal und die Kette gehörten. Sie zog die Fotos aus der Akte und legte sie auf den Tisch. »Kennen Sie diese Frauen? Christine Pullman und Joy Coran?«

Der Ausdruck auf Kittredges Gesicht änderte sich schlagartig. Als er von den furchtbaren Aufnahmen aufsah, blitzten seine Augen dunkel und abgründig auf.

»Niemals werde ich die Schuld für die Morde an diesen Mädels oder diesen Frauen auf mich nehmen.« Kittredge sprang wutentbrannt auf. »Ich will einen Anwalt.« Er zeigte mit dem Finger auf Jenna. »Ihr Polizeitussis seid doch alle gleich. Hässliche Schlampe. Eher würde ich mit einer Klapperschlange ins Bett gehen.«

Jenna kämpfte gegen ihre Angst an und behauptete sich. »Setzen Sie sich, Mr Kittredge, sonst buchten wir Sie ein, bis wir Ihren Anwalt kontaktiert haben.«

»Von Ihnen lasse ich mir gar nichts befehlen.« Kittredge ergriff seinen Stuhl bei der Lehne und schleuderte ihn wenige Meter neben ihr gegen die Wand.

Wenige Augenblicke nachdem der Stuhl zu Boden gepoltert war, trat Kane mit gelangweilter Miene durch die Tür. »Soll ich ihn wegen Bedrohung einer Polizeibeamtin verhaften, Ma'am?« Er bewegte sich auf Kittredge zu. »Es ist alles aufgezeichnet und ich stand direkt vor der Tür.«

Jenna versuchte, ihre Angst zu überwinden. Normalerweise wäre sie aufgestanden und ihm persönlich entgegengetreten, doch ihre Verletzung hielt sie davon ab, sich selbst zu verteidigen. Sie sah keinen der beiden an. »Ja, und sperr ihn ein.« Dann blickte sie ganz langsam zu Kittredge auf. »Sie beruhigen sich jetzt erst mal ein bisschen, und dann kümmern wir uns in aller Ruhe um einen Anwalt für Sie.«

Als Kane ihn beim Arm packte und aus dem Raum zerrte, nahm Jenna einen tiefen, schmerzhaften Atemzug. Mit einer derart heftigen Reaktion hatte sie nicht gerechnet – und ihr wurde einmal mehr bewusst, dass sie selbst fast zum Opfer geworden wäre. Obwohl Kane direkt vor der Tür stand, hätte er ihr in ihrem Zustand im Handumdrehen das Genick brechen können.

Als Kane zurückkehrte, sah sie zu ihm auf. »Danke.«

»Danke, ja?« Kanes Augen loderten. »Es dauert eine gefühlte Ewigkeit, die Karte durchzuziehen, vom System erkannt zu werden und die beschissene Tür zu öffnen. Er hätte dich töten können.«

Jenna stand langsam auf. »Ich habe nicht damit gerechnet, dass er durchdreht. Er war innerhalb weniger Sekunden plötzlich wie verwandelt.« Sie versuchte den Schock hinunterzuschlucken. »Der Schattenmann würde sich nicht so verhalten, stimmt's?«

»Das hängt davon ab, ob dieser Wutausbruch echt oder gespielt war.« Kane lehnte sich gegen die Tür. »Wenn der Killer meint, dass er dich überlisten kann, und er etwas über psychopathische Verhaltensmuster weiß, dann wäre ein solches Verhalten untypisch. Ein Psychopath würde eher seinen Charme spielen lassen und alles leugnen. Vielleicht spielt er nur mit uns, wir sollten ihn noch nicht ausschließen.«

»Das hatte ich auch nicht vor.« Jenna öffnete die Tür mit ihrer Karte. Sie war kaum in den Flur getreten, als plötzlich Rowley um die Ecke bog. »Suchen Sie nach mir?«

»Jepp.« Rowley blickte in seine Notizen. »Soeben hat uns ein Anruf des alten Mr Wilts aus Glacial Heights erreicht, Sie wissen schon, der Mann, der schon mal angerufen hat? Er war wohl letzte Nacht gegen halb eins noch mal mit seinem Hund draußen und hat wieder den hellen Pick-up gesichtet, der aus Glacial Heights wegfuhr. Es war Vollmond, und er ist sich todsicher, dass er die Folie von Miller's Garage auf der Tür erkannt hat.«

»Wir wissen, dass Matthew Miller vor Ort war, als Lindy Rosen verschwunden ist, und er fährt einen Truck von Miller's Garage.« Jenna seufzte. »Da er jetzt Sam Cross zum Anwalt hat, wird der uns der Belästigung bezichtigen, also müssen wir diesmal behutsamer bei ihm vorgehen. Rufen Sie ihn an und geben Sie ihm freundlich zu verstehen, dass wir vorhaben, Miller erneut zu vernehmen.« Sie tippte ihren Kuli gegen die Unterlippe und dachte einige Sekunden lang nach. »Rufen Sie seinen Vater an und sagen Sie ihm, dass wir Matt zur Vernehmung einladen wollen. Sagen Sie ihm, dass wir einen Zeugen haben, der ihn letzte Nacht in der Nähe von Glacial Heights gesehen hat.« Sie räusperte sich. »Geben Sie eindeutig zu verstehen: Entweder er kommt freiwillig oder aber wir nehmen ihn wegen des Verdachts auf zweifachen Mord fest.«

»Ja, Ma'am.« Rowley nickte. »Agent Martin hat angerufen, sie haben die anderen Verdächtigen in Gewahrsam.«

»Okay, danke.« Sie drehte sich zu Kane um. »Der nächste auf der Liste ist Anderson, richtig?« Sie blätterte durch ihre Akten. »Kurz nachsehen ... ah ja. Er war vor einigen Jahren in Colorado im Bergbau tätig und hat möglicherweise Erfahrungen im Umgang mit Sprengstoff. Er hatte Kontakt zu beiden Mädchen und hat an beiden Wohnhäusern die Sicherheitskameras installiert.«

»Er hat keinerlei Vorstrafen.« Kane zuckte mit der Schulter. »Aber vielleicht ist er nur nie erwischt worden. Er kennt sich mit Elektronik aus, sodass das Ausschalten der Überwachungskameras in der Stadt kein Problem für ihn gewesen wäre. Weißt du noch, er hat sich doch auch nach Verdächtigen im Fall Lindy Rosen erkundigt. Das kam mir damals schon seltsam vor.« Er sah sie stirnrunzelnd an. »Hast du etwas dagegen, wenn ich diesmal mit reinkomme?«

»Nee.« Jenna ging die schmerzhaften Schritte zum nächsten Vernehmungszimmer und schob ihre Karte durch den Scanner. Als Kane die schwere Tür für sie aufstemmte, streckte sie ihren schmerzenden Rücken und trat ein. »Mr Anderson, danke, dass Sie gekommen sind.« Sie erklärte ihm die Situation und schaltete das Aufnahmegerät ein. Nachdem alle Anwesenden ihre Namen genannt hatten, blätterte sie durch ihre Akten. »Ihr Kunstkurs soll ja ziemlich beliebt sein, habe ich mir sagen lassen. War Amanda Braxton bei einem Ihrer Kurse dabei?«

»Amanda?« Anderson runzelte die Stirn. »Nein, ich glaube nicht, dass sie sich sehr für Kunst interessiert hat. Sie saß meist am Fenster und hat gelesen. Ruhiges Mädchen, hatte nicht viel zu sagen.«

»Wann haben Sie sie zum letzten Mal gesehen?« Jenna sah bei der Frage in ihre Notizen, um den Eindruck zu vermitteln, sie hätte eine ganze Liste voller Fragen vorbereitet.

»Das weiß ich nicht mehr, in der Stadt vielleicht.« Er zuckte mit der Schulter. »Während des Spring Break wuseln die Kinder ja überall herum. Ich habe gesehen, dass Julie Wolfe vorne an der Rezeption aushilft. Ganz schön jung, um sich mit Kriminellen herumzuschlagen.« Er lächelte. »Künstlerisch hat sie einiges auf dem Kasten. Hoffentlich endet sie nicht eines Tages als Deputy. Eigentlich muss sie Kunst studieren.«

Jenna rümpfte die Nase. Anscheinend verströmte jeder Mann, den sie heute vernahm, unangenehme Ausdünstungen. Anderson roch nach ungewaschenen Socken. Sie sah von ihren Notizen auf. »Wir sind nicht hier, um über Julie zu sprechen, Mr Anderson. Ich weiß bereits, dass Sie Ihren Kunstkurs besucht.« Sie seufzte. »Hatten Sie während Ihrer Arbeit im Bergbau in Colorado Umgang mit Sprengstoffen?«

»Ja, ich habe selbst ein paar Sprengladungen gelegt.« Anderson blickte gelangweilt drein. »Worauf wollen Sie hinaus, Sheriff?«

»Das sind nur Routinefragen.« Jenna lächelte schmallippig. »Bestimmt sind Ihnen schon mal die Überwachungskameras in der Stadt aufgefallen. Was wäre Ihrer Expertenmeinung nach der beste Weg, sie zu deaktivieren?«

»Das kommt darauf an, ob sie mit oder ohne Kabel funktionieren. Ich hatte bislang nicht die Gelegenheit, sie mir aus der Nähe anzuschauen.« Anderson lehnte sich zurück. »Das Einfachste wäre aber in beiden Fällen, die Stromquelle zu beseitigen. Also die Kabel zu kappen oder die Batterie zu entfernen. Wenn die Kamera zu hoch hängt, um sie zu manipulieren, und man sie nicht zerstören will, könnte man die Optik auch mithilfe eines Laserpointers für gewisse Zeit außer Betrieb setzen.«

»Für wie lange?« Jenna schrieb fleißig mit, als würde sie sich brennend für jedes einzelne seiner Worte interessieren.

»Das kommt aufs Set-up an. Bei Kameras mit eingebautem

Filter nicht sehr lange, bei Infrarotkameras hingegen für unbe-
schränkte Zeit.«

»Wo waren Sie letzte Nacht und heute früh?« Jenna sah ihn
an. »Zwischen elf Uhr abends uns sechs Uhr morgens.«

»Da habe ich gearbeitet.« Er kratzte sich an der Wange.
»Wie ich Ihnen bereits erzählt habe, arbeite ich sonntags und
mittwochs immer Nachtschicht. Das bringt gutes Geld ein, und
viel zu tun gibt es auch nicht. Ich war von Mitternacht bis sechs
Uhr morgens in der Zentrale, habe dann bei Aunt Betty's
gefrühstückt und bis zum Mittag geschlafen, um ein Uhr bin
ich dann wieder zur Arbeit. Ich musste einen Auftrag in Glacial
Heights abschließen.« Er starrte feindselig zu Kane. »Bis
Deputy Kane aufgekreuzt ist.«

»Okay.« Jenna zog die Fotos von Christine Pullman und Joy
Coran aus dem Ordner und schob sie ihm über den Tisch zu.
»Erkennen Sie diese Frauen?«

Sie studierte ihn ganz genau und bemerkte, wie sein
Adamsapfel begann zu beben.

»Ich bin mir nicht sicher.« Anderson lehnte sich in seinem
Stuhl zurück. »Schwer zu sagen, bei dem ganzen Blut.«

»Das sind Christine Pullman und Joy Coran.«

»Die Namen sagen mir nichts, nein.« Anderson richtete
seine Aufmerksamkeit wieder ihr zu. »Sind die auch aus Black
Rock Falls? Ich habe nichts von denen in den Nachrichten
gehört.«

»Nein.«

»Warum halten Sie mich dann von meiner Arbeit ab?«
Anderson verdrehte die Augen. »Sie verschwenden meine
Zeit.«

Jenna räusperte sich. »Zwei ermordete Mädchen liegen in
unserer Leichenhalle, Mr Anderson. Wenn das Ihre Töchter
wären, dann würden Sie von mir erwarten, dass ich jeden
Menschen vernehme, der mit ihnen in Kontakt stand. Die Tode
der anderen Opfer sind Teil unserer Untersuchung der Fälle

Rosen und Braxton.« Sie legte ihren Kuli auf dem Tisch ab und sah ihm direkt in die Augen. »Sie waren auf beiden Anwesen tätig und haben dort ein sogenanntes idiotensicheres Sicherheitssystem installiert. Trotzdem ist es irgendjemandem gelungen, dort beide Mädchen aus ihren Betten heraus zu entführen. Wie erklären Sie sich das, Mr Anderson?«

»Menschliches Versagen, vermutlich. Die Systeme, die wir verbauen, sind hochmodern.« Er breitete seine Arme aus. »Aber die schützen ein Grundstück natürlich nur dann, wenn sie aktiv sind. Ich habe beide Systeme persönlich überprüft und festgestellt, dass sie einwandfrei funktionieren.«

»Wie sieht es mit den Codes aus? Geben Sie jedem Hausbesitzer einen Code?«

»Sicher tun wir das, wir benutzen einen Grundcode, 1-2-3-4, für alle unsere Systeme, um sicherzustellen, dass sie aktiv sind.« Anderson lachte bellend. »Und bevor Sie fragen, nein, ich habe kein kleines Büchlein, in dem sämtliche Codes notiert sind. Ich erkläre den Leuten das komplette System und lasse ihnen ein Handbuch da. Ich bestehe immer darauf, dass sie die Codes sofort zurücksetzen, sobald ich weg bin.«

Jenna tauschte einen Blick mit Kane und zuckte mit der Schulter. Dann blickte sie erneut zu Anderson. »Wo sind Sie aufgewachsen?«

»Meine Familie kommt aus Butte.« Er lächelte sie an. »Wussten Sie, dass man dort ein Bordell aus dem neunzehnten Jahrhundert besichtigen kann?«

»Äh, nein, aber das werde ich mir vormerken, falls ich irgendwann mal in der Gegend sein sollte.« Jenna blinzelte und versuchte, ihre Gedanken zu ordnen. »Hätten Sie etwas dagegen, wenn einer meiner Deputys Ihr Fahrzeug und Ihr Haus durchsucht?«

»Warum?« Anderson runzelte die Stirn. »Bin ich jetzt ein Verdächtiger?«

»Wir wollen einfach nur jeden ausschließen, der zu einem

der Mädchen Kontakt hatte.« Jenna neigte ihren Kopf. »Wenn Sie einwilligen, würde Ihnen das viel Zeit ersparen, Mr Anderson, andernfalls müssen wir Sie so lange hierbehalten, bis uns ein Richter eine Vollmacht besorgt hat – und es besteht hinreichender Verdacht. Sie fahren ein Fahrzeug, das dem Truck ähnelt, der in den Nächten des Verschwindens beider Mädchen gesehen wurde, wir müssen Ihr Alibi noch überprüfen und –«

»Ja, ich weiß, weil ich in beiden Häusern gearbeitet habe und mit beiden Mädels gesprochen habe?« Anderson hob die Hände, dachte einen Moment lang nach und zuckte dann mit der Schulter. »Alles klar. Ich will, dass das vorbei ist.«

»Danke für Ihre Unterstützung. Ich lasse Ihnen ein Formular da, wenn Sie das ausfüllen, erteilen Sie uns die Erlaubnis zur Durchsuchung Ihres Fahrzeugs und Ihres Hauses. Sobald die Durchsuchung abgeschlossen ist, kümmere ich mich darum, dass jemand Sie nach Hause fährt.« Sie richtete sich auf und unterdrückte ein Stöhnen. »Können Sie die Tür öffnen, Kane?«

»Ja, Ma'am.«

Draußen auf dem Flur reichte sie ihm ihr Notizbuch und hielt sich den Rücken. »Was ist dein Eindruck?«

»Ich bin froh, dass du ihn dazu gedrängt hast, uns zu erlauben, sein Haus zu durchsuchen, aber ich bezweifle stark, dass wir dort etwas finden. Wenn er der Mörder ist, dann wird er schlau genug sein, dort keine Hinweise hinterlassen zu haben.« Kane kratzte sich an der Wange. »Er ist ziemlich selbstsicher. Entweder hat er ein wasserdichtes Alibi für beide Nächte oder er ist ein sehr guter Lügner.«

Jenna seufzte. »Ruf bei ihm auf der Arbeit an und überprüfe sein Alibi. Wenn die seine Version bestätigen und wir in seinem Haus nichts finden, dann müssen wir ihn gehen lassen.«

»Aber nicht mehr heute.« Kane sah mit finsterem Blick auf seine Uhr. »Wir müssen die Durchsuchungen am Morgen durchführen, aber wenn wir keine Beweise finden, dann müssen wir sie ziehen lassen.«

Jenna nickte zustimmend. »Okay, ich kümmere mich um einen Anwalt für Kittredge, bringe die Akten auf den neuesten Stand und überlasse es dir, Andersons Alibi abzuklopfen. Du könntest auch mal in der Triple Z Bar anrufen und nachfragen, ob der Barmann die Frau kennt, mit der Kittredge die Nacht von Mittwoch auf Donnerstag verbracht haben will.« Sie blickte den Flur hinab. »Wenn wir damit durch sind, sprechen wir mit Lancaster und Packer.«

»Ich kann die beiden auch vernehmen, falls du eine Pause brauchst.« Kane berührte ihr Gesicht. »Du siehst blass aus. Ich wünschte, du würdest dich von einem Arzt durchchecken lassen.«

Jenna umfasste seine Hand. »Danke, aber wenn einer von den beiden darauf versessen ist, unschuldige Mädchen zu ermorden, um an mich ranzukommen, dann möchte ich dem Scheißkerl gern persönlich in die Augen sehen.«

FÜNFUNDVIERZIG

Als Jenna nach ihrem Telefonat mit Sam Cross den Hörer auflegte, erblickte sie Rowley, der in der Tür zu ihrem Büro stand. »Wie ist es mit George Miller gelaufen?«

»Er bringt Matt jetzt hierher, besteht aber darauf, dass sein Anwalt dabei ist.« Rowley runzelte die Stirn. »Ich habe es jetzt schon ein paarmal bei Cross versucht, aber da ist die ganze Zeit besetzt.«

»Keine Sorge.« Jenna massierte sich die Schläfen. »Er kommt jetzt ohnehin vorbei, um Kittredge zu vertreten, er wird heute Nachmittag also alle Hände voll zu tun haben.«

»Wolfe hat angerufen. Die inoffizielle Todesursache von Amanda Braxton ist Genickbruch.« Rowley verdrehte die Augen. »Er bestand auf das Adjektiv ›inoffiziell‹ und meinte, diese Meinung basiert lediglich auf einer Sichtprüfung und würde niemals vor Gericht standhalten, aber der Mörder hätte seinem Opfer die Verletzung mithilfe einer militärischen Kampftechnik zugefügt.«

»Das ist interessant.« Jenna blickte zum Whiteboard. »Packer wurde unehrenhaft aus der Army entlassen und hat uns schon einmal belogen, was seine Sprengstoffkenntnisse angeht.« Sie rief seine Akte auf dem Computer auf und ging sie noch einmal durch. »Ach ja, und er ist in einer Vielzahl von Pflegefamilien aufgewachsen. Er ist mehrmals weggelaufen, bevor er dann schließlich der Army beigetreten ist. Der Grund für seine Entlassung ist nicht aufgeführt.« Sie blickte zu Rowley auf. »Er ist innerhalb der Staatsgrenzen häufig umgezogen, wohnt jetzt aber schon seit mindestens vier Jahren hier.«

»Dann passt er ja auf Kanes Profil.« Rowley rieb sich den Nacken und zögerte. »Er hat für mich gearbeitet – letzten Sommer hat er meine Küche renoviert. Hat einen ganz netten Eindruck gemacht.«

Jenna sah ihn an. »Seit ich hier in Black Rock Falls lebe, habe ich noch keinen psychopathischen Mörder kennengelernt, den ich nicht gemocht habe.« Sie zuckte mit der Schulter. »Denken Sie an all die mordenden Bastarde, die wir erwischt haben, Rowley. Ich hätten keinen von denen für fähig gehalten, einen Raubüberfall zu begehen, geschweige denn einen sadistischen Mord. Deshalb nehme ich jetzt auch die netten Jungs ins Visier.«

»Das sehe ich.« Rowley nickte. »Wenn Sie mich nicht mehr brauchen, Ma'am, dann gehe ich jetzt wieder zurück zum Frontschalter.«

»Klar. Danke für Ihre Hilfe.« Es klopfte an der Tür. Kane stand davor, Smithers und Martin unterhielten sich hinter ihm im Flur. Jenna winkte ihn herein. »Was ist los?«

»Smithers wartet auf neue Anweisungen, und Martin fährt jetzt gleich zurück zur Zentrale.« Kane nickte mit dem Kopf in Richtung der Männer im Flur. »Die Millers sind eingetroffen und nicht gerade gut aufgelegt.«

Jenna fuhr sich mit beiden Händen durchs Haar, atmete tief durch und versuchte, ihre Gedanken zu ordnen. »Okay, dann bedank dich bei Martin für seine Unterstützung und bitte Smithers, die Millers in ein Vernehmungszimmer zu führen. Danach soll er am Schalter warten, bis Sam Cross eintrifft. Sag ihm, er soll Cross zuerst zu Kittredge bringen, und wenn er dort fertig ist, kannst du ihm zeigen, wo wir die Millers vernehmen.«

Kane nickte ihr zu und eilte aus dem Raum. Jenna warf einen Blick auf die Wanduhr. Der Nachmittag verging wie im Flug, und sie wünschte sich so sehr, dass dieser Tag endlich endete, doch er wurde von Minute zu Minute länger. Sie stieß einen langen Seufzer aus. Sie hatte noch zwei, vielleicht sogar drei Vernehmungen vor sich und würde nicht vor dem späten Abend Feierabend machen – wenn es gut lief.

»Ich habe mit dem Barmann der Triple Z Bar gesprochen.« Kane kam zurück in ihr Büro gestapft und ließ sich in einen Stuhl fallen. »Wie beim letzten Mal: Er kann sich erinnern, Kittredge dort mit einer Frau gesehen zu haben, aber der wäre immer mit irgendeiner Frau zugange, und da ein Tag wie der andere sei ... Er wird rumfragen nach einer Frau, die auf die Beschreibung passt, die Kittredge uns gegeben hat. Wenn er sie findet, ruft er uns an.« Er rieb sich die Stoppeln am Kinn, die länger geworden waren. »Ich habe bei Silent Alarms angerufen, Andersons Alibi ist wasserdicht. Laut seinem Boss hat er in beiden Nächten gearbeitet. Wenn nicht gerade irgendjemand den Alarm auslöst, kann er die ganze Nacht über fernsehen.«

Jenna seufzte. »Dann müssen wir ihn wohl ziehen lassen, falls die Durchsuchung seines Hauses nichts ergibt?«

»Ja, uns bleibt keine andere Wahl. Wir haben keinerlei Beweise für eine Anklage.« Kane trommelte mit den Fingern auf der Armlehne des Stuhls. »Bist du bereit für Packer?«

»Ja, aber bevor wir gehen, habe ich was Interessantes für dich.« Jenna erläuterte Wolfes vorläufige Schlussfolgerung zu Amandas Todesursache.

»Okay.« Kane stand auf. »Damit rückt Packer also in den engsten Kreis der Tatverdächtigen vor.«

»Scheint ganz so.« Jenna erhob sich, unterdrückte ein neuerliches Stöhnen und versuchte, den Schmerz in ihrem

Rücken zu ignorieren. »Dann wollen wir doch mal sehen, was Mr Packer zu sagen hat.«

Als sie den Vernehmungsraum betraten, stand Sean Packer zu Jennas Verwunderung auf und begrüßte sie mit einem Lächeln. Sie erläuterte die Notwendigkeit, das Gespräch aufzuzeichnen und verwies ihn auf seine Rechte. Sobald sich Packer bereit dazu erklärt hatte, die Fragen zu beantworten, sah sie ihm in die Augen. »Sie hatten eine schwere Kindheit, habe ich gehört? Es muss die Hölle gewesen sein, von einer Pflegefamilie zur nächsten abgeschoben zu werden.«

»Es war besser als im Waisenhaus.« Packers Lächeln war bereits nach ihrer ersten Frage verblasst. »Es war wie im Knast. Sie haben uns schlechter als Tiere behandelt.« Er schüttelte den Kopf. »Ich dachte ja, es wäre gut in eine Pflegefamilie zu kommen, doch ich bin dann bei einem Paar mit einer ganzen Kinderhorde gelandet, das sein gesamtes Geld für Alkohol ausgegeben hat. Ich war froh, als ich der Army beitreten konnte.«

»Das klingt furchtbar. Da bin ich ja froh, dass es hier in Black Rock Falls anders läuft. Die Pflegefamilien hier stehen unter professioneller Supervision.« Jenna legte die Stirn in Falten, um Mitgefühl zu suggerieren. »Ich nehme an, bei der Army lief es auch nicht so gut?«

»Eine Zeit lang schon.« Packer zuckte mit der Schulter. »Ich habe dort einige Fähigkeiten erlernt, die ich auf eigene Faust nicht hätte erlangen können. Dank der Army bin ich in der Lage, meinen Lebensunterhalt bestreiten zu können.«

»Verstehe.« Jenna machte sich einige Notizen. »Aber wieso sind Sie unehrenhaft entlassen worden?«

»Ich bin zur Army gegangen, um zu überleben, nicht um in irgendeinem gottverlassenen Land draufzugehen.« Packer lehnte sich zurück und sah sie neugierig an. »Ich habe zivile

Positionen bekleidet, aber als dann die Zeit gekommen war, habe ich den Auslandseinsatz verweigert.«

Jenna vernahm ein Grunzen neben sich und konnte Kanes Empörung regelrecht spüren. Sie tauschte einen Blick mit ihm aus und sah, wie sich seine Mundwinkel verzogen. Sie blickte zu Packer. »Verstehe.«

»Ich bin kein Feigling.« Packers Augen blitzten vor Wut auf. »Es war nur ein guter Vorwand, um zu gehen.« Er räusperte sich. »Die Leute brüllen einem andauernd Befehle ins Ohr und sagen einem, was man zu tun hat. Davon hatte ich irgendwann die Schnauze voll.«

Jenna lehnte sich in ihren Stuhl zurück. »Wo sind Sie Mittwochnacht gewesen?«

»Zu Hause bei meiner Frau Aileen.« Packer seufzte. »Genau wie beim letzten Mal, als Sie mich das gefragt haben. Meine Frau hat mir erzählt, dass ein Deputy bei ihr vor der Tür stand und sie aufgefordert hat, eine Aussage zu unterschreiben. Wenn er noch mal aufkreuzt, wird sie ihm das wieder sagen. Reine Zeitverschwendung.«

»Okay, Mr Packer.« Jenna versuchte, sich in seinen Kopf hineinzuversetzen. »Wir wissen, dass die Army Sie im Umgang mit Sprengstoff ausgebildet hat. Warum haben Sie das in unserem letzten Gespräch geleugnet?«

»In der Grundausbildung, vielleicht.« Packer seufzte wieder. »Ich erinnere mich nicht mehr.«

»Sie kennen sich also mit verschiedensten Waffen aus. Jagen Sie?« Jenna hob eine Augenbraue. »Oder gehen Sie lieber auf den Schießplatz?«

»Ja, ich jage gern. Wapitis oder Hirsche, und ich besitze einige Jagdwaffen.« Packer starrte sie trotzig an. »Wie die meisten Männer, die hier leben. Ich übe häufig auf dem Schießstand. Verantwortungsbewusst, wie ich bin.«

»Gut zu wissen.« Jenna zog die Fotos von Christine

Pullman und Joy Coran aus dem Ordner. »Kennen Sie diese Frauen?«

»Sind die tot?« Packer sah sie aus ausdruckslosen Augen an. »Nö, sagen mir nichts.«

Jenna bohrte etwas tiefer. »Haben Sie kinderpornografisches Material zu Hause?«

»Nein!« Packer wirbelte entrüstet auf seinem Stuhl herum. »Warum fragen Sie mich so etwas?«

»Dann haben Sie ja sicher nichts dagegen, uns Ihren Computer oder andere Geräte zur Überprüfung zu übergeben und uns zu gestatten, Ihr Haus und Ihr Fahrzeug zu untersuchen?« Jennas Blick ruhte auf seinem Gesicht. »Nun, Mr Packer? Oder benötigen wir einen Durchsuchungsbeschluss?«

»Ich denke nicht. Ich habe nichts zu verbergen.« Packer blitzte sie verächtlich an. »Ich kann nicht fassen, dass Sie glauben, ich hätte den beiden Mädels etwas angetan.« Er zeigte mit dem Finger auf sie. »Sie sind ein Schlitzohr, erst machen Sie einen auf nette Unterhaltung, und dann gehen Sie mich an wie ein Staatsanwalt.«

»Es steht Ihnen frei, jederzeit einen Rechtsanwalt hinzuzuziehen.« Jenna wartete ein paar Augenblicke. »Nein?« Sie nahm einen Aussageblock aus dem Ordner und reichte ihn Packer zusammen mit einem Kuli. »Bitte erklären Sie in Ihrer Aussage, dass Sie uns die Erlaubnis erteilen, Ihr Grundstück und Ihr Fahrzeug zu durchsuchen, und setzen Sie Ihre Unterschrift darunter.« Sie machte eine kurze Pause. »Es liegt ganz bei Ihnen, Mr Packer. Denken Sie darüber nach – wenn Sie wirklich nichts zu verbergen haben, dann können Sie hier erhobenen Hauptes rausmarschieren. Niemand weiß, wieso Sie hier sind.«

»Aber wie lange wird das Ganze dauern?« Packer schnappte sich den Kuli, setzte das Schreiben auf und stöhnte.

»Sie müssen hierbleiben, bis wir Ihr Haus durchsucht haben.« Jenna ordnete ihre Akten. »Wenn alles so ist, wie Sie sagen, dann haben wir keinerlei Grund, Sie hier länger als vierundzwanzig Stunden festzuhalten.«

»Aber telefonieren darf ich doch wohl noch, oder?« Packer starrte sie zornig an. »Ich muss meiner Frau Bescheid sagen.«

»Sie stehen nicht unter Anklage, Mr Packer.« Jenna stand auf. »Sie werden nur zum Verhör festgehalten. Ich werde Maggie bitten, Aileen darüber zu informieren, dass Sie hier sind.«

Draußen im Flur lehnte sich Jenna gegen die Wand und sah zu Kane auf. »Irgendetwas ist gruslig an dem. Ich kann aber nicht genau sagen, was es ist.«

»Er erfüllt alle Kriterien.« Kane starre auf die Tür. »Er war in der Army, also ist er in der Lage, einem Menschen innerhalb von Sekunden lautlos das Genick zu brechen, und er hat gestanden, erfahren im Umgang mit dem Gewehr zu sein. Er hat sich mit den Kindern der Familien, für die er gearbeitet hat, angefreundet, weshalb die Mädels ihm vertraut haben könnten, und er kennt sich mit Sprengstoff aus. Als Handwerker verfügt er bestimmt über weitere Fähigkeiten, die uns nicht bewusst sind. Andererseits hat er ein Alibi für beide Tatnächte und kein offenkundiges Motiv.«

»Ehefrauen lügen, und er könnte locker ein Motiv haben.« Jenna blickte in ihre Notizen. »Was ist, wenn er als Kind in der Pflegefamilie von einer weiblichen Autoritätsperson misshandelt wurde? Das müssen wir überprüfen. Vielleicht weiß seine Frau etwas dazu?« Sie spähte durch den Einwegspiegel zu Packer. »Wir bitten Wolfe, uns heute bei der Durchsuchung des Hauses zu begleiten. Schließen Sie ihn über Nacht hier ein. Wir kümmern uns morgen früh um ihn.«

SECHSUNDVIERZIG

»Sheriff Alton.«

Jenna stieß sich von der Wand ab, als der Anwalt Sam Cross aus dem Verhörraum drei an Rowley vorbeiging, dicht gefolgt von George Miller. »Suchen Sie mich, Mr Cross?«

»So sieht's aus.« Cross blickte in beide Richtungen und senkte dann seine Stimme. »Können wir uns unter vier Augen unterhalten?«

»Ich habe vier Vernehmungszimmer, und momentan sind alle belegt.« Jenna blickte zu George Miller, der sich jedoch abwandte. »Es sei denn, Sie wollen in mein Büro kommen?«

»Wir können vor meinem Mandanten sprechen.« Cross und Miller traten einen Schritt zur Seite, um Jenna vorbeizulassen. Sie nickte Rowley zu, der an der Tür stand. »Von hier an übernehmen ich, Rowley. Wir werden heute Übernachtungsgäste in den Zellen haben. Rufen Sie im Sheriff's Department in Blackwater an und fragen Sie nach, ob die ein paar Deputys abstellen können, die Walters um sechs Uhr ablösen können.«

»Ja, Ma'am.« Rowley machte sich auf zum Hauptbüro.

Sie versammelten sich im Vernehmungszimmer, und Jenna nahm Platz. »Was gibt es zu besprechen?«

»Sie haben einen Zeugen, der meinen Mandanten in der Nähe des Entführungsorts von Amanda Braxton gesehen haben will?«

Jenna nickte. »Ja, den haben wir.«

»Dann schlagen wir einen Deal vor.« Cross setzte sich neben Matt Miller, verschränkte die Beine und lehnte sich zurück. »Völlige Straffreiheit für Matt und sämtliche Zeugen, die zur Entlastung meines Mandanten notwendig sind.«

»Völlige Straffreiheit wovon?« Jenna schüttelte den Kopf. »Wenn das ein Trick sein soll, um Ihren Mandanten vor einer Mordanklage zu schützen, dann müssen Sie verrückt sein.«

»Ach was, es geht um einen Bagatelldelikt.« Cross winkte mit der Hand ab, als wollte er eine Fliege verscheuchen. »Das Problem ist nur, dass ich sie nur schwerlich dazu bringen kann, sich zu melden, wenn sie glauben, dass sie sich dadurch selbst belasten würden.« Er zuckte mit der Achsel. »Wenn Sie damit einverstanden sind, meinen Mandanten nicht wegen eines Bagatelldelikts anzuzeigen, erklären wir Ihnen, wieso Matt in der Nähe der entführten Mädchen war, aber wenn Sie Beweise dafür verlangen, müssen wir einen Deal mit dem District Attorney vereinbaren.«

Wie schlimm konnte es schon sein? Jenna wäre froh, einen möglichen Verdächtigen von ihrer Liste streichen zu können. Sie seufzte. »Okay, was haben Sie also verbrochen, Matt?«

»Er sagt kein Wort.« Cross starrte Jenna aus funkelnden Augen an. »Matt hat Gras an seine Freunde ausgeliefert. Er bezieht es von einem Dealer, und die Jungs teilen sich die Kosten – das ist alles. Seine Freunde können bestätigen, wo er in den besagten Tatnächten gewesen ist und Ihnen die ungefähren Zeiten nennen, wenn sie alle Straffreiheit erhalten.«

»Und eine Zusicherung, dass er aufhört zu dealen?«

»Sicher.« Cross lächelte. »Er will ein ruhiges Leben.«

Jenna drehte sich zu Kane. »Dann rufen wir mal den DA an.«

»Ja, aber heute Nachmittag wirst du ihn nicht mehr hierher-
kriegen, er wird im Gericht sein.« Kane spähte auf seine Uhr.
»Vielleicht gleich morgen früh?«

»Okay.« Jenna wandte sich wieder Cross zu. »Matt wird
heute Nacht hierbleiben müssen, bis wir ein Treffen mit dem
DA vereinbart haben. Vielleicht klappt es ja morgen früh.«

»Ich will hier nicht über Nacht bleiben.« Matt sprang auf.
»Ich habe doch zugegeben, wieso ich in der Stanton Road war.«

»Es ist doch nur für eine Nacht, und sie werden dich gut
füttern.« Cross legte eine Hand auf Matts Schulter. »Bald ist
die ganze Sache erledigt.«

Jenna stand auf, um sich zu verabschieden. »Wir kümmern
uns um alles und melden uns dann bei Ihnen.« Sie blickte zu
Matt. »Warten Sie hier, Rowley bringt Sie zu Ihrer Zelle.«
Dann folgte sie Kane und verließ gemeinsam mit Cross und
George Miller das Büro.

»Danke für Ihr Entgegenkommen, Jenna.« Cross schenkte
ihr sein Zahnpastagrinsen. »Gehen wir bald mal zusammen
abendessen?«

Jenna lachte. »Ein Sheriff und ein Verteidiger. Kenne ich
schon. Glauben Sie mir, das würde nicht gut ausgehen, aber
trotzdem danke.« Sie wandte sich ab und folgte Kane ins
nächste Vernehmungszimmer.

Weil ihr auffiel, wie Kane sie ansah, lächelte sie ihn an. »Es
tut gut, hin und wieder umschmeichelt zu werden.«

»So, so.« Kane lächelte verhalten. »Das werde ich mir
merken.«

So sehr sie die Aufmerksamkeit, die Kane ihr außerhalb des
Dienstes schenkte, auch genoß, machte sie es ihr während der
Arbeit schwer, einen kühlen Kopf zu bewahren. *Nach dem, was
ich heute durchgemacht habe, könnte ich eine Umarmung gut
vertragen.* Sie bemerkte, wie ihr Gesicht bei dieser Vorstellung
ganz warm wurde, und räusperte sich. »Lancaster ist der
Nächste.«

SIEBENUNDVIERZIG

Er warf einen Blick auf die Wanduhr. Es war eine vertraute, herkömmliche runde Uhr aus Metall mit einen Durchmesser von zwanzig Zentimetern und einem Uhrglas. Das Zifferblatt hatte die üblichen zwölf Ziffern in schwarzer Farbe. Die Sekunden waren in Abschnitte eingeteilt, und es gab zwei schwarze Zeiger. Ein roter Sekundenzeiger zeigte die vergehenden Sekunden an, sechzig Sekunden bis zu einer Minute, sechzig Minuten bis zu einer Stunde. Das Ticken der Uhr hatte sich in sein Hirn eingebrannt wie ein Ohrwurm, während er der Zeit beim Verstreichen zusah. Er hatte im Moment nichts anderes zu tun und es gefiel ihm, die Uhr zu beobachten. Ticktack, ticktack.

Dieses Geräusch beruhigte ihn und half ihm, seine Gedanken zu ordnen. Bislang hatte er immer einen Zeitplan gehabt, jeden Schritt sorgfältig vorausgeplant – doch mit Sara hatte er dem Spiel eine neue Wendung gegeben. Das Aufeinandertreffen mit ihr war irgendwie anders gewesen, und er hatte sich spontan entschlossen, sie dort zu töten. Der Wald hatte sich als erstklassiger Tatort erwiesen, und er hatte ihre Angst in sich aufgesogen. Wäre ihm an ihrer Stelle doch nur der Sheriff in die Falle gegangen.

Ticktack, ticktack. Seine Augen folgten dem roten Zeiger, der sich von der Neun auf die Zehn zubewegte. Es war fast hypnotisierend. Uhren waren fantastische Erfindungen, sie maßen eine Illusion, die nur in den Köpfen der Menschen existierte. Eine menschliche Erfindung, die dazu diente, eine andere menschliche Erfindung zu messen.

Schon von klein auf hatte er Spaß daran gehabt, auszutüfteln, wie Dinge funktionierten. Die Informationen, die ihm fehlten, konnte er in Büchern oder im Internet finden, doch die Funktionsweise des Gehirns verwirrte ihn. Er hatte einmal jemanden fragen wollen, einen Psychiater vielleicht, warum das Gesicht seiner Großmutter über den Gesichtern der Frauen erschien, die er getötet hatte, doch in dem Moment, in dem er Lindy getötet hatte, hatte sich alles verändert.

Es waren nur Lindys große, angsterfüllte Augen gewesen, die ihn anstarrten, während er das Seil um ihren Hals straffte, nicht der böse Blick seiner Großmutter. Diese Mädchen zu ermorden, war irgendwie anders – aufregend –, und ihre Angst vor ihm berauschte ihn ein wie eine Droge. Möglicherweise konnte er seine inneren Dämonen ein für allemal besiegen, indem er den Sheriff tötete und das Spiel für sich entschied. Schließlich war der Nervenkitzel, ein junges Mädchen zu entführen und umzubringen, so viel besser.

Als er zum ersten Mal gesehen hatte, wie Sheriff Alton Männer herumkommandierte, als wäre sie die Größte, blitzten die Augen seiner Großmutter vor Wut auf, verfluchten ihn und gaben ihm zu verstehen, dass er nutzlos war und zu nichts taugte. Lange Zeit hatte er geglaubt, dass sie damit recht hatte, denn als Kind hatten ihn alle Frauen, die er traf, wie ein ekelhaftes Insekt behandelt, das sie am liebsten zertreten wollten.

Jetzt aber war er kein kleiner Junge mehr.

Eine nach der anderen ließ er um Verzeihung bitten, dann sprach er sein Urteil. Er hatte geglaubt, dass eines Tages jemand seinen Rachefeldzug beenden würde, und ihm war langweilig dabei geworden, zu warten, bis der Spaß endlich losging. Die erwartete Verfolgungsjagd aber hatte niemals stattgefunden, und seine Leistung, siebenundzwanzig Frauen ermordet zu haben, war nirgendwo erwähnt worden – bis er Lindy erwürgt hatte. Sein Leben hatte sich in diesem dunklen Rübenkeller schlagartig verändert. Der Schattenmann war auferstanden, gefürchtet und respektiert. Nun stand seiner Erlösung nur noch eine Frau im Weg – Sheriff Jenna Alton. Er musste nur noch dieses Spiel gewinnen um die letzte Vision seiner Großmutter zu zerstören, dann würde er frei sein. *Madame, Sie werden so was von sterben.*

ACHTUNDVIERZIG

Erschöpft wartete Jenna, bis Kane die Tür zum Vernehmungszimmer geöffnet hatte, und trat ein. Sie erkannte den muskelbepackten Mann, der sich da breitbeinig auf dem Stuhl fläzte. Seine Füße lagen auf dem Tisch, und seinen Hut hatte er sich tief ins Gesicht gezogen. Sie räusperte sich. »Mr Lancaster.«

»Das bin ich.« Lancaster lupfte den Rand seines Huts und blickte sie an. »Tach, Sheriff, schön, Sie wiederzusehen, Ma'am.« Er nahm seine Stiefel vom Tisch und setzte sich auf.

Jenna musterte den Mann, der da vor ihr saß, gut aussehend und mit einem verführerischen Lächeln – kein Wunder, dass die jungen Mädchen verrückt nach ihm waren. Sie erklärte ihm die Situation und seine Rechte und schaltete auf seine Einwilligung hin das Aufnahmegerät ein. »Bei unserem letzten Gespräch haben Sie erwähnt, dass Sie Lindy Rosen kannten. Kannten Sie auch Amanda Braxton?«

»Das andere vermisste Mädchen?« Lancaster runzelte die Stirn. »Ja, sie war eines dieser Mädels, die mir an der Schule hinterhergejagt sind, genau wie Lindy. Ist das der Grund, wieso ich hier bin? Sie glauben, ich hätte was mit den Entführungen dieser Mädels zu tun?«

Wenn das hier eine Unschuldsbeteuerung war, dann wirkte sie auf jeden Fall authentisch. Jenna ignorierte seine Frage, öffnete die Akte und ließ die Tatortfotos herausgleiten, die Agent Martin ihr von den beiden ermordeten Frauen gegeben hatte. »Was ist mit Christine Pullman und Joy Coran?« Sie legte ihm die Fotos vor. »Schauen Sie sich die gut an. Erkennen Sie die wieder?«

»Scheiße!« Lancaster starrte auf die Bilder und hob dann langsam den Blick. »Sie wollen mich verarschen, stimmt's?« Er starrte in die Kamera. »Okay, Sie haben mich erwischt.« Er blickte zurück zu Jenna. »Das ist nicht lustig – diese Frauen sehen ziemlich übel aus, und mir wird ganz anders davon.«

»Sie sind tot. Zu Tode geprügelt.« Kane beugte sich mit angewiderter Miene nach vorn. »Sehen wir aus, als würden wir Witze machen? Glauben Sie, Sheriff Alton ist zum Scherzen aufgelegt, wenn sie gerade die Morde an zwei jungen Mädchen aufzuklären hat?«

»Ey, Mann.« Lancaster hob beide Hände, als wollte er ihn abwehren. »Ich kann noch nicht mal eine Schlange töten, eine Frau schon gar nicht, und diese Mädels waren doch noch Kinder. Nur weil sie mir auf den Wecker gehen, bringe ich sie doch nicht um. Verdammt, so anstrengend waren sie auch wieder nicht, und es ist ja auch irgendwie ganz nett, so angehimmelt zu werden.«

»Es ist nur ein seltsamer Zufall: Ein Mädchen wird vermisst, und am selben Morgen lassen Sie Ihren Truck professionell reinigen.« Kane funkelte ihn an. »Und Alibis für die Tatnächte haben Sie auch nicht.«

»Hören Sie, ich lasse meinen Truck jede Woche um die gleiche Zeit reinigen.« Lancaster räusperte sich. »Unter den Sachen, die mir der Deputy abgenommen hat, finden Sie meinen Kontoauszug. Darauf steht, dass ich jede Woche zur gleichen Zeit für eine professionelle Autopflege bezahle.« Er zuckte mit der Schulter. »Ich hab was mit einer Frau, die dort arbeitet. Sie ist verheiratet, und ich habe die Nacht, in der Amanda verschwunden ist, bei ihr verbracht. Deshalb habe ich gesagt, dass ich allein war, sie ist in einer brenzligen Lage.« Er schaute zu Jenna. »Überprüfen Sie das, aber ihr Ehemann darf nichts davon erfahren. Er missbraucht sie, und sie will ihn verlassen.«

»Ich werde Ihre Aussage vertraulich behandeln.« Jenna tauschte einen Blick mit Kane. »Geben Sie mir ihren Namen und ihre Handynummer.« Sie schrieb sich die Kontaktdetails auf. »Okay, warten Sie hier. Kane, kommen Sie mit.«

Draußen im Flur tätigte sie den Anruf, dann legte sie auf und schaute zu Kane. »Ja, sie hat ihn gedeckt und ist auf dem Weg zu uns, um eine Aussage zu machen.«

Jenna ging zurück in den Raum. »Okay, Mr Lancaster. Ich werde mir den Bankauszug ansehen, und wenn Ihre mysteriöse Freundin hier aufschlägt, um eine Aussage zu machen, dann können Sie gehen. Danke für Ihr Kommen. Ich kümmere mich darum, dass jemand Sie zurück zu Ihrer Arbeitsstelle fährt.«

»Dankeschön.« Lancaster schaute wütend zu Jenna auf. »Sie haben also doch eine menschliche Seite.«

Jenna ging über diesen plötzlichen Stimmungswandel hinweg und trat in den Flur hinaus. Sie zog die Tür zum Vernehmungszimmer zu und schloss zu Kane auf. »Gib mir irgendetwas. Wir haben drei potenzielle Mörder in Haft und müssen sie weiter eingrenzen.«

»Ich muss mir die Aufzeichnungen der Vernehmungen noch mal ansehen.« Kane hatte seine Daumen in seinem Gürtel eingehakt und stand so breitbeinig da, dass er fast den gesamten Durchgang einnahm. »Ich schließe auch den Schulhausmeister McLeod nicht aus, er ist der Einzige mit einem echten Motiv.«

Jenna schüttelte den Kopf. »Ich glaube nicht, dass er es ist, aber das werden wir spätestens dann wissen, wenn der Schattenmann das nächste Mal zuschlägt. Geh die Infos durch, die wir zu den anderen dreien haben, und versuch, den Verdächtigenkreis weiter einzugrenzen.«

Jennas Handy kündigte eine neue Nachricht an. Sie blickte still zu Kane auf, um seinen Gedankengang nicht zu unterbrechen. »Ich sehe wohl mal besser nach, die könnte von Wolfe sein.«

Sie öffnete die Nachricht, starrte ungläubig auf die unterdrückte Nummer und sah zurück zu Kane. »Die ist vom Schattenmann – und es gibt einen Anhang.«

NEUNUNDVIERZIG

Das Herz schlug Jenna bis zum Hals, als sie die Nachricht öffnete und sie Kane zum Mitlesen präsentierte.

Sie sind keine große Spielerin, was, Sheriff?
Ich will es Ihnen leicht machen.
Hier ist das Mädchen, das ich als nächstes töten werde.
Hübsch, nicht wahr?
Sie haben eine Stunde, dann sind Sie dran.
Das wird ein Spaß, oder?
Ticktack. Ticktack.

Mit einem flauen Gefühl im Magen öffnete sie den Anhang und starrte auf das Mädchen auf dem Foto. Sie sah so glücklich und voller Leben aus, wie sie da vor diesen Kiefern stand. Sie sah zu Kane. »Sämtliche Männer, die wir in Gewahrsam haben, wurden durchsucht, bevor sie die Vernehmungszimmer betreten haben, und keiner von ihnen hatte ein Handy bei sich.« Sie biss sich auf die Unterlippe. »Kannst du dir Rowley schnappen und sie alle einer Leibesvisitation unterziehen? Ich werde dieses Bild Julie zeigen. Vielleicht weiß sie ja, wer das ist.«

»Die kommt mir bekannt vor. Ich bin mir sicher, dass sie eines der Mädchen aus der Theatergruppe ist.« Kane inspizierte das Bild mit grimmiger Miene. »Womöglich hat er sie bereits irgendwo versteckt.«

Jennas Magen zog sich weiter zusammen, während sie bestürzt auf das Bild starrte. »Ich habe eine Liste mit den Mädchen aus der Theatergruppe. Ich werde die Eltern kontaktieren und ihnen das Foto weiterleiten. Irgendjemand wird sie erkennen.« Sie blickte zu Kane. »Jetzt ist ihm endlich mal ein Fehler unterlaufen. Wir müssen dieses verdammte Handy finden.«

»Ich bin schon dran.« Kane hastete den Flut entlang ins Hauptbüro. »Rowley, mitkommen!«

Jenna rannte zur Rezeption, warf ihre Akten und ihr Notizbuch auf den Schreibtisch und reckte ihr Handy in die Luft. »Hey, Julie. Ich könnte wirklich deine Hilfe brauchen. Kennst du dieses Mädchen?«

Wolfes Tochter sah erschrocken zu ihr auf und hastete zum Schalter.

»Die ist bei mir auf der Schule, aber ich weiß nicht, wie sie heißt.« Julie schaute stirnrunzelnd auf Jennas Handy. »Aber Lucy weiß das sicher. Ich kann Ihnen ihre Nummer geben.« Sie zückte ihr Handy, scrollte durch ihr Telefonbuch und gab Jenna die Kontaktdaten durch. »Ist ihr etwas zugestoßen?«

Jenna tippte panisch die Nummer ein. »Noch nicht, hoffe ich.«

Es dauerte eine gefühlte Ewigkeit, bis Lucy ranging. »Lucy, Sheriff Alton hier.«

»Ähm ... ja? Wollen Sie meine Mom sprechen?«

Jenna bemühte sich, mit möglichst ruhiger Stimme zu sprechen. »Ich habe ein Foto von einer deiner Mitschülerinnen. Ich brauche ihren Namen und ihre Kontaktdaten. Kannst du mir da weiterhelfen?«

»*Sicher. Hat sie irgendetwas angestellt?*«

»Nein. Ich muss sie einfach nur finden. Ich schicke dir das Bild und rufe dich dann noch mal an.« Jenna legte auf, schickte ihr die Nachricht mit dem Bild, wartete eine quälend lange Minute und rief dann zurück. »Und, kennst du sie, Lucy?«

»*Sie hätten nicht auflegen müssen. Man kann gleichzeitig telefonieren und Nachrichten empfangen. Ich zeige Ihnen gern, wie das geht, wenn Sie mögen?*«

Jenna verdrängte die aufkeimende Angst und versuchte, Ruhe zu bewahren. Sie wollte Lucy keinesfalls verängstigen. »Das ist sehr lieb von dir, aber ich brauche den Namen des Mädchens.«

»*Der Name ist Sara Nelson. Sie wohnt in Glacial Heights, 209 Stanton Road. Ich kann Ihnen ihre Nummer geben, wenn Sie mögen?*«

Jenna klemmte sich ihr Handy zwischen Ohr und Schulter und kritzelte die Kontaktdaten in ihr Notizbuch. »Hast du auch ihre Festnetznummer?«

»*Äh, ja, aber ihre Eltern werden Sie nicht erreichen, die kommen frühestens gegen sechs Uhr nach Hause. Sie arbeiten im Krankenhaus. Ihre Mom ist Krankenschwester und ihr Vater Chirurg.*«

Wenn der Schattenmann Sara bereits entführt hatte, dann hatte das Mädchen niemanden, der sie als vermisst melden konnte.

»Okay, danke, Lucy.« Jenna legte auf und registrierte Julies kreidebleiches Gesicht. Als hätte sie ihre Gedanken gelesen, zwang sie sich in diesem Moment zu einem Lächeln. »Danke für deine Hilfe, Julie. Ich werde jetzt versuchen, sie zu erreichen.«

Nachdem sie ihren Papierkram aufgesammelt hatte, ging Jenna so lässig sie konnte zurück in ihr Büro und wählte Saras

Nummer. Die Mailbox ging ran und sie hinterließ eine Nachricht, in der sie Sara bat, Kontakt zu ihr aufzunehmen. Als Nächstes wählte sie Festnetznummer und erwischte auch dort nur den Anrufbeantworter. Sie rief im Krankenhaus an, wo sie nach einer gefühlten Ewigkeit Saras Vater ans Telefon bekam. Sie schilderte ihm die Situation. »Ich muss Sie bitten, alle ihre Freundinnen abzutelefonieren, für den Fall, dass sie bei einer von ihnen ist. Wenn Sie sie finden, rufen Sie mich an – und wenn nicht, ebenfalls. Es könnte sich um einen Nachahmungstäter oder einen Scherz handeln, aber wir müssen sicherstellen, dass es ihr gut geht.«

»Ich hole meine Frau dazu, wir rufen jeden an, den wir kennen, und dann rufe ich Sie zurück.« Dr. Nelson wirkte angespannt. »Bitte halten Sie mich auf dem Laufenden. Ich gebe Ihnen meine Handynummer.« Er ratterte die Nummer runter.

Jenna notierte sich die Handynummer und legte auf. Sie hörte Schritte im Flur und starrte auf die offene Tür. Wenn ihre Deputys ein Handy gefunden hatten, das beim Abtasten übersehen worden war, dann hatten sie ihren Mörder gefunden. Einen Moment später traten Kane und Rowley in ihr Büro. Beim Blick in ihre versteinerten Mienen war ihr sofort klar, dass sie nichts gefunden hatten. »Sagt mir nicht, dass der Killer noch immer irgendwo da draußen rumrennt?«

»Es sieht leider ganz danach aus.« Kane stemmte seine Fäuste in die Hüften.

Jenna sackte wie vom Schlag getroffen auf ihrem Schreibtisch zusammen. Sie war müde, geschlagen und erschöpft. Dann setzte sie sich ganz langsam hin. »Er brauchte doch ein Handy, um die Nachricht zu verschicken.«

»Nicht unbedingt.« Wolfe kam dicht gefolgt von Webber ins Büro. »Auf manchen Handys kann man den Nachrichtenversand vorausplanen. Er könnte die Nachricht vorbereitet haben, um sich für die Zeit des Versands ein Alibi beschaffen zu können.« Er warf Kane einen wissenden Blick zu, dann überreichte er ihm eine neue Kevlarweste und einen Schutzhelm. »Oder es handelt sich um einen Trittbrettfahrer.«

Jenna stieß einen Seufzer aus, als sie ihn und die brandneue Hightechweste erblickte, die er in einem erstaunlichen Tempo für sie organisiert hatte. »Der Mörder wusste nicht, dass wir vorhatten, ihn zur Vernehmung reinzuholen, oder? Und den Medien haben wir nichts von den Nachrichten erzählt.«

»Nein, aber ich wette, dass er sich für heute Nachmittag ein wasserdichtes Alibi zurechtgelegt hat.« Wolfe lehnte sich gegen die Wand. »Die erste Frage, die man einem Verdächtigen stellt, ist die, wo er sich zum Zeitpunkt der Tat aufgehalten hat.«

»Ja, das Problem ist, dass alle potenziellen Verdächtigen, die wir bislang ausfindig gemacht haben, bei der Arbeit waren, was unzählige Zeugen belegen können.« Jenna fuhr sich frustriert durchs Haar. »Aber wenn er Sara entführt hat und irgendwo versteckt hält, dann kann er sie nicht töten, wenn er einer unserer Verdächtigen ist.«

»Es sei denn, er hat vor, sie mit einer zeitgesteuerten Bombe zu töten, was nicht allzu kompliziert wäre.« Kanes Augen funkelten vor Wut. »Wenn wir uns aufteilen, könnten wir jetzt sämtliche Häuser durchsuchen. Vielleicht hat sie einer von ihnen in seinem Keller eingesperrt.« Er rieb sich den Nacken. »Ihre Schlüssel liegen in der Asservatenkammer, und wir haben ihre schriftliche Erlaubnis für eine Durchsuchung vorliegen.« Er stützte sich auf den Tisch und sah ihr in die Augen. »Wir können es nicht riskieren, dass du allein rausgehst, Jenna, nicht solange wir keine stichhaltigen Beweise gegen diesen Wahnsinnigen vorbringen können. Überlass die Suche also uns, okay?«

»Sicher. In meinem jetzigen Zustand wäre ich euch ohnehin keine große Hilfe.« Sie blickte auf ihre Uhr. Es waren bereits zehn kostbare Minuten verstrichen. »Besorgt euch die Schlüssel. Rowley, sorgen Sie dafür, dass alle die richtigen Adressen haben.« Dann winkte sie alle aus ihrem Büro.

»Ich rufe Blackhawk an.« Wolfe drehte sich um und

schaute stirnrunzelnd auf sie hinab. »Er ist mit einem seiner Freunde in der Stadt. Im Notfall können die auch einspringen.«

»Ja, danke.« Jenna nahm sich ihre Glock aus der Schublade und schob sie in ihr Halfter. »Die Deputys aus Blackwater kommen nicht vor sechs, aber ich habe ja immer noch Walters.«

»Ja, aber ich bin mit Kane weg, und unser Täter ist möglicherweise in Gewahrsam, vielleicht aber auch nicht. Wenn der Schattenmann so schlau ist, wie wir glauben, dann wird er da draußen irgendwo warten und wissen, dass Sie allein sind. Nach allem, was wir über ihn wissen, ist er zu allem fähig. Sie brauchen Unterstützung.« Wolfe zückte sein Handy. »Ich rufe jetzt Blackhawk an.« Er lief aus dem Büro.

Als ihr Handy klingelte, stelle Jenna beim Blick auf das Display erleichtert fest, dass es Dr. Nelson war. »Sheriff Alton. Konnten Sie Sara schon ausfindig machen?«

»*Nein, sie hat sich vorhin mit einer Freundin in der Stadt getroffen und mit ihr zusammen auf den Bus gewartet, mit dem sie dann nach Hause gefahren ist. Ich bin jetzt zu Hause, hier ist sie nicht.*« Dr. Nelsons Stimme stockte. »*O Gott, irgendjemand hat unser kleines Mädchen entführt.*«

FÜNFZIG

Der Wind hatte zugenommen, und die Äste des Baums vor Jennas Bürofenster kratzten an der Scheibe. Jenna war unbehaglich zumute, und in ihrem Nacken kribbelte es. Es war nicht unmöglich, dass der Schattenmann sie just in diesem Moment ins Visier seines Jagdgewehrs nahm. Sie schluckte und rollte auf ihrem Bürostuhl zur Seite ihres Schreibtischs, dann stand sie auf und stemmte ihren schmerzenden Rücken dicht an die Wand. Mit winzigen Schritten tastete sie sich zum Fenster vor.

Da erschien plötzlich eine dunkle Gestalt im Flur. Jenna zog instinktiv ihre Waffe und zielte auf sie.

»Hey, ich bin's nur, Jenna.« Atohi Blackhawk hob beide Hände und erstarrte auf der Stelle. »Shane hat mich verständigt, er meinte, Sie könnten etwas Gesellschaft vertragen. Er bat mich, Joe gleich mitzubringen. Der spricht gerade mit Maggie.« Er neigte den Kopf zur Seite und musterte sie interessiert. »Sie sehen aus, als hätten Sie ein Gespenst gesehen.«

Voller Erleichterung darüber, ein vertrautes Gesicht zu sehen, steckte Jenna ihre Waffe zurück ins Holster und holte ein paarmal tief Luft, um ihren rasenden Puls zu beruhigen. »Ja, ich habe draußen vor dem Fenster ein Geräusch gehört und wollte gerade nachsehen, da sind Sie plötzlich in der Tür aufgetaucht.«

»Ich schließe mal die Jalousien.« Er ging zum Fenster und zog an der Schnur, woraufhin sich das Zimmer verdunkelte. »Die hätten Sie schon früher runterlassen können, immerhin ist hier ein Wahnsinniger in der Stadt, der auf Sie schießt.« Er drehte sich zu ihr. »Das muss höllisch wehtun. Kein Wunder, dass Sie so verängstigt sind.«

Jenna bemühte sich, möglichst gelassen und kontrolliert zu wirken, und ließ sich in ihren Bürostuhl sinken. »Es tut schon weh, aber es ist gut auszuhalten.« Sie sah ihn an. »Machen Sie sich um mich keine Sorgen, wir müssen jetzt ein vermisstes Mädchen finden.«

»Sie sollen Ihr Schmerzmittel nehmen, soll ich Ihnen von Wolfe sagen.« Blackhawk runzelte die Stirn. »Sie sind kreidebleich – vielleicht nehmen Sie besser gleich was davon.«

Leicht verstimmt starrte sie in ihr Tagebuch. »Kein Grund zur Sorge. Emily hat mir den Rücken mit einem Schmerzmittel eingerieben. Morgen früh fühle ich mich bestimmt wie neugeboren.«

Als das Vibrieren ihres Handy eine neue Nachricht ankündigte, überkam sie ein Angstschauer, den sie nicht unterdrücken konnte. *Ich verhalte mich wie eine Idiotin und lasse den Schattenmann gewinnen. Die Nachricht könnte auch von zig anderen Leuten sein.* Sie nahm ihr Handy, blickte auf die Anruferkennung und ließ das Handy auf den Bürotisch fallen. *O mein Gott, die ist wieder von ihm.*

»Jenna, was ist los?« Blackhawk hastete in Windeseile zu ihr. »Ist die schon wieder vom Schattenmann?«

Ein schrecklicher Verdacht überkam sie. Sie starrte ihn an und führte vorsichtig eine Hand zum Griff ihrer Pistole. »Woher wissen *Sie* von den Nachrichten?«

»Shane hält mich auf dem Laufenden.« Blackhawk sah verwundert aus. »Er meinte, das wäre hilfreich, falls Sie spontan meine Hilfe brauchen.« Er sah sie fragend an. »Sie wissen aber schon, dass Sie mir vertrauen können, Jenna, oder?«

Sie bezweifelte zwar, dass Wolfe jemanden, der nicht zu ihrem Team gehörte, »auf dem Laufenden« halten würde, doch sein Gesicht ließ keinerlei Rückschluss auf finstere Absichten zu. »Ist nicht böse gemeint, aber ich weiß einfach nicht mehr, wem ich noch trauen kann.« Jenna spürte, wie die Wut in ihr hochkochte. »Die letzten paar Tage waren völliger Wahnsinn, und ich bin ziemlich erledigt.«

»Kein Thema. Sie sollten gerade jedem gegenüber misstrauisch sein.« Blackhawk wich mit besorgter Miene zurück. »Ich weiß, dass Shane und Dave noch am Tag unseres Kennenlernens Hintergrundchecks über mich eingeholt haben.« Er lachte bellend. »Sie Deputys beschützt Ihren inneren Kreis wirklich kompromisslos.«

»Ja, das liegt daran, dass vor einigen Jahren jemand aus dem Büro geplaudert hat, was Menschenleben gekostet hat.« Jenna starrte auf ihr Handy und sah sich außerstande, die Nachricht zu öffnen, während er danebenstand.

»Jenna, ich bin hier, um Sie zu unterstützen. Wenn Sie eine Nachricht vom Schattenmann bekommen haben, dann müssen Sie sie öffnen. Wie Sie bereits gesagt haben – das Leben eines Mädchens steht auf dem Spiel. Ich rufe jetzt Kane an, wenn Sie das beruhigt. Ich stelle das Telefon auf Lautsprecher.« Er wählte die Nummer. »Hey, Mann, ich hätte nie gedacht, dass Jenna so weit gehen würde, aber sie hat mir mit ihrer Glock regelrecht auf den Kopf gezielt, als ich reinkam. Sie hört gerade mit. Können Sie ihr bestätigen, dass Sie mich für den Schattenmann-Fall hinzugezogen haben?«

Kanes Stimme ertönte laut und deutlich.

»*Sicher, klar, Wolfe hat ihn informiert. Blackhawk ist auf unserer Seite, Jenna.*«

Ein Mann, der es schaffte, wie ein Geist im Zimmer eines Mädchens zu erscheinen, war sicher auch in der Lage, ein einfaches Telefonat vorzutäuschen, dachte Jenna, und überlegte, während sie angespannt auf ihrer Unterlippe herumkaute, welche Möglichkeiten ihr noch offenstanden. Sie musste Kane eine Frage stellen, die nur der echte Kane beantworten konnte. »Kannst du bitte deine Identität bestätigen? Du hast mir mal den Namen der Liebe deines Lebens verraten. Wer war das?«

»*Das war Annie. Bist du dir sicher, dass es dir gut geht, Jenna?*« Kane klang verwirrt. »*Öffne doch einfach die Nachricht und lies sie mir vor. Vielleicht schaffen wir es, Sara zu retten.*«

»Klar, eine Sekunde.« Sie nahm mit pochendem Herzen ihr Smartphone zur Hand und öffnete die Nachricht. *Was hast du als Nächstes vor, Schattenmann?*

Ungläubig starrte sie auf die Worte auf ihrem Display. Es war, als würde er sie beobachten.

Ich weiß, meine letzte Nachricht ist noch keine Stunde alt, aber ich halte mich nun mal nie an die Regeln, und ich dachte, jetzt wäre ein guter Zeitpunkt, um mich zu melden.
Sara ist noch am Leben, aber nicht mehr lange.
Wie schnell können Sie ziehen, Sheriff, jetzt, da Sie schon seit ein paar Runden im Rückstand sind?
Haben Sie Angst? Ich komme näher Sheriff – oder soll ich dich lieber Jenna nennen?
Du wirst nicht schnell genug sein, um mich aufzuhalten.
Es wird mir ein Riesenvergnügen sein.
Ticktack. Ticktack.

»Jenna, was steht in der Nachricht?«

Kanes Stimme holte sie jäh zurück in die Realität. Sie umklammerte ihr Handy mit zittrigen Fingern und las ihm die Nachricht vor.

»*Da verbirgt sich kein Hinweis drin, da muss noch was*

kommen. *Er ist ein Spieler, also muss er dir einen Hinweis geben, sonst ist es ja kein Spiel mehr, sondern nur eine Drohung.*« Kane räusperte sich. »*Ist da noch eine Nachricht?*«

Wie aufs Stichwort vibrierte ihr Handy erneut und eine Videodatei traf ein. »Da kommt noch ein Anhang. Den öffne ich jetzt.«

Blackhawk kam um den Tisch herum und stellte sich neben sie, um das Video mitanzusehen. Sie wusste, dass sie Kane die genauen Details schildern musste, und bemühte sich deshalb krampfhaft, ruhig zu bleiben und tief durchzuatmen. Hier ging es nicht um sie oder um den geisteskranken Irren, der sie jagte, jetzt ging es nur noch darum, Sara Nelson zu retten. Auf dem Bildschirm war Sara zu sehen, die auf einem Felsbrocken im Wald saß. Ein Seil war wie eine Henkersschlinge um ihren Hals gelegt. Ihr Mund war verbunden, und ihr Kopf hing herab. Während sie atmete, bewegten sich die Haarsträhnen, die ihr in die Stirn gefallen waren.

Jenna übermittelte diese Informationen an Kane. »Ich leite das Video an dich weiter.«

»Ich weiß, wo das ist.« Blackhawk nahm ihr das Handy aus der Hand und spielte das Video mehrmals hintereinander ab. »Das ist ganz in der Nähe des Gumpens im Stanton Forest, der in der Nähe der Stanton Road liegt.«

Jenna starrte ihn an. »Das ist ein schmaler Pfad. Wenn wir da schnell hinkommen wollen, sind wir auf Pferde angewiesen.«

»Unsere Enduros stehen direkt vor der Tür.« Blackhawk schnappte sich sein Handy. »Kane, wir fahren sofort los.«

Jenna erhob sich langsam. »Nicht ohne mich.« Sie nahm sich ihre neue Kevlarweste, schlüpfte hinein und zog ihren Helm auf. »Kane, wie ist der Stand bei euch?«

»*In Andersons Truck habe ich nichts gefunden. Ich bin jetzt in seinem Haus. Einen Keller gibt's hier nicht. Das Haus ist sauber. Ich schnappe mir seinen Laptop und fahre dann in eure Richtung. Ich bin nicht weit von da weg.*«

Jenna vernahm das Klappern von Kanes Stiefeln auf Holzdielen. »Update alle. Ich fahre jetzt los.«

»*Roger. Pass auf dich auf, Jenna.*« Er legte auf.

Nachdem sie Maggie in aller Eile auf den neuesten Stand gebracht hatte, huschte sie zur Tür hinaus und die Treppe hinunter, wo sie auf Blackhawk und Joe traf, die sich bereits auf ihre Motorräder geschwungen hatten. Skeptisch beäugte sie Blackhawks blau-weiße Maschine, dann biss sie die Zähne zusammen, um sich von den Schmerzen in ihrem Rücken abzulenken, und schwang sich auf den Sattel. Sie rutschte nah an ihn heran, erreichte die Fußstützen und klammerte sich fest. Dann brausten sie mit dröhnenden Motoren die Main Street hinab.

Obwohl Blackhawks Enduro erstaunlich gut gefedert war, waren die Stöße für Jennas Wirbelsäule eine echte Tortur. Sie legte ihren Kopf auf Blackhawks breiten Rücken und atmete den Duft seiner Lederjacke ein, während die Häuser nur so an ihnen vorbeiflogen. Die Männer kitzelten das Maximum aus ihren Maschinen heraus, und bald schon tat sich vor ihnen der Wald als grünes Band auf. Dann wurden sie plötzlich langsamer. Blackhawk bog vom Highway ab und folgte Joe auf einem schmalen Pfad, der tief in den Wald hineinführte.

In jeder Kurve und Serpentine schienen Sträucher und niedrige Äste nach ihr zu greifen. Während sie tiefer in den Wald voller hoher Kiefern vordrangen, sank die Temperatur, und kühle Luft strömte gegen Jennas Wangen. Kurz nachdem die Enduro zum Stehen gekommen war, hörte sie Blackhawks Stimmte, die das Knattern des Motors übertönte. »Da ist sie.«

Jenna spähte über Blackhawks Schulter und erblickte Sara auf einer Lichtung in einiger Entfernung. »Sie sieht okay aus, Gott sei Dank, gerade noch rechtzeitig.«

Vor ihnen sprang Joe von seinem Motorrad und rannte auf Sara zu.

»Halt, warte auf uns, du Idiot.« Blackhawk stellte den Motor ab, rutschte vom Sattel und formte die Hände zu einem Trichter. »Joe, stopp! Das könnte eine Falle sein!«

Ein ächzendes Geräusch drang aus den Bäumen, gefolgt von einem lauten Knall, der die Vögel ringsum aufscheuchte. Mit einem Geräusch wie dem eines Pfeils, der einen Bogen verlässt, schoss ein Speer durch die Luft. Der angespitzte Holzstab traf Joes Schulter und schleuderte ihn auf den Waldboden. Den Bruchteil einer Sekunde später schnellte Sara hoch in die Bäume und fiel dann mit einem unerträglichen Knacken wieder hinab. Am Hals aufgehängt baumelte sie in der Luft, und ihre Füße zuckten noch einige Augenblicke lang. Jenna konnte am Winkel des Kopfes erkennen, dass es für Sara zu spät war. Ihr Magen verkrampfte sich blitzartig, und sie schaffte es gerade noch, sich in Richtung der Büsche wegzudrehen, um sich zu erbrechen.

»Scheiße.« Blackhawk zog sein Jagdmesser aus dem Gürtel. »Bleib hier, ich schneide sie da runter.« Er bewegte sich in einem weiten Bogen auf die Lichtung zu. »Joe, falls du mich hören kannst, bleib unten.«

Er bewegte sich zügig über den unwegsamen Waldboden und hielt dabei ständig Ausschau nach weiteren Fallen in der näheren Umgebung. Wenige Augenblicke später erreichte er Sara und schnitt das Seil durch, um sie zu befreien. Mit einer Hand an dem Seil, versuchte er, sie zu sichern und langsam herunterzulassen, doch es glitt ihm aus den Händen, sodass sie mit einem üblen Aufprall auf den Waldboden stürzte.

Jenna wischte sich über den Mund und suchte den Waldboden nach Stolperdrähten ab, dann verfolgte sie Joes Schritte nach. Ein Stück Angelschnur lag quer über dem Weg. Mit vorsichtigen Schritten näherte sie sich Joe. Er war bewusstlos, aber anscheinend lebendig. Abgesehen von dem fürchterlichen

Pfeil, der seine Schulter durchbohrt hatte, war auch eine dicke Beule an seinem Kopf auszumachen. Jenna untersuchte ihn, ertastete mit zwei Fingern seine Halsschlagader und stellte erleichtert fest, dass sie einen Puls spüren konnte. Sie griff nach ihrem Handy und wählte den Notruf, schilderte die Lage und die damit einhergehende Gefahr. Danach rief sie Kane an. »Komplette Vollkatastrophe. Sara ist tot, und Joe ist von einem Speer durchbohrt worden, die Sanitäter sind unterwegs.«

»*Ich bin auf dem Weg zu euch.*« Kanes Stimme beruhigte sie. »*Die anderen sind auch unterwegs. In den Häusern ist nichts gefunden worden, wir haben aber sämtliche Computerausrüstung mitgenommen.*«

»Roger.« Jenna dreht sich um und erblickte Blackhawk. »Ich schicke dir Blackhawk, der kann dich abholen.« Sie hörte, wie Kane wenig begeistert durchatmete. »Glaub mir, ich komme schon klar.«

»Bleib am Telefon mit Kane, ich bringe Joe da bei den Bäumen in Sicherheit.« Blackhawk zog seinen bewusstlosen Freund ins Gebüsch und drehte sich zu ihr um. »Bleib hier.«

Jenna kroch an eine geschützte Stelle, während Blackhawk zu seiner Enduro rannte. Als der Lärm des Motors in der Ferne verklungen war, schien der Wald bedrohlich näherzukommen. Sie hatte sich noch nie so allein gefühlt und drückte sich ihr Handy dicht gegen das Ohr. »Dave.«

»*Ich bin da.*«

In all den Jahren bei der Polizei hatte Jenna noch nie aufgegeben, kein einziges Mal – doch Sara vor ihren Augen sterben zu sehen, hatte sie zutiefst erschüttert. Sie wollte schreien, ihren Frust hinausbrüllen, auf irgendetwas einschlagen, aber dazu war sie schlicht zu erschöpft. Nachdem sie noch einmal Joes Puls geprüft hatte, lehnte sie ihren geschundenen Körper gegen einen Baum und stieß einen langen, verzweifelten Seufzer aus. »Er gewinnt.«

EINUNDFÜNFZIG

Die Sonne war längst untergegangen, als Kane Jenna zurück zu seinem Wagen brachte. Die Straßenbeleuchtung der Stanton Road war ein willkommener Anblick nach der Dunkelheit des Waldes. Er hatte die Führung übernommen, und Rowley hatte mit Blackhawk zusammengearbeitet. Es war ihnen zwar gelungen, den Tatort zügig zu untersuchen, aber dafür hatte der Abtransport des verletzten Mannes und von Saras Leiche länger gedauert als erwartet. Der schmale Pfad war kaum breit genug für die Tragen gewesen, und sie hatten die Scheinwerfer der Enduros anschalten müssen, um Wolfe und den Sanitätern den Weg zu leuchten. Joe war aufgewacht, hatte darauf bestanden, dass es ihm gut ging und war jetzt auf dem Weg ins Krankenhaus. Kane hatte gewartet, bis Saras Leiche in Wolfes Van verschwunden war, bevor er Jenna in seinen SUV geholfen hatte. Sie war aschfahl im Gesicht und stand vermutlich unter Schock. »Gib mir eine Minute, ich helfe eben noch schnell, Joes Motorrad auf Rowleys Pick-up zu verladen, dann können wir los.«

»Mir geht's gut.« Jenna schnallte sich an. »Um Duke solltest du dir mehr Sorgen machen. Der heult bestimmt das ganze Haus zusammen.«

Kane lächelte sie an. Bei allem, was sie gerade um die Ohren hatte, sorgte sie sich ausgerechnet um seinen Hund. »Der schläft bestimmt schon tief und fest. Er benutzt die Hundeklappe, wenn er sein Geschäft machen muss, und ich habe seine Futter- und Wasserschalen aufgefüllt, bevor ich los bin.«

Nachdem er die Enduro auf die Ladefläche des Pick-ups verfrachtet und sie gesichert hatte, klopfte er Rowley auf den Rücken und marschierte zurück zu seinem Auto. »Wir sehen uns morgen früh.« Er winkte Blackhawk zu. »Danke für Ihre Hilfe, Atohi.«

»Bevor Sie gehen ...« Wolfe nahm ihn zur Seite und senkte seine Stimme zu einem Flüstern. »Dieser Mord ist anders. Nach der kurzen Tatortüberprüfung gehe ich davon aus, dass Sara sexuell missbraucht wurde. Ich habe derlei Spuren bei keinem der anderen Opfer gefunden. Wenn wir die anderen Ungereimtheiten dazu nehmen, könnten wir es hier mit einem Nachahmungstäter zu tun haben. Falls es sich aber um denselben Mörder handelt, dann hat er sich in einen Sadisten verwandelt.«

Kane starrte Wolfe im trüben Licht der Straßenlaterne an und brummte frustriert. »Wollen Sie mir sagen, dass zwei Killer in der Stadt sind? Einen davon haben wir todsicher bereits eingebuchtet.«

»Die Obduktionsberichte der beiden Mädchen sind in Ihren Akten. Die Obduktion von Sara mache ich jetzt direkt und schicke Ihnen dann den Bericht. Wenn ich schlüssige Beweise dafür finde, dass es sich um denselben Mörder handelt, rufe ich Sie an.« Wolfe seufzte und ging zu seinem Van. »Sie muss erst noch identifiziert werden, doch ausgehend von den Bildern, die er geschickt hat, muss es sich um Sara Nelson handeln. Ich werde Webber bitten, sie für die Leichenschau herzurichten und den Eltern Bescheid zu sagen.« Er schaute zurück zu Kanes SUV. »Sie sollten Jenna nach Hause bringen. Alles andere kann bis morgen warten.«

Kane begleitete ihn zu seinem Van. »Sicher, ich rufe Walters an. Er kann unseren Verdächtigen die frohe Kunde unterbreiten, dass sie die heutige Nacht in ihren Zellen verbringen dürfen.« Er räusperte sich. »Sam Cross vertritt sie, und der wird nicht vor morgen früh aufschlagen. Das Letzte, was ich von ihm gehört habe, war, dass er dem DA auf den Fersen war, um einen Deal für Matt Miller auszuhandeln.«

»Ich rufe Sie später an.« Wolfe winkte Webber zu sich und stieg in seinen Van.

Kanes SUV war das einzige verbliebene Fahrzeug auf der schwach beleuchteten Straße. Der Ruf einer Eule lenkte seine Aufmerksamkeit in Richtung der dunklen Bäume. Nachts war der Wald ein anderer Ort. Die Bewohner des Tages wurden von der Nachtschicht abgelöst. Der Wind rauschte in den Kiefernnadeln, und die Bäume schwankten in einer wellenartigen Bewegung, als wollten sie davor warnen, in ihre Mitte zu treten. Ein kalter Schauer lief Kane über den Rücken, und er eilte zurück zu seinem Wagen.

Jenna war bereits eingeschlafen, als Kane vor ihrem Haus zum Stehen kam. Ihre Atmung war tief und gleichmäßig. Er strich über ihre Wange und flüsterte ihren Namen, doch sie wachte nicht auf. Er rutschte vom Fahrersitz und vernahm Dukes aufgeregtes Bellen, als dieser aus der Dunkelheit auf ihn zugeschossen kam, um ihn zu begrüßen. »Und ich dachte, du schläfst schon tief und fest.« Er kraulte den Hund am Kopf. »Jetzt aber still.«

Er lief zügig die Vordertreppe hinauf, tippte den Code für die Haustür ein und schaltete den Alarm aus. Dann ging er zurück zum Auto und öffnete die Beifahrertür. »Jenna, wir sind zu Hause.«

Sie regte sich nicht. Also schnallte er sie ab, trug sie ins Haus und legte sie in ihr Bett. Nachdem er ihr die Waffe abgenommen und die Stiefel ausgezogen hatte, deckte er sie zu und schlich sich lautlos aus dem Haus. Er hatte Steaks und weitere Zutaten fürs Abendessen im Kühlschrank. Schon der Gedanke daran brachte seinen Magen zum Knurren. Er schob Kartoffeln in den Ofen und sprang unter die Dusche.

Später beim Kochen kreisten seine Gedanken um den Fall. Er hatte den Tatort mit Wolfe untersucht und war auf einige Gemeinsamkeiten in Hinblick auf die Mordmethode gestoßen. Vielleicht war es nicht der Tatort selbst, aber irgendetwas an Saras Tod zeigte eine andere Facette des Killers auf. Während seiner Dienstzeit war Kane auf zahlreichen Einsätzen Zeuge des grausamen menschlichen Einfallsreichtums beim Töten und Verstümmeln geworden, doch die Fertigkeiten dieses Killers waren von einer neuen, geradezu genialen Qualität. Der Schattenmann verfügte über eine Reihe von Fähigkeiten, die den wenigsten Menschen gegeben waren – Fähigkeiten, die auch er besaß. Tatsächlich wären Einbrüche oder Morde ein Kinderspiel für ihn gewesen, wenn er sich für eine Karriere als Verbrecher entschieden hätte, und er bezweifelte, dass irgendjemand in der Lage dazu wäre, ihn zu erwischen oder seiner Identität auch nur annähernd auf die Schliche zu kommen. Wer von den Leuten in den Zellen verfügte also über derartige Fähigkeiten? Er spielte die Möglichkeiten in seinem Kopf durch. Weder Packer noch Anderson hatten sich Jenna gegenüber aggressiv gezeigt, Kittredges Urteil hingegen stand noch aus. Das Klingeln seines Handys verriet ihm, dass Jenna aufgewacht war. »Na, wie geht's dir?«

»*Geht so, aber ich werd's überleben.*« Er vernahm ein Plätschern. »*Ich liege noch im Whirlpool, komme aber gleich raus.*« Sie seufzte. »*Wir müssen über den Fall sprechen, und ich muss dringend etwas essen. Ich kann die Schmerztabletten nicht auf nüchternen Magen einschmeißen. Könntest du vielleicht in die Stadt fahren und uns bei Aunt Betty's was zum Mitnehmen holen?«*

Kane warf einen Blick in den Ofen und ging zur Küchentheke, um den Salat zu schleudern. »Nicht nötig, das Abendessen ist fast fertig. Ich haue nur noch eben die Steaks in die Pfanne.«

»Eines Tages werde ich aufwachen und feststellen, dass du nur ein wunderbarer Traum warst.« Jenna gähnte. *»Ich bin in zehn Minuten da.«*

ZWEIUNDFÜNFZIG

Nachdem sie aufgegessen hatte, nippte Jenna an ihrem Saftglas und lauschte gespannt Kanes Überlegungen zu dem Fall. »Wolfes Theorie, dass Saras Mörder ein Nachahmungstäter sein könnte, würdest du also ausschließen?«

»Ja, denn Planung und Ausführung –« Kane runzelte die Stirn. »Ich weiß, schlechte Wortwahl, aber die Art und Weise, wie der Schattenmann das Spiel andauernd verändert, ist in sich selbst betrachtet wieder konsequent. Denk mal drüber nach – bei einem Computerspiel gilt es, viele unterschiedliche Herausforderungen zu meistern, und bei jeder einzelnen davon kann man ein Leben verlieren. Ich vermute, dass er das Gleiche macht. Er will dich nicht umbringen, er will dich nur eine Zeit lang ausknocken, bis du schließlich wieder bereit bist, das nächste Level zu spielen.«

Jenna sah ihn ungläubig an. »Wie viele Leben ich wohl habe?«

»Bis ihm das Spiel mit dir langweilig wird, vermute ich. Wir wissen jetzt, dass es ihm inzwischen Spaß macht, die Mädchen umzubringen.« Kane stand auf und räumte den Tisch ab. »Wolfe glaubt, dass Sara sexuell missbraucht wurde.«

Jenna hielt entsetzt den Atem an. »Dann tötet er sie nicht länger, um an mich ranzukommen, sondern weil er Spaß daran hat?« Sie leerte ihr Glas. »Nun, heute Nacht wird ihm der Spaß aber vergehen, was?«

»Ich hoffe nur, dass wir ausreichend Beweismaterial finden, um die Verdächtigen festzuhalten, bis wir herausgefunden haben, welcher von ihnen der Schattenmann ist.« Kane zuckte mit der Schulter. »Sam Cross könnte uns da einen Strich durch die Rechnung machen. Er wird wahrscheinlich beim DA beantragen, dass sie morgen früh entlassen werden.«

Ernüchtert rieb sich Jenna die Schläfen und blickte ihn an. »Aber das wird er doch kaum zulassen, wenn er vermutet, dass einer von ihnen schuldig ist und das Leben eines weiteren Mädchens auf dem Spiel steht, oder?«

»So wie ich Cross einschätze, hält der sich eng an den Gesetzestext.« Kane füllte zwei Tassen aus der Kaffeemaschine ab und reichte eine davon Jenna.

»Unschuldsvermutung bis zum Beweis des Gegenteils und so. Mit unserem Vernehmungsstil bewegen wir uns gerade auf sehr dünnem Eis.«

Jenna goß trotzig etwas Kaffeesahne in ihren Kaffee. »Warum das?«

»Ach, Jenna, komm schon, du hast sie allesamt gezwungen, uns zu gestatten, ihre Häuser und Autos zu durchsuchen. Beim ersten Blick auf diese Aufnahmen wird Cross Einspruch erheben.« Kane setzte sich und gab einen Löffel Zucker in seine Tasse. »Zudem halten wir sie über Nacht fest, obwohl unsere Durchsuchungen rein gar nichts ergeben haben.« Er legte die Stirn in Falten. »Sobald der mit ihnen spricht, sind die auf freiem Fuß.«

Jenna wollte gerade dazu ansetzen, zu erklären, dass sie sich nur an die Vorschriften gehalten hatte, als Kanes Handy klingelte. Wolfe war dran, und Kane stellte ihn auf Lautsprecher.

»Ich habe die Obduktion an Sara Nelson durchgeführt.«

Wolfes Stimme drang in seinem üblichen professionellen Ton aus dem Handylautsprecher. »*Sieht nicht gut aus.*«

Jenna starrte auf das Handy und hoffte inständig, dass es ihr irgendwelche Beweise ausspucken würde, die sie gegen den Schattenmann verwenden konnte. »Ich brauche heute Abend keine ausführliche Darstellung mehr, Wolfe, ein kurzer Überblick reicht fürs Erste. Ich werde Ihren Bericht später lesen.«

»*Sicher, aber Kane sollte sich die Leichen von Amanda und Sara ansehen, bevor sie an ihre Familien übergeben werden.*«

»Okay.« Kane blickte verwirrt zu Jenna. »Warum ich?«

»*Weil Sie zum Töten ausgebildet wurden.*« Wolfe klang erschöpft. »*Ich habe mir die Hälse der drei Opfer angesehen, und die sehen alle zu schön aus, wenn man das so sagen kann, für jemanden, der nicht im Töten ausgebildet ist. Ich hatte Bedenken, als ich Lindy Rosen untersucht habe – ihre Verletzungen deuteten darauf hin, dass der Angreifer von hinten kam, aber nach reiflicher Überlegung bin ich davon überzeugt, dass er ihr ein Tourniquet um den Hals gelegt hat, ihr dann den Rücken zugedreht und sich gebückt hat, um sie mit dem Seil über eine Schulter zu heben. Ich habe diese Technik mal gesehen. Sie ist effizient und erfordert weniger Kraft.*«

»Ja, aber eine solche Aderpresse rutscht normalerweise hoch bis unters Kinn, schneidet also an einem höheren Punkt ein als beispielsweise ein Seil, das wie eine Garotte verwendet wird.« Kane ließ seine Kaffeetasse in den Händen kreisen. »Haben Sie Beweise für entsprechende Verletzungen gefunden?«

»*Ja, die Verletzungen sind stimmig. Kommen wir also zum zweiten Opfer, Amanda Braxton. Ihr wurde im Würgegriff das Genick gebrochen. Sauber, einfach und effizient. Der klassische Rückhaltegriff ist Teil der polizeilichen Grundausbildung, die Drehung wird dann beim Militär als wirksame und geräuschlose Tötungstechnik ergänzt.*« Wolfe räusperte sich. »*Wir haben also zwei Opfer, aber kein offensichtliches Tötungsmotiv. Obwohl ein*

Psychopath natürlich keinen Grund zum Töten braucht, wirkt es so, als hätte er diese Mädchen entführt und ermordet, um damit etwas zu beweisen. Ich habe nichts gefunden, keinerlei Spurenmaterial. Auf den Knöpfen ihrer Kleidung waren nur ihre eigenen Fingerabdrücke. Er hat sie verängstigt, wie man auf den Videoaufnahmen sehen kann, doch abgesehen davon hat er sie ohne die üblichen Gewaltexzesse ermordet und sie dann wie Müll entsorgt. Natürlich bestand die Gewalt im Erwürgen selbst, aber die eigentliche Gewalt besteht darin, was er Jenna damit angetan hat.« Er seufzte. *»Bis er Sara Nelson ermordet hat.«*

Jenna nippte an ihrem Kaffee und hörte interessiert zu. »Aber was ist groß anders? Er hat eine Schleuder aufgestellt, um jeden zu töten, der versuchen würde, sie zu retten. Meiner Meinung nach ist sie praktisch auf die gleiche Art und Weise ums Leben gekommen.«

»Da sind wir im Prinzip einer Meinung, Jenna. Ja, alle drei sind durch Halstraumata gestorben, doch Sara hat er auch noch vergewaltigt. Ihre Kleider waren zerrissen, als hätte er sie aufgerissen und ihr dann wieder angezogen, bevor er sie auf den Felsbrocken gesetzt hat. Ich glaube nicht, dass sie bei vollem Bewusstsein war, als das passiert ist.«

»Erwürgen ist etwas Persönliches.« Kane blickte finster drein. »Man spürt aus nächster Nähe, wie das Leben aus einem Körper weicht – und ein schneller Tod ist es auch nicht. Und doch hat er es durch Anwendung verschiedener Techniken entpersonalisiert.«

»Wozu ein bewusstloses Mädchen vergewaltigen?« Wolfes Bestürzung war offenkundig. *»Nach meinem Verständnis ist Vergewaltigung eine Strafe, und nach allem, was wir wissen, ernährt sich dieser Killer von Angst. Was halten Sie davon, Kane?«*

»Ich vermute, er hat sich von der Rache an Frauen als Autoritätspersonen auf die Abschreckung junger Frauen verlegt.

Der letzte Mord diente dazu, seine Identität zu verschleiern, damit er sein Spiel fortsetzen konnte, doch jetzt hat er einen neuen Nervenkitzel für sich entdeckt. Den Opfern Angst einzujagen, bestärkt sein Ego – er hat jetzt die Kontrolle inne, und eine Vergewaltigung versinnbildlicht die ultimative Dominanz über eine Frau. Die Tötung dient nur der Beseitigung. Sie bedeutet ihm nichts.«

Die Erinnerung an Saras brechendes Genick, als sie durch die Luft geschleudert worden war, lief vor Jennas geistigem Auge wie ein endloser Alptraum in Endlosschleife ab und ging ihr noch immer durch Mark und Bein. Sie sah Kane über den Tisch hinweg in die Augen. »Sag mal, du kennst dich sicher mit Speerschleudern aus, Kane, oder?«

»Ja, aber mit dem Militär hat das nicht direkt was zu tun.« Kane sah sie an. »Ich habe gesehen, wie man damit Wild erlegt. Dazu wird ein Jungbaum zu Boden gedrückt und festgebunden, sodass er, wenn man ihn losmacht, mit voller Kraft zurückschnellt. Um die Schleuder auszulösen, wird ein Laufknoten an einem Stolperdraht befestigt. Bei Berührung schleudert der Baum den angebrachten Pfeil oder auch kleinen Speer auf das Ziel. Mit dieser Methode wird schon seit der Steinzeit gejagt.« Er runzelte die Stirn und starrte in seine Tasse. »Der Killer wollte die Schockwirkung vergrößern, indem er Sara vor deinen Augen gehängt hat. Nach demselben Prinzip hat er einen Fallstrick konstruiert, um Sara in die Luft zu katapultieren. Ausgelöst wurde er über denselben Stolperdraht. Er hat die ganze Sache bis in Detail geplant, ich habe eine Seilrolle gefunden, die sich im Seil verheddert hatte.«

Jenna massierte sich die Schläfen. »Wie zum Teufel ist es ihm gelungen, das Mädchen zu überwältigen und sie dann mit einem langen Seil in den tiefsten Wald zu verschleppen, ohne dass sie irgendjemand gesehen oder gehört hat?« Sie blickte zu Kane auf. »Es ist ja schon schwer genug, auf diesem schmalen Pfad überhaupt aus dem Wald herauszufinden.«

»*Vielleicht hat er sie mit vorgehaltener Waffe in ihren eigenen Tod getrieben. Ich weiß, wie es ihm gelungen ist, sie lange genug ruhigzustellen, um die Sachen zu holen, die er benötigte. In ihrem Mund steckte eine in Diethylether getränkte Unterhose. Diese gehörte weder ihr noch einem der anderen Mädchen. Ich vermute, dass sie von einem anderen Mordopfer stammt.*« Er räusperte sich erneut. »*Agent Martin hat sich nach dem Stand der Ermittlungen erkundigt und seine Hilfe angeboten. Ich werde ihm die Bilder schicken.*«

Jenna nickte, als könnte Wolfe sie sehen. »Danke. Wenn sie von einem anderen Mord stammt, dann vergessen Sie die anderen Mädchen und sagen Sie Martin, er soll die Suche nach den gleichen Parametern wie bei den früheren Opfern des Mörders eingrenzen – Alter und Beruf. Ich gehe davon aus, dass er mir zeigen will, wozu er fähig ist, wenn er mich erwischt.«

DREIUNDFÜNFZIG

FREITAG

Jennas Woche wurde immer schlimmer. Als sie auf der Wache eintraf, wurde sie bereits von einer Meute aus Reportern im Wartebereich empfangen, die Maggie verzweifelt versuchte, in Zaum zu halten. Erschwerend kam hinzu, dass Rowley, der wie üblich früher erschienen war, zu einem Verkehrsunfall gerufen worden war. Die Blackwater-Deputys waren nach ihrer Nachtschicht zur Überwachung der Verdächtigen nach Hause gefahren, und Walters hatte sich krank gemeldet. Während Kane den Weg freimachte, schlüpfte Jenna hinter den Schalter und blickte missmutig auf die zahlreichen Mikrofone, die ihr unter die Nase gehalten wurden. »Wir haben gestern Nachmittag die Leiche der vermissten Teenagerin Sara Nelson gefunden. Die Ermittlungen gegen den Mörder von Sara Nelson, Lindy Rosen und Amanda Braxton dauern noch an. Sobald es Neuigkeiten gibt, werde ich mich über die üblichen Kanäle mit Ihnen in Verbindung setzen. Wenn Sie jetzt bitte gehen würden, ich muss einen Mörder finden.« Sie drehte sich um und marschierte gefolgt von Kane auf ihr Büro zu, wo Sam Cross sie bereits erwartete. Er sah aus, als wäre er gerade erst von seinem

Westernpferd gestiegen. *Was kommt als Nächstes?* »Mr Cross, ich wollte Sie gerade anrufen.«

»Gar nicht nötig. Maggie hat mich soeben informiert, dass ich drei neue Mandanten hinzugewonnen habe.« Cross packte die Lehne des Bürostuhls und starrte sie an. »Haben Sie meine Mandanten angeklagt?«

Jenna nahm an ihrem Schreibtisch Platz und blickte zu ihm auf. »Nur Kittredge. Er war zur Vernehmung hier und hatte die geniale Idee, einen Stuhl nach mir zu werfen.«

»Okay, und was ist mit den anderen? Hatten Sie Anlass dazu, sie über Nacht hier einzusperren?«

»Wir haben Grund zur Annahme, dass sie in drei Morde verwickelt sein könnten.« Jenna stand auf, ging zum Aktenschrank und zog die Mordakten hervor. »Alle Männer, die wir festgenommen haben, haben während der Vernehmung auf einen Anwalt verzichtet, und wir haben uns ihre schriftliche Zustimmung zur Durchsuchung ihrer Häuser eingeholt. Wie es ihnen dem Gesetz nach zusteht, haben sie sich dafür entschieden, sich vertreten zu lassen, sobald sie in ihren Zellen saßen. Seither haben wir nicht mehr mit ihnen gesprochen. Wie Sie sicher wissen, gibt es hier einen Mörder, der frei herumläuft, und diese Männer sind Verdächtige. Ich würde die Allgemeinheit in Gefahr bringen, wenn ich sie freilassen würde, bevor wir ihre Häuser durchsucht haben. Das wurde ihnen während der Vernehmung ausführlich erklärt, und sie hatten nichts dagegen.«

»So, so, also keinerlei Nötigung von Ihrer Seite? Ich fordere Kopien sämtlicher unterschriebener Aussagen, und ich würde gern die Mitschnitte der Vernehmungen sehen.« Cross machte eine wegwerfende Geste in Richtung des Whiteboards. »Wenn Sie vorhaben, sie hierzubehalten, dann müssen Sie sich schon etwas Besseres einfallen lassen als diesen Stuss.« Er funkelte Kane an und blickte dann wieder zu ihr. »Kein Alibi zu haben, wenn man allein lebt – das reicht nicht aus, um jemanden festzuhalten. Und wir wissen ja bereits, dass der Pick-up, der in zwei der drei Entführungsnächte in der Nähe der Tatorte gesehen wurde, Miller gehörte, was die Tatsache, dass alle drei Männer Pick-ups fahren, irrelevant macht.« Er schüttelte den Kopf. »Sehen Sie, Jenna, ich habe schon jetzt begründete Zweifel angemeldet. Sie können gegen keinen von ihnen einen rechtlichen Anspruch geltend machen.«

Jenna war wütend, von ihm wie eine Schülerin abgekanzelt zu werden, die ihre Hausaufgaben nicht erledigt hatte. Sie räusperte sich. »Haben Sie in Betracht gezogen, dass sich die Mädchen auf der Schule zu Lancaster hingezogen fühlen? Es wäre ihm ein Leichtes gewesen, sie dazu zu überreden, freiwillig mit ihm zu kommen. Er kennt alle Opfer, hat kein Alibi für die Nächte ihres Verschwindens und hat rein zufällig am Morgen danach sein Auto in die Reinigung gegeben – das sind doch wohl mehr als nur Indizien, Mr Cross.«

»Dann wollen wir doch mal sehen, was Sie gegen Charlie Anderson vorzubringen haben.« Cross deutete auf das Whiteboard. »Sicher, er verfügt über Sprengstoffkenntnisse durch seine Arbeit in Colorado, doch auch hier in Black Rock Falls wird Bergbau betrieben. Es gibt wohl Hunderte Männer, die diese Sprengfalle gebaut haben könnten. Sehen Sie den Tatsachen ins Auge – Anderson besitzt keine Vorstrafen und musste ausführliche Hintergrundchecks durchlaufen, sowohl bei Silent Alarms als auch bei der Gemeindeverwaltung, um den Kindern Kunstkurse geben zu dürfen.« Er hob beide Arme und ließ sie theatralisch zur Seite fallen. »Was zum Teufel hat er hier verloren? Sie haben nicht das Geringste gegen ihn in der Hand.«

Jenna sträubte sich. »Warum sehen Sie sich nicht die Vernehmungsmitschnitte an? Jeder von ihnen hatte die Gelegenheit, diese Verbrechen zu begehen. Sie bleiben zur Befragung hier, bis wir das Gegenteil beweisen können.«

»Wer's glaubt, wird selig.« Cross richtete sich auf und funkelte sie an. »Die Zeit zur Vernehmung läuft aus, und sofern

Sie keinen von ihnen anklagen, verlassen diese Männer später mit mir die Wache. Die Gerichte entscheiden über Schuld und Unschuld, nicht der amerikanische Präsident oder der Sheriff von Black Rock Falls. Um neun Uhr wird der DA eintreffen, um einen Deal mit Mr Miller zu vereinbaren. Ich werde heute Morgen mit meinen Mandanten sprechen, und wenn ich fertig bin, werde ich den DA bitten, die Art und Weise, wie Sie diese Polizeiwache führen, einmal genauer unter die Lupe zu nehmen. Ich verstehe immer noch nicht, wieso Sie es als notwendig erachtet haben, meine Mandanten über Nacht hier festzusetzen.«

»Ich streite mich nicht mit Ihnen, Mr Cross, ich mache hier nur meinen Job.« Es kam ihr vor, als versuchte sie, einen kläffenden Hund zu besänftigen. Keine Erklärung, die Jenna ihm anbieten konnte, würde ihn zufriedenstellen. Sie sah zu Kane auf. »Würden Sie Mr Cross in Vernehmungszimmer eins führen und Miller abholen? Ich bringe den DA dorthin, sobald er eintrifft.«

»Ja, Ma'am.« Kane öffnete die Tür und winkte Cross durch. »Einmal durchs Hauptbüro, beim Durchgang rechts abbiegen, dann gleich die erste Tür linker Hand.« Er blickte zu Jenna und verdrehte die Augen. »Soll ich mir dann mal mit Wolfe den Obduktionsbericht vornehmen?«

»Jepp.« Jenna lehnte sich in ihren Bürostuhl zurück. »Ich hoffe, dass er irgendeine winzige Spur für uns hat, die zu einem der Verdächtigen führt. Das käme mir im Moment äußerst gelegen.« Sie runzelte die Stirn. »Allerdings haben wir keine Chance eine DNA-Probe von ihnen zu erhalten, das wird Cross schon zu verhindern wissen.«

»Doch, die haben wir sehr wohl.« Kane lächelte ihr zu. »Die drei haben heute Morgen Frühstück von Aunt Betty's geliefert bekommen, und der Müll aus ihren Zellen ist bislang noch nicht abgeholt worden. Ich werde alles eintüten, beschriften und mit zu Wolfe nehmen.«

Jenna seufzte erleichtert auf. »Auf dich ist doch immer Verlass.« Sie sah zu ihm auf. »Komm schnell wieder, ja?«

Sie hatte tausend Dinge zu erledigen und musste Prioritäten setzen. Das Letzte, was sie jetzt brauchen konnte, war Cross, der ihr das Leben schwer machte. Sie nahm ihr Notizbuch zur Hand und blätterte durch die Seiten. Sie musste irgendetwas übersehen haben. Ohne stichhaltige Beweise gegen einen der Verdächtigen würde sie den DA niemals überzeugen können. Sie musste einen Verdächtigen nach dem anderen ausschließen. Sie brauchte einen Hauptverdächtigen, und je länger sie den Tatsachen ins Auge sah, desto mehr Bedenken hatte sie, Mason Lancaster gehen zu lassen. Seine verheiratete Freundin hatte eine Aussage unterschrieben, die seinen Verbleib bestätigte, und seine Kontoauszüge waren korrekt, sodass sie keinen Grund hatte, ihn zu verdächtigen – und doch sagte ihr das ungute Gefühl in ihrem Bauch etwas anderes. Es war seine magnetische Anziehungskraft auf die Mädchen, die sie besorgte. Die Einstufung als charmanter Psychopath von nebenan passte bei ihm wie die Faust aufs Auge. *Er ist der, mit dem keiner rechnet. Wenn er vor seiner Verletzung mit seinem Footballteam auf Auswärtsfahrten unterwegs war, dann hätte er überall töten können – aber wieso sollte er mir wehtun wollen?*

Ihr Festnetztelefon klingelte, und Jenna nahm den Hörer ab. »Sheriff Alton am Apparat.«

»Hi, Jenna, hier spricht Josh Martin. Ich habe hier einen Treffer bei den Beweisen, die an den Tatorten gefunden worden. Die Unterhose aus dem Fall Sara Nelson gehörte einer Polizeibeamtin aus Helena, Clare Dumas. Sie wurde vor drei Jahren beim Besuch des Yellowstone-Nationalparks vergewaltigt und erschlagen.«

Jenna starrte auf das Whiteboard. »Gibt es Tatverdächtige?«

»Es wurde nichts gefunden, aber es wurde in der Gegend ein weißer Truck mit dem Kennzeichen eines anderen Bundesstaats

gesehen, aber aus welchem Staat er stammte, bleibt ein Rätsel.« Martin seufzte. *»Bei den drei älteren Opfern zeigen sich Ähnlichkeiten im Tathergang. Der Mörder verwischt seine Spuren, alle Frauen stammen aus unterschiedlichen Countys, und am Tatort wurde keinerlei Spurenmaterial hinterlassen. Es muss sich um den Schattenmann handeln, Jenna. Wie hätte er sonst an die Trophäen der ermordeten Frauen kommen sollen?«*

»Es sei denn, die Freaks treiben untereinander Handel mit dem Kram.« Jenna rammte ihren Kuli in ihr Notizbuch. »Das Problem ist nur, dass unser Mörder allem Anschein nach kein Trophäensammler ist.«

»Vielleicht weil er die Opfer nicht als erinnerungswürdig betrachtet.« Agent Martin räusperte sich. *»Wenn ich noch etwas zu diesem oder einem der anderen Fälle finde, melde ich mich.«*

»Danke.« Jenna legte den Hörer auf die Gabel, lehnte sich zurück und ließ sich das Gespräch noch einmal durch den Kopf gehen. *Wenn der Schattenmann Lindy und Amanda nicht als trophäenwürdig erachtet hatte, was war dann mit Sara?*

Sie rief Wolfe an und gab ihm die Informationen weiter, die sie von Agent Martin erhalten hatte. »Gehen Sie jeden einzelnen Gegenstand durch, den Sara am Körper getragen hat. Sehen Sie nach, ob er eine Trophäe genommen hat – da sie vergewaltigt worden ist, gehe ich davon aus, dass sie ihm etwas bedeutet haben muss.«

VIERUNDFÜNFZIG

Kane spülte zwei Kapseln des Antibiotikums mit einem Schluck Kaffee herunter und beförderte die leere Flasche in die Mülltonne vor dem Labor des Gerichtsmediziners. Er hatte zu viel um die Ohren, um wegen der Splitter, die er bei der Explosion abbekommen hatte, einen Nachsorgetermin bei seinem Arzt zu vereinbaren. Doch dann hatte das nötige Rezept wie von Zauberhand auf seinem Schreibtisch gelegen, zusammen mit einer knappen Nachricht von Wolfe, in der dieser darauf bestanden hatte, dass er die komplette Packung bis zur letzten Kapsel einnehmen sollte. Bei all den Morden und den Anschlägen auf Jennas Leben in den letzten Tagen waren die paar Splitter noch sein kleinstes Problem. Die Verantwortung für Jenna, die aussah, als ob sie zehn Runden mit einem Schwergewichtsboxer im Ring gestanden hätte, lastete schwer auf seinen Schultern. Verdammt, wenn er das beim Präsidenten zugelassen hätte, dann wäre er gefeuert worden.

In dem Moment, in dem er das kühle weiße Bürovorzimmer des Gerichtsmediziners betrat, verdrängte die furchtbare Erkenntnis, dass er gekommen war, um die Überbleibsel dreier junger Mordopfer zu besichtigen, alle anderen Gedanken aus seinem Kopf. Zu seiner Überraschung begrüßte ihn hinter dem Schalter das sonnige Lächeln von Julie, Wolfes mittlerer Tochter. »Was hast du denn hier verloren? Hattest du dich nicht dafür entschieden, für uns im Sheriff's Department zu arbeiten?«

»Seien Sie nicht so doof.« Julie kicherte verlegen und errötete. »Nach meinem Abschluss will ich doch Medizin studieren.«

Er erwiderte ihr Lächeln. »Eine gute Wahl. Wir brauchen noch einen weiteren Arzt in der Stadt.«

»Ach so, aber wenn ich Medizin studiere, dann will ich meinen Facharzt in Pädiatrie machen. Ich mag nämlich Kinder.« Julie strahlte ihn an. »Dad sagt immer, dass ich meinen Träumen folgen soll.«

»Recht hat er, verlier die niemals aus den Augen, versprochen?« Hinter Julie rückte ihre Schwester Emily in Kanes Blickfeld. Sie lief der Bahre hinterher, die von Webber in einen Nebenraum geschoben wurde. »Viel zu tun?«

»Ein Autounfall. Deputy Rowley war vorhin da, um mit Dad zu sprechen. Em und Webber sind rausgegangen, um den Tatort zu sichern und die Opfer zu bergen.« Julie zuckte mit der Schulter. »Mehr weiß ich nicht. Hey, kann ich jetzt, wo Em wieder da ist, mit Ihnen zurück zum Sheriff's Department fahren?«

»Na, klar.« Die Tür zur Leichenhalle flog auf, Wolfe schritt heraus und winkte ihn zu sich. Kane wartete, bis Julie den Türknopf gedrückt hatte, und lief zu ihm. »Na, dann mal frisch ans Werk.« Er nahm die OP-Handschuhe und die Maske entgegen, die Wolfe ihm überreichte und zog sie über.

»Jenna hat vorhin angerufen. Sie glaubt, dass Sara einen besonderen Stellenwert für den Killer haben muss, da sie sein einziges Vergewaltigungsopfer war.« Wolfe ging hinüber zu einer Leiche, die in ein weißes Laken gehüllt war. »Ich habe ihre Mutter angerufen, und sie hat mir bestätigt, dass Sara am

Tag ihres Verschwindens Goldohrringe mit je einem kleinen blauen Saphir trug. Die hatte sie niemals ausgezogen.« Er zog das Laken zurück und wies mit der Nase auf das Gesicht des toten Mädchens. »Sie trägt ihre Ohrringe aber nicht.«

Die Luft im Raum war wie in einer Gefriertruhe, und das blasse jugendliche Gesicht war von einem grauen Schleier umhüllt, die Lippen hatten sich in zwei dunkelblaue Strichlein verwandelt. Kane ignorierte die Wut tief in seinem Innern und besann sich auf seine Professionalität. Die Leichenschau der Mordopfer hatte einen Sinn, und wenn er den Menschen verhaften wollte, der sie umgebracht hatte, dann musste er sich die Geschichten anhören, die sie ihm zu erzählen hatten – und eine Geschichte erzählte jede einzelne von ihnen. »Die sind so klein, dass sie überall versteckt sein könnten. Als wir die Häuser und Autos der Verdächtigen durchsucht haben, war unsere oberste Priorität, Hinweise auf ein vermisstes Mädchen oder Kinderpornografie sicherzustellen.« Kane konnte seine Augen nicht von Saras Gesicht abwenden. Sanft schob er ihr Haar von je beiden Ohren weg. »Er hat ihr die Ohrringe also nicht aus den Ohren gerissen.«

»Exakt, er wollte wohl nicht, dass wir ihr Fehlen bemerken.« Wolfe hob das Laken an, um ihre Arme freizulegen und ließ dabei größten Respekt vor dem Opfer walten. »Keinerlei Abwehrverletzungen, nicht mal ein abgebrochener Fingernagel.« Er legte ihre Beine frei. »Keine Prellungen an den Oberschenkeln, aber es gibt Anzeichen für eine Vergewaltigung. Das war selbstverständlich kein einvernehmlicher Sex, aber der Killer war sorgfältig – er hat nichts hinterlassen, kein Spurenmaterial, nicht ein einziges Haar, und das ist wirklich eine Leistung, wenn er nicht gerade seine komplette Körperbehaarung entfernt hat. Auch das soll es bei Vergewaltigern schon gegeben haben.« Er bedeckte die Beine wieder mit dem Laken und wandte sich erneut ihrem Kopf zu. »Zuerst habe ich diesen blauen Fleck da an ihrer Schläfe für eine Folge ihres Sturzes gehalten, als Blackhawk sie befreit hat, aber der besteht darauf, dass sie auf die andere Seite gefallen ist, so wie sie auch auf den Tatortfotos zu sehen ist. Post mortem wurde sie nicht mehr bewegt.«

Kane zog die Lampe nach unten und untersuchte den Fleck aus nächster Nähe. Er schaute zu Wolfe auf. »Dieser Bluterguss muss von seinen Fingerknöcheln stammen. Er hat ihr in die Schläfe geschlagen und sie dann vergewaltigt. Dieser Mord war ganz unmittelbar und persönlich, nicht wie die anderen.«

»Ja, ein kurzer, gezielter Schlag, um sie außer Gefecht zu setzen, und dann der Einsatz des Ethers, um sie zu betäuben.« Wolfe bedeckte Sara und wandte sich wieder Kane zu. »Er hat sie vergewaltigt und dann die Fallen vorbereitet. Bevor er ging, hat er ihr so viel Ether eingeflößt, dass sie daran hätte sterben können, aber das ist sie nicht. Ich habe ein Stück Baumwolle in ihrem Haar gefunden. Das könnte von einem Arbeitshandschuh stammen, aber ich brauche noch etwas Zeit, um die Marke einzugrenzen.«

Kane verzog das Gesicht. »Jo, und garantiert besitzen alle unsere Verdächtigen Arbeitshandschuhe, für die das Gleiche gilt wie für die verdammten Stiefel – alle von derselben Billigmarke.«

»Garantiert!« Wolfe ging zur nächsten Bahre weiter. »Lindy Rosen. Sehen Sie die Strangmarke auf ihrem Hals, die auch ihr Kinn streift?«

»Ja, diese Verletzung kommt mir bekannt vor, er hat sie sich über die Schulter gehängt.« Kane schüttelte den Kopf. »Wie einen Sack Müll.«

»Das hier wird Sie interessieren.« Wolfe wies auf die Bahre, auf der Amanda Braxton lag. »Er hat ihr von hinten das Genick gebrochen. Sauber und schnell.«

Kane nickte zustimmend. »Ja, und wieder weniger persönlich als das Opfer mit den eigenen Händen zu erwürgen. Wer das tut, will sein Opfer leiden sehen, denn es dauert eine ganze

Weile, einen Menschen zu erwürgen.« Er entledigte sich seiner Handschuhe mit einem lauten Knall, der durch den kahlen Raum hallte. »Die ersten beiden Mädchen waren ein Mittel zum Zweck, um Jenna zu ködern, jetzt aber hat er Gefallen daran gefunden, junge Mädchen zu ermorden. Er sehnt sich danach, ihre Angst zu sehen und sie zu unterdrücken, indem er sie vergewaltigt.« Kane hob die Augenbrauen. »Das ist eine unglaubliche Kehrtwende. Nicht viele Killer verändern ihren Modus Operandi auf halber Strecke. Er ist dabei, in diesem makabren Spiel die Oberhand zu gewinnen. Wenn wir ihn nicht bald finden und sein innerer Zwang sich geändert hat, dann könnte er mittlerweile schon über alle Berge sein, und wir finden ihn womöglich nie.«

FÜNFUNDFÜNFZIG

Als Kane gegen kurz nach zwei mit einem Lunchpaket von Aunt Betty's Café in Jennas Büro trat, war ihr gerade nach Schreien zumute. Sam Cross hatte Anlass gefunden, alle Verdächtigen zu entlassen. Er hatte ihr sogar vorgeworfen, dass sie Kittredge mehr oder weniger selbst zu seiner Stuhlattacke provoziert hätte. Und dann hatte er für eine gefühlte Ewigkeit wegen der Vernehmungen getobt. Es war zum Haareraufen gewesen. Sie lehnte sich in ihren Stuhl zurück und blickte zu Kane auf. »Schön, dich zu sehen. Mach bitte die Tür zu.«

»Du siehst aus, als könntest du den hier vertragen.« Kane stellte ihr einen Coffee-to-go-Becher vor die Nase und verteilte dann das mitgebrachte Essen auf dem Schreibtisch. »Schlechter Morgen?«

Jenna nippte an ihrem Becher, schloss die Augen und seufzte, während das heiße, aromatische Gebräu ihren Mund füllte. »O ja. Der DA hat einen Deal mit Matt Miller vereinbart, jetzt ist er frei – genau wie die anderen möglichen Verdächtigen. Mir wurde gesagt, ich soll mich zurückhalten, solange ich lediglich Indizienbeweise vorzubringen hätte.« Sie hob eine Hand. »Was jetzt?«

»Verdächtig sind sie nach wie vor.« Kane zog ein üppiges Stück Apfelkuchen aus einer der Papiertüten. »Wenn wir Miller außen vor lassen, dann gibt es mindestens drei Männer, die sich zum Tatzeitpunkt in der Nähe der entführten Mädchen befunden haben.«

»Mir brauchst du das nicht zu erzählen, Dave, aber mit dieser Auffassung habe ich mich beim DA nicht gerade beliebt gemacht. Ich glaube, wenn es nach dem ginge, würde er mich feuern lassen.« Jenna öffnete die Tüte mit ihrem üblichen Cream Cheese Bagel, in der sich auch noch ein Schokoriegel befand. Sie blickte zu ihm auf. »Wusstest du davon?«

»Nein, aber ich habe schon damit gerechnet, dass Cross dir das Leben schwer machen würde.« Kane lächelte ihr zu. »Schokolade hilft immer, dachte ich mir.« Er machte sich mit einer Plastikgabel über seinen Kuchen her. »Cross mag ein brillanter Anwalt sein, aber dafür hattest du den richtigen Riecher dafür, dass der Mord an Sara Nelson einen besonderen Stellenwert für den Schattenmann hatte. Ihre Ohrringe fehlen, Jenna. Er hat sie als Trophäe mitgenommen.«

Jenna starrte ihn entgeistert an. »Aber ihr habt doch nichts Ungewöhnliches in den Häusern der Verdächtigen gefunden? Kein geheimes Trophäenlager oder so?«

»Einer von ihnen ist verheiratet, und sie alle hatten in letzter Zeit mit Frauen zu tun. Von daher ist es nichts Ungewöhnliches, in der Wohnung eines Junggesellen Gegenstände zu finden, die einer Frau gehören.« Kane trank einen Schluck Kaffee. »Die meisten Serienmörder legen eine Art Schrein an, in dem sie alle Trophäen zusammen aufbewahren, andere wiederum schenken sie Frauen, die ihnen nahestehen, sodass sie den Mord noch mal durchleben können, wenn sie sehen, wie eine andere Frau das Stück trägt.«

Jenna erschauderte vor Ekel. »Aber ihre Freundinnen bringen sie ja wohl nicht um, oder? Wo ziehen sie also die Grenze?«

»Das wüsste ich auch gern.« Kane runzelte die Stirn. »Eine Studie besagt, dass sie keine Empathie besitzen, aber irgendwelche Gefühle müssen sie ja haben. Das kann der Einzelgänger sein, der überhaupt keinen Anschluss findet, aber es kann auch der Familienvater mit Ehefrau und sechs Kindern sein, der auf dem Heimweg von der Arbeit Prostituierte umbringt, sich die Hände wäscht und sich zum Abendessen mit seiner Familie hinsetzt.« Er zuckte mit der Schulter. »Da soll mal einer schlau draus werden. Nur Eines steht fest, und zwar, dass sie anders denken als wir, und zu versuchen, kriminelles psychopathisches Verhalten logisch nachzuvollziehen, ist Zeitverschwendung.«

Jenna dachte beim Kauen über seine Worte nach. »Du bist ausgebildet darin zu töten, ohne darüber nachzudenken. Du bist kein Psychopath, und doch weiß ich, dass du deine Gefühle ausschalten kannst, als ob du einen Knopf dafür hättest.«

»Jenna, ich habe noch nie getötet, ohne darüber nachzudenken.« Kane sah sie streng an. »Ich habe meine Befehle erhalten, wusste, dass das Ziel eine Bedrohung für unser Land darstellte, aber ich habe nicht einen Moment lang vergessen, dass ich damit ein Leben auslösche.« Er nahm noch einen Schluck aus seinem Becher. »Scharfschützen für Spezialmissionen erhalten ein intensives Mentaltraining. Wir kriegen nur eine Chance, vielleicht nur ein Zeitfenster von wenigen Minuten, um unsere Zielperson zu treffen. Stell dir vor, wie anders sich der Lauf der Geschichte entwickelt hätte und wie viele Millionen Leben hätten gerettet werden können, wenn jemand wie ich die Hauptkriegstreiber der beiden Weltkriege rechtzeitig ausgeschaltet hätte?« Er zuckte mit der Schulter. »Ich bereue nichts, ich habe nur meinen Job gemacht.« Er blickte ihr in die Augen. »Gefühle, Ängste und Sorgen haben in der Welt der Scharfschützen nichts verloren, deshalb lernen wir, unsere Emotionen auszuschalten und uns an einen Ort zu versetzen, an dem absolute Ruhe herrscht. Ich weiß, du hast ein vergleichbares Training durchlaufen. Nur dass ich in meiner Ruheoase gleichzeitig Waterboarding über mich ergehen lassen musste.«

Jenna prustete unfreiwillig los vor Lachen, hielt sich dann aber peinlich berührt die Hand vor den Mund und registrierte seinen verblüfften Gesichtsausdruck. »Das haben sie dir wirklich angetan?«

»Äh ... ja?« Kanes Mundwinkel zuckten. »Ganz so spaßig war das damals aber gar nicht.«

»So war das auch wirklich nicht gemeint.« Jenna blickte zum Whiteboard. »Wollen wir uns die Alptraumtheorie noch einmal vornehmen?«

»Sara war in der Theatergruppe.« Kane stellte seinen Kaffeebecher auf dem Tisch ab und studierte das Whiteboard. »Wir haben sämtliche Lehrkräfte, die alle drei Mädchen unterrichtet haben, intensiv überprüft, sie haben alle eine strahlend weiße Weste. Es ist kein Lehrer. Die einzigen Menschen, zu denen alle drei in Kontakt standen, waren Mason Lancaster und die drei Handwerker, die in ihren Häusern tätig waren. Lancaster haben wir ja bereits entlastet, also kommt er nicht infrage.« Er stieß einen tiefen Seufzer aus. »Das Problem ist, dass der Mörder seine Vorgehensweise ändert und seine Schlagzahl immer weiter erhöht. Das kommt mir bekannt vor und beunruhigt mich zutiefst.«

Jenna drehte sich zu ihm. »Warum das?«

»Erinnerst du dich noch an Ted Bundy? Gut aussehend, wortgewandt, hing mit einer Armschlinge auf dem Unigelände rum und tat so, als würde er seine Autotür nicht aufbekommen, um ein Mädchen dazu zu bringen, ihm zu helfen. Oder er gab sich als Autoritätsperson aus, um ihr Vertrauen zu gewinnen. Er entführte und ermordete seine Opfer und stellte Dinge mit ihnen an, die einem das Blut in den Adern gefrieren lassen. Seiner Freundin hingegen hat er nie ein Haar gekrümmt. Dann ist er eines Tages ausgerastet und in ein Studentinnenwohnheim eingebrochen, wo er Mädchen mit einem Holzscheit totgeprügelt hat.« Er seufzte. »Wie gesagt, sie sind nicht normal, und sie lassen sich nicht überlisten, weil sie nicht nach logischen Prinzipien vorgehen. In seiner Realität ist er in ein ausgeklügeltes Spiel mit dir verwickelt. Uns bleibt nichts anderes übrig, als abzuwarten, bis er seinen nächsten Zug macht – *falls* er noch einen macht. Soweit wir wissen, könnte er der Spiele mit dir inzwischen auch überdrüssig geworden sein. Er hat seine Vorgehensweise geändert und möglicherweise einen anderen Nervenkitzel gefunden, um seine Triebe zu befriedigen.«

»Meinst du? Als der DA mich angewiesen hat, die Verdächtigen freizulassen, habe ich ihn gebeten, zumindest GPS-Tracker an ihren Fahrzeugen anbringen zu dürfen. Daraufhin meinte er, meine Chancen, das bewilligt zu bekommen, wären so hoch wie ein Sechser im Lotto.« Jenna strich sich eine Haarsträhne hinters Ohr. »Dann hat er mir erzählt, wir könnten sie nicht rund um die Uhr bewachen, da Cross sehr deutlich gemacht hätte, dass er nur auf eine Gelegenheit wartet, eine Dienstaufsichtsbeschwerde einzulegen.« Sie seufzte. »Schattenmann ist wirklich das passende Pseudonym für diesen Killer. Es ist, als würden wir ein Gespenst jagen, und ich habe keine Ahnung, was er als Nächstes geplant hat.«

»Ich schon.« Kanes Mundwinkel verzogen sich. »Er ist noch nicht fertig mit dem Töten.«

SECHSUNDFÜNFZIG

Die nächsten Stunden verbrachte Jenna damit, gemeinsam mit Kane die Mordakten zu durchforsten und jeden einzelnen Fall noch einmal genauestens zu studieren. Sie rief die Mütter von Lindy und Amanda an und bat sie, die Habseligkeiten ihrer Töchter noch einmal zu überprüfen, um sicherzustellen, dass nichts fehlte. Sie schickte Rowley los, um in den Häusern der anderen Mädchen aus dem Theaterkurs vorbeizufahren, die Sicherheitssysteme der Häuser zu prüfen und die Eltern zu warnen, dass der Mörder noch immer frei herumlief.

Jenna sah von ihren Akten auf. »Hast du irgendwas?«

»Fehlanzeige.« Kane sah von der Mordakte auf. »Von denen hatte noch nicht einmal jemand etwas Illegales auf der Festplatte. Wir haben Niente.« Er seufzte. »Vielleicht sollten wir –«

Da sprang plötzlich die Tür auf und Wolfe stürzte mit panischem Gesichtsausdruck herein. »Ich kann Julie nirgendwo finden.«

»Ich habe sie hier gegen zwei Uhr abgeliefert.« Kane sprang auf und ging auf Wolfe zu. »Haben Sie Maggie schon gefragt?«

»Ja, ich habe vor etwa einer Stunde mit ihr telefoniert, da meinte sie noch, dass Julie jeden Tag gegen zwei zu den

Ständen vor dem Rathaus gehen würde, um Süßigkeiten zu kaufen. Sie ist bislang nicht zurückgekehrt.« Wolfes große Hände ballten sich zu Fäusten. »Ich habe mein Büro abgeschlossen und mich mit Emily und Webber auf die Suche gemacht – wir können sie nicht finden, und ihr Handy ist aus.« Sämtliche Farbe wich aus seinem Gesicht. »Ich kann sie nicht genau orten. Das hier ist ihr letzter Standort. Falls irgendjemand einen GPS-Störsender benutzt, dann wird ihr GPS-Tracker auch nicht funktionieren. Verdammt! Niemand außerhalb unseres Teams weiß von den Peilsendern.«

»Ich vermute, dass sie noch keine Gelegenheit hatte, ihn zu aktivieren.« Jenna griff zum Hörer. »Maggie, schreiben Sie Julie bitte sofort zur Fahndung aus und setzen Sie sich mit der Presse in Verbindung. Ich will, dass sie gefunden wird. Wissen Sie noch, was sie anhatte?«

»O mein Gott, ja, das weiß ich.« Dann legte sie auf.

Jennas Herz raste vor Angst um Julie. Sie atmete einmal tief durch und ging dann um ihren Schreibtisch herum. »Kane, koordiniere bitte eine Rasterfahndung in der Stadt. Gibt es irgendeinen speziellen Ort, den sie aufgesucht haben könnte? Die Bibliothek vielleicht?«

»Dort habe ich bereits nachgesehen, und sie kennt die Regeln – sie geht nicht einfach irgendwohin, ohne Bescheid zu sagen. Maggie meinte, dass sie normalerweise nicht länger als fünfzehn Minuten weg ist.« Wolfe blickte verzweifelt zu Kane. »Es ist Zeitverschwendung, hier in der Stadt nach ihr zu suchen. Ich vermute, dass der Schattenmann sie entführt hat. Wir müssen herausfinden, welcher der Kerle, die Sie zur Vernehmung herbestellt haben, es gewesen ist.«

»Dann teilen wir uns auf und suchen nach den Verdächtigen.« Jenna lief an den Deputys vorbei und lehnte sich aus der Tür. »Rowley, schnappen Sie sich Walters, fahren Sie raus zur Schule und sehen Sie nach, ob Sie Lancaster ausfindig machen können. Vielleicht ist er im Hausmeisterbüro.«

»Ist gut, Ma'am, aber hatten Sie den nicht entlastet?«
Rowley kam zur Bürotür gesprintet. »Was ist passiert?«

Jenna senkte ihre Stimme. »Julie wird vermisst und möglicherweise hat er etwas damit zu tun. Jetzt aber los!«

Sie blickte zurück in ihr Büro. Wolfe und Kane versuchten mit ihren Handys am Ohr die Aufenthaltsorte von Anderson und Packer ausfindig zu machen. Auch sie schnappte sich ihr Handy und rief in der Zentrale des Green Thumb Landscaping Service an, die ihr Kittredges Standort durchgab. »Kittredge ist in Glacial Heights.«

»Anderson ebenfalls.« Kane sah sie an. »Zieh dir deine Weste über, die schnappen wir uns gemeinsam.«

»Packer arbeitet heute ebenfalls in dieser Gegend.« Wolfe starrte nachdenklich in die Ferne. »Mir fällt da gerade etwas ein. Eines von Julies Bildern wird im Rathaus ausgestellt. Die veranstalten da einen Malwettbewerb, und morgen wird der Gewinner verkündet. Vielleicht ist sie reingegangen, um sich die Ausstellung anzusehen.« Er fuhr sich mit der Hand durchs Haar. »Da drinnen gibt es unzählige Möglichkeiten, sie unbemerkt zu packen, und einen Keller gibt es ebenfalls.«

Jenna streifte mit zitternden Händen ihre Weste über und zog sich ihre Jacke an. »Dann fangen wir dort an zu suchen. Benutzen Sie Ihre Headsets, wir müssen in Kontakt bleiben.« Sie ging auf die Tür zu.

Im nächsten Augenblick schossen Emily und Webber durch die Eingangstür. Jenna nahm sie zur Seite. »Wurde sie irgendwo gesehen?«

»Nicht seitdem sie sich Süßigkeiten und etwas zu trinken bei dem Stand vor dem Rathaus gekauft hat.« Webber rieb sich den Nacken. »Die Frau am Stand meinte, dass sie nicht gesehen hat, wohin Julie im Anschluss gegangen ist.«

»Webber, mitkommen!« Wolfe lief zur Tür. »Emily, du bleibst hier. Du setzt keinen Fuß vor die Tür, bis ich wieder hier bin. Ruf zu Hause an und sag Mrs Mills, dass sie dafür sorgen soll, dass deine Schwester im Haus bleibt.« Dann rannte er dicht gefolgt von Webber zur Tür hinaus.

Jenna fing die Tür auf und spurtete die Stufen hinunter. Als sie in Kanes Wagen gestiegen waren, starrte sie ihn an. »Fahr um die Rückseite des Rathauses herum. Wenn sie irgendjemand von hier entführt hat, dann muss er einen der Fluchtwege benutzt haben.«

»Roger.« Kane trat aufs Gaspedal und schoss mit Blaulicht und Sirene aus der Parklücke. »Sie ist vermutlich im Rathaus und hat die Zeit vergessen. Wenn sie jemand angegriffen hätte, dann hätte sie sicher ihren Peilsender aktiviert. Sie ist schlau, und ich glaube nicht, dass sie sich freiwillig in Gefahr begeben würde.«

Jenna schluckte schwer und versuchte, die Angst loszuwerden, die ihre Kehle umklammerte. »Was, wenn der Schattenmann einen GPS-Störsender dabeihat?«

»Hoffen wir es nicht.« Kane hatte das Tempo gedrosselt und rollte langsam auf den Parkplatz hinter dem Rathaus. Er ließ sein Fenster herunter und beobachtete die Umgebung, dann drückte er auf das Mikro seines Headsets. »Wolfe, ich bin auf der Rückseite des Gebäudes. Das müssen Sie sich ansehen.« Er kam in einer Parkbucht zum Stehen.

Jenna fuhr herum. »Was ist los?«

»Beweise. Ich muss mir das aus der Nähe ansehen.« Kane stieg aus dem Fahrzeug, lief einige Meter und ging dann in die Hocke.

Jenna sprang vom Beifahrersitz und lief um den Wagen herum, um nachzusehen, worauf Kane gestoßen war. Wenige Augenblicke später kam Wolfe dicht gefolgt von Webber aus einem der Notausgänge geprescht. Sie erreichte Kane und starrte auf eine verschüttete Tüte mit Bonbons. »O mein Gott, das sind ihre Lieblingsbonbons.«

»Nichts anfassen.« Wolfe stand hinter ihm und zog sich Handschuhe über. »Schauen Sie mal da rüber.« Er zeigte auf einen leeren Pappbecher, der im Wind hin- und herrollte. »Der Inhalt wurde in einem Bogen verschüttet, als ob sie von hinten überrascht wurde, herumgefahren ist und dabei die Süßigkeiten und den Becher fallen gelassen hat.« Er sammelte die Tüte und den Becher auf und steckte sie in einen Beweisbeutel, dann richtete er seinen zornigen Blick auf Jenna. »Wir müssen jetzt diesen Scheißkerl finden.« Er blickte auf seine Armbanduhr. »Sie wird seit fast zwei Stunden vermisst, und es ist nur noch knapp drei Stunden lang hell.«

Es fiel Jenna denkbar schwer, aber sie musste sich an die Vorschriften halten. »Fahren Sie heim und warten Sie auf meinen Anruf. Sie dürfen nicht Teil der Ermittlungen sein, Shane.«

»Und ob, Jenna. Ich werde so was von Teil davon sein. Da draußen ist mein Baby in den Händen irgendeines durchge-knallten Bastards. Weder Sie noch Kane können mich davon abhalten, nach ihr zu suchen, und wenn ihr dieser Scheißkerl irgendetwas angetan hat, dann werde ich ihn mit meinen bloßen Händen in Stücke reißen.« Er drehte sich zu Kane. »Sie werden mich erschießen müssen, wenn Sie mich aufhalten wollen.« Er fuhr zur Jenna herum. »Wir verschwenden hier nur unsere Zeit. Ich suche jetzt nach Packer. Er muss es sein.« Er lief zurück zum Rathaus.

Jenna drehte sich um und sah Kane. »Fahren wir.«

»Du fährst.« Kane lief zurück zu seinem Auto. »Ich habe die Handynummern der Verdächtigen und werde versuchen, sie zu orten. Wenn er einen Störsender benutzt, dann werden wir sein Handy nicht orten können.«

»Das ist doch illegal.« Jenna setzt sich hinters Steuer, ließ den Motor an und lenkte das Biest vom Parkplatz.

»Das sind Entführungen auch.«

SIEBENUNDFÜNFZIG

Jenna fuhr in die Auffahrt der Ranch, auf der Kittredge beschäftigt war, und parkte neben einem Truck von Green Thumb Landscaping. »Das könnte seiner sein. Keine Ahnung, wie viele der Mitarbeiter so ein Ding fahren.«

»Das GPS auf seinem Handy ist blockiert.« Kane schaute zu ihr auf. »Anderson und Packer sind in Glacial Heights. Ich könnte mir vorstellen, dass Kittredge die Funktion deaktiviert hat, nachdem wir ihn zur Vernehmung einkassiert haben. Frei nach dem Motto: ›Big Brother is watching you.‹«

Als sie die Autotür öffnete, klingelte Jennas Handy in ihrer Tasche. »Das ist Rowley.«

»Lancaster ist nicht da. Ich habe mit ein paar Jungs gesprochen, die Sitzschalen auf der Tribüne des Footballfelds ausgetauscht haben. Sie meinten, er hätte ihnen Anweisungen gegeben und wäre dann verschwunden.«

»Verdammt.« Jenna sah zu Kane und schüttelte den Kopf. »Okay, dann fahren Sie zu seinem Wohnhaus und sehen dort nach. Falls er dort nicht sein sollte, fahren Sie zurück auf die Wache und warten auf weitere Anweisungen. Falls die Fahndung irgendetwas ergibt, rufen Sie mich an.«

»*Roger.*«

»Kann ich Ihnen weiterhelfen, Sheriff?«» Eine Frau, Ende zwanzig mit üppigen braunen Locken, Jeans und Lederjacke, kam aus Richtung der Bäume auf sie zu.

Jenna drehte sich zur ihr und lächelte. »Ja, wie ich sehe, haben Sie heute den Green Thumb Landscaping Service da. Wissen Sie zufällig, ob Paul Kittredge mit seiner Crew heute hier ist?«

»Paul? Ja, der ist da drüben hinter den Bäumen beschäftigt.« Sie wies mit der Hand über die Schulter. »Die Jungs verwandeln die Lichtung da hinten nämlich in ein Geheimversteck für meine Töchter.«

Bei dem Gedanken, Kittredge in der Nähe von Kindern zu wissen, zog sich Jennas Magen zusammen. »Ist er schon den ganzen Tag hier?«

»Den ganzen Tag?« Die Frau runzelte die Stirn. »Ja, er war nur gegen zwei kurz weg, um den Rollrasen zu holen.«

Jennas Nackenhaare stellten sich auf. »Wann ist er denn zurückgekommen?«

»Kurz bevor die Männer den Rasen in die Schubkarren verladen und den Pfad runtergerollt haben.«

»Ah, gut.« Jenna setzte ein künstliches Lächeln auf. »Hätten Sie etwas dagegen, wenn wir kurz mit ihm sprechen?«

»Nur zu.« Die Frau ging an ihnen vorbei und lief die Stufen zu ihrem Haus hinauf.

»Warte, Jenna.« Kane wies mit dem Daumen auf Kittredges Truck. »Die Fenster sind offen. Ich werde da mal reinschauen.« Er zog sich Handschuhe über und hob eine Augenbraue. »Wenn er dir doof kommt, ignorier ihn einfach. Es wird nicht lange dauern.«

Während sie den Pfad hinab in die Richtung ging, aus der die Frau gekommen war, wurde Jenna zunehmend mulmig zumute. Womöglich war Kittredge der Schattenmann. Ihr Ohrstöpsel knisterte. Es war Wolfe, und sie drückte auf ihr

Mikro. »Rowley jagt Lancaster hinterher. Er war nicht an der Schule. Konnten Sie Packer aufspüren?«

»Packer ist nicht unser Mann, er arbeitet hier seit sieben Uhr morgens und hat das Grundstück nicht verlassen. Er nimmt sich sein Mittagessen immer von zu Hause mit.«

Sie brachte ihn bezüglich Kittredge auf den neuesten Stand. »Er könnte es gewesen sein, aber es gibt unzählige Orte zwischen der Stadt und hier, wo er Julie versteckt haben könnte.«

»Ich will, dass jemand Kittredge beschattet.« Wolfes Stimme verwandelte sich in ein Knurren. »Er muss ja zu ihr zurück. Hat er schon irgendwelche Nachrichten verschickt?«

»Noch nicht.« Jenna vernahm das Knirschen von Schritten im Schotter, und Kane trat an ihre Seite. »Ich sage Rowley, dass er ihm in seinem Pick-up hinterherfahren soll.«

»Zu riskant. Kommen Sie an sein Fahrzeug ran?«

Jenna bemerkte, dass Kane ihnen durch seinen Kopfhörer lauschte. »Ja, und wir kommen auch rein, das Fenster ist auf.«

»Kane, aktivieren Sie Ihren Tracker und verstecken Sie ihn in der Fahrerkabine. Machen Sie das jetzt gleich, dann kann ich überprüfen, ob er einen GPS-Störsender in seinem Auto verwendet.«

»Roger.« Kane trabte zurück zu seinem Auto.

Jenna sah zu, wie er seinen GPS-Tracker löste und unter den Fahrersitz von Kittredges Fahrzeug schob. Dann schloss er geräuschlos die Tür und nickte ihr zu. Sie betätigte ihr Mikrofon. »Erledigt.«

»Es funktioniert tadellos.« Wolfe klang extrem angespannt. »Wir fahren jetzt bei Andersons Haus vorbei. Ich werde die Nachbarn fragen, ob sie ihn heute tagsüber schon gesehen haben. Ich glaube kaum, dass Kittredge es wagen würde, Julie auf sein Zimmer im Triple Z mitzunehmen.«

»Roger.« Jenna sah zu Kane. »Lass uns abhauen. Du

fährst.« Sie drehte sich zum Wagen um, als sie eine vertraute Stimme hörte.

»Ich muss mir wohl so'n Kontaktverbotsdingens für Sie besorgen, Sheriff.« Kittredge stand vor ihr, stemmte seine Hände in die Hüften und schaute sie voller Abscheu an. »Es ist kein halber Tag vergangen, und Sie rücken mir schon wieder auf die Pelle.« Er wedelte mit seinem Handy in ihre Richtung. »Ich werd wohl mal Sam Cross anrufen.«

Jenna fuhr herum und funkelte ihn an. »Kriechen Sie zurück in Ihr Loch, Kittredge. Ich würde keine Sekunde meines Lebens auf Sie verschwenden.« Sie stieg in Kanes SUV und nahm sein erstauntes Gesicht zur Kenntnis. »Fahr!«

»Wohin?« Kane fuhr die lange, von Bäumen gesäumte Einfahrt hinunter.

»Zu den Rosens. Anderson arbeitet heute dort und installiert Alarmknöpfe.« Sie warf Kane einen flüchtigen Blick zu. »Ich weiß nicht, ob ich mich nach dem, was Lindy widerfahren ist, über Andersons Rückkehr freuen würde.«

»Er wurde nicht beschuldigt, also ist er unschuldig, bis das Gegenteil bewiesen ist. Bis Lancaster verschwunden ist, war ich davon ausgegangen, dass Kittredge unser Mann ist. Womöglich verschwenden wir dort unsere Zeit.« Kane beschleunigte auf der kurvenreichen Straße, bog links ab und fuhr die knapp zweihundert Meter bis zum verzierten Tor der Rosens. »Das ist neu.«

Während sie langsam eine Gruppe Männer passierten, die mit einem Erdbohrer hantierte, blickte Jenna zu Kane. »Da wird wohl ein Elektrozaun gezogen. Garantiert werden sie im Anschluss noch eine Kamera am Tor anbringen.«

Jennas Handy klingelte. Es war Rowley. »Hast du Lancaster gefunden?«

»Nö. Ich habe die Nachbarn gefragt, sie haben ihn nicht gesehen. Es sieht aus, als wäre er abgehauen.«

Jenna biss sich auf die Unterlippe. »Okay, fahr bei dem

Autoreinigungsdienst und bei Aunt Betty's vorbei und frag nach, ob ihn irgendjemand gesehen hat.«

»*Roger*.« Rowley legte auf.

Sie sah zu Kane. »Ich hoffe, wir haben den Mörder nicht auf freien Fuß gesetzt.«

»Ich auch.« Kane verzog das Gesicht.

Als sie am Ranchhaus der Rosens vorfuhren, war von Andersons Truck keine Spur. »Das sieht nicht gut aus.« Sie sprang vom Beifahrersitz und eilte die Haustreppe hinauf.

Jenna klopfte an der Haustür. Mrs Rosen, die bleich und elend aussah, öffnete die Tür und starrte sie mit leerem Blick an.

»Ja? Haben Sie das Monster geschnappt, das Lindy ermordet hat?«

»Nein, tut mir leid, noch nicht.« Jenna schluckte schwer. Der Frau war ihr Leid anzusehen. »Darf ich Ihnen eine Frage stellen?«

»Noch mehr Fragen? Sie haben mich dazu gedrängt, Lindys Sachen noch einmal zu durchwühlen, und jetzt wollen Sie mehr Informationen? Warum suchen Sie nicht nach ihrem Mörder?«

»Wir tun alles, was wir können, aber wir brauchen Ihre Hilfe.« Jenna sah in die rot umränderten Augen der Frau. »Deshalb sind wir hier. Können Sie mir sagen, ob heute Techniker von Silent Alarms bei Ihnen waren?«

»Ja, das waren sie. Ein Technikerteam ist vorbeigekommen, und Charlie ist seit dem Mittag da, schätze ich. Er ist den ganzen Nachmittag hin- und hergefahren.«

Jenna schaute fragend zu Kane. »Können Sie das genauer ausführen?«

»Er ist in die Stadt gefahren, um Mittagessen zu besorgen und einige Teile zu holen. Er kam gegen drei wieder und ist dann vor einer halben Stunde noch mal losgefahren.« Mrs Rosen blinzelte fragend. »Wieso? Ist der etwa verdächtig?«

Jenna schüttelte den Kopf. Sie hasste es, die Frau belügen zu müssen, doch wenn Anderson tatsächlich darin verwickelt war, brachte sie Mrs Rosen so möglicherweise in Gefahr. »Wir haben keine Verdächtigen, aber wir sind den Leuten auf der Spur, die Lindy gekannt haben.«

»Mehr habe ich Ihnen nicht zu sagen.« Mrs Rosen schlug Jenna die Tür vor der Nase zu.

»Arme Frau.« Kane drehte sich um und wies in die Auffahrt. »Na, sieh mal einer an.«

Jena fuhr herum, als Charlie Andersons Pick-up neben Kanes Wagen zum Stehen kam. Sie sprach mit ganz leiser Stimme weiter. »Was nun? Kannst du du meinen Tracker in seinen Pick-up schmuggeln?« Sie zog das kleine Gerät aus ihrem Knopfloch und gab es ihm.

»So der Plan.« Kane grinste sie an. »Du lenkst ihn ab, und ich versteck das Ding irgendwo. Lass dein Mikro an, dann kann ich mithören, was er sagt.« Er lief zu seinem Wagen zurück.

»Erledigt.« Jenna wartete am Fuß der Treppe und tat so, als würde sie ihre Notizen studieren.

»Ach, wie schön, lange nicht gesehen, Sheriff.« Anderson stieg mit einem Karton in den Händen aus seinem Pick-up. »Wollen Sie mich kontrollieren?«

Sein herausfordernder Blick jagte ihr einen Schauer über den Rücken. »Nein, Mr Anderson, das wäre Polizeischikane. Ich bin nur gekommen, um mit Mrs Rosen zu sprechen.« Sie sah, wie Kane hinter seinem Wagen hervorkam, und schenkte Anderson ein Lächeln. »Wie ich sehe, verstärken Sie hier gerade die Sicherheitsvorkehrungen.«

»Vorsicht ist besser als Nachsicht. Vielleicht sollten Sie sich ebenfalls ein Sicherheitssystem von Silent Alarms für Ihre Ranch zulegen. Da draußen, mitten im Nirgendwo, ist man auf eine zuverlässige Alarmanlage angewiesen.« Andersons Blick wanderte über ihr Gesicht. »Wir wollen ja nicht, dass Sie mitten in der Nacht plötzlich verschwinden, nicht wahr?«

Als sie sein zufriedenes Lächeln wahrnahm, stockte ihr der Atem. Es war, als würde er sie verhöhnen. »Ich werde mir das mal überlegen.« Sie sah, wie Kane sich auf Andersons Truck zubewegte, und hakte nach. »Wie lange dauert es denn, ein solches System zu installieren?«

»Das kommt auf die gewünschte Sicherheitsstufe an.« Anderson neigte den Kopf. »Sind Sie ganz allein da draußen?«

Jenna runzelte die Stirn und zögerte einen Moment, als müsste sie diese Frage überdenken. »Ja, ich lebe allein, also brauche ich vermutlich alles nur Denkbare.«

»Keine Hunde?« Anderson sprach mit gesenkter Stimme. »Ich dachte, Sie würden mit Deputy Kane zusammenleben. Ich habe gesehen, wie Sie nach Feierabend die meisten Abende mit ihm nach Hause gefahren sind.«

Die meisten Abende? Hatte er sie etwa beobachtet? »Keine Hunde, und Kane hat sein eigenes Zuhause.« Aus dem Augenwinkel sah sie, wie Kane sich hinters Lenkrad seines eigenen Wagens setzte. »Ich rufe gleich Montag bei Silent Alarms an, um mir ein Angebot einzuholen.«

»Erwähnen Sie meinen Namen. Dann gibt's Rabatt. So, ich muss jetzt wieder.« Er zwinkerte ihr zu. »Mrs Rosen will, dass ich hier fertig werde, bevor ich Feierabend mache.« Er ging die Vordertreppe hinauf und klopfte an der Tür.

Jenna kehrte aufgewühlt zu Kanes Auto zurück und setzte sich auf den Beifahrersitz. »Und, hat er einen Störsender?«

»Nö.« Kane starrte auf die App auf seinem Handy.

Jenna wandte ihre Aufmerksamkeit vom Bildschirm zum Haus. »Er hat uns beobachtet.«

»Ja, das habe ich mitbekommen.« Kane zog eine Schnute und schüttelte dann den Kopf. »Fieser Typ, aber das macht ihn noch nicht zum Killer.«

Beim Blick zurück aufs Haus überkam sie Unbehagen. »Wahrscheinlich nicht, aber im Moment bin ich jedem gegenüber skeptisch.«

»Warum Anderson? Er hat dich doch nicht bedroht.« Kane
sah sie fragend an. »Ich glaube, das war einfach der Verkäufer
in ihm. Vielleicht hat er versucht, dich zu verunsichern, um
dich zu einer Kaufentscheidung zu motivieren.«

»Ach, ich weiß nicht, irgendetwas stimmt nicht mit ihm.«
Jennas Handy kündigte eine Nachricht an. Als sie die unter-
drückte Nummer auf dem Display sah, bekam sie es mit der
Angst zu tun.

Mit pochendem Herzen beobachtete sie, wie die Haustür
aufging und Anderson hineinschlüpfte. Er konnte es nicht sein,
dazu müssten sich zu viele Teile zusammenfügen. Wenn er der
Killer wäre, wie hätte er dann wissen können, dass sie in genau
diesem Moment auf der Rosen-Ranch sein würde und er seine
Nachrichten vorausplanen musste? Wenn er andererseits dafür
gesorgt hatte, dass er in Sichtweite von Mrs Rosen war, als die
Nachricht ankam, dann würde ihm das ein perfektes Alibi
liefern. Dann würde alles auf begründete Zweifel hinauslaufen.
Hatte er Zugang zu einem Wegwerfhandy, mit dem er den
Nachrichtenversand vorausplanen konnte? Falls sie ihm das
nicht nachweisen konnten und Mrs Rosen ihn in diesem
Moment nicht mit Handy in der Hand gesehen hatte, würde
der DA keinen Haftbefehl ausstellen, da Cross diese simple
Tatsache vor Gericht ausreichen würde, um begründete
Zweifel an Andersons Schuld zu wecken. Drei tote Mädchen,
Julie wurde vermisst und ihre Tatverdächtigenliste hatte sich in
Luft aufgelöst. Ihr war nach Heulen zumute, doch sie unter-
drückte ein Schluchzen und schaute stattdessen Kane an. »Eine
weitere Nachricht vom Schattenmann.«

Mit zitternden Händen öffnete sie die Nachricht. »Mit
Anhang.«

»Zeig sie mir.« Kane beugte sich zu ihr hinüber. »Zuerst die
Nachricht.«

*Jetzt hast du mich wütend gemacht, und wenn ich
wütend bin, dann übe ich Rache.*
*Du hast die Regeln gebrochen, also spielen wir jetzt
ohne.*
*Vielleicht zählt die hier ja mehr. Du hängst an ihr, nicht
wahr?*
*Wir werden uns schon bald sehen, Jenna. Ich kann es
kaum erwarten, dich sterben zu sehen.*
Der Sauerstoff reicht noch für drei Stunden.
Ticktack, ticktack.

Als sie die beigefügte Videodatei öffnete, packte Jenna die nackte Panik. Sie konnte nicht atmen. »O mein Gott, er hat Julie bei lebendigem Leib begraben.«

ACHTUNDFÜNFZIG

Es war so kalt. Die eisige Feuchtigkeit drang durch Julies Kleidung, und ihr klapperten die Zähne. Ein seltsamer, feucht-kalter Gestank umgab sie. Sie versuchte, wach zu bleiben. Ihr Kopf pochte, und ihre Zunge klebte an ihrem Gaumen. Benommen und desorientiert zwang sie sich, ihre schweren Augenlider zu öffnen. Sie war von völliger Dunkelheit umgeben. Alles war voller düsterer Schatten. Plötzlich schoss ihr die Erinnerung an den starken Arm, der sie gepackt und ihr einen muffigen Lumpen ins Gesicht gedrückt hatte, in den Kopf. Sie versuchte sich aufzusetzen und stieß sich dabei den Kopf an. *Wo bin ich?* Mit zitternden Fingern ertastete sie die rauen Holzbretter um sich herum und konnte vor Angst, die ihr die Kehle zuschnürte, kaum atmen. *Ich liege in einer Holzkiste.*

Sie hob ihre Beine an und versuchte sie gegen den Deckel zu stemmen. Erde fiel ihr in die Augen, doch der Deckel bewegte sich nicht. Panisch suchte sie die Vorderseite ihres Shirts ab, ertastete ihre Teddybär-Brosche und drückte sie ganz fest. Ihr Dad würde kommen und sie retten. Sie schluchzte, zählte die Minuten und wusste, dass es eine Zeit dauerte, bis der Tracker ihn alarmieren würde. Sie konnte seine Stimme in

ihrem Kopf hören. Er hatte die Anweisungen unzählige Male
wiederholt, seit ihre Schwester Emily dem Tod so nahege-
kommen war.

»Bleib ruhig, benutz den Tracker. Zähl bis 200 und gib mir
dann so viele Details wie möglich. Wenn du die Person kennst,
die dich gefangen hält, dann sag ihren Namen. Wenn du weißt,
wo du dich befindest, sag es mir. Ich höre dich auch, wenn du
flüsterst, aber wenn es zu gefährlich ist, dann sag nichts. Ich
werde dich finden.«

Er würde die Details wissen wollen. Sie streckte ihre Arme
zur Seite und nach oben aus, um die Größe der Kiste
abschätzen zu können. Sie stieß auf ein dünnes Plastikrohr und
spürte, wie aus dem Ende Luft strömte. Warum versorgte sie
der Mann mit Sauerstoff, wenn er sie umbringen wollte? Sie
rutschte ein Stück hinab, bis sie mit den Füßen das Ende der
Kiste erreicht hatte. Irgendetwas hing vom Deckel herab. Als sie
es mit ihrem Schuh berührte, beleuchtete der Bildschirm eines
Handys den winzigen Innenraum. Das winzige Licht stillte ihr
Schluchzen. »D-Daddy, k-kannst du mich hören? Ich bin in
einer Kiste eingesperrt.«

NEUNUNDFÜNFZIG

Auf Wolfes Handy kreischte der Notfallklingelton auf, den er den Trackern seiner Töchter zugewiesen hatte. Er stieg auf die Bremse und brachte seinen Van am Straßenrand der Stanton Road zum Stehen. Er schnappte sich das Handy, aktivierte die App und atmete tief durch, als diese ihm auf der Karte einen roten Leuchtpunkt am anderen Ende der Stadt anzeigte. Das Handy klemmte er in die Halterung im Armaturenbrett, dann drückte er das Gaspedal durch und blickte zu Webber. »Setz dich mit Kane in Verbindung und sag ihm, dass Julie ihren Tracker aktiviert hat, sie befindet sich nahe der Goldmine Road.« Er zog seinen Ohrstöpsel aus dem Ohr. »Ich muss auf mein Handy achten, falls sie versucht, mich zu kontaktieren.«

»Roger.« Webber rief Kane an und drehte sich dann zu ihm um. »Der Schattenmann hat eben den Sheriff kontaktiert. Er hat Julie lebendig begraben. Er meinte, uns bleiben drei Stunden, bis ihr der Sauerstoff ausgeht.«

Wolfe zwang seinen Medical-Examiner-Van in eine scharfe Rechtskurve und beschleunigte, bis der Motor dröhnend protestierte. »Ich fahre zur Search-and-Rescue-Einsatzzentrale. Sobald es dunkel wird, sind wir auf einen Hubschrauber mit

Wärmebildkamera angewiesen. Sagen Sie Kane und Jenna, dass wir uns auf der Stanton Road treffen. Dort lese ich sie auf. Und rufen Sie schon mal Search and Rescue an. Sagen Sie ihnen, dass sie den Hubschrauber fertig machen sollen, polizeilicher Notstand.«

Als er Julies Schluchzer vernahm, begann sein Herz derart heftig zu pumpen, dass er fürchtete, es würde zerspringen. Er wollte sie trösten und ihr sagen, dass er bald da sein würde, doch die Nutzung der Zweiwegekommunikation des Trackers würde den Schattenmann nur auf die Existenz des Senders aufmerksam machen. »Sprich mit mir, Julie, sag mir alles, was du weißt.«

Als hätte sie ihn erhört, ertönte plötzlich ihre zittrige, von Schluchzern unterdrückte Stimme aus dem Lautsprecher.

»Ich glaub, dass ich unter der Erde bin, denn wenn ich den Deckel hochdrücke, rieselt Erde runter. Ein Mann, hab ihn nicht gesehen, glaub aber nicht so groß wie du. So mittelgroß eher. Hat mich von hinten gepackt und irgendwas in mein Gesicht gedrückt. Das roch komisch und hat mein Gesicht ganz kalt gemacht. Ich bin eben erst aufgewacht. Die Kiste ist nicht so schmal wie ein Sarg, sondern quadratisch. Ich kann mich drin ausstrecken. Am Fußende liegt ein Handy. Es hat aufgeleuchtet, als ich es mit dem Fuß berührt hab. Ich versuch mal, dranzukommen.« Julie atmete schwer. »Ich probier mal, meine Schuhe auszuziehen. Vielleicht kann ich es mit meinen Zehen packen.«

Wolfe umklammerte das Lenkrad und bahnte sich mit Blaulicht und Sirene seinen Weg durch den Stadtverkehr. Er konnte Julie schnaufen hören und wünschte, sie würde aufhören sich zu bewegen, um kostbaren Sauerstoff zu sparen. Er drehte sich zu Webber. »Sobald wir da sind, holen Sie die Gewehre samt Ersatzmunition aus dem Schrank. Wir bewaffnen uns jetzt bis unter die Zähne. Sollte dieser Scheißkerl dort irgendwo in der Nähe sein, dann lege ich ihn um.«

»Ja, Sir.«

»*Daddy.*« Julie klang erschöpft. »*Ich hab das Handy, es hat ein Video aufgenommen. Das hab ich weggemacht.*« Sie stieß ein verzweifeltes Schluchzen aus. »*Ich kann deine Nummer nicht auswendig.*«

Wolfe bog auf auf den Parkplatz der Einsatzzentrale ein. Er schnappte sich sein Handy und wünschte, dass sie ihn hören könnte. »Wähl die 911. Komm schon, Julie, die 911.« Er warf einen verzweifelten Blick auf Webber. »Ruf Rowley an, sag ihm, er soll den Anruf zu Jenna weiterleiten, falls Julie anruft.«

»Roger.« Webber stieg aus dem Fahrzeug und telefonierte.

Wolfe setzte sich den Ohrhörer ein. »Jenna, Julie hat ein Handy gefunden. Ich vermute, dass der Schattenmann es benutzt hat, um Ihnen das Video zu schicken. Ich brauche mein Handy für den Tracker, also wird Rowley sie direkt zu Ihnen durchstellen, falls sie anruft. Sagen Sie ihr, dass sie ganz ruhig bleiben und möglichst nicht sprechen soll, solange sie keinen Hubschrauber hört. Sie muss Sauerstoff sparen.«

Er sprang vom Fahrersitz und nahm das Gewehr entgegen, das Webber ihm reichte.

»*Roger. Wir warten auf der Stanton Road südlich von Glacial Heights. Die Straße ist hier breit genug.*«

Vom Wind des Rotors umtost rannten sie mit geduckten Köpfen auf den bereitstehenden Hubschrauber zu. Der Pilot stieg aus und winkte sie ins Innere. Wolfe nickte ihm zu, kletterte hinein und legte sein Gewehr auf dem Rücksitz ab. Webber stand da und starrte ihn einfach nur an. Er hätte ihn am liebsten am Hemdkragen gepackt und in den Hubschrauber gezerrt. »Worauf zum Henker warten Sie?«

»Können Sie diesen Vogel überhaupt fliegen?« Webbers Gesicht war kreidebleich.

Wolfe setzte sich ein Headset auf und fixierte ihn. »Ja, ich bin für die Marines Rettungshubschrauber geflogen und hebe in zwei Sekunden ab.«

»Ist gut.« Webber stieg in die Kabine und verstaute die Gewehre unter dem Sitz.

Der Hubschrauber stieg auf, und der Rotor übertönte alles, was Julie sagte, aber es spielte keine Rolle, ob Wolfe sie hören konnte oder nicht, ihre verängstigten Schluchzer hatten sich auf ewig in sein Gedächtnis eingebrannt. Er musste sie finden. Und dann würde er dem Schattenmann persönlich gegenübertreten.

SECHZIG

Kane holte seine Tasche aus dem Kofferraum seines Wagens, setzte sein Gewehr zusammen, schulterte es und lief zu Jenna. »Er wird ihr Signal nicht genau orten können, und wenn sie zu tief unten ist, hilft uns auch die Wärmebildkamera nicht weiter.« Er seufzte. »Wenn er irgendwelche Sprengfallen gebaut hat, dann wird es schwer sein, sie im Dunkeln ausfindig zu machen. Ich gehe davon aus, dass er die Morde schon länger geplant hat und nur die passenden Mädchen gesucht hat, um seine Pläne in die Tat umzusetzen.«

Als Jennas Handy klingelte, schrie sie vor Freude auf. »Es ist Rowley. Er stellt sie jetzt durch.«

Kane sprach in sein Mikrofon. »Wolfe, Jenna spricht jetzt mit Julie.«

»*Gott sei Dank. Ich bin gleich da. Sie müssten mich schon hören können.*«

Das Getöse der Rotorenblätter wurde von einem Luftzug begleitet, der die Wipfel der Kiefern des Stanton Forest schwanken ließ. Wenige Augenblicke später rannten Kane und Jenna zum Hubschrauber und sprangen hinein. Kane gurtete sich neben Wolfe an und setzte sich das Headset auf. »Da sie unter der Erde ist, könnte es schwierig werden, sie mit der Kamera zu orten. Umso mehr, wenn ihre Körpertemperatur gesunken ist.« Er blickte in Wolfes versteinerte Miene. »Wir wissen nicht, wie lange sie schon da unten liegt.«

»Wir haben uns auf zwei Verdächtige festgelegt: Kittredge und Anderson. Bislang hat sich keiner von ihnen bewegt, also muss es jemand anderes sein. Irgendjemand, den wir nicht auf dem Schirm haben. Überlegen Sie mal – es gab mehrere Leute, die an den Sicherheitssystemen rund um Glacial Heights gearbeitet haben. Wenn es Anderson nicht war, dann muss es einer von denen sein.« Wolfe navigierte den Hubschrauber hoch oberhalb der Bäume und steuerte auf die Minen zu. »Ich habe herausgefunden, wie er die Mädchen aus dem Haus gelockt haben muss.« Wolfes Augen verengten sich zu Schlitzen. »Er hat einen kabellosen Beamer benutzt.«

Kane konnte ihm nicht folgen und starrte ihn an. »Was? Sie wissen, wie er es gemacht hat?«

»All das Gerede von den Mädchen mit den Alpträumen von einem Mann in ihrem Zimmer ...« Wolfe schüttelte den Kopf. »Da hätte ich auch früher drauf kommen können.« Er blickte flüchtig zu Kane. »Er hat einen Beamer in den Flutlichtern vor den Fenstern der Mädchen versteckt und damit ein Bild in ihre Zimmer projiziert, das wie ein Geist erschienen ist.« Er seufzte. »Ich werde die Systeme persönlich auseinandernehmen und prüfen, aber ich weiß genau, dass ich richtig liege. Die Eltern haben jedes Mal die Zimmer durchsucht und nichts gefunden. Ich vermute, beim fünften Mal oder so haben sie dann schon nicht mehr ganz so sorgfältig nachgesehen, und da muss er bereits in Lindys Zimmer gewesen sein.«

»Aber warum ruft er überhaupt die Eltern auf den Plan, indem er den Mädchen Angst einjagt?« Kane runzelte die Stirn. »Die müssen doch hellwach gewesen sein.«

»Sie haben offensichtlich keine Kinder.« Wolfe starrte ihn mitleidig an. »Glauben Sie mir, wenn Sie fünf Nächte in Folge aus dem Schlaf gerissen worden sind, dann schlafen Sie irgendwann wie ein Murmeltier und bekommen gar nichts mehr mit.«

Kane ließ sich die Worte durch den Kopf gehen. »Aber wie hat er das Sicherheitssystem überlistet?«

»Ihr Ernst?« Wolfe lachte ungläubig auf. »Wie würden Sie ein Sicherheitssystem überlisten? Ich bin sicher, dass Sie das schon tausendmal gemacht haben.«

»Ja, aber ich habe ein Gerät dafür.« Kane schluckte. »So eins kann er nicht gehabt haben, die werden nur ans Militär ausgegeben.«

»Was glauben Sie, wie ein Techniker das System zurücksetzt, wenn ein Kunde seinen Code vergessen hat?« Wolfe schnaubte empört. »Ich war so ein Trottel. Er hatte wahrscheinlich nicht die gleiche Technik wie Sie, aber es muss eine Möglichkeit geben, das System aus der Ferne neu zu starten. Sobald er drinnen war, muss er einen Überbrückungscode benutzt haben. Jeder Mitarbeiter des Sicherheitsdienstes muss Zugang zu sämtlichen Häusern in Glacial Heights haben, warum soll also nur Anderson infrage kommen?«

»Anderson war nun mal der letzte Techniker, der an dem System gearbeitet hat. Aber zugegeben: Er hat eine blütenreine Weste und ein Alibi für beide Tatnächte. Zudem befand er sich in Gewahrsam, als wir von Sara erfuhren.« Kane räusperte sich. »Wen zum Teufel haben wir vergessen?«

Wolfe blickte auf den roten Punkt auf seinem Handy. »Wir sind jetzt nah an ihr dran. Sehen Sie irgendwas? Ich gehe etwas tiefer runter.«

Kane beobachtete den Bildschirm der Wärmebildkamera. Er konnte Tiere ausmachen, die aufgeschreckt vom Lärm des Hubschraubers davonliefen. Dann aber nahm er ein schwaches Leuchten wahr. »Da, auf der Goldmine Road, auf zwölf Uhr, zweihundert Meter voraus.« Er zoomte mit der Kamera näher heran. »Sie ist in einem alten Minenschacht.« Er wandte sich zu Wolfe. »Suchen Sie das Areal mit dem Suchscheinwerfer ab. Das könnte eine Falle sein.«

Während Wolfe den Hubschrauber Sektor für Sektor über das Areal flog, hielten Jenna und Webber durch die Fenster Ausschau nach Auffälligkeiten. Wenn der Schattenmann in dieser Einöde eine Falle für sie gelegt hatte, dann war es zweifelsohne eine Sprengfalle. Kanes Stimme erklang über den Bordfunk. »Hören Sie zu. Dieser Mann ist erfahren im Töten – geben Sie acht auf jeden einzelnen Schritt, scheren Sie nicht aus und bleiben Sie dicht zusammen. Machen Sie einen Bogen um aufgewühlte Stellen. Fassen Sie nichts an und halten Sie Ausschau nach Stolperdrähten.«

Nachdem Wolfe den Hubschrauber gelandet hatte, sprangen alle raus, schnappten sich ihre Gewehre und bewegten sich unter Verwendung ihrer Taschenlampen, mit denen sie den Boden absuchten, ganz langsam auf den Eingang des Minenschachts zu. Kane konnte hören, wie Wolfe seiner Tochter gut zuredete. Er berichtete ihr, dass sie ganz nahe waren und eine Weile lang still sein mussten, um das Areal abzusuchen. Die Grasslands wirkten im Zwielicht grau und kahl. Sie waren von einer solchen Stille umhüllt, dass Kanes geschärfte Sinne das leise Rascheln des hohen Grases in der kalten Brise ganz deutlich vernahmen. Während die Zeit voranschritt, erreichte Kane langsam seinen Ort der Ruhe. Er musste jetzt all seine Fähigkeiten bündeln, um Jenna und das Team zu beschützen. Sie gingen dicht hintereinander und folgten den Fußstapfen des jeweils Vorausgehenden zum Eingang der Mine. Ein paar Meter innerhalb des Stollens erspähte er eine große Packkiste, die von einer dünnen Schicht aus Erde und Blättern bedeckt war. Er winkte Wolfe heran. »Sie muss da drin sein.«

»Ich bin hier, Julie.« Wolfe sprach in sein Handy und blickte dann zu Kane. »Sehen Sie irgendwelche Fallen?«

»Es sieht sauber aus, allerdings wissen wir nicht, was unter dem Deckel ist.« Kane nahm Wolfe das Handy aus der Hand. »Julie, leuchte mal mit der Handytaschenlampe deine Umgebung ab. Sind da irgendwelche Drähte oder Behälter im Innern der Kiste zu sehen?«

»N-nein.« Julies Stimme war nurmehr ein Flüstern. »Hier ist nur der Schlauch, aus dem die Luft rauskommt.«

»Ja, ich kann die Sauerstoffflasche sehen. Halte durch, wir holen dich jetzt raus.« Kane gab Wolfe das Handy zurück und leuchtete mit seiner Taschenlampe jeden Zentimeter der Umgebung ab. »Wir sind startklar.«

Kane ließ sich dicht gefolgt von Wolfe in das Loch hinab. Eine Vibration unter seinen Füßen war die einzige Warnung. Er fasste Wolfe beim Arm und riss ihn zur Seite, als das Inferno losbrach. Eine Staubwolke wirbelte durch die Luft, und eine Explosion erschütterte die Stille. Erde und Steine rutschten den Abhang über ihnen hinunter, doch Kanes Stimme übertönte das Grollen. »Öffnen Sie die Riegel. Wir müssen sie hier rausholen, bevor wir alle verschüttet werden.«

Während sie den Deckel hochwuchteten, ergoss sich eine Lawine aus Schutt und Gestein über sie wie ein Geröllwasserfall. Kane schob seine Schulter zwischen Deckel und Kiste, sodass Wolfe hineingreifen konnte. »Beeilen Sie sich, Mann, sie ist kaum noch bei Bewusstsein.«

»Alles ist gut.« Wolfe schloss Julie in seine Arme. »Jetzt bin ich bei dir.« Er zog ihren schlaff herabhängenden Kopf fest an seine Brust.

Kane wich einem Geröllhagel aus und ließ dann den Deckel fallen. »Los, los, los!« Er stieß Wolfe heftig in den Rücken und drängte ihn den Schacht hinauf.

Er blinzelte durch seine staubverschmierten Augen und sah, wie Webber Wolfe und Julie packte und in Sicherheit zog. Ein weiteres Grollen, gefolgt von einem reißenden Geräusch, erfüllte den Stollen. Er kletterte die Felswand hinauf, bis ihn starke Hände packten und den Rest des Wegs nach oben zerrten.

»Los!« Webbers Stimme schien ganz weit weg.

Kane rannte blindlings drauflos, denn seine Augen waren noch immer voller Staub.

»Kane, alles gut, wir sind außer Gefahr.« Jenna war bei ihm und berührte ihn am Arm. »Bleib stehen, dann wasch ich dir den Staub aus den Augen.« Sie strich ihm über den Kopf. »Setz dich hin.«

Kaltes Wasser rann sein Gesicht hinab, und als er blinzelte, sah er Jennas Gesicht vor sich. »Danke.« Er nahm ihr die Wasserflasche aus der Hand und trank einen großen Schluck. »Geht's Julie gut?«

»Sie sieht ziemlich erledigt aus, ist jetzt aber hellwach.« Jenna sprach ganz leise, richtete dann lauter das Wort an Wolfe, um sich noch einmal zu vergewissern. »Wolfe, geht es ihr gut?«

»Ja, ich glaube schon.« Wolfe sah Julie in die Augen. »Hat er dir wehgetan?« Er setzte Julie ab und legte seine große Hand auf ihre tränenverschmierte Wange.

»Abgesehen d-davon, d-dass er mich betäubt und lebendig begraben hat?« Julie warf ihm einen ungläubigen Blick zu und hustete. »Nein, er hat mich nicht vergewaltigt oder so. Mir geht's gut, D-dad, aber mir ist so k-kalt und D-Durst hab ich auch.«

»Du bist meine kleine Heldin, und ich bin unfassbar stolz darauf, wie du das gemeistert hast.« Wolfe riss sich seine Jacke vom Leib, legte sie Julie um und zog das Mädchen erneut zu sich heran. »Niemand kommt damit davon, einem meiner Mädels etwas anzutun. Jetzt drehen wir den Spieß um. Diesmal werden wir *ihn* in eine Falle locken.«

»Wie das?« Jenna trat an seine Seite und reichte Julie eine Flasche Wasser.

»Wir werden niemandem sagen, dass wir Julie gefunden haben. Bislang hat er seine Spuren immer verwischt und keine

Beweise hinterlassen.« Wolfe war wütend, aber gefasst. »Wir haben höchstens Indizienbeweise. Wir müssen ihn dazu bringen, sich zu offenbaren, indem wir ihn mit seinen eigenen Waffen schlagen.« Er wandte sich zu Kane und setzte ein bitterböses Grinsen auf. »Damit, dass ich auch in dieses Spiel einsteige, hat dieser Scheißkerl nämlich nicht gerechnet.«

EINUNDSECHZIG

Er hatte sich dafür entschieden, nicht nach Hause zu gehen und dort allein zu sein. Denn es war ein Anfängerfehler, sich kein gutes Alibi zu verschaffen. In Aunt Betty's Café hatte er alle Annehmlichkeiten, die man sich nur vorstellen konnte. Hier würde er so lange ausharren, bis er sichergehen konnte, dass sich die Leute daran erinnern würden, ihn hier gesehen zu haben. Er hatte sich ein saftiges Steak mit allem Schnickschnack bestellt und sich einen Platz mit gutem Blick auf den Fernseher gesichert. Es amüsierte ihn, den lokalen Polizeikräften dabei zuzusehen, wie sie sich zum Affen machten. Um mitzubekommen, was in der Stadt los war, musste er gar nicht vor die Tür treten. Die Medien berichteten über jeden seiner Morde und hielten ihn über jeden Schritt des Sheriffs auf dem Laufenden. Die sexy Nachrichtensprecherin hatte ihn »Schattenmann« getauft, und der Name passte gut zu ihm. Dunkle und schattige Orte machten das Töten so viel schöner. Die Angst in den Augen seiner Opfer, wenn ihnen klar wurde, dass er sie töten wollte, und das sanfte Stöhnen, mit dem das letzte Leben aus ihren Leibern wich, waren sein Lebenselixier. Es war, als würde ihm ihre gewichene Lebenskraft Energie verleihen. *So muss sich Glück anfühlen.*

Das Banner mit der Eilmeldung, das da über den Fernsehbildschirm huschte, erregte seine Aufmerksamkeit. Er sah interessiert zum Fernseher. *Haben sie Julie gefunden?*

Die blonde Reporterin hielt dem Sheriff ihr Mikrofon unter die Nase. Sheriff Alton sah ganz schön verdreckt aus und hatte dunkle Augenringe.

»Sheriff Alton, Sie sehen ziemlich erledigt aus. Gibt es neue Entwicklungen im Schattenmann-Fall?«

»Schattenmann, so wird er nur in den Medien genannt.« Alton runzelte die Stirn. »Dieser Name verklärt das Ausmaß der Verbrechen dieses ignoranten Feiglings, der die Ermordung junger Mädchen als bloßes Spiel begreift.«

Die Interviewerin fragte unbeirrt weiter. »Wir haben erfahren, dass Julie Wolfe vermisst wird. Was unternehmen Sie, um sie zu finden?«

»Freiwillige Helfer haben uns den ganzen Nachmittag lang unterstützt. Der SAR-Hubschrauber ist unterwegs, zudem sind wir mit zahlreichen Suchtrupps im Einsatz.« Alton starrte in die Kamera. »Deputys aus anderen Städten sind auf dem Weg hierher, um uns bei der Suche zu helfen, und wir werden den Kommandoposten rund um die Uhr besetzt halten. Wir werden weder die Suche noch die Ermittlungen zu diesem brutalen Killer einstellen, nur weil es dunkel wird.«

»Haben Sie Ihre Ermittlungen intensiviert, nun da die Tochter des Gerichtsmediziners selbst zum Opfer geworden ist?« Die Augen der Reporterin blitzten auf, als würde sie sich insgeheim darüber freuen. »Es sieht ja so aus, als wären jetzt wirklich alle mit eingespannt.«

»Seit Lindy Rosen vermisst wird, folgen wir der gleichen Prozedur.« Alton winkte einen Deputy zu sich heran. »Wie gesagt, da wir seit Montag ohne Pause durchgearbeitet haben, sind wir auf Unterstützung angewiesen. Mein Team wird sich aufteilen und in wechselnden Schichten mit den anderen Deputys arbeiten.« Sie wies auf den Deputy. »Das ist Deputy Kane. Sein Team wird die Nachtschicht von hier an übernehmen. Ich werde ihn dann morgen gegen zehn ablösen, und so weiter und so fort.« Sie räusperte sich. »Ich kann Ihnen versichern, dass ein Deputy aus Black Rock Falls die ganze Nacht über im Einsatz sein wird, um die Suche nach Julie zu leiten und die Ermittlungen zur Festnahme des Mörders von Lindy, Amanda und Sara zu koordinieren.«

Als das Interview endete, konnte er seine Wut kaum noch in Zaum halten. *Sie hat mich einen Feigling genannt.* Er schnitt sich ein Stück von dem blutigen Steak auf seinem Teller ab, schob es sich in den Mund und zerkaute es langsam. Nichts war feige daran, in ein Haus einzusteigen und ein Mädchen aus seinem Bett zu entführen, während die Eltern direkt im Nebenraum schliefen, oder sich eines direkt von der Straße zu schnappen, wo ihn jeder hätte sehen können. Wie die meisten Frauen ihrer Art fühlte sich Sheriff Alton Männern offensichtlich überlegen. Zur Hölle, sie hatte ihre Chance gehabt, und wenn sie Julie gefunden hätte, dann hätte er sich womöglich aus dem Staub gemacht. Vielleicht hätte er noch ein paar Monate lang abwarten und einen auf unbescholtenen Bürger machen können, um dann in einer anderen Stadt neu anzufangen, aber jetzt hatte sie die Sache zu etwas Persönlichem gemacht. Er starrte auf das Bild von Sheriff Alton auf dem Fernsehbildschirm. *Oh, ich werde es so was von auskosten, dich zu töten.*

ZWEIUNDSECHZIG

Jenna wartete in ihrem Büro, bis die vier Deputys aus Blackwater erschienen waren. Kurz darauf verließen Kane und Wolfe das Sheriff's Department und brausten mit Blaulicht und Sirene davon. Sie spähte auf ihre Armbanduhr. Walters hatte sich auskuriert und würde sie in wenigen Minuten ablösen kommen. Sie lehnte sich in ihrem Bürostuhl zurück. In der Zwischenzeit hatte Wolfe seine Tochter in die Notaufnahme gebracht, um sie durchchecken zu lassen. Sie hatte ihre Tortur äußerlich zwar erstaunlich unbeschadet überstanden, allerdings wusste Jenna aus erster Hand, wie schnell sich eine PTBS einstellen konnte. Doch Wolfe würde das zweifelsohne genau im Auge behalten.

»Abend, Sheriff.« Walters steckte seinen grauen Haarschopf durch die Bürotür. »Freut mich, dass Wolfe junior wohlbehalten zu Hause ist.«

Jenna erhob sich. Sie war bereits seit einer Stunde bereit zu gehen. »Ich auch, aber sagen Sie niemandem was davon, in Ordnung? Danke, dass Sie so kurzfristig einspringen konnten.«

»Keine Ursache, Ma'am.« Walters trat einen Schritt zur

Seite, um sie vorbeizulassen. »Darf ich Sie zu Ihrem Wagen bringen?«

Jenna schüttelte den Kopf. »Ich denke, das Fernsehteam da draußen wird mich ausreichend abschirmen. Ich bin bald zurück.« Sie eilte zur Tür hinaus, ignorierte die Fragen der Reporter und stieg in ihren Streifenwagen.

Die Heimfahrt erschien ihr dunkler und unheimlicher als gewöhnlich, und ihr Herz pochte heftig in ihrer Brust, als sie das Tor zu ihrer Ranch passierte. Ein Verrückter lief hier irgendwo frei herum, und es gab wirklich Schöneres, als in diesem Wissen allein nach Hause zu kommen. Das Sicherheitssystem reagierte auf das Gerät in ihrem Auto, sodass ihr Haus sie in voller Festtagsbeleuchtung empfing. Beim Aussteigen hörte sie ein Geräusch. Sie fuhr mit gezogener Waffe herum und zielte in die Richtung von Kanes Cottage. Ein dunkler Blitz schoss aus den Schatten, und ein begeistertes Aufjaulen durchbrach die Stille. Jenna lachte laut auf und fiel fast um, als Duke sie mit wackelndem Hinterteil und peitschendem Schwanz umschmiegte. Sie steckte ihre Waffe zurück ins Holster, dann bückte sie sich und kraulte ihm die Ohren. »Ist das dein Freudentänzchen?« Sie stand auf und lief zur Vortreppe. »Du solltest eigentlich längst schlafen. Komm, wir suchen dir ein Fressi.« *Hm, Kane ist nicht hier gewesen. Er hätte ihn ins Cottage gesperrt.*

Als sie drinnen war, reaktivierte sie den Alarm, zog ihre Jacke und ihr Gürtelholster aus und legte ihre Glock auf dem Nachttisch in ihrem Zimmer ab. Sie entdeckte den Ring mit ihrem Ersatztracker, der neben ihrer Waffe lag, und streifte ihn über, bevor sie in die Küche lief. Sie gab etwas Hundefutter in Dukes Schüssel, obwohl Kane einen Futterautomaten im Cottage hatte, sodass Duke immer Futter bereitstand. Nachdem sie die Kaffeemaschine aufgefüllt hatte, lief sie ins Badezimmer. Sie wurde den Gedanken einfach nicht los, dass der Killer ihr Haus im Blick haben könnte. Sicher, Wolfe hatte großartige Pläne ausgeheckt, um ihn zu schnappen und auf einen Schlag viele Beweise gegen ihn sicherzustellen, doch sie dabei außen vor zu lassen, war unverzeihlich. Kanes Beharren darauf, ihm zu vertrauen und sich ganz natürlich zu verhalten, half auch nicht gerade, ihre Nerven zu beruhigen. Sie verriegelte die Badezimmertür und sprang unter die Dusche.

In Bademantel und Pantoffeln kam sie zurück in die Küche. »Duke, wo steckst du?«

Sie vernahm ein Winseln, gefolgt von einem lauten Bellen. Es drang aus dem Hauswirtschaftsraum. Sie runzelte die Stirn. Wie hatte Duke es geschafft, sich dort einzusperren? Sie ging ein paar Schritte auf die Tür zu und nahm in ihrem Augenwinkel eine Bewegung wahr.

»So sieht man sich wieder, Sheriff.«

Jedes einzelne Haar ihres Körpers stand aufrecht, als sie herumfuhr und Charlie Andersons grinsender Fratze entgegenblickte. *Ich wusste doch, dass du es bist.*

Er trug einen Overall und eine Wollmütze, doch ihre Aufmerksamkeit richtete sich blitzschnell auf die Pistole in seiner behandschuhten Hand. Sie faltete ihre Hände und drückte auf den Stein ihres Rings, um den Tracker und damit die Einwegverbindung zu Kanes Handy zu aktivieren. »Mr Anderson, warum richten Sie eine Waffe auf mich?«

»Weil heute Abend ein guter Zeitpunkt zum Sterben für dich ist.« Er spähte auf die Tür zum Hauswirtschaftsraum. »Aber die Töle knalle ich zuerst ab, wenn du die nicht zum Schweigen bringst.«

Jenna spähte zur Tür und erhob ihre Stimme. »Mach Platz, Duke, Platz.« Das Bellen wurde langsam zu einem Winseln, und sie konnte sehen, wie sich die Nase des Hundes gegen den Spalt unter der Tür drückte.

»Du hast mir gesagt, du hättest keinen Hund.« Anderson

fuchtelte mit seiner Pistole herum, hatte seinen Zeigefinger aber nicht am Abzug.

Jenna knöpfte sich ihren Bademantel bis oben hin zu und zog sich den Gürtel fester um die Hüfte. »Der gehört Kane.« Sie blickte ihn stirnrunzelnd an. »Wie konnten Sie das Sicherheitssystem überlisten?«

»Das war komplizierter, als ich dachte, aber kein System ist wirklich sicher.« Er zuckte mit der Achsel. »Ich hatte dir doch zu einem Update geraten, Jenna.«

Wie konnte er ein militärisches Sicherheitssystem überwinden? »Ich hatte heute Nachmittag keine Zeit dafür, und jetzt ist es sowieso zu spät.« Jenna seufzte. »Warum wollen Sie mich denn so unbedingt töten, Mr Anderson – oder soll ich dich Charlie nennen?«

»O Mann, du bist wirklich die dümmste Frau, die frei rumläuft.« Anderson schüttelte mit einem ungläubigen Gesichtsausdruck den Kopf. »Du kommandierst den lieben langen Tag Männer herum und kapierst noch nicht einmal dieses einfache Spiel. Verdammt, du blöde Kuh, ich habe dir schon genug Hinweise gegeben.«

Jennas Schock, bezüglich Anderson recht gehabt zu haben, wich zunehmend ihrem Vertrauen in Kane, der ihr versichert hatte, dass sie sich auf ihn verlassen konnte. Sie hielt Augenkontakt zu Anderson und bewegte sich ganz langsam hinter den Küchentisch. Natürlich konnte der Küchentisch sie nicht vor einer Kugel aus nächster Nähe beschützen, aber in Hinblick auf seinen bisherigen Modus Operandi rechnete sie nicht damit, dass er seine Bedürfnisse so kurz und schmerzlos befriedigen würde. Sie legte scheinbar nichtsahnend den Kopf schräg. »Was für ein Spiel meinst du?«

»Das Spiel, in dem ich dir eine gewisse Zeit gegeben habe, um ein Mädchen zu finden, bevor ich es töte.« Anderson stierte sie an. »Komm schon, ich weiß, dass du herausgefunden hast, dass ich es war, aber du konntest mir nichts nachweisen, stimmt's? Und jetzt bist du hier, allein mit mir, und all deine Männer sind da draußen, um nach Julie zu suchen. Wenn du dann vermisst wirst, dann wird es heißen: ›Wie hat er es geschafft, den Sheriff zu entführen? Er hat keine Spuren hinterlassen.‹« Er gluckste. »Ich habe alles perfekt durchdacht. Die werden deine Leiche niemals finden.«

Jenna versuchte, sich an alles zu erinnern, was Kane in seinem Täterprofil des Schattenmanns aufgeführt hatte, und verdrängte ihre aufkommende Panik. Anderson ihre Angst spüren zu lassen, würde ihm nur einen Kick geben und sie somit möglicherweise ihrem eigenen Tod näherbringen. *Stimme ihm zu und schmeichle ihm.* Sie nickte und versuchte das Zittern ihrer Unterlippe zu unterbinden. »Ja, da hast du mich wohl überlistet. Ich vermute, dass du auch hinter den Alpträumen der Mädels aus Glacial Heights steckst. Hast du Lindy und Amanda so aus ihren Häusern gelockt?«

»Ich habe Lindy nicht aus ihrem Haus gelockt. Ich habe ein Hologramm des Sensenmanns in ihr Zimmer projiziert, genau wie bei den anderen. Mit der Zeit hatten die Eltern genug von den Klagen ihrer Töchter und hörten auf, ihre Zimmer zu durchsuchen. Das hättest du sehen sollen. Ich habe mich im Schatten gewartet und mich dann, als Lindy rausgerannt ist, um ihren Dad zu rufen, hinter den Vorhängen versteckt. Der war so angepisst, der hat noch nicht einmal in meine Richtung geschaut. Als ich gehört habe, wie seine Tür zuging, habe ich Lindy sediert und rausgezerrt.« Er grinste. »Wie's weiterging, weißt du, die Bilder hatte ich dir ja geschickt.«

Jenna heuchelte Interesse. »Du bist gut. Wie konntest du dich von der Arbeit wegstehlen, ohne dass jemand etwas mitbekommen hat? Dein Chef hat das Kameramaterial überprüft und meinte, du wärst in beiden Nächten vor Ort gewesen.«

»Ich habe mich selbst im Büro gefilmt und diesen Clip in Endlosschleife ins System eingespeist.« Anderson schnippte mit den Fingern. »Da habe ich mal eben so alle reingelegt.«

In der Hoffnung, dass Kane jeden Moment durch die Tür kommen würde, gab Jenna sich alle Mühe, die Rolle der schicksalsergebenen Frau zu spielen. »Da wäre ich niemals draufgekommen, aber bei Amanda war das doch anders, nicht? Die hatte keine Alpträume, sondern hat sich regelrecht gefreut, den Geist ihrer Oma zu sehen.«

»Die war ein echtes Kinderspiel. Ich habe das Porträt ihrer Oma aus dem Wohnzimmer abfotografiert. Amanda ist dann dem projizierten Foto hinterher aus ihrem Zimmer gelaufen. Ich habe den Projektor geschwenkt und das Hologramm auf den Pfad am Waldrand projiziert. Sie ist direkt auf mich zugelaufen, ein echter Geniestreich.«

»Genau wie die Sprengfalle. Da hättest du mich fast erwischt.« Jenna bewegte sich unmerklich zurück, bis sie hinter sich den Küchentresen berührte und ihr Arm in Reichweite der Kaffeekanne mit dem frischen, heißen Kaffee gelangte. »Das erfordert einiges an Können, und du hast das mal eben in ein paar Stunden hingekriegt.«

»Das Schätzchen hatte ich schon Tage zuvor gelegt.« Anderson gluckste wieder. »Ich musste nur noch die Leiche abliefern und das Ganze mit dem Stolperdraht verbinden.« Es schien, als ob seine Angeberei ihm den Verstand vernebelt hätte, denn er ließ die Hand, in der er die Waffe hielt, achtlos zur Seite sinken. »Der Baum und der Speer waren da schon aufwendiger. Mit der Umlenkrolle bin ich ein echtes Risiko eingegangen, das Ding ist nämlich einfach mal von Walmart. Ich wette, Sara ist in die Luft gesegelt wie ein Vögelchen. Konntest du ihr Genick brechen hören?«

Jenna wurde speiübel bei der schauerlichen Erinnerung. Sie schluckte schwer. »Ja, ganz schön ... ähm ... spektakulär.« Sie spähte auf ihren Ring und hoffte, dass Kane sämtliche Beweise erhielt, die sie für die Verhaftung dieses Monstrums benötigten. Dann blickte sie zu ihm auf. »Warum hast du den Schal und die Dinge, die Christine Pullman und Joy Coran gehörten, am Tatort hinterlassen? Hast du die auch umgebracht?«

»O Mann, ernsthaft? Die sind noch gar nichts. Es gibt noch weitere fünfundzwanzig Leichen da draußen, die alle auf mein Konto gehen.« Anderson trat näher, legte seine Pistole auf den Tisch, stützte sich mit beiden Händen darauf und starrte sie an. »Ich wollte dir zeigen, mit wem du es zu tun hast, um unser Katz-und-Maus-Spiel etwas aufregender zu gestalten, aber du hast kläglich versagt. Du bist eine Niete, ein nutzloses Stück Scheiße.« Er schnaubte. »Diese Mädels waren höchstens eine kleine Ablenkung, aber ich habe es trotzdem nicht geschafft, dich zu erwischen. Ich meine, welche normale Frau lässt einen Deputy in ihrem Vorgarten wohnen?« Er starrte sie lange an. »Na, hast du Angst? Nein? Na, die werde ich dir noch einjagen.« Er holte Kabelbinder aus seiner Tasche und ließ sie vor ihrem Gesicht baumeln. »Umdrehen.«

»Ich fühle mich nicht danach.« Jenna versuchte Anderson im Blick zu behalten, während Kane und Wolfe sich leise hinter ihm heranschlichen.

Sie blickte auf Andersons Pistole. Ob ihre Deputys wussten, dass er eine Waffe hatte? In einem Rausch von Adrenalin packte sie die volle Kaffeekanne und schleuderte Anderson das siedend heiße Gebräu mit voller Wucht ins Gesicht. Als er sich vor Schmerzen brüllend umdrehte, erwischte Wolfe ihn mit einem rechten Haken im Gesicht, der ihn zu Boden streckte. Jenna schnappte sich seine Pistole, löste das Magazin und schmiss es in die Spüle.

»Steh auf, du Drecksack.« Kane packte Anderson am Kragen, hievte ihn auf die Füße, als wöge er nichts, und stieß ihn gegen die Wand. »Sie haben das Recht zu schweigen.« Dann verlas er ihm seine Rechte. »Verstehen Sie Ihre Rechte, Mr Anderson?«

»Ja. O Verdammt, das schmerzt höllisch. Die hat mich voll verbrüht, rufen Sie die 911.« Tränen rannen aus dem anschwellenden blauen Auge über Andersons rot glühende Wangen. »Vergessen Sie Ihre Sorgfaltspflicht nicht.«

Jenna zuckte mit der Schulter. »Jo, ich kümmere mich drum, später.«

»Verdammt.« Wolfe lief zu Jennas Kühlschrank, holte einen Eisbeutel aus dem Gefrierfach und hielt ihn ihm hin. »Sorgfaltspflicht erfüllt. Das ist mehr Nächstenliebe, als Sie für Ihre Opfer übrighatten.« Er drehte sich zu Jenna. »Vielleicht sollten wir ihn gar nicht verhaften und ihn stattdessen bei lebendigem Leibe begraben. Keiner würde was davon mitbekommen.«

Jenna lachte, als sie Andersons verwirrten Gesichtsausdruck bemerkte. »Liebend gern, aber ich glaube, den lassen wir stattdessen im Gefängnis verrotten.« Sie bückte sich und sah Anderson in die Augen. »Game over.«

EPILOG

SAMSTAG

»Hey, du Schlafmütze.« Kanes Stimme durchdrang Jennas Träume. Sie verabschiedete sich von dem sonnigen Strand und dem kristallklaren Meer und öffnete die Augen. Der Duft von frisch gebrühtem Kaffee drang ihr in die Nase, und sie erblickte Kanes lächelndes Gesicht. Er war leger gekleidet und trug eine blaue Jeans zu einem schwarzen Sweatshirt. »Ich dachte mir, die Ausstellungseröffnung wirst du sicher nicht verpassen wollen.«

Jenna strich sich die Haare aus der Stirn. Es hatte Stunden gedauert, Anderson auf die Wache zu bringen, ihn formell anzuklagen, den Papierkram zu erledigen und ihn anschließend ins Bezirksgefängnis zu verfrachten. Sie war gegen vier Uhr morgens ins Bett gefallen. »Wie spät ist es?«

»Kurz vor zwölf.« Kane stellte die beiden Kaffeetassen auf den Nachttisch und setzte sich an den Bettrand. »Ich habe sämtliche Abhörgeräte aus dem Haus entfernt. Wir hatten die Teile fast in jedem Raum installiert.«

»Meinen Tracker hätte ich also gar nicht gebraucht?« Jenna setzte sich auf und schnappte sich ihre Tasse. »Das hättest du mir aber sagen können.«

»Nö, es war besser, dich darüber im Unklaren zu lassen. Man hat gemerkt, dass du für eine Weile lang glaubtest, allein zu sein.« Kane schüttelte tadelnd den Kopf. »Als du heimgekommen bist, hättest du sämtliche Zimmer überprüfen müssen. Du wusstest doch, dass Anderson es auf dich abgesehen hatte. Er hätte bereits da sein können.«

Jenna nippte an ihrem Wachmacher und schüttelte den Kopf. »Das war nicht nötig, ich hatte ja Duke an meiner Seite.« Sie kraulte den Kopf des Bloodhounds, der sein Kinn in der Nähe ihrer Hand abgelegt hatte. Der Hund war ihr die ganze Nacht über nicht von der Seite gewichen.

»Ja, der hätte uns fast das Grande Finale vermasselt. Hättest du dich vor dem Duschen noch mal im Haus umgesehen, dann hättest du uns im Gästezimmer antreffen können. Ich wusste, dass du den Tracker benutzen würdest, deshalb habe ich mein Handy ausgeschaltet.« Er schmunzelte. »Als wir Anderson die Einfahrt runterkommen sahen, musste ich mich rausschleichen und Duke in den Hauswirtschaftsraum sperren. Das war alles knapper, als du denkst.«

Jenna lächelte ihm zu und drückte seinen Arm. »Ich wusste, dass du mich nicht in Gefahr bringen würdest, aber als er reinkam und mir mit dieser Pistole auf den Kopf gezielt hat, da habe ich schon leise Zweifel bekommen.« Sie biss sich auf die Unterlippe. »Wie hat er das Sicherheitssystem geknackt? Die Vorder- und Hintertüren haben doch nicht mal mehr Schlösser. Ohne den Code hätte er gar nicht erst reinkommen dürfen.«

»Wolfe.« Kane zuckte entschuldigend mit der Schulter. »Er hat ein paar Kabel getrennt, mittlerweile funktioniert aber alles wieder einwandfrei. Da wir Anderson das Gefühl geben wollten, dass er gewonnen hat, haben wir es ihm ein bisschen leichter gemacht, hier einzusteigen.«

Jenna erschauderte. »Ich frage mich, ob die anderen fünfundzwanzig Frauen, die er vorgibt, ermordet zu haben, jemals gefunden werden.«

»Das kommt darauf an, ob er redet.« Kane trank seinen Kaffee aus und stand auf. »Ich glaube aber kaum, dass der DA einen Deal mit ihm machen möchte. Wir haben ausreichend belastendes Material mitgeschnitten, um ihn wegzusperren. Der kommt nie wieder raus aus dem Knast.« Er sah zu ihr hinab. »Ich mache uns ein paar Sandwiches. Wenn du die Preisverleihung noch mitbekommen willst, dann müssen wir uns sputen.«

Jenna schlug die Decke zurück. »Ja, ich habe Julie versprochen, dass wir kommen.« Sie sprang unter die Dusche.

Jenna war überrascht von den vielen Bürgern, die zu ihr kamen, ihr die Hand schüttelten und ihr dafür dankten, sich selbst in Gefahr gebracht zu haben, um einen Serienmörder zu fassen. Noch weniger aber hatte sie damit gerechnet, dass Mayor Petersham sich vor versammeltem Publikum erheben würde, um eine Dankesrede für sie und die Deputys zu halten. Als sie Wolfe und seine drei Töchter entdeckte, die sich gerade mit Agent Martin unterhielten, bahnte sie sich ihren Weg durch die Menschenmenge zu ihnen. Sie drückte Julies Arm. »Na, bist du aufgeregt?«

»Na ja, ich glaub nicht, dass ich einen Preis gewinne.« Julie lächelte. »Aber er ist einfach toll, meine Bilder hier im Rathaus hängen zu sehen.« Sie zeigte auf drei Landschaftsporträts unweit ihrer eigenen Bilder. »Die sind von Mr Anderson. Schon komisch, dass sie ihm erlaubt haben, mitzumachen, wo er doch versucht hat, mich umzubringen.«

Jenna starrte auf die Bilder, dann packte sie Kane am Arm und zog ihn näher heran. »Dieser Ort kommt mir seltsam bekannt vor, aber nach Black Rock Falls sieht das nicht aus.«

»Ich kenne den Ort auch irgendwie, insbesondere die

verfallene Windmühle.« Kane trat näher heran, dann drehte er sich um und winkte Wolfe herbei. »Sagt Ihnen dieser Ort auch etwas?«

»Ja.« Wolfe zog sein Handy hervor und ging seine Bilddateien durch. »Schauen Sie, das ist von den Tatortfotos von Christine Pullman.« Er ging weiter zum nächsten Gemälde. »Und dort hat er Joy Coran ermordet.«

Jenna bemerkte am rechten Bildrand jeder Leinwand ein langes Haar unter der Farbe. Sie schluckte schwer, als sie schlussfolgerte, was es damit auf sich haben musste, und wandte sich ganz leise an Wolfe. »Shane, schauen Sie mal da.« Sie zeigte mit dem Finger darauf. »Ist das ein Haar?«

»Sieht ganz so aus, und wenn ich mich nicht täusche, dann haben sie unterschiedliche Farben.« Er beugte sich näher heran. »Auf jedem der drei Gemälde ist eine rote Blüte zu sehen. Die Farbe sieht aus wie getrocknetes Blut, aber das muss ich erst testen, bevor ich mich festlegen kann.«

Jenna lief erstaunt zu Agent Martin hinüber und erklärte ihm alles. »Solche Gemälde hängen bei Anderson im ganzen Haus verteilt. Wenn sie als Erinnerungen an die Orte dienen, an denen er seine Opfer ermordet oder vergraben hat, und er auf jedem davon Blut und Haare hinterlassen hat, dann lassen sie sich allesamt auf ihn zurückführen.«

»Wolfe wird innerhalb weniger Minuten feststellen können, ob es sich um menschliches Blut handelt.« Martin runzelte die Stirn. »Das ist der einzige Befund, den ich benötige, um sämtliche Bilder in die forensischen Labore des FBI karren zu lassen.«

Sie brauchte Wolfe gar nicht erst zu bitten, denn er war bereits zu seinem Van geflitzt, um ein Testkit zu holen. Gespannt warteten sie auf das Ergebnis. »Und?«

»Es ist menschliches Blut.« Wolfe hielt ein Proberöhrchen hoch. »Es ist von getrockneter Ölfarbe überdeckt, also werden wir in der Lage sein, brauchbare DNA-Spuren zu extrahieren.«

Er drückte Jennas Schulter. »Wenn die DNA zu den vermissten Frauen passt, dann haben Sie soeben fünfundzwanzig Verbrechen aufgeklärt.«

»Ich werde diese Gemälde jetzt beschlagnahmen lassen und die Spurensicherung zu Andersons Haus schicken.« Agent Martin schüttelte Jenna die Hand. »Das können Sie mir überlassen, Jenna, gönnen Sie sich mal eine Pause.«

Jenna grinste ihn an. »Ich denke, genau das werde ich jetzt auch tun.«

Da ertönte eine Durchsage über die Lautsprecher.

»Sehr verehrte Damen und Herren, liebe Jungkünstlerinnen und Jungkünstler von Black Rock Falls, das Gremium hat seine Entscheidung getroffen. Der dritte Platz geht an Julie Wolfe für ihr Gemälde mit dem Titel Brutaler Winter.*«*

Der Jubel, der durch den Saal hallte, als Julie auf die Bühne stieg, um ihren Preis entgegenzunehmen, wollte nicht verebben und übertönte so die Namen der anderen Gewinner. Jenna nahm Kanes Hand und lächelte ihn an. »Das ist unsere Stadt. Mal der Himmel ...«

»... und mal die Hölle auf Erden.« Kane umklammerte fest ihre Hand. »Genauso gefällt sie mir.«

EIN BRIEF VON D.K. HOOD

Lieber Leser:innen,

ich freue mich, dass ihr euch für meinen Roman entschieden und mich in die aufregende Welt von Kane und Alton in *Ein Flüstern im Dunkeln* begleitet habt.

Wenn euch *Ein Flüstern im Dunkeln* gefallen hat und ihr von all meinen Neuerscheinungen erfahren wollt, dann meldet euch unter folgendem Link für den Newsletter an. Eure E-Mail-Adresse wird niemals an Dritte weitergegeben, und eine Abmeldung ist jederzeit möglich.

www.bookouture.com/bookouture-deutschland-sign-up

Das Schreiben dieses Romans war ein aufregendes Abenteuer für mich. Kane und Alton bis an ihre Grenzen und die Grenzen meiner Vorstellungskraft zu treiben, war eine spannende Erfahrung, die mich oft bis in die frühen Morgenstunden wachgehalten hat. Da mein Herz für Forensik und Kriminalermittlungen schlägt, hat mir die detaillierte Ausarbeitung der Tatorte viel Freude bereitet.

Ich freue mich immer sehr über Feedback meiner Leserinnen und Leser, denn wenn ich schreibe, dann möchte ich, dass euch jeder Aspekt der Geschichte gefällt – setzt euch deshalb gern über meine Facebookseite, Twitter oder meine Website mit mir in Verbindung.

Ein riesiges Dankeschön für eure Unterstützung

D.K. Hood

www.dkhood.com

 facebook.com/dkhoodauthor
twitter.com/dkhood_author
instagram.com/d.k.hood

DANKSAGUNG

Vielen Dank all den wunderbaren Leser:innen, die sich die Zeit genommen haben, positive Rezensionen meiner Bücher zu verfassen, und den tollen Menschen, die mich auf ihren Blogs vorgestellt haben. Dazu will ich dem Team von Bookouture meinen allergrößten Dank aussprechen, denn mit ihnen ist das Schreiben für mich ein Vergnügen.